약손전

# 약손전 4권

초판 1쇄 인쇄일 | 2019년 01월 10일
초판 1쇄 발행일 | 2019년 01월 18일

지은이 | 7월아카이브
펴낸이 | 박성면
펴낸곳 | 도서출판 로담

출판등록 | 제 396-2011-000014호
주소 | 경기도 파주시 광인사길 9-6 (문발동 520-8)
전화 | (031)8071−5201
팩스 | (031)8071−5204
E−mail | bear6370@hanmail.net

정가 | 9,800원

ISBN 979−11−5641−132−1 (04810)
　　　979−11−5641−122−2 (set)

7월아카이브 장편소설

DONGA ROMANCE STORY

# 약손전

4

동아

## 차례

## 第十七章. 의빈 여약손

[1]

밤새 봄비가 내렸다.

비스듬히 열어 놓은 들창 바깥으로 푸르스름하게 밝아 오는 하늘이 보였다. 문밖에서 동재가 한 번, 목 상궁이 한 번 각각 내뱉은 헛기침을 신호로 이유가 잠에서 깨어났다. 평소와 다름없이 침수 들었을 뿐인데 양질의 숙면을 취했나 보다. 몸이 가뿐하고 개운했다.

불면증? 그게 대체 무엇인가? 밤새 뒤척이던 일, 신경성 때문에 고열에 시달리던 일은 온데간데없이 사라졌다. 그 어떤 약을 먹고, 보신에 좋은 음식을 먹어도 낫지 않던 고질병이 씻은 듯이 나은 것이었다.

이유는 제 병을 치료해 준 장본인을 흐뭇한 얼굴로 바라봤다. 마늘처럼 반반하게 톡 튀어나온 이마, 꾹 감은 눈, 코, 입……

그렇다. 이유의 곁에 누워 곤한 잠을 자고 있는 주인공. 그는 바로 이유와 열흘 전에 혼례 올린 약손이더라.

궁궐을 떠날 때만 해도 여인 된 몸으로 사내 노릇 자처한 천하의 사기꾼, 무뢰배였지만 돌아올 때의 상황은 완벽하게 역전됐다. 약손은 명나라 황실의 실세인 소명 공주의 의붓동생이었으며, 목숨을 구해 준 생명의 은인, 엄연한 황실의 일가였다.

신료들은 대역죄인을 후궁으로 들이겠다고 선포한 이유의 뜻에 제대로 된 반기를 들지도 못했다. 다른 누구도 아닌 명나라 공주가 직접 주선한 중매에 감히 누가 파투 놓을 수 있단 말인가?

그들이 할 수 있는 말이라고는 그저 약손의 나이가 어리고 경험이 없으니, 종4품 숙원의 품계를 내리는 것이 좋겠다는 추천 정도였다. 하지만 그마저도 소명 공주가 조선은 명나라 황실을 무시하여 약손의 품계를 낮게 정하냐며 길길이 날뛰는 바람에 무산됐다. 결국 약손은 후궁 최고의 품계인 정1품 의빈에 봉해졌다.

"약손아…… 자느냐?"

이유가 귓가에 슬쩍 속삭였다. 밖에서 동재와 목 상궁이 쌍으로 주는 눈치가 이만저만이 아닌데 약손은 아직도 한밤중이었다. 곤히 잠든 눈꺼풀은 좀처럼 열릴 생각이 없어 보였다. 이유가 은근슬쩍 돌아눕는 척하며 약손에게 가까이 몸을 붙였다. 말랑말랑한 볼을 괜히 찌르고, 동그란 콧방울을 손으로 짜부가 되게 눌러 돼지코를 만든 다음에 그 우스운 모양을 보며 혼자 킥킥 웃기도 했다.

아, 그 똑똑한 당나라 현종이 만사 제쳐 놓고 양귀비와 신선놀음한 까닭을 이제야 알겠구나! 나랏일이고 뭐고 다 제쳐 두고 평생 약손이 얼굴만 내내 보고 살았으면 좋겠네.

이유가 약손의 오른쪽 볼에 쿡 입술을 눌러 찍었다. 쪽! 소리가 제법 커서 행여나 약손이 깼는지 걱정됐지만 약손은 여전히 깨어나지 않았다.

음, 계속 잘 자고 있군. 내친 김에 왼쪽 볼에도 쪽쪽 입을 맞췄다.

"제발 그만 좀 하세요…… 그만 좀……."

하도 곁에서 극성을 떨어 대니 제아무리 잠귀 어두운 약손이라 해도 잠에서 깨어날 수밖에 없었다. 약손이가 일어났다! 약손이가 기침했어! 이유의 얼굴에 싱글벙글 웃음이 떠올랐다.

"일어났느냐? 더 자지 않고 왜 벌써 일어났어?"

주상 전하가 자꾸 귀찮게 하는데 어떻게 자겠어요? 짜증과 신경질이 밀려왔지만 참았다. 약손이 쫙쫙 기지개를 켜며 잠을 떨쳐 냈다.

"더 자면 안 돼요. 오늘은 중궁전에 문안 인사드리러 가야 되고, 또 그다음엔 종친회 다과 모임에도 참여해야 되거든요."

히익! 그리 할 일이 많단 말이냐? 그냥 약손은 햇볕이나 쬐고, 맛난 음식이나 골고루 먹으며 살길 바랐는데, 이유는 못내 미안해졌다. 게다가 종친부 다과 모임이라니. 촌수로 따지면 약손에게 할머님, 시어머님, 큰어머님, 작은어머님 등등 온갖 시가 어른들을 만나야 한다는 뜻이기도 했다.

내로라하는 집안의 여식들인 종친회 여인들의 등쌀이 보통이 아닐 텐데…… 우리 약손이 괜히 모임 가서 시집살이하는 것 아니야?

'이보게 의빈, 얼음 꽝꽝 얼어붙은 시냇가에 가서 빨래를 해오게.'

'해가 지기 전까지 밑 빠진 독에 물을 한가득 담아 놓아.'

'나무 호미 줄 테니까 저 넓은 밭의 김을 모두 매놓도록!'

이유의 상상 속에서 종친부 여인들이 못된 명령을 줄줄 내렸다. 아마 약손은 천성이 맹물 같고, 순둥이 같고, 세상 물정 모르는 망충이니깐 그 흔한 반항 한번 하지 못하고 시키는 일 족족 할지도 몰랐다. 곧 상상 속의 약손은 찬물에 빨래를 하다가 열 손가락이 꽁꽁 얼었고, 밑 빠진 독 앞에서 엉엉 울었고, 나무 호미로 밭을 매다가 픽 고꾸라진 상태 그대로 죽어 버렸다.

"안 돼! 그럴 수는 없어!"

이유가 벌떡 자리에서 일어났다. 어떻게 혼인한 약손인데, 어떻게 다시 만난 내 작고 소중한 약손인데, 그 험한 꼴을 보게 해? 이유가 약손을 제 품에 꼭 끌어안았다.

"약손아, 안 된다! 그 꼴은 내가 절대 못 봐! 내 눈에 흙이 들어가도 안 돼!"

"네? 그게 무슨 뚱딴지같은 말씀이세요. 아직 잠이 덜 깨셨나…… 저 숨 못 쉬겠어요! 이것 좀 놓으세요!"

덕분에 목이 졸린 약손은 켁켁 기침을 터뜨려야만 했다.

"오늘 문안은 거르렴."

"안 돼요! 벌써 며칠째입니까? 중전마마께서 저를 어떻게 생각하시겠어요? 저 진짜 혼나요."

"혼나다니! 누가 누굴 혼내? 중전은 그럴 사람 아니야. 내가 잘 말해 줄게."

"……정말요?"

약손은 저도 모르게 혹하고 말았다. 말이야 바른 말이지 꼭두새벽에 일어나 이른 아침부터 문안 가는 일은 얼마나 번거롭고 귀찮던가. 게다가 약손은 유독 아침잠이 많은 축에 속하기도 했다. 중전은 화 안 낸다, 내가 말하면 중전도 별 내색 않을 거다, 그러니까 문안 가지 말고 우리 그냥 단둘이 이러고 놀자…….

결국 속셈은 약손과 조금이라도 더 붙어 있고 싶다는 것이었지만 이유의 속삭임은 마냥 달콤했다.

그럼, 주상 전하 믿고 오늘도 아침 문안 걸러 볼까……?

제발 저 좀 놓아 달라는 약손의 파닥거림이 멈췄다. 약손이 스르륵 기대듯 이유의 품에 안겼다.

방 바깥에서는 어흠어흠 헛기침 소리가 더욱 요란해졌다. 하지만 둘은 상관하지 않았다. 한창 깨가 쏟아지는 신혼이 아니던가? 멀쩡히 있다가 눈만 맞아도, 옷깃만 스쳐도 한바탕 난리 난리가 일어나는 시기.

"약손아! 약손아! 간지럽다! 거긴 안 돼!"

"어허! 주상 전하! 가만있지 못하겠습니까? 이러면 전하만 더 힘들어집니다."

거긴 안 된다, 된다, 하지 마라, 해도 된다…….

들창 바깥으로 둘의 웃음소리가 퍼져 나갔다.

*

오늘 다과회는 중전이 직접 주최하는 행사였다.

중전을 필두로 종친부에 속하는 모든 여인들이 일정한 주기를 갖고 참석하는 작은 연회였고, 혼인한 지 열흘이 갓 넘은 약손에게는 첫 다과 모임이었다.

그나마 이유가 문안을 생략해 줘서 천만다행이었다. 약손은 그저 중전마마께서 직접 준비한 차랑 맛있는 약식 집어 먹는다고 마냥 좋아하는데 웃전 모시게 된 목 상궁은 전혀 아니었다. 아, 목 상궁은 궁궐에 돌아온 이후 약손의 지밀상궁이 됐다. 더불어 복금과 수남은 약손 처소의 차비노(差備奴: 궐에서 잡역에

종사하던 노비)로 들였다.

목 상궁은 상의원을 괜히 기웃거리며 드나들더니 어느 날은 저와 친하게 지내던 침방나인 몇을 닦달하여 저 보기에 가장 고운 저고리, 치맛단을 가져오는 데 성공했다. 금박 휘휘 둘린 비단은 보고만 있어도 눈이 아플 정도였다. 그래도 뭐, 어디 이 세상에 고운 것 싫다는 사람 있던가?

'목 상궁! 난 이렇게 많은 옷 필요 없는데 무슨 저고리를 이리도 많이 가져왔누?'

약손도 처음엔 타박했다. 하지만,

'목 상궁, 나 좀 봐! 파란 저고리가 예뻐? 홍색 저고리가 예뻐? 아니면 노란 저고리?'

이 저고리, 저 치마 다 제게 대보며 제게 어울리는 의장 찾느라 고심했다. 이미 제 몫으로 받은 내탕금이 차고 넘치는 나는 마당에 재물 아껴서 무엇 하리. 약손과 목 상궁은 명나라에서 들여온 값비싼 비단, 귀한 장신구란 장신구는 몽땅 사들였다.

역시, 세상에서 재물이 최고야! 부귀영화 누리는 게 제일 재미있어! 그야말로 척하면 척, 쿵하면 짝! 둘은 환상의 짝패였다.

"목 상궁! 얼른 와! 이러다가 다과회에 늦겠어!"

약손이 달렸다. 약손이 황급히 걸을 때마다 가채에 꽂은 나비 떨잠이 파르르 파르르 곧 날아갈 듯 아름답게 날갯짓했다. 햇볕 따뜻하고, 꽃이 막 피는 시기에 이루어지는 다과회라고 목 상궁이 특별히 골라 준 장식품이었다. 목 상궁의 미적 감각과 안목은 생각보다 훨씬 수준 높다. 노란 저고리, 초록 치마 곱게 차려입은 약손은 막 피어나는 꽃봉오리처럼 싱그러웠다.

"의빈마마! 천천히 가시옵소서. 다과회는 신시(申時: 15~17시)

입니다. 아직 멀었는걸요? 아마 마마님이 제일 일등일 거예요."

"그래도 걱정된단 말이야. 빨리 가자, 빨리!"

약손이 목 상궁을 잡아끌었다. 비록 맛난 차 한 잔 마시면 되는 거 아니냐고 호기를 부렸지만 처음으로 시가 어른들 만나는 자리인데 긴장이 안 된다면 거짓말이었다.

다과회가 열리는 장소는 중전의 침전인 교태전 뒤쪽에 위치한 아미산峨眉山. 중국에서 가장 아름답고 신비로운 산의 이름을 그대로 따온 후원은 바깥출입이 자유롭지 않은 왕비를 위해 마련해 놓은 장소였다. 보통 때는 출입이 어려웠지만 꽃 피는 봄이 오면 꼭 종친 여인들을 불러 함께 후원 경치를 감상했다.

마침내 중궁전에 발을 들인 약손의 심장이 콩닥콩닥 뛰었다. 예정보다 훨씬 더 일찍 왔고, 중전마마께 올릴 선물도 빼놓지 않고 챙겼다. 하지만 긴장한 탓일까? 왜 이렇게 자꾸만 불안한 마음이 드는지 몰랐다. 약손은 괜스레 걸음을 재촉했다.

그리고 언제나 그렇듯 불안한 예감은 틀린 적이 없었다. 약손이 막 연휘문에 들어설 때, 후원 쪽에서 여인들이 웃고 떠드는 목소리가 들렸다. 다과회는 신시가 틀림없다, 의빈마마가 일등으로 도착할 테다, 내내 호언하던 목 상궁의 얼굴 또한 새파랗게 질리기 시작했다.

"마마, 이럴 리가 없습니다. 이럴 리가 없는데……."

분명 중궁전 나인에게 아미산 후원, 신시에 다과 모임이 시작한다는 사실을 몇 번이나 확인했다. 그런데 어찌 이럴 수 있단 말인가? 대체 어디서부터 뭐가 잘못됐는지 따져 보고 싶었다. 하지만 실타래를 푸는 것은 나중 일이었다.

이윽고 약손이 아미산 정자에 도착했다.

다과 모임은 꽤 오래전에 시작된 듯 보였다. 약손이 모습을 드러내자 방금 전까지 화기애애하게 퍼지던 웃음소리가 뚝 끊어졌다. 이유의 말대로 촌수로 따지자면 약손에게는 시할머니, 시어머니, 아주머니 등 까마득히 서열 높은 여인들이 싸늘한 얼굴로 약손을 바라봤다.

약손의 등을 타고 땀방울이 흘렀다. 약손이 마른 입술을 축였다.

"소, 송구합니다. 의빈 여약손…… 종친 어른들께 인사 올립니다."

차라리 이유가 생각했던 것처럼 약손에게 빨래시키고, 깨진 독에 물 부라 하고, 나무 호미로 김을 매라고 했으면 좀 더 나았을까? 나쁜 말로 구박하고, 심술궂게 행동했으면 이토록 서운하지는 않았을까? 놀랍게도 약손은 첫인사를 한 이후로 단 한마디도 하지 못했다. 약손에게 먼저 말 거는 사람도, 어찌하여 이렇게 늦었냐고 자초지종을 묻는 사람도 없었다.

여인들은 약손이 마치 병풍인 양, 배경인 양 철저히 무시했다. 그렇다고 약손이 제일 끝, 구석자리에 앉은 것도 아닌데. 하필이면 품계도 정1품이라 중전과 제일 가깝게 앉았다. 하지만 아무도 약손을 대화에 끼어 주지 않았다. 약손은 저만 쏙 빼고 다정하게 이야기 나누는 여인들의 수다를 잠자코 들어야만 했다.

아무리 찻물로 입술을 축여도 속이 탔다.

"그래, 성욱이는 많이 컸습니까? 저번 돌 때 보고 못 봤네요."

"며칠 전에 걸음마를 뗐습니다. 옹알이도 제법 그럴듯하고요."

"성욱이가 아비를 닮았다면 달리기는 빠르겠네요. 경호도 어릴 때 얼마나 까불대고 다녔는지 몰라요."

"아이구, 말도 마세요. 저희 집에 왔다가 백자를 깨지 않았습니까? 할아버지께 눈물이 쏙 나도록 혼이 났었지요."

"그게 참말입니까?"

아기가 걸음마 떼고, 옹알이하는 게 뭐가 그렇게 재미난 화제인지 알 수 없었다. 여인들은 다시 한번 까르륵 웃음을 터뜨렸다. 성욱이도 본 적 없고, 그 아비도 잘 알지 못하는 약손은 또저 혼자만 소외당했다. 성욱이는 경호가 느지막이 본 독자이고, 경호는 의빈의 둘째아버지 되는 분이라고 누군가 넌지시 언질해주면 좋으련만. 그럼 약손도 혼례식 때 본 둘째아버지 이경호와그 아기를 기억해 냈을 텐데.

약손의 가채에 꽂힌 나비 떨잠이 처량하게 떨렸다. 저러라고꽂아 준 떨잠이 아닌데. 우리 의빈마마, 종친 어른들께 가장 어여쁘게 보이라고 꽂아 준 떨잠인데.

약손이 무시당하는 상황을 눈앞에서 고스란히 지켜봐야 하는목 상궁의 마음은 타들어 가다 못해 새카만 재가 되었음은 말할필요도 없었다.

그렇게 얼마나 지났을까.

약손이 벙어리처럼 꾹 입 다물고 있기를 한참, 마침내 이야깃거리가 떨어졌는지 여인 중 한 명이 약손에게 관심을 보였다.

"한데, 의빈마마. 어찌하여 중전마마께서 베푸시는 다과회에늦으셨습니까? 저는 꼭두새벽부터 준비하여 입궐하였건만……의빈마마의 처소는 한 백 리쯤 떨어져 있나 봅니다."

정녕 궁금해서 묻는 것인지, 비꼬는 것인지 모를 말투로 첫마디를 뗀 사람은 중전의 사촌 되는 박난희였다. 하지만 약손은 비꽈 듣지 않았다. 그저 제게 처음으로 말 붙여 주고 관심 보여 준난희가 고마울 뿐이었다.

약손이 서둘러 대답했다.

"제가, 다과 모임 시각을 잘못 알고…… 잘 몰라서 늦었습니다. 제 실수입니다. 송구합니다."

"정말 송구하긴 하세요?"

"……예?"

"암만 봐도 아닌 것 같은데? 의빈은 중전마마 문안도 툭하면 거르는 분이잖아요. 어디 주상 전하 총애 없는 사람은 서러워서 살겠나……."

"……."

본래 박난희는 어렸을 때부터 중전과 친자매처럼 큰 사이라고 했다. 그 말인즉, 종친 모임에서 방자하게 굴어도 아무것도 무서울 게 없다는 뜻이기도 했다. 아무튼 난희가 작정하고 밉상 짓을 하니까 보는 사람들은 덕분에 재미난 구경이라도 난 듯 호기심 반, 저 독한 박난희에게 찍힌 약손을 동정하는 마음 반반씩이었다. 하지만 뭐가 됐든 상관없었다. 간만에 흥미진진한 구경거리가 생긴 셈이었으니까.

약손은 난희의 가시 돋친 말투에 잠시 당황하다가 이내 고개를 저었다.

"정말 죄송합니다. 문안을 가지 못한 제 잘못이 커 변명의 여지가 없습니다. 다만, 다과회에 늦은 것은 신시에 시작된다고 들었기 때문입니다. 그래서 그 시간에 맞춰 왔사온데……."

"어머, 그게 무슨 말씀이세요? 다과회는 미시(未時: 13~15시)에 시작한 걸요?"

"하지만 저는 신시에……."

"어머어머! 기가 막혀. 다과회가 신시에 시작된다는 이야기 들은 분 있으세요? 미시예요, 신시예요?"

난희가 여인들을 둘러보며 물었다. 여인들은 너도나도 '미시였지!', '미시라고 했잖아!', '신시는 듣도 보도 못 한 말인데?" 한 마디씩 보태며 난희를 도왔다.

목 상궁은 심장이 굴러떨어지는 것만 같았다. 그럴 리가 없다! 중궁전 나인은 분명 목 상궁에게 신시로 알려 줬다. 하지만 이 상황에서는 형편없는 변명으로밖에 들리지 않았다. 다들 미시라고 하는데 저 혼자만 신시라고 말하는 약손만 바보였다. 보다 못한 목 상궁은 감히 저가 끼어들 자리가 아닌 줄 알면서도 눈 질끈 감고 말했다.

"하지만 중궁전 나인이 신시라고 알려 줬습니다. 저뿐만 아니라 처소 아이들 또한 전부 들었습니다. 필요하다면 그 처소 아이들을 증인으로 불러서……."

"닥치지 못하겠느냐? 감히 예가 어느 안전이라고 상궁 따위가 나서?"

난희가 진심으로 경악한 듯 앙칼지게 소리쳤다. 제 주인이 멸시당하는 꼴을 참지 못해 훈수 둔 것은 알겠지만, 이 또한 명백한 목 상궁의 잘못이라. 중전에게 문안을 가지 않은 것도, 다과회에 늦은 것도, 감히 하극상 일으킨 목 상궁의 잘못이 너무나도 명백했다.

궁궐에서는 본인이 내뱉는 한마디, 사소한 행동거지 하나하나가 훗날 저에게 날아드는 치명적인 비수가 된다는 말을 약손은 몸소 깨닫는 중이었다.

난희의 화가 너무나도 불같았다. 깜짝 놀란 약손은 행여나 목 상궁이 해코지를 할까 봐 얼른 자세를 낮춰 사과했다. 무조건 빌고, 무조건 용서를 받아야 했다.

"죄송합니다. 제가 잘 가르치지 못해 그렇습니다. 실수입니다. 한번만 너그럽게 용서해 주십시오."

"아무리 의빈마마께서 그리 말씀하셔도 절대 가만둘 수 없습니다. 내 저년의 방자한 주둥이를 찢어 본을 보일 것입니다!"

난희가 길길이 날뛰기 시작했다. 박난희의 평소 성격으로 미루어 보자면 진실로 목 상궁 입을 찢기 전까지 이 사태는 해결되지 않을 터였다.

하지만 구사일생, 천만다행으로 난희가 목 상궁의 입을 찢기 전, 이때까지 묵묵히 상황을 지켜보기만 하던 중전이 중재했다.

"난희야, 그만하거라. 어른들 모신 좋은 날에 이게 웬 흉흉한 난리냐."

"하지만 중전마마! 저 방자한 년을 어찌 가만둡니까?"

"잘 몰라서 그런 것이다. 됐다. 그만해."

중전, 심소영. 그는 성균관 박사 심재호의 장녀였다. 심성이 너그럽고 유하여 종친은 물론이고 이유에게까지 각별한 신임을 받았다. 중전이 그만하라 만류하는데 제아무리 난희라도 고집 부릴 수는 없으리라. 난희는 오늘은 내가 한번 참고 만다는 표정으로 목 상궁, 아니 약손을 쏘아봤다.

"……송구합니다."

덕분에 약손의 목소리는 더욱 작아지고, 또 작아졌다. 당장 쥐구멍이라도 있으면 도망치고 심정이었다. 약손이 기가 팍 죽으니까 정반대로 난희의 기가 살아났다.

주상 전하의 총애를 받는다는 의빈 여씨. 과거가 어쩌나 화려한지 몰랐다. 여인이면서도 사내라 사기 쳐서 생도로 입궐했더랬지?

망측하기도 해라! 감히 입에 담을 수도 없을 만큼 수치스러운 일이었다. 그럼에도 불구하고 대역죄를 짓고 쫓겨난 주제에 대체 무슨 기구한 운명인지 명나라 공주의 생명을 구해 의자매를 맺고 궐로 다시 돌아왔다. 출신도, 근본도 알 수 없는 천출내기. 어떤 간악한 묘수로 영명하신 주상 전하를 꾀어냈는지 몰라도 나한테는 어림없어!

난희가 주변에 다 들릴 정도로 투덜거렸다.

"이래서 상것이랑 어울리면 안 된다는 겁니다. 우리끼리 다과회할 때 언제 이런 사달 난 적이 있나요? 내가 이럴 줄 알았어…… 배운 것 없고, 상스러운 건 주인이나 종이나 똑같습니다. 하긴, 원래는 같은 출신이었으니 끼리끼리 통하는 게 있겠지만…… 듣자 하니 어디 거지처럼 떠돌던 장돌뱅이 집안이라는데. 이래서 근본은 못 속여요! 피는 거짓말 안 해! 에잇, 재수 옴 붙었어! 중전마마 때문에 참지만, 집에 돌아가면 소금 박박 뿌릴래요!"

난희는 정말 더러운 겨라도 묻은 양 제 옷깃을 탁탁 털었다. 그 모양이 퍽 우습고 재미났다. 종친부 여인들이 약손을 흘깃거리며 풉풉 웃음을 터뜨렸다.

"고모님께서 건강은 좀 어떠십니까?"

"중전마마께옵서 보내 주신 약재 덕분에 한결 나아졌나이다."

약손에게 쏠렸던 작은 관심은 순식간에 사라졌다. 하지만 약손이 받은 상처는 무척이나 깊었다.

약손이 암만 천출이라 하지만 그래도 어엿하게 첩지 받은 내명부의 여인이 아니던가? 약손은 제 아비가 장돌뱅이고, 저 또한 마찬가지였다는 사실을 단 한 번도 부끄러워해 본 적 없었다. 그 사실을 딱히 숨기려고도 하지 않았다. 거지꼴을 한 장돌뱅이든 소 잡는 백정이든 똑같은 내 아버지가 아니던가?

하지만 난희는 약손을, 약손의 아버지를 상것이라고, 이래서 피는 못 속인다고 노골적으로 비난했다. 재수 옴 붙었으니 소금을 뿌리겠다고 했다.

　대체 약손이 뭘 했기에? 중전마마 문안 거르고, 다과회에 늦은 부분에 대해서는 이미 손이 발이 되도록 빌고 용서를 구했는데. 난희는 약손을 더러운 호환마마 대하듯 대놓고 무시하고 경멸했다.

　"……."

　약손의 눈가에 얼핏 눈물이 맺힌 것 같기도 했다. 하지만 약손이 눈에 뭐가 들어가기라도 한 듯 부비는 바람에 순식간에 사라졌다.

　방금 전에 무슨 일이 있기라도 했냐는 듯 여인들이 다시금 저희들만 아는 수다에 빠져들었다.

　"……."

　약손이 차근차근 여인들의 얼굴을 바라봤다.

　지엄하신 왕비님께서 거처하는 교태전. 모든 것이 낯설기만 하던 풍경 또한 차츰차츰 눈에 들어오기 시작했다. 마음이 차분해지니까 까마득히 높고 어렵게만 느껴지던 종친부의 여인들 또한 마냥 두렵지만은 않았다.

　세도가의 여인들답게 값비싼 옷, 화려한 장신구로 치장했으나 그래 봤자 약손과 별다를 바 없지 않는가? 약손 혼자서만 비루한 신세는 아니었다. 심지어 따지고 보면 약손은 중전을 제외하고 여인들 중 가장 신분이 높았다. 암만 난희가 중전과 친자매와 다름없고 가문이 훌륭하더라도 웃전인 약손을 능멸해서는 안 될 일이었다.

　약손이 꾹 쥔 치맛자락이 화드득 구겨졌다. 까르륵! 여인들이 터뜨리는 웃음소리가 날카로운 비수되어 약손의 가슴에 꽂혔다.

　감히 나를……! 내 아버지를 욕보여……?

약손이 잠시 눈을 감고 숨을 고르다가 이내 나직하게 말했다.

"……가져오너라."

처음엔 목소리가 작아서 잘 들리지 않았다. 따라서 여인들의 대화는 약손의 중얼거림과 상관없이 계속됐다. 올여름에 금강산 유람을 떠날 거라는 둥, 개성에 들러 국수를 먹을 거라는 둥.

약손이 다시 한번 말했다. 방금 전과는 달리 힘 있고 묵직한 목소리였다.

"목 상궁! 내 말이 들리지 않느냐? 회초리를 가져오라 하였다!"

"!"

약손의 외침과 함께 사위가 조용해졌다. 여인들은 물론이고 난희, 중전조차 놀란 얼굴이 됐다.

"세, 세상에…… 지금 의빈이 목소리를 높였습니까? 대체 이게 무슨 해괴망측한……."

비록 여인들끼리 모여 회포 푸는 다과 모임에 불과했지만 어쨌든 약손은 시집와서 시가 어른들에게 처음 인사하는 자리였다. 큰 자리든 작은 자리든 새색시답게 정숙하고 순종적인 새 며느리의 본을 보여야 마땅했다. 오죽하면 시집간 여인은 벙어리 삼 년, 귀머거리 삼 년, 소경 삼 년 세월을 보내야 한다는 말이 있을까.

하물며 약손은 보통 민가에 시집온 것도 아니었다. 조선의 종묘와 사직을 잇는 왕실에 시집을 왔다. 저 뿔났다고 언성 높이는 게 어디 가당키나 하다든가? 그렇다고 약손이 뭐 대단한 가문의 딸이라도 되는 것도 아닌데. 근본도 모르는 천출이 감히 넘보지 못할 자리를 꿰찼으면 삼 년이 아니라 한평생을 숨죽여 살아도 부족했다. 그런데 지금 그 천출이 감히 왕실의 여인들 앞에서 목소리를 높이다니!

하지만 약손은 종친부의 놀라움 따위는 신경 쓰지 않았다. 도리어 손바닥으로 다과상을 탕 소리가 나도록 내리쳤다. 그 바람에 종친부 여인 중 한 명이 놀라 딸꾹! 딸꾹질을 했다.

"내 몇 번을 말해? 감히 하극상 일으켜 웃전을 욕보이고도 네가 무사할 줄 알아? 버릇을 단단히 고쳐 주겠노라! 당장 회초리를 꺾어 와!"

약손의 목소리가 강경했다. 어찌할 바를 모르고 눈치만 보던 나인이 에라 모르겠다, 눈을 질끈 감고 회초리를 가져왔다.

"의, 의빈…… 괜찮네. 그렇게까지 할 것 없어. 난희도 이번만은 용서한다 하지 않았는가. 그냥 넘어가시게."

"아니요? 절대 이대로는 못 넘어갑니다. 자고로 시작이 반이고, 첫 단추를 잘 꿰어야 만사형통이랬습니다. 웃전에게 무례를 저질렀는데도 처음이라 용서한다면 지엄한 내명부의 기강이 어떻게 되겠습니까? 벌을 내리는 것이 옳습니다."

암만 약손을 말려 봤자 소용없었다. 하긴 여약손이 누구인데. 평소에는 온순하지만 한번 화딱지가 나면 물불 안 가리고 덤볐다. 뒤끝 또한 엄청 질겨서 은혜는 못 갚을지언정 원수는 반드시 갚아야 직성이 풀렸다. 아마 그 천성은 염라대왕 앞에 가서도 사그라지지 않을 터였다. 그런데 감히 종친부 따위가 한번 어그러진 약손의 심기를 누그러뜨릴 수 있으랴?

"목 상궁은 치마를 걷어!"

"의빈마마……."

목 상궁 또한 이토록 엄하게 화내는 약손의 모습은 처음 봤다. 목 상궁, 오늘은 아무 일 하지 말고 나랑 다과 나눠 먹어. 목 상궁 주려고 곶감 숨겨 놨어…….

맨날 장난치며 웃고 떠들던 모습은 온데간데없었다.

목 상궁이 쭈뼛쭈뼛 약손 앞에 섰다. 설마 진짜로 종아리를 칠까? 겁만 주는 거겠지? 종친부 어른들, 중전마마께서도 계시는데 설마설마…… 생각할 때였다. 목 상궁이 치맛단을 무릎까지 슬쩍 끌어올리는 순간,

―휘익!

얇은 회초리가 허공을 매섭게 갈랐다. 그와 함께 찰싹! 찰싹! 나뭇가지가 맨살 휘감는 끔찍한 소리가 울려 퍼졌다. 세상에, 의빈! 저 독한 것! 기어코 제 몸종의 살을 치고 마네! 여인들은 경악을 금치 못했다. 끔찍한 광경이 보기 싫어 저마다 옷고름으로 입을 가리고 시선을 돌리기 바빴다.

하지만 정작 회초리 치는 약손은 눈 하나 깜짝하지 않았다. 저의 지밀이니 행여 봐주느라 살살 때려지는 않느냐? 말도 안되는 소리였다. 대체 얼마나 온 힘을 다해 휘두르는지 회초리는 몇 번 치지도 못하고 부러졌다. 하지만 나인이 꺾어 온 회초리는 아직 한 묶음이나 더 남아 있었다. 회초리가 뚝 반으로 부러지자 약손은 낯빛 하나 안 바꾸고 새 회초리를 쥐었다.

"감히…… 예가 어디라고, 어느 안전이라고 너 따위가 끼어들어? 웃전이 우스워 보이느냐? 내가 너를 그리 가르쳤어?"

"의빈마마, 잘못했습니다. 잘못했습니다……."

"애초에 모임의 시각조차 잘못 알아 중전마마와 어른들께 돌이킬 수 없는 실수를 저지르지 않았느냐! 지밀씩이나 되어서 미시와 신시를 구별 못 한다는 게 말이나 돼?"

"마마…… 잘못했습니다……."

맞는 목 상궁도 목 상궁이지만 때리는 약손도 엄청났다. 이마에 땀이 송골송골 맺히는가 싶더니 나중에는 굵은 땀방울이 뚝

뚝 떨어져 내릴 정도였다. 결국 약손은 나인이 가져온 한 무더기의 회초리를 전부 박살을 내고서야 매질을 멈췄다.

목 상궁의 종아리에 붉은 줄이 죽죽 그어지다 못해 살이 패였다. 약손이 마지막 회초리를 바닥에 던져 버렸다. 그와 동시에 목 상궁이 털썩 바닥에 주저앉았다. 곁에 나인들이 부축해 줘서 겨우 몸을 추슬렀다.

약손이 색색 숨을 몰아쉬었다.

"……."

약손이 종친부 여인의 얼굴을 하나하나 똑바로 바라봤다. 오늘 본 모습을 결코 잊지 않겠다는 듯, 반드시 기억하겠다는 듯 제 머릿속에 꼭꼭 각인시키는 듯한 강렬한 눈빛이었다.

약손의 시선이 난희에게 닿았다. 설마 아무것도 모르는 햇병아리, 천출 의빈이 이토록 괴팍한 인물일 줄은 꿈에도 예상치 못한 난희가 움찔 어깨를 떨었다.

약손이 그런 난희를 조용히 바라봤다.

"제가 천출이라서…… 상것이라서 어울리기 꺼려지십니까?"

"그, 그게 무슨 말이냐……."

"제가 이렇게까지 나오니까 놀라셨죠? 놀라지 마십시오. 뭘 이런 걸로 놀라십니까? 태생이 상스럽고 후생에 배운 것 없는 천출은 다 이렇답니다."

"!"

'이래서 상것이랑 어울리면 안 된다는 겁니다. 우리끼리 다과회할 때 언제 이런 사달 난 적이 있나요? 내가 이럴 줄 알았어…… 배운 것 없고, 상스러운 건 주인이나 종이나 똑같습니다. 하긴, 원래는 같은 출신이었으니 끼리끼리 통하는 게 있겠지만…… 들자 하니 어디 거지처럼 떠돌던 장돌뱅이 집안이라는데.

이래서 근본은 못 속여요! 피는 거짓말 안 해! 에잇, 재수 옴 붙었어! 중전마마 때문에 참지만, 집에 돌아가면 소금 박박 뿌릴래요!'

여인들은 그제야 약손이 느닷없이 목 상궁의 종아리 때린 까닭을 알아챘다.

약손이 모임에 늦은 것, 중전의 문안을 생략한 전적은 괘씸하지만 따끔하게 혼을 내주고 버릇을 고치면 그만인 일이었다. 아무리 약손의 잘못이 크다 한들 사람 면전에서 상것이라는 둥 천출이라는 둥 무시하는 발언을 해서는 안 됐다.

후궁이 괜히 후궁인가? 지존을 모시는 여인이었다. 후궁을 멸시하는 일은 곧 왕을 멸시하는 일과 진배없었다. 약손도 그 사실을 아주 잘 알았다.

"어디 거지처럼 떠돌던 장돌뱅이 집안이라 하셨지요? 천한 근본은 못 속이고, 피는 거짓말 안 한다고 하셨지요? 저 때문에 재수가 옴 붙었으니 소금을 뿌리겠다고요?"

"아니, 의빈. 난희의 말은 그게 아니라……."

나이 지긋한 여인이 난희 편을 들며 나섰다. 가재는 게 편이고, 초록은 동색이라더니만 지금 누가 누구의 편을 들어? 약손은 더 듣고 싶지도 않았다. 약손이 차게 식은 차를 한 모금 마셨다.

"한데…… 시가 어른들께서는 뭔가 대단한 착각을 하고 계신 모양입니다."

"그게 무슨 말인가?"

"제 언니는 현 황제 폐하의 여동생 되십니다. 제가 그분과 의자매를 맺었으니 비록 제 첫 번째 친정이 장돌뱅이 천출일지언정, 두 번째 친정은 명나라 황실이 됩니다."

"뭐, 뭐라?"

"저를 천하다 얕봤으니 그는 곧 명 황실을 얕본 것과 마찬가지일 터!"

"이보게 의빈! 사람 말을 그렇게 곡해하는 법이 어디 있어? 내가 언제 황실을 얕봤는가?"

듣다 못한 난희가 앙칼지게 소리쳤지만 가만히 있으면 중간은 가는 것을, 약손의 화에 부채질을 하는 격이었다. 분기탱천한 약손이 추상같이 호통을 쳤다.

"네 이년! 의빈이라니? 나는 정1품의 품계를 받은 빈이고, 너는 고작해야 종4품의 공인恭人이다. 네가 암만 중전마마와 친분이 각별하다 한들 어찌하여 내게 하대를 해?"

"뭐, 뭐라? 년…… 너 지금 내게 년이라 하였느냐?"

"네년이 나를 하대하는데 나라고 못할 성싶으냐? 후궁인 나를 욕보임은 주상 전하를 욕보임과 진배없다. 내 오늘 전하를 능멸한 네년의 죄를 엄히 다스릴 것이다. 목 상궁! 당장 의금부사를 불러오너라!"

"예, 의빈마마."

목 상궁이 서둘러 정자를 나섰다.

약손에게 얻어맞은 종아리는 이미 걸레짝과 다름없었지만 지금 그깟 상처가 중요한가? 다리가 부러지면 기어서라도 의금부에 갈 작정이었다.

여인들이 술렁거렸다. 평화롭게 수다 떨다 헤어지면 그만인 다과 모임에 의금부사가 웬 말이더냐! 이쯤 되면 중전도 더는 두고 볼 수만은 없었다. 중전 심씨가 고개를 저었다. 중궁전 상궁이 목 상궁의 앞길을 막아섰다.

중전이 약손에게 나직하게 말했다.

"의빈, 고정하시게."

"고정이요? 제가 지금 뭘 어떻게 더 고정합니까? 중전마마, 예로부터 명은 조선과 각별히 사대하는 나라가 아니옵니까? 오죽하면 고려를 멸망시킨 태조께서 새 국호를 명 황제께 정해 달라 하셨을까요?"

"나도 알고 있네. 잘 알고 있어."

"아시는 분이 이러십니까? 공인은 제 친정을 빌미 삼아 조선과 명의 관계를 단절시키고도 남는 엄청난 잘못을 저질렀습니다. 그런데도 공인의 편을 들다니……! 암만 두 분 사이가 각별하다 한들 정말 너무하십니다!"

"지금 누구 한 사람의 편을 들자는 것이 아니네. 내 말은……."

"서운합니다!"

중전이 약손을 달래려 했지만 이미 한껏 흥분한 약손이 그 말을 들을 리 없었다. 약손은 중전과 난희, 종친부 여인들을 힘주어 노려보았다. 네까짓 게 날 노려보면 어쩔 건데? 뭘 할 수 있는데? 난희 또한 지지 않고 대들었다.

난희는 정말이지 약손과 머리끄덩이라도 잡고 싸울 각오였다. 하지만 의외의 일이 벌어졌다. 누구 하나 요절낼 듯 패악 부리던 약손이 갑자기 삐죽삐죽 입술을 감춰무는 것이 아니던가?

뭐야? 쟤 왜 저래? 무슨 수작이야? 난희가 약손에게 독설을 퍼부을 때,

"와아아앙!"

약손이 울음을 터뜨린 것은 순식간의 일이었다. 한번 눈물샘이 터지자 약손은 어린아이라도 된 듯 엉엉 울어 댔다.

"아이고! 억울하고 분하고 원통하여 못 살겠다! 집안이 미천하다고 시가 식구들한테 문전박대당하고, 천출이라고 온갖 구박

을 다 받다니……. 금자둥이 은자둥이 어화둥둥 키워 주신 아부지께 죄송하여 어찌할꼬…… 시가 등쌀에 소박맞아 쫓겨나는 것은 시간문제로다. 내 비록 지금은 혈혈단신의 몸이지만 그렇다고 내가 누구처럼 언니가 없는 것도 아닌데……."

"!"

약손이 '언니'를 언급하자 여인들의 얼굴이 굳어졌다. 특히 난희는 뭘 잘못 먹기라도 한 듯 허옇게 질렸다. 약손이 언급하는 '언니'라 함은 누구겠는가? 악명 높은 소명 공주임이 분명했다. 약손은 기다렸다는 듯 본격적으로 언니를 찾기 시작했다.

"아이고, 언니! 소명 언니! 동생을 두고 어디에 가셨습니까? 명나라에 가셨습니까? 안남에 가셨습니까? 언니께서 각별히 귀애해 주던 막냇동생 약손이가 조선 왕실에서 말도 못 할 수모를 당하고 있습니다! 까닭도 모르고 쫓겨나느니…… 예, 차라리 제 발로 궐을 나가겠어요! 언니 어디 계세요? 저도 언니를 따라갈래요! 약손이를 데려가주세요!"

"마마! 울지 마시옵소서…… 쇤네가…… 쇤네가 마마를 제대로 보필하지 못한 까닭이옵니다."

"이것 놓아라! 당장 소명 언니께 편지를 쓸 것이다. 더는 못 산다고, 이렇게 구박데기 취급받으면서는 단 하루도 살지 못한다고 말씀드릴 것이다……. 내가 오늘 겪은 수모는 미주알고주알 하나도 빼놓지 않고 낱낱이 써서 편지를 보낼 거야! 중전마마, 비천한 의빈은 고귀한 분들만 나누는 담소 자리에 더는 머물지 않겠나이다."

약손이 훌쩍훌쩍 옷고름으로 눈물을 찍어 내며 정자를 나섰다. 보통 서운해하는 모습이 아닌지라 더는 잡을 수도 없었다.

"이, 이게 무슨…… 대체 무슨 일이란 말인가?"

그렇게 약손이 떠나간 아미산 정자는 한바탕 폭풍이 지나간 듯 초토화가 되어 버렸다. 약손 때문에 혼이 쏙 빠졌던 여인들은 그제야 하나둘 정신을 차리기 시작했다.

"의빈을…… 아니, 의빈마마를 그냥 이렇게 보내도 되겠습니까?"

"그냥 보내지 않으면 뭘 어떡합니까? 마음이 단단히 틀어졌는데…… 아니, 그보다…… 몇 마디 혼 좀 냈다고 저렇게 울고불고합니까? 애초에 저가 잘했으면 혼날 일도 없지 않습니까?"

"의빈이 잘못을 하긴 했는데…… 난희가 천출이라고 대놓고 멸시를 주지 않았습니까? 가문이야 어떻든 이제는 첩지까지 받은 사람입니다."

"아까는 가만히 있더니 이제 와서 의빈 편을 드십니까? 왜요? 소명 공주한테 해코지라도 당할까 두려우세요?"

"아니, 두렵다기보다는……."

모임은 끝났다. 차야 더 데우면 그만이었지만 지금으로서는 차가 코로 넘어가는지 목구멍으로 넘어가는지 모를 터였다.

"아참, 오늘 딸애가 오기로 한 걸 깜빡 잊었네……."

"맞다! 나 오늘 소금 장수한테 대금 처리해 주기로 했는데. 어멈은 아직 서툴러서 내가 직접 가 봐야겠어."

여인들이 슬금슬금 하나둘 일어나기 시작했다. 일전 밤늦게까지 웃고 떠들다 간 걸 생각하면 말도 안 되게 빠른 파장이었다.

"아니, 벌써 가십니까? 좀 더 있다 가세요. 아직 꽃구경도 제대로 못 했습니다."

"아니다. 우린 됐어. 난희 너는 좀 더 놀다 오거라. 알았지?"

결국 모두들 떠난 정자에는 중전과 난희만이 남았다.

*

한편, 약손의 처소 월당에는 약손의 울음소리가 끊이질 않았다.

누가 보면 아까 종친 모임에서 당한 서러움이 아직 가시지 않아 우는 줄 알겠다. 하지만 약손이 우는 까닭은 따로 있었다.

"목 상궁…… 많이 아파?"

"괜찮습니다. 하나도 아프지 않습니다."

"거짓말! 상처가 이렇게 큰데 어떻게 하나도 안 아파? 살점 떨어져 나간 것 같아…… 흉 지겠다……."

"아닙니다. 그냥 보기에만, 겉보기에만 그런 겁니다. 회초리 따위가 아파 봤자지요. 아무렇지도 않습니다."

차라리 아프다고 소리를 지르던가, 신음이라도 내던가.

목 상궁은 종아리에 따가운 고약을 올릴 때도 잇새를 꾹 물고 비명을 참았다. 그때마다 약손은 미안해서 어쩔 줄을 몰라 했다.

"미안해. 진짜 목 상궁이 잘못해서 때린 게 아니라…… 미워서 그런 게 아니라……."

"아닙니다. 본을 보이려고 그러셨죠?"

"그걸 어떻게 알았어?"

역시 척하면 척! 약손과 목 상궁은 말하지 않아도 속마음이 통했다. 목 상궁이 고개를 끄덕였다.

"아주 잘하셨어요, 마마."

"잘하긴 무어…… 잘못을 빌기는커녕 시가 어른들한테 큰소리치며 대들었으니 난 아마 내일 쫓겨날지도 몰라."

"쫓겨나면 좀 어떻습니까? 시가가 시가지 별거 있나요? 남의 집 귀한 딸 데려왔으면 금이야 옥이야 잘 대해 줘도 부족하건만……. 게다가 마마를 먼저 무시한 건 공인이질 않습니까?"

"그렇긴 하지만……."

"마마도 사람이고 시가 어른들도 사람이에요. 똑같은 처지에 누가 누굴 무시하고, 하대하고, 부려 먹습니까? 마마께서 오늘 참았으면 아, 의빈은 심한 말을 해도 되는 사람이구나. 얕봐도 되는 사람이구나…… 이러면서 더 괴롭혔을 거예요."

"……그랬을까?"

"네. 저희 엄마도 할머니한테 시집살이 호되게 당하셨는데, 그때는 참는 게 제일인 줄 알았대요. 원래 그렇게 살아야 되는 줄만 알았대요. 다른 식구들은 전부 따뜻한 밥 주고 엄마는 다 식은 찬밥 주고, 툭하면 김매라, 물 떠와라 힘든 심부름만 시키고……. 그때 한번이라도 대거리 못 한 게 너무 후회된대요. 빗자루로 맞아 죽는 한이 있더라도 나도 따뜻한 밥 한 공기만 달라고 해볼 걸…… 그러면 이렇게까지 후회는 안 했을 텐데…… 맨날 말씀하셨어요."

"진짜? 진짜로 어머니가 그렇게 말씀하셨어?"

"그럼요, 마마. 저는 거짓말 안 해요."

"목 상궁……."

약손이 다시금 훌쩍였다. 콧물이 코에 맺혀 커다란 코 방울이 생겨났다. 목 상궁이 손수건으로 약손의 콧물을 닦아 줬다. 그러고는 비장하게 말했다.

"마마, 명심하세요."

"……뭘?"

"마마는 벙어리가 아닙니다. 귀머거리도 아니고, 소경은 더더욱 아닙니다. 똑 부러지게 말씀 잘 하시고, 무엇이든 들을 수 있고, 세상 모든 광경 다 볼 수 있는 분이세요."

"그럼…… 나 사지육신 멀쩡하고 눈, 코, 입 제대로 달라붙어 있잖아……."

"행여 앞으로 부당한 일 당하시거든 무조건 참지 마시고 오늘처럼 당당하게 행동하세요."

"응."

"그러려면 남한테 책잡히는 일은 절대 하면 안 됩니다. 아시겠어요?"

"으응."

꼬박꼬박 씩씩하게 대답하는 모양이 세상 일등으로 늠름했다. 목 상궁이 다시금 자리에 누웠다. 약손은 상처 가득한 목 상궁의 종아리를 물끄러미 바라보다가 이내 잠이 몰려오는지 풀썩 자리에 고꾸라져 잠이 들고 말았다.

목 상궁이 약손의 등에 홑청을 덮어 주었다.

그렇게 깜빡 잠이 들었던 약손이 깨어났다.

어느새 목 상궁은 평소와 다름없는 모습으로 자리에 앉아 있었다. 약손이 꿈뻑꿈뻑 눈을 뜨자 목 상궁이 말했다.

"마마, 일어나셨습니까?"

"……응."

약손의 목소리에는 아직도 잠이 뚝뚝 묻어 떨어졌다. 목 상궁이 작게 속삭였다.

"밖에 종친 어른들이 와계십니다. 마마께서 그리 가신 게 걱정되어 인사를 왔다네요."

"……그래?"

약손이 하암 크게 하품을 했다. 사실 약손은 종친이고 뭐고 좀 더 자고 싶을 뿐이었다. 약손은 몸을 일으키지도 않았다. 목 상궁이 약손의 기색을 살폈다.

"오늘은 그만 돌아가라 할까요?"

"……음."

약손이 가만히 생각에 잠겼다. 그러다가 이내 도리도리 고개를 저었다.

"아니. 여기까지 찾아와 주셨는데 어떻게 그냥 가라고 해…… 당연히 만나 뵈어야지. 목 상궁이 그랬잖아. 책잡힐 일은 하지 말라고."

"하면 바깥에 이르도록 하겠습니다."

목 상궁이 몸을 돌려 나서려 했지만 약손이 그런 목 상궁을 붙잡았다.

"만나긴 할 건데……."

"예?"

"……내가 오수 중이니까 정 나를 만나고 싶으면 기다리라고 해."

"마마!"

약손이 돌아누웠다.

허, 우리 의빈마마! 참으로 강단 있는 분이시로구나! 목 상궁이 감탄했다. 그리고 약손은 그대로 다시 긴 잠에 빠졌다.

결국 약손이 종친 여인들의 인사를 받은 것은 해가 지고도 한참이 지난 후였다.

시집온 지 열흘도 되지 않은 후궁이 어쩜 이렇게 당돌할까? 어쩌면 약손이 만만히 볼 상대가 아니라고 한 난희의 평가가 옳았는지도 몰랐다.

의빈 여약손의 세도는 이제부터가 진짜 시작이었다.

"친자매도 아닌 주제에 감히 저의 친정이 명나라 황실이라고 사기를 쳐? 마마, 아까 상궁 회초리 치는 것 보셨지요? 작대기가 부러질 때까지 치더이다. 독한 것……. 아무래도 만만히 볼 상대가 아닌 것 같습니다. 하나를 보면 열을 안다고 이대로 가만히 두면 필시 나중에 큰 화를 불러올 계집이에요. 의빈 고년이 주상전하 총애만 믿고 기세등등하게 구는 꼴을 어찌 두고만 봅니까?"

중궁전.

난희가 이를 갈았다. 그러나 중전 심씨는 난희의 패악에 동의하지는 않고 도리어 고개를 저었다.

"오늘 일을 어찌 의빈의 탓으로만 돌릴 수 있단 말이냐? 어쩌자고 월당에게 시각을 잘못 알려 주었어? 어디 너와 나 둘만의 자리더냐? 왕실 어른들 모두 모인 자리가 아니었더냐?"

"그, 그것을 어찌 아셨습니까?"

난희의 얼굴이 사색이 됐다. 저 혼자서만 몰래 꾸민 흉계였는데 중전마마께서도 알고 계셨나?

사실 난희는 혼인한 지 열흘이 지났는데도 중궁전에 문안 한 번 오지 않은 의빈이 몹시 괘씸했다. 저가 어디 대단한 문중의 출신이라면 또 몰라. 근본도 모르는 천출 주제에 웃전을 무시해도 정도가 있었다. 아주 되바라지기 짝이 없었다. 난희가 중전이었더라면 네까짓 게 지금 나를 무시하느냐고 당장 월당을 뒤집어엎고도 남았을 터였다. 하지만 어디 중전마마께서 그럴 분이시던가?

중전 심씨는 태생이 조용하고 다툼을 싫어하는 성격이었다.

차라리 저가 손해를 보는 한이 있더라도 누군가와 대립하는 일은 최대한 피하려고 애썼다. 어렸을 때부터 중전과 함께 자란 난희로서는 물러 터진 중전 심씨가 그 험한 내명부 생활을 잘 버텨 낼 수 있을까 걱정을 했더랬다. 그래도 불행 중 다행은 주상 전하께서 후궁을 들이지 않아 중전 심씨가 내명부의 유일한 여인이라는 점이었다.

여인들의 암투와 치열한 비기에서 벗어나는 것만으로도 한시름 놓았으니 이만하면 심씨의 궁궐 생활은 순탄한 축에 속한다 할 수 있었다.

하지만 그 평화는 오래가지 않았다.

어느 날부턴가 주상 전하께옵서 남색을 즐긴다는 소문이 돌기 시작했다. 여색을 밝히지 않아서 다행이라 생각했었는데 뭐라? 이제 보니 여색 아닌 남색을 즐기는 분이셨어?

난희는 뒤통수를 얻어맞은 기분이었다. 가장 친한 동무에게 배신을 당해도 이리 화나지는 않을 것 같았다. 물론 난희도 처음에는 주상 전하를 비방하려는 걸 근본 없는 비방이라 생각했다. 하지만 근본 없는 비방이라기에 소문은 너무나 자세했고, 너무나 사실적이었다.

주상 전하께옵서는 밤마다 남첩과 침수 드신다더라.

남첩에게 온갖 맛난 음식, 값비싼 패물을 줄줄이 갖다 바친다더라.

하루 웬 종일 곁에 붙여 놓고 온갖 은밀한 행각 즐기시는데, 심지어 남첩을 데리고 강무를 나가셨다더라…….

감히 입에 담기도 거북하고 귀로 듣는 것만으로도 망측한 내용의 소문이 줄줄 떠돌았다. 남첩의 정체는 다름 아닌 주상 전하 탕약을 맛보는 상약 생도. 물론 나중에는 그 생도가 사실은 여인이라는 것이 밝혀지기는 했지만 이제 와서 되짚어 보면 어쩌면 남첩이 차라리 나았을지도 모른다는 생각이 들었다.

주상 전하께서 암만 남첩을 총애하셔 봤자 남첩 따위가 첩지를 받을 텐가, 머리를 올릴 텐가? 백날 천날 성은 입어 봤자 후사도 못 볼 허깨비였다.

아무튼 난희는 그 남첩, 아니 사실은 여인이었다는 생도 나부랭이 하나 때문에 마음고생하는 중전을 곁에서 지켜본 산증인이기도 했다. 그 답답한 성격에 어디 시원하게 분풀이도 하지 못하고 그저 날마다 혼자서만 속앓이하던 날들.

하여 난희는 의빈 여약손 만나기만을 기다리고 또 기다렸다. 마침 종친 어른들 전부 모이는 다과 모임이 열렸다. 하늘이 내려 준 기회였다. 어디 다른 사람들 앞에서 망신이나 당해 보라지!

월당에 소식 전하러 가는 나인을 붙잡아서 부러 시각을 늦게 알려 주라 일렀다. 아니나 다를까, 의빈은 제 시각에 맞춰 오지 못해서 종친 어른들께 눈총 받았다. 시각을 잘못 알려 주어서 늦었다고 말해 봤자 소용없었다. 어차피 월당 처소나인들이 함께 들었다는 말은 증거가 되지 못했다. 의빈의 구차한 변명으로만 들렸다. 그렇게 난희의 작전은 성공했고, 의빈은 첫 만남부터 종친 어른들의 눈 밖에 났다.

의빈이 홀로 고립되어 따돌림 당하는 꼴을 보는데 어찌나 통쾌하던지!

난희는 의빈이 이대로 영영 내명부에서 기를 못 펴고 살길 바랐다. 의빈의 풀 죽은 모습을 보니까 차도 다과도 평소보다 훨씬 더 맛있게 느껴졌다. 그래서였을까? 난희는 점점 더 기세등등해졌다. 하지만 무엇이든 과유불급이랬다. 난희는 그쯤에서 의빈 괴롭히기를 멈췄어야 했다.

'이래서 상것이랑 어울리면 안 된다는 겁니다. 우리끼리 다과회할 때 언제 이런 사달 난 적이 있나요? 내가 이럴 줄 알았어…… 배운 것 없고, 상스러운 건 주인이나 종이나 똑같습니다. 하긴, 원래는 같은 출신이었으니 끼리끼리 통하는 게 있겠지만…… 듣자 하니 어디 거지처럼 떠돌던 장돌뱅이 집안이라는데. 이래서 근본은 못 속여요! 피는 거짓말 안 해! 에잇, 재수 옴 붙었어! 중전마마 때문에 참지만, 집에 돌아가면 소금 박박 뿌릴래요!'

이런 식의 노골적인 말은 암만 의빈이 밉고 괘씸해도 입 밖으로 내서는 안 된다는 뜻이었다.

"의빈의 말이 맞다. 의빈은 정1품의 빈이요, 너는 종4품의 공인이다. 신분의 차이가 하늘과 땅 만큼 큰데 어찌하여 의빈에게 하대를 하였어?"

"정1품이요? 근본도 모르는 생도입니다! 천출에게 어찌 존대를 합니까?"

"어허! 그래도!"

중전이 답지 않게 엄한 목소리로 난희를 꾸짖었다. 난희는 몹시 속상하고 서운했다. 아무리 그래도 그렇지, 중전마마께서는 어찌 나 아닌 의빈의 편을 든단 말인가?

난희가 쭉 입을 내밀었다.

"중전마마, 정말 너무하세요!"

불평을 쏟아 내리던 그때, 마침 밖에서 지밀의 목소리가 들렸다.

"중전마마, 대전 내관이 주상 전하께옵서 보내신 탕약을 가져왔나이다. 올려도 되겠습니까?"

순간, 중전의 얼굴이 환해졌다. 중전이 당연하다는 듯 고개를 끄덕였다.

"물론이다. 어서 들여라."

곧 문밖에서 탕약 대접을 든 동재가 들어왔다. 동재가 다소곳하게 고개를 숙이자 지밀이 탕약을 전해 받아 중전의 앞으로 가져갔다. 난희는 좀 전에 서운했던 마음은 모두 잊고 언제 그랬냐는 듯 동그랗게 눈을 뜨고 탕약을 바라봤다.

"세상에, 요즘에도 주상 전하께서 약을 보내 주십니까?"

"그렇단다. 열흘에 한 번, 결코 잊는 법이 없으셔."

대답하는 심씨의 목소리에 자부심이 가득했다. 난희가 힐끗 고개를 들어 중전의 얼굴을 살폈다. 눈에서는 초롱초롱 빛이 나며 두 볼은 다홍색으로 물이 들었다.

남들이 보기에는 별다를 것 없는 탕약이지만 어디 저 탕약이 그냥 탕약이던가? 난희가 기억하기로는 아마 중전 심씨가 혼례 올린 바로 직후부터 주상 전하께옵서 중전의 몸보신을 위해 꾸준히 챙겨 주는 약이었다. 듣기로는 내약방 어의들과 친히 약재를 고르고 처방에도 직접 참여하신다고 했다. 세상에 어떤 남편이 아내의 건강을 위해 이토록 지극정성으로 보살펴 준단 말이던가?

그래도 주상 전하께서 우리 중전마마를 완전히 잊고 사는 건 아닌가 보구나. 그래, 암만 의빈 따위를 총애해 봤자 첩이고 후궁이지. 세상에 조강지처 버리는 사내가 있다던? 난희는 주상 전하가 보냈다는 탕약을 보며 마음을 놓았다.

중전 심씨가 대접에 가득 따른 탕약을 조금의 망설임도 없이 한 번에 들이켰다. 동재가 그 모습을 유심히 지켜봤다. 이내 중전이 약을 모두 마시고 나서 제 할 말을 고했다.

"중전마마, 오늘 밤이 보름이라 주상 전하께옵서 교태전에서 침수 들겠다 전하라 하셨습니다.”

“알겠네. 상선에게는 내가 늘 고마워.”

“……성은이 망극하옵니다.”

깊이 고개 숙여 인사한 동재가 뒷걸음질 쳐 교태전을 나섰다. 동재 때문에 입을 꾹 다물고 애써 침착함을 유지하던 난희가 뛸 듯이 기뻐했다. 오늘 주상 전하께옵서 교태전에 드신다고?

감격에 겨운 난희가 중전에게 큰절을 올렸다.

“중전마마! 감축 드리옵니다. 음기 가득한 오늘 밤, 달의 기운 담뿍 받으시어 반드시 왕자를 회임하시옵소서!”

“예끼! 너 자꾸 나를 놀리지?”

중전이 손사래 쳤지만 난희는 짓궂은 장난을 거두지 않았다. 고요한 중궁전에 두 여인이 투덕대며 장난치는 목소리가 들렸다.

*

─휘익!

우전(羽箭: 깃털 없는 화살)이 쏜살같이 달려 나갔다. 마침내 픽! 나무 쪼개지는 소리를 내며 곰의 머리를 그려 놓은 웅후熊候에 화살이 박혔다. 둥둥둥 북이 울렸다.

“관중이요!”

엽사獵士가 붉은 기를 펄럭였다. 활을 쏘는 족족 관중이고, 명중이니 이유의 얼굴에 뿌듯함이 서렸다. 햇빛을 받아 새카맣게 빛을 내는 흑각궁을 어깨에 다부지게 걸고 한편의 화살을 더 날리려 할 때, 뒤에선 동재가 고했다.

“주상 전하, 의빈마마께서 오셨사옵니다.”

"그래? 의빈이 왔어?"

이유가 고개를 돌렸다. 저만치 상림원을 종종 걸어오는 약손의 모습이 보였다.

봄이라 그러한가? 햇볕 따뜻하고 겨우내 잔뜩 오므렸던 꽃봉오리가 펼쳐지는데 정전에 들어앉아 지루한 상소문만 보고 있자니 좀이 쑤셨다. 매운 수정과로 아무리 입안을 축여 봐도 정신은 더욱더 노곤해지기만 했다.

결국 이유는 조회를 일찌감치 파하고 일어섰다. 동재가 요 며칠 내로 성균관에서 대사례(大射禮: 임금이 신하들과 함께 활쏘기를 하는 의식)를 준비하겠다고 일렀지만 그 며칠을 참아 낼 성미가 아니었다. 대사례를 기다리다간 이 봄날은 전부 다 지나가고 말 터이니. 그냥 상림원에 과녁을 간단하게 준비해서 활을 쏘기로 했다. 물론 내금위에서 활 잘 쏘는 궁수들은 애초에 부르지도 않았다. 대체 혼자서만 활 쏘면 무슨 재미야?

이유는 저와 대적할 상대를 모두 무르더니 결국 불러 낸 사람이 의빈, 약손이었다. 사실은 활이 쏘고 싶었던 게 아니고 약손과 함께 상림원에서 꽃놀이를 하고 싶은 이유의 꿍꿍이였다.

약손은 오늘 분홍 저고리를 차려입었다. 개나리, 산철쭉, 민들레 곱고 곱지만 이유 눈에는 역시 약손이 제일 고왔다. 더는 활쏠 생각도 하지 않고 제게 걸어오는 약손을 그저 넋 놓고 바라봤다.

약손이 휘휘 주변을 둘러봤다.

"주상 전하, 무얼 그리 빤히 보세요? 제 얼굴에 뭐 묻었어요?"

약손이 갸웃 고개를 저으며 제 볼을 슥슥 쓸었다. 아니아니, 뭐 묻은 게 아니라…… 네가 너무 고와서 봤다는 말을 하기엔 좀 간지러웠다. 듣는 귀도 많고, 부끄러웠다. 이런 말은 이불 속에서 단둘이 있을 때나 해야지……

이유가 맴맴 고개를 저었다. 대신 약손의 손을 꼭 잡아끌었다.

"낮상 먹었어?"

"네, 먹었습니다. 전하는요?"

"나도 먹었지. 무슨 반찬을 먹었어?"

"상추에 삶은 돼지고기 싸먹었어요. 수라간 나인이 부추 무침해줬는데 새콤달콤하고 아주 맛있었어요."

"내가 월당에 맛난 음식 많이 해주라고 말해 놓았거든. 약손아, 느티떡 먹을래?"

"네."

약손이 주려고 상림원 올 때 손수 떡을 챙겨 왔다. 상림원 꽃구경하면서 먹기엔 역시 느티떡이 제격이지. 느티떡은 이유가 돌아오는 봄마다 챙겨 먹는 떡인데 약손이 맛있게 먹는 모습 보면 퍽 좋을 것 같았다.

이유가 약손을 나무 그늘 아래에 앉혔다. 손에 떡 하나를 쥐어 주니 약손이 야금야금 떡을 베어 먹었다. 떡을 한입 먹은 약손의 눈이 휘둥그레졌다.

"전하!"

"맛있지?"

"네! 정말 맛있습니다!"

느티떡은 먹어 본 적 없었다. 느티잎이 아삭아삭 씹히고 은은하게 배어 나오는 느티 향이 참으로 신묘했다. 약손은 꿀떡꿀떡 잘도 먹었다. 이유는 약손이 떡 먹는 모습을 흐뭇하게 지켜만 봤다. 아무것도 안 먹어도 절로 배가 부른 광경이었다.

떡을 모두 해치운 약손이 통통 배를 두드렸다. 이유가 얼른 곁에 앉아 어깨를 대주니까 약손이 자연스럽게 그 위에 폭 고개를 없었다. 상림원 수풀 어디에선가 휘파람새가 울었다. 이유가 약손의 어깨를 토닥토닥 두드렸다. 떨어지는 꽃비를 맞다가 며칠 전부터 내내 말할까, 말까 고민하던 이야기를 조심스럽게 꺼냈다.

"약손아……."

"네?"

"다과회 때…… 목 상궁 종아리를 쳤다면서?"

"……."

갓 시집온 의빈 여약손이 종친 모임에서 제 상궁의 종아리를 작살냈다, 라는 소문이 궐 안에 파다했다. 여빈 고거 보통이 아니라는 둥, 주상 전하 성총만 믿고 패악이 이만저만하지가 않다는 둥, 근본 모르는 천출답게 발랑 까져 가지고 싹수가 노랗다는 둥……. 온통 약손을 비방하는 이야기뿐이었다. 물론 이유가 그 터무니없는 소문을 믿는 것은 아니었다. 사실 이유는 약손이 상궁의 종아리를 쳤든, 다리를 부러뜨렸든 아무 상관없었다. 어디 우리 약손이가 괜히 그랬겠는가? 오죽 화가 났으면 그 순한 애가 화를 다 내? 그럴 만했으니까 종아리를 쳤겠지. 이런 입장이었다.

다만 이유가 마음에 걸리는 것은…….

"무슨 일인데? 뭣 때문에 그랬는데?"

"아, 그건……."

약손이 우물쭈물 망설이다가 이내 조개처럼 꾹 입을 다물었다. 그 모습에 이유는 한 번 더 서운해졌다.

약손아, 우리 이제 부부 아니야? 혼례 올리고 합환주 나눠 마신 거 아니었어? 비가 오나 눈이 오나 서로 사랑하는 마음 변치 말고, 기쁨은 나누고 슬픔은 덜어 주며 살기로 맹세했잖아. 평생 비밀 같은 거 안 만들기로 했으면서……

그렇다.

이유는 다만 궁궐 사람들이 전부 떠드는 이야기를 정작 제게는 해주지 않는 약손의 태도가 못내 섭섭한 것이었다. 차라리 약손이 다과 모임 때 이런이런 일이 있었고, 저런저런 난리가 나서 저가 목 상궁의 종아리를 쳤다. 저를 천출이라 따돌리고 깔보는 종친부에게 화가 나서 그랬다…… 말해 줬으면 이렇게 속상하지는 않았을 터였다.

몇 번이나 약손에게 사건의 전말을 묻고 싶었지만 지존된 체면에 내명부 일에 간섭한다 여길까 봐 혼자 속앓이만 했다. 역시나 약손은 이유가 이렇게까지 나오는데도 사실을 말하지 않았다.

"그냥…… 그런 일이 있었습니다."

"왜 말 안 해줘?"

"내명부 일이니까요?"

"뭐야? 왜 말을 못 하는데?"

"못 하는 게 아니라 안 하는 겁니다. 주상 전하께서 내명부 일을 알아서 뭐하시게요?"

"종친부에서 널 무시하든? 천출이라 업신여겼어? 막 텃세 부리고 구박해?"

"설사 그러한들 저가 가만 당하고 있겠습니까? 저 여약손이에요."

"앞으로 다과 모임에 내가 따라가 줄까?"

"됐습니다! 여인들 모임에 전하가 오시면 대체 세상 사람들이 전하를 뭐라 하겠습니까? 제가 알아서 할게요."

"그렇지만 너 힘든 모습을 어떻게 보고만 있으란 말이야? 부부는 일심동체인 건데……."

말하다 보니 설움이 복받쳤다. 이유가 훌쩍 코를 마셨다. 처음
엔 분명히 약손이 이유의 너른 어깨에 기대 있었는데, 어느새 약
손의 어깨에 기대 있는 사람은 이유였다. 약손이 의젓하게 이유
의 어깨를 토닥였다.

"부부가 일심동체라는 것은 맞습니다. 하지만 이것은 내명부
의 일입니다. 어디 사내 된 몸으로 여인들 일에 간섭한단 말입니
까? 안 됩니다. 어불성설이에요."

"아무한테도 말 안 할게. 나한테만 살짝 말해 주는 것도 안
돼?"

"안 돼요."

"너 진짜 너무한다……."

"서운해 하셔도 어쩔 수 없습니다. 법도가 그래요, 법도가."

약손이 이토록 완강하게 고개를 저으니 이유도 별수 없었다.
어차피 약손이가 말 안 해 줘도 나는 다 알고 있는데…… 그렇지
만 네 입으로 직접 듣고 싶은 건데…….

이유는 더 이상 조르지도 못했다.

"활 안 쏘십니까? 아까 보니 관중이던데?"

"활 쏘는 것 보고 싶어?"

"네. 구경하고 싶어요."

"내가 또 활 쐈다 하면 백발백중이지."

저가 활 쏠 때 가장 늠름하고 멋지다는 사실은 이유 스스로가
제일 잘 알았다. 저의 씩씩함을 뽐낼 수 있는 절호의 기회를 놓
칠 리 없었다. 이유가 언제 떼쓰고 고집을 부렸냐는 듯 근엄한
얼굴로 각궁에 활을 걸었다.

"잘 보거라. 활 쏘는 게 보기엔 쉬워 보여도 여간 힘든 일이

아니에요. 어? 이 어깨 힘! 받쳐 주는 하체 힘! 복부의 단단함이
어우러져야 비로소 완성이 되는 거야!"

이유는 한참 동안 저의 튼튼한 사지육신을 과시했다. 내친김
에 어깨에 걸린 흑각궁 또한 자랑스럽게 보여 줬다.

"이건 흑각궁이라 해. 예로부터 나라의 보배가 세 가지 있으니
첫째가 말이고, 둘째가 소고, 셋째가 흑각이랬어. 말은 여럿을
태울 수 없고, 소는 도둑에게 줄 수 없고, 흑각은 연습으로도 쓸
수 없을 정도로 귀하다지."

"그래요?"

"그럼. 조선에서도 물소를 키워 낼 수 있으면 참 좋으련만……
조선의 기후에서는 물소가 자랄 수 없어 명나라에 의존해 흑각
궁을 들여와야만 하는 사실이 참으로 애통할 뿐이란다."

이유의 얼굴에 근심이 내려앉았다.

한우 뿔로 만든 향각궁鄕角弓, 사슴의 뿔로 만든 녹각궁鹿角弓,
전부를 써봤지만 모두 흑각에는 비할 바가 못 됐다. 향각은 흑각
보다 내구성이 떨어져서 툭하면 활이 부러졌고 위력 또한 약했
다. 녹각은 현실적으로 수량이 부족해 쉽게 구할 수가 없었다.
하여 조선 왕실에서는 물소 뿔 수입을 가장 중요하게 생각했다.
하지만 명나라에서는 흑각을 전략 물자로 분류하여 조선이 수입
하기를 일시적으로 거절한 상태였다.

"흑각을 쉬이 구할 방법만 있다면 참으로 좋을 텐데……."

이유가 휙 화살을 날렸다. 어깨에 걸린 흑각궁이 반짝 빛을 뿜
어내는 모습이 찬란했다. 그 모습 가만히 지켜보던 약손이 갑자
기 벌떡 자리에서 일어났다.

"그래! 이거야! 바로 이거였어!"

"응? 뭐가 말이냐?"

이유가 멀뚱멀뚱 약손을 바라봤다.

약손은 그대로 월당으로 돌아왔다.

"마마, 어찌 이렇게 일찍 오셨습니까?"

아직 종아리가 낫지 않아 상림원에 따라가지 않았던 목 상궁이 깜짝 놀란 얼굴로 물었다. 약손은 대답할 겨를도 없다는 듯 황급히 지필묵을 꺼냈다.

"소명 공주께, 언니에게 서찰을 보내야겠네."

"예? 지금요?"

"응! 당장!"

까닭은 잘 모르겠지만 약손이 하도 급해하니까 덩달아 목 상궁 또한 분주해졌다. 목 상궁이 곁에서 먹을 갈았다. 아직 먹은 갈지도 않았는데, 손에 미리 붓을 쥔 약손의 얼굴에 웃음이 만개했다.

약손은 조선을 떠나기 전, 소명 공주가 제게 은밀히 했던 말을 떠올렸다.

'내가 동생을 궐로 데리고 올 때 했던 말을 기억하는가?'

'기억하다마다요. 공주님께서 제게 그러셨죠? 만약 공주님을 따라 궐에 돌아가면 성천도호부의 옥광산보다 더 큰 선물을 주시겠다고요.'

'그렇지. 그깟 옥광산과는 비교도 할 수 없을 만큼 귀하고 값비싼 선물을 준다고 했지.'

그렇다.

애초에 소명 공주와 함께 궐에 돌아올 때 약손은 옥광산보다 훨씬 더 귀한 선물을 받기로 했다. 약손이 누구이던가? 고작 사랑 따위에 눈이 멀어 평생 보장된 부귀영화 내팽개칠 위인이던가? 사랑은 사랑, 재물은 재물. 공과 사를 칼같이 자르는 인간이 바로 여약손이었다.

물론 그렇다고 해서 소명 공주의 선물에만 눈이 멀어서 궐에 돌아온 것은 아니었다. 어느 정도는 이유를 보고 싶은 마음 또한 있었다. 그저, 재물과 사랑 두 마리 토끼를 동시에 잡을 수 있는 일석이조의 상황이었다면 설명이 될까?

아무튼 소명 공주는 약손에게 저가 했던 약조를 지키려 했다. 하지만 소명 공주 또한 그리 호락호락한 여인은 아니었다. 소명 공주는 약손에게 선물을 직접 택할 것을 명했다.

'내가 동생에게 줄 선물의 조건은 두 가지네. 성천도호부의 옥광산과는 비할 바 없는 부귀. 위험천만한 궐에서 스스로의 목숨을 지킬 수 있을 만큼의 중요한 영화.'

'……예? 그런 선물이 있습니까?'

'그럼, 있고말고. 다만, 그 선물은 자네가 직접 찾아내야 할 거야. 찾는다면 그땐 내게 서찰을 보내.'

소명 공주는 수수께끼 같은 말만 남기고 명나라로 훌쩍 떠나 버렸더랬다. 그 이후로 약손은 소명 공주의 수수께끼를 풀기 위해서 밤낮없이 고민하고 또 고민했다. 선물로 명나라 비단 수천 필을 달라할까? 아니면 고려 인삼을 명나라에서 팔 수 있는 상권을 달라해? 생각 안 해본 게 없었고, 떠올리지 않은 물품이 없었다. 하지만 그 어떤 것도 옥광산 만큼 비싸지 않았다. 더군다나 제 목숨 지킬 수 있을 만큼 중요하지도 않았다.

설마…… 선물 주기 싫어서 거짓말한 것 아니야?

종내에는 소명 공주를 의심하기까지 했다. 대체 무엇을 선물로 받아야 한단 말인가? 하지만 약손은 이제야 소명 공주가 낸 수수께끼의 답을 찾아냈다.

옥광산의 부귀, 내 목숨 지킬 수 있는 중요한 영화. 그렇다면 정답은 하나였다.

"마마, 먹을 다 갈았습니다."

"그래?"

약손이 말총 붓을 먹에 꾹 눌러 찍었다. 시원시원한 글씨로 저가 받고 싶은 선물의 이름, 그 글자를 꾹꾹 눌러썼다.

제가 언니께 받고 싶은 선물은 말입니다…… 바로 이것이지요.

흑각黑角.

약손이 저가 써내려간 두 글자를 내려다봤다. 소명 공주가 말한 두 가지 조건을 충족시킬 수 있는 선물 중에 이만한 것이 또 어디 있으랴? 약손이 만족스럽게 웃었다.


[2]

"이보게, 주모. 아직 멀었는가?"

"주막 때려치운 지가 언젠데 아직도 주몹니까? 나리, 체통을 좀 지키십시오."

양씨가 칠봉의 옆구리를 확 꼬집었다.

"아아앗!"

칠봉이 몸을 비틀었다. 양씨가 칠봉의 등짝을 짝짝짝 매섭게 내려쳤다. 칠봉이 온갖 인상을 쓰며 몸을 바로 했다. 칠봉이 녹색 관복 멋들어지게 걸쳐 입으니까 장돌뱅이의 추레한 모습은 온데간데없었다. 태고 적부터 양반집에서 대대손손 영의정 좌의정 줄줄 해먹은 대가 댁의 정승 같았다. 그리고 말이야 바른 말이지, 솔직히 칠봉이 그 나이 대의 사내치고는 퍽 인물이 훤한 축에 속했다. 몸뚱이 곳곳에는 평생 걸어 다니며 새겨진 질긴 근육이 돋보였다. 사실 활쏘기고, 검술이고 다 필요 없었다. 부러

익힌 무예 근육은 결코 생활 근육을 이기지 못했다.

딱 벌어진 어깨, 굵직한 목, 두툼한 풍채가 오늘에서야 빛을 발했다. 운학이 수놓아진 흉배를 걸치고 맨 마지막으로 단각사모單角紗帽를 바로 썼다.

이햐, 이래서 옷이 날개라 하는 거구나.

"꽤…… 그럴싸합니다?"

"흠, 그러한가?"

양씨 또한 칠봉의 색다른 모습에 놀란 눈치였다. 칠봉이 어흠 어흠 괜히 헛기침을 하며 턱 밑의 수염을 쓸었다. 칠봉 채비 끝난 줄 어찌 알았는지 문밖에서 행랑아범 목소리가 들렸다.

"나리, 이제 그만 입궐하셔야 합니다. 더 지체했다가는 늦고 맙니다."

"벌써 시각이 그렇게나 지났단 말이야?"

깜짝 놀란 칠봉이 오두방정을 떨며 방을 나서려 했다. 으이그, 이 양반아! 이렇게 행실이 가벼워서 어따 쓰누? 양씨가 다시 한 번 칠봉의 옆구리를 콱콱 꼬집었다.

"대체 체통 지키라는 말을 몇 번이나 합니까? 한번만 더 하면 백 번 되겠습니다. 귀에 딱지가 않겠습니다. 예?"

"미안하네. 내가 자꾸만 깜빡깜빡 잊어버려서……."

"참하관이 무엇인 줄은 알지요? 관직 중에서 엄청 높은 자리라고 합디다. 포졸, 관졸 걔네들은 비할 것도 아니고, 그 뭐라더라……. 아무튼 까마득히 높다잖아요. 그렇다면 그런 줄 알아야지, 뭐. 아무튼 제발 궐에 가서는 정신 똑바로 차리세요. 의빈마마 아버님씩이나 되는 분이 정작 마마의 흉이 되어서야 쓰겠습니까?"

"알았어. 내 주모의 말을…… 아니, 부인의 말씀을 가슴에 새기고 또 새기겠네."

칠봉이 느릿느릿 방을 나섰다. 원래 양반들은 비가 와도 그대로 맞고, 미친개가 쫓아와도 뛰지 않는 답답한 족속이니 나름대로 흉내를 내는 중이었다.

동네 아이들 전부를 불러다가 말 타기를 해도 공간이 남아돌 널찍한 마루를 지났다. 댓돌 위에 목화신이 나란히 놓여 있는 것이 보였다. 칠봉이 두 발을 한 짝 한 짝 넣어 쑥쑥 잘도 신었다. 칠봉의 발 크기에 맞춰 재단한 신발은 칠봉에게 꼭 맞았다.

마당에는 이미 칠봉이 궁궐까지 타고 갈 남여가 준비되어 있었다.

비록 칠봉의 품계가 참하관이지만 주상 전하 총애 받는 후궁의 아버님 되는 분의 행차라 가마꾼은 물론이고, 등롱과 우산을 든 수행원 수십 명이 실에 꿴 구슬처럼 줄줄이 이어졌다. 이토록 많은 사람들이 내 수발을 든단 말이야?

괜스레 이마에 땀이 흘렀다. 칠봉이 얼른 손에 쥔 부채를 펴서 몹시 긴장한 제 얼굴을 가렸다. 양씨가 당황스러운 일이 생기면 당황하지 말고 자연스럽게 얼굴을 가리라고 준 부채가 퍽 유용했다. 괜히 부채 들고 다니면 거추장스러울 것 같았는데, 역시. 사내는 여자 말 들어서 손해 보는 법 없었다.

칠봉이 애써 아무렇지 않은 척, 이깟 남여 따위 일생을 타고 다닌 척, 나는 한 번도 스스로 걸어 본 적 없는 척 자연스럽게 가마 위로 올랐다.

"나리, 출발해도 되겠습니까?"

역졸이 물었다. 칠봉은 부채로 얼굴을 가린 채 목소리만은 비장하게 대답했다.

"그래…… 출발하거라."

약손 덕분에 참하관 자리에 오를 때 받은 고래 등처럼 넓은 집 대문이 활짝 열렸다. 칠봉의 가마가 밖을 나섬과 동시에 역졸이 우렁찬 목소리로 소리쳤다.

"물렀거라! 모두 물렀거라! 참하관 나리 행차시다!"

한편, 월당의 약손 또한 이른 아침부터 부지런을 떠는 중이었다. 수라간에 일러 특별히 신경 써서 음식을 준비하고 며칠 전부터 월당 곳곳을 청소했다. 원래부터 말끔하긴 했지만 오늘은 정말 먼지 한 톨 찾아볼 수 없는 수준이었다. 그래도 누구 하나 약손이 극성떤다고 밉게 보는 사람이 없었다. 그럴 만도 했다. 대체 얼마 만에 만나는 아버지란 말인가? 혼례 때 잠깐 만나긴 했지만 워낙 바쁘고 정신이 없어서 제대로 된 인사 한번 나누지를 못했다.

약손은 오매불망 칠봉을 기다렸다. 목 상궁이 햇볕 따갑다, 바람 쌀쌀하다, 방 안에 들어가서 기다리라 권했지만 도통 말을 듣지 않았다.

의빈께서는 당신 맘에 차지 않으면 절대 고집을 꺾지 않는 분이시구나. 목 상궁은 차츰차츰 약손의 성격을 파악해 나가는 중이었다. 하여 더는 잔소리하기를 포기하고 차양으로 햇볕만 가려 줬다.

막 오시(午時 : 11~13시)가 될 무렵, 부리나케 달려오는 나인이 보였다.

"마마! 의빈마마! 나리께서…… 참봉 나리께옵서 도착하셨습니다."

"그게 정말이냐?"

곧 나인의 뒤로 위풍당당하게 걸어오는 사내가 보였다.

"아부지……?"

약손의 눈이 휘둥그레졌다. 관복 차려입은 칠봉의 모습이 참으로 늠름하기 그지없었다. 약손이 저도 모르게 뛰어나가려는 것을 목 상궁이 손목을 잡아 붙들었다. 목 상궁이 작게 고개를 저었다. 암만 기쁘고 신나도 체통을 지키라는 신호였다.

그 손 뿌리치고 당장 달려가고 싶은 것을 꾹 참았다. 곧 약손의 앞으로 칠봉이 걸어왔다. 칠봉이 제 얼굴을 가렸던 부채를 공손하게 접었다. 그러고는 한껏 낮춘 목소리로 말했다.

"참봉 여칠봉…… 의빈마마께 인사 올리옵니다."

\*

"아부지!"

"약손아!"

처소에 목 상궁을 제외한 궁인들을 모두 물리자마자 약손과 칠봉은 대체 언제 근엄하고 진지했냐는 듯 손을 움켜잡고 깨방정을 떨기 시작했다.

"너 궐에 들어갔다가 소식 없어서 참말 죽은 줄만 알았다. 갯버들탕 먹은 게 들켜서 육시당하면 어떡하나 얼마나 걱정한 줄 알아? 하마터면 궁궐에 쳐들어올 뻔했어!"

"내가 아무 일 없을 거라고 했잖아. 나를 못 믿어?"

"어휴, 너를 믿고 못 믿고의 문제가 아니지 않느냐……. 궐이란게 어디 한 치 앞을 알 수 있는 곳이라던?"

"그렇긴 하지만……."

"됐다. 지난 일은 각설하고, 대체 이게 어떻게 된 일이냐? 궐에 들어갈 땐 사내였는데 대체 어떻게 후궁이 된 거야? 응? 어떻게 주상 전하 마음 휘어잡았어?"

"휘어잡기는 무슨…… 난 별론데, 주상 전하가 자꾸 나 좋다고 쫓아다니고 귀찮게 굴고 그러니까 뭐…… 어쩔 수 없이 마음 받아 준 거야."

"주상 전하가 널 좋아한다고? 세상에, 이런 일이! 혹시 주상 전하는 눈이 없는 분이셔?"

"아부지!"

약손이 빽 소리를 질렀다.

"농담이다. 농담이야, 헤헤헤……."

칠봉이 천치처럼 웃어 보였다. 저번에 혼례식에 왔을 때, 약손한테 이런저런 얘기 물어보고 싶고 대화 나누고 싶었는데 궁궐의 법도란 어찌나 지엄하던지. 이야기는커녕 얼굴 한번을 제대로 못 봤더랬다. 칠봉은 저 높은 후궁마마가 과연 제 자식 약손이 맞는지 아닌지 긴가민가 헷갈릴 정도였다. 그래도 궁궐 인심이 영 야박하지는 않은가 보다. 칠봉에게 시집간 딸 사사로이 만날 수 있는 기회를 만들어 줬다.

쳇! 내 자식 내가 보겠다는데 엄청 유세 떠네!

칠봉은 어디 다친 곳은 없나 약손의 얼굴을 살피고, 혹시 살내리지는 않았는지 차근차근 뜯어 봤다. 다행히 약손은 궁궐에서 잘 먹고 잘 자는 듯했다. 혈색은 뽀얗고 환했으며 광대에서는 빛을 냈다. 포동포동 살 오른 볼따구니를 보니까 나름 안심이 됐다.

"약손아, 너 진짜 다 컸다. 코 찔찔 흘리던 게 어느새 혼례를 올려서 천상천하 유아독존 지체 높은 후궁마마가 된 거야……."

"무슨 또 천상천하 유아독존이래? 그 정도는 아니거든?"

"아니긴. 중전마마 담으루 높은 거면 엄청 높은 건데……."

칠봉이 저도 모르게 눈물을 글썽거렸다. 그동안 누구에게도 말 못 하고 저 혼자만 삭이던 설움과 근심이 오늘에서야 드러난 것이었다.

"네가 이렇게 시집을 가는데도 못난 아부지는 해준 게 하나도 없다. 농짝이라도 하나 해줬어야 됐는데……."

"아이, 울긴 왜 울어? 그깟 농 안 해주면 뭐 어떻다고. 자, 봐. 나 농 있어. 엄청 큰 거 있어. 나 혼자 편히 쓰라고 주상 전하께서 제일 좋은 거 주셨어."

약손이 등 뒤를 가리켰다. 화려한 자개 박힌 농이 한 폭의 그림처럼 벽 한 면을 전부 차지하고 있는 것이 보였다. 아닌 게 아니라, 이 정도로 좋은 농은 사실 중궁전에도 없었다.

중전 심씨는 본래 취향이 검소하고 소박해서 교태전은 수수하기 이를 데 없었다. 화려함이 다 무엇인가? 꼭 필요한 세간 몇 가지가 전부라 절간이라 해도 믿을 정도였다.

"중전마마께서도 이리 좋은 건 없으셔."

약손이 자랑하듯 작게 소곤거렸다. 제 딴에는 아비에게 저가 이만큼이나 잘 대접받고 산다, 남부럽지 않은 부귀영화 누리고 산다, 안심시키려던 말이었다. 그런데 웬걸? 칠봉의 마음은 더욱 서러워졌다.

"시가가 이렇게 대단하구 지체 높아서 어떡하냐? 암만 주상 전하께서 농짝을 주시고 전답을 주신다 한들 그건 그거고, 이건 이거지. 자고로 혼수 제대로 해가야 시가에서 무시 안 당하고 산다는데…… 숟가락만 가져오면 된다고, 몸만 오면 된다고 호언하는 놈들 중에서 진짜 끝까지 책임지는 놈 못 봤다. 주상 전하께서 예단 변변찮다고 얕보고 그러진 않아? 너 신분 낮다고 구박하는 사람은 없어?"

역시 칠봉이었다. 한평생 전국 떠돌며 보고 들은 이야기가 한둘이 아니었다.

원앙금침 혼수로 안 해 갔다고 평생 며느리 박대한 시어머니, 남들은 처가 덕 봐서 떵떵거리며 잘만 사는데 나만 똥물을 뒤집어썼는지 고작 너 같은 여편네를 만나서 내 인생이 이 모양 이 꼴이라며 툭 하면 밥상 엎고 손찌검하는 사내……

하물며 약손은 무려 시가가 왕실이었다. 신분의 차이가 엄청나니 그 서러움 홀로 감당해야 할 제 딸내미가 못내 걱정이 됐다.

"주상 전하께서는 나 무시하지는 않는데……."

"않는데?"

"종친부에 난희 고년이 나를 천하다고, 비천하다고 놀리고 그랬어. 나만 쏙 빼놓고 저들끼리만 말하고…… 나만 따돌림 주고 막 그래……."

"뭐? 난희가 누구야? 얼마나 잘났다고 남의 귀한 딸을 따돌려, 따돌리길?"

"내 말이 바로 그거야! 지들은 대체 얼마나 잘났는데? 보니까 옷도 내가 입은 게 제일 곱구, 가채에 꽂은 떨잠도 제일 비쌌는데……."

"아주 못돼 처먹었구먼! 신분만 고귀하면 뭐하냐? 마음이 고귀해야지!"

"맞아!"

칠봉은 약손을 대신해서 종친부를 실컷 욕해 줬다. 한참 욕을 하던 칠봉이 다시금 울먹였다.

"아부지가 힘만 있었어도 네가 이리 무시당하며 살진 않았을 텐데…… 아부지가 정말 미안해."

"그게 왜 아부지가 미안해할 일이야? 나 이렇게 잘 키워 줬으면 된 거지."

"약손아…… 흑……."

약손이 칠봉의 눈물을 닦아 줬다. 칠봉도 더는 약한 모습 보이지 않겠다는 듯 애써 눈물을 참으며 눈을 부릅떴다. 비록 고래 등 같은 기와집에, 가마에 올라 떵떵거리며 살게 되었지만 칠봉은 자신의 부귀가 모두 허깨비라는 사실을 누구보다 잘 알았다.

칠봉이 걸친 옷, 입에 들어가는 쌀밥, 고기반찬은 모두 약손 덕분에 이루어진 것들일지어니…… 어느 날 갑자기 사라진다 해도 하나도 이상하지 않을 것들이었다. 적어도 이 모든 것들을 지키기 위해서는, 약손의 안위를 무사히 영위하기 위해서는 앞으로 정신 똑바로 차리고 살아야 했다.

칠봉이 훌쩍 코를 마시고는 누가 들을세라 목소리를 낮췄다.

"약손아."

"응?"

"이 아부지 말 잘 들어. 주상 전하께서 암만 널 아낀다 해도 사내 마음이란 절대 믿을 게 못 된다."

"아니야. 주상 전하는 다른 사내랑 달라서……."

"예끼! 이런 망충아! 사내를 믿느니 옆집 개를 믿어!"

"……."

역시 이럴 줄 알았다. 칠봉은 약손이 사랑 놀음에 정신 빼앗겨 넋 놓고 살 줄 알았다. 여자들이 그러다 뒤통수 맞는 거야, 이것아! 칠봉이 제 가슴을 퍽퍽 쳤다.

"주상 전하는 주상 전하고, 너는 너대로 살 궁리를 찾아야지."

"아부지도 그렇게 생각해?"

"그럼. 넌 뭐 사내놈들이 첨부터 손찌검하는 줄 알아? 여자들이 바보라서 첨부터 그 사실 알고 살았게? 수작 걸 때는 손에 물한 방울 안 묻히고 살게 해줄 듯 애지중지해 주다가 한 이불 덮고 나면 내가 언제 그랬냐는 듯 싹 변하는 게 사내야. 홀몸이면 맘 편히 갈라서기라도 하지. 너, 그러다 애라두 낳아 봐라? 내배 아파 낳은 자식 애비를 죽여 살려? 어쩔 수 없이 살 부대끼고 사는 거야."

"저런……."

"저런이고 나발이고! 지금 불난 집 구경할 때가 아니야. 넌 안그러고 살 것 같아? 네 얘기되는 거 순식간이다. 서방한테 맞고 사는 아내, 기죽어 사는 아내 되고 싶어?"

"아니!"

약손이 펄쩍 뛰었다. 어휴, 우리 약손이 순진해서 어떡하나? 혼인은 환상이 아니라 현실이라고! 칠봉은 약손이 혼인에 발목 잡혀 평생 마음고생하며 살기를 바라지 않았다. 내 자식 한평생 행복하게 살려면 어떻게 해야 하나. 어떻게 해야 이 무서운 구중 궁궐에서 한 목숨 오롯이 부지하며 오래오래 살까…….

칠봉은 저가 아는 모든 지혜 총동원해서 약손을 위한 묘수를 짜내야만 했다. 일단 주상 전하한테 너무 목매지 말고, 집착하지 말고……. 나름의 비방을 말해 주려는데, 문득 약손이 말했다.

"그래서 말인데, 아부지."

"응?"

"아부지가 해줄 일이 있어."

"해줄 일? 그게 뭔데?"

칠봉이 눈을 동그랗게 떴다. 약손이 목 상궁에게 눈짓했다.

"들라 하게."

"예, 마마."

곧 월당 안으로 사내 둘이 다소곳하게 고개를 숙이고 들어왔다.

"의빈마마, 복금 인사 올리옵니다."

"의빈마마, 수남 인사 올리옵니다. 천세를 누리시옵소서……."

제게 예를 차리는 복금과 수남의 모습은 몇 번을 봐도 웃겼다. 약손이 키득키득 터지는 웃음을 애써 참았다.

이분들은 누구야? 칠봉이 물었다.

"내 처소에서 일하는 차노비야."

"……차노비?"

"응. 내가 생도로 있을 때 제일 친하게 지낸 친구들이거든. 주상 전하께서 특별히 차노비로 일할 수 있도록 윤허해 주셨어."

"그래?"

칠봉이 복금과 수남의 얼굴을 찬찬히 살폈다. 본래는 친구로 지냈다더니만 관상이 딱히 나쁘거나 악독해 뵈지는 않았다.

"근데 내가 해줄 일이 있다면서? 이분들은 왜 불렀니?"

"혼자서는 할 수 없어. 아부지가 내 친구들이랑 같이해 줘야 할 일이니까……."

목 상궁이 월당의 모든 문을 걸어 잠갔다.

이윽고 약손이 칠봉과 복금, 수남에게 저가 생각한 묘수를 조곤조곤 설명했다. 약손의 이야기를 듣는 칠봉의 얼굴이 시시각각 변했다. 놀랍고, 경탄하고, 존경심이 우러나오는 표정…….

칠봉은 저도 모르게 감탄했다. 물론 감탄한 것은 칠봉 혼자만이 아니었다.

"의빈마마! 참으로 똑똑하십니다. 어찌 이런 생각을 다 하셨습니까?"

"그럼, 애초에 소명 공주한테 그 큰 선물을 받기로 약속을 하고 궐로 돌아온 거였습니까? 어쩐지…… 옥광산을 포기할 마마가 아니라 생각했습니다."

"이 일만 성사되면 앞으로 궐 안에서 누가 마마를 무시할 수 있을까요? 종친? 중전마마? 아니, 주상 전하께옵서도 마마를 함부로 대하지 못할 것이 확실합니다."

세 사람, 아니 목 상궁을 포함한 네 사람 모두 약손의 지혜에 탄복했다. 비록 약손이 주상 전하 총애 덕분에 후궁의 자리에 올랐지만 앞으로 걸어가야 할 가시밭길이 걱정이었는데, 웬걸? 약손의 이야기를 들으니까 이건 뭐 평생이 걱정 없을 정도였다.

그렇다면 과연 약손이 칠봉에게 알려 준 묘수란 무엇일까?

\*

약손과 헤어지고 돌아오던 길, 칠봉은 잔뜩 긴장한 채였다. 낮말은 새가 듣고 밤말은 쥐가 듣는다는데, 독심술을 익힌 제 머릿속의 생각을 읽을까 봐 안절부절못했다. 참으로 허무맹랑하기 그지없는 상상이었지만 약손이 알려 준 묘수가 그만큼 대단하다는 뜻이었다.

'암만 내 자식이지만 참으로 야무지다. 웃전한테 이래저래 무시당하고 살면 어떡하나 걱정했는데, 그럴 필요 하나도 없겠어!'

주먹을 불끈 쥐며 약손을 위해서라면 그 어떤 궂은일도 다 하겠다는 각오를 다졌다. 하지만 각오가 너무 과했나 보다. 약손이가 내주는 온갖 만난 음식 다 먹어서 그러한가? 아랫배가 살살 아파 오기 시작했다. 하필이면 신성한 궁궐 안에서 배가 아프다니! 방정 떨며 뒤춤을 부여잡다가 의빈마마 체면이 생각나서 얼른 몸을 바로 했다.

칠봉이 하도 몸을 배배 꼬아 대니까 배웅해 주던 복금이 물었다.

"나리, 어디 몸이 불편하십니까?"

"응? 똥이…… 아니아니 배가 좀 아파서……."

얼른 궐을 나가서 시원하게 일 보고 싶은 마음이 굴뚝같았다.

"배요? 배가 아프세요? 진맥 짚으셔야 하는 것 아닙니까?"

수남이 덜컥 걱정스러운 얼굴을 해보였다.

이미 수남은 주상 전하께 첩지 받고 정1품 빈에 봉해진 약손에게 충성을 맹세했다. 하물며 저가 충성한 의빈마마를 낳아 주고 길러 주신 아버님의 복통을 충직한 차노비로서 결코 묵과할 수 없었다.

"의원을 부를까요? 내의원에 다녀올까요?"

"아니아니, 그럴 필요까지는 없네."

칠봉이 고개를 저어 만류했다. 이깟 배앓이에 무슨 의원을 부른단 말이더냐. 그냥 똥 한번 푸짐하게 싸면 나을 것 같았다. 하지만 수남은 포기를 모르는 충직한 차노비였다. 부득불 내의원에 들러야 한다고 우겼다.

그냥 똥마려운 건데 내의원이 웬 말이냐, 의빈마마 아버님 아픈 꼴을 어찌 두고만 보냐, 됐다 얼른 집에 가련다, 절대 안 된다 내의원에 들러 진맥을 짚고 가셔라…….

칠봉과 수남이 한참을 실랑이할 때였다.

등 뒤에서 웬 목소리 하나가 들려왔다.

"무슨 일입니까? 누가 아프기라도 하십니까?"

복금과 수남, 칠봉이 차례대로 고개를 돌렸다.

"히익!"

"흐억!"

그 낯익은 얼굴을 보는 순간, 복금과 수남이 제일 먼저 놀랐다. 어찌 몰라볼 수 있으랴? 지금에야 약손과 함께 월당 차노비 직소에서 지내지만 얼마 전까지만 해도 내약방에서 살다시피 한 둘이었다.

그렇다. 목소리의 주인공은 바로 내의원 수장 민희교였다.

"도제조 영감이세요. 주상 전하 어의 되는 분이십니다."

복금이 작게 속삭였다. 뭐라고? 주상 전하 어의 되는 분이라고? 자세한 직책은 모르겠지만 아무튼 엄청나게 높고 까마득히 지엄한 웃전임이 분명했다.

"어이구, 어이구...... 도제조 영감께서 여길 왜 오셨을까......."

칠봉 또한 본능적으로 고개를 숙였다. 솔직히 말해서 바닥에 납작 엎드리지 않은 게 천만다행일 정도였다. 수남이 재빨리 민희교에게 칠봉의 신분을 알렸다.

"이분은 의빈마마 부친이십니다. 주상 전하의 명을 받고 의빈마마를 뵈러 들르셨다가 복통을 호소하셔서......."

복통은 무슨! 왜 과장해서 말해? 그냥 똥 한번 누면 낫는 거라니까? 칠봉은 꽥 소리치고 싶은 마음뿐이었다.

민희교가 칠봉을 보며 반색했다.

"미리 알아보지 못해 송구스럽습니다. 의빈마마의 부친 되는 분인 줄 알았으면 진즉 인사를 올렸을 것이옵니다."

"예? 아이구, 아이구 나리...... 어찌 제게 이러시는지......."

칠봉은 주상 전하 옥체 보존하는 도제조가 깍듯하게 예를 차려오니까 몸 둘 바를 몰라 했다.

"하면, 잠시 약방에 들렀다 가심은 어떠신지요?"

"아니, 아니요! 그럴 필요 없습니다. 그다지 심각하게 아픈 것도 아니었습니다. 그냥 살짝 아팠을 뿐입니다. 이젠 아무렇지 않은 걸요?"

"복통이 절로 사그라지는 것 또한 문제가 될 수 있습니다. 미천한 실력이오나 의술 가진 자로서 환자를 모른 척함은 결코 있을 수 없는 일입니다. 내약방에 들렀다 가십시오."

"진짜 괜찮은데……."

"예! 가십시오! 나리, 이왕 궁궐 오신 김에 약 한 제劑 지어 가면 얼마나 좋겠습니까?"

칠봉은 그냥 가고 싶은 마음뿐인데 눈치 없는 수남이 민희교의 편을 들었다. 더는 거절하는 것도 예의가 아니었다. 칠봉은 울며 겨자 먹기로 민희교를 따라가는 수밖에 없었다. 거의 도축장 끌려가는 소 같았다.

하여 칠봉은 팔자에도 없는 조선 최고의 의원들이 모였다는 내약방 신세를 지게 되었다. 어디 크게 아픈 것도 아니고, 고작 똥마려운 복통 때문에 말이다.

민희교의 뒤를 따라오는 내내 칠봉은 온갖 높고 낮은 직위 가진 관원들의 인사를 받느라 몸 둘 바를 몰라 했다. 심지어 환자 치료하는 행각 중 가장 좋은 윗목을 차지하고 눕게 된 상황이 몹시 부담스러웠다. 그런 칠봉의 마음을 아는지 모르는지,

"나리, 마음 편히 먹고 푹 쉬다 가십시오. 여기 의원님들이 얼마나 용한 줄 아십니까? 보약이라도 한 제 지어 가시면 이런 횡재가 또 어디 있겠어요? 내약방에서는 조선에서 최고로 좋은 약재만 사용하거든요. 제가 보증합니다!"

"그러한가……."

이제 똥은 마렵지도 않았다. 대체 이 상황에서 어떻게 똥을 눌 수 있단 말인가? 칠봉이 한숨만 푹푹 내쉬었다. 곧 민희교와 그

휘하 의원들이 행각 안으로 들어왔다.

"어이구, 어이구…… 나리……."

바닥에 드러누워 있던 칠봉이 일어서려 했다. 하지만 민희교가 그럴 필요 없다는 듯 고개를 저었다.

약손 때문에 이제는 어의한테 처방까지 받아 보겠구나…… 옛날 같았으면 시장의 약방문 한 장 얻어 오는 것도 쉽지 않아 저가 임의로 만든 쌍화탕이나 마시고 말았을 텐데. 칠봉은 갑자기 고귀해진 신분을 감당하는 일이 너무도 어려웠다.

민희교가 뜨거운 수건으로 칠봉의 손을 닦았다.

"의빈마마께서 영특하시니 부친 되는 분께서 참으로 기쁘시겠습니다."

"영특하긴요. 아직 부족한 게 많은 아이…… 아니, 많은 분이라 걱정이 태산입니다."

"그럴 리가 있겠습니까? 궐 안의 사람들 중에서 의빈마마의 총명함을 모르는 자가 없는 걸요."

민희교가 칠봉의 손바닥을 꾹꾹 눌러 지압했다. 역시, 궁궐의 의원은 다르긴 다르네. 맥을 짚기 전에 굳은 손을 푸는 일조차 허투루 하지 않았다. 민희교가 지압해 준 손은 엄청나게 시원했다.

칠봉이 힐끗 고개를 들어 민희교의 얼굴을 바라봤다. 어쩔 때는 광대, 어쩔 때는 장사꾼, 또 어쩔 때는 선비……. 가진 재주가 많아 사칭한 직업 한두 가지가 아닌 칠봉은 관상도 제법 볼 줄 알았다.

누운 몸을 돌리는 척하며 민희교의 관상을 꼼꼼하게 살펴보니, 음…….

일단 귀한 신분 타고난 인물답게 이마 훤하고 귀가 크구나. 중

장년까지는 하고자 마음먹은 일은 턱턱 잘 풀리겠어. 하지만 턱이 심히 좁으니 말년엔 고생 좀 하겠구만. 이목구비는 큰 편에 속하지만 눈매가 매서워 부러 사람들한테 좋은 인상 주려고 웃고 다녀서 눈 밑에 주름이 자글자글해······.

솔직히 말하자면 민희교의 인상은 별로 좋은 편이 아니었다. 잘은 모르겠지만 왠지 겉 다르고 속 다른 사람일 것만 같았다. 원래 이런 사람이 뒤통수를 잘 치는데······. 물론 칠봉이 전문적으로 관상을 공부한 학자는 아니었으니 완벽하게 믿을 만한 해석은 아니었다.

그러나저러나 근데 도제조라는 사람, 왜 이렇게 낯이 익지? 우리 어디서 만난 적이 있던가?

칠봉은 이상하게도 오늘 처음 만난 민희교가 몹시 낯익었다.

장터에서 노래할 때 쌍화탕 사갔었나? 주막에서 겸상하여 술 나눠 마신 적이 있었나? 어불성설이었다. 평생을 귀하게 자라났을 도제조와 천한 장돌뱅이한테 무슨 접점이 있을 수 있단 말인가?

하지만 칠봉은 평소에도 눈썰미가 좋은 편에 속했다. 그딴 눈썰미도 없이 어찌 거친 장돌뱅이 생활을 견디랴.

민희교를 어디서 봤는데······ 본 것 같은데······.

칠봉이 곰곰 생각에 잠겼다.

이제 민희교는 본격적으로 칠봉의 맥을 짚고, 단순한 복통이라는 결론을 내린 후에 몇 개의 침을 놓는 중이었다.

"앗, 따가워!"

넋 놓고 있던 칠봉이 저도 모르게 비명을 질렀다.

"아파도 참으셔야 합니다."

민희교가 예의 빙그레 웃으며 침을 찔러 넣었다. 칠봉이 내심 별로라고 생각했던 눈주름이 인자한 척 휘어졌다.

"갑자기 침이 들어와서 놀라 가지고……."

칠봉이 머쓱해져 시선을 돌렸다. 손등에 침을 찔러 넣는 민희교의 손을 무심코 바라보는데, 문득 칠봉의 얼굴이 사색이 됐다.

"아, 아니 이건……!"

"예?"

누워서 얌전히 침 잘 맞던 칠봉이 벼락이라도 맞은 것처럼 펄쩍 뛰었다.

"이, 이건…… 이게 무슨…… 어찌하여……."

"아, 제 손을 말씀하시는 겁니까?"

"헉!"

칠봉은 아예 손으로 제 입을 가렸다. 입을 막지 않으면 소리를 지를 것 같았기 때문이었다. 민희교가 관복 옷깃에 가려졌던 제 손가락을 쫙 펴 보였다. 칠봉과 같은 반응은 이미 익숙하다는 듯 웃어 보였다.

"보기 흉하다 하여 평소에는 가리고 다니나 맥을 짚을 때, 환자들을 돌볼 때는 어쩔 수 없이 보이게 되고 맙니다. 그때마다 이렇게 환자들을 놀라게 하니 송구한 마음뿐이지요."

"허업!"

칠봉이 차근차근 민희교의 손가락 개수를 세어 봤다. 왼쪽 손은 별다를 바 없이 다섯 개지만 오른쪽 손가락은 하나, 둘, 셋, 넷, 다섯…… 그리고 여섯. 엄지손가락 옆에 있지 말아야 할 손가락 한 개가 삐죽 튀어나와 있었다.

그렇다. 민희교는 다름 아닌 손가락 여섯 개가 달라붙은 다지증 환자. 바로 육손이였던 것이다.

민희교는 칠봉이 저의 육손이를 보고 깜짝 놀랐다 여긴 것 같았다. 하지만 아니? 칠봉이 어디 그런 일에 놀랄 사람이던가? 방방곡곡 떠돌아다니다 보면 발 한쪽이 없는 사람, 입이 반대쪽으로 휙 돌아간 마비자, 꼽추, 소경…… 장애 가진 이들을 수두룩 만날 수 있었다. 칠봉을 그들을 봐도 아무렇지 않았다. 그냥 발이 없구나, 입이 돌아가서 밥 먹을 때 좀 불편하겠구나, 등에 솟아난 혹 때문에 허리가 아프겠구나, 정도로만 생각할 뿐이었다. 칠봉에게 타인의 장애는 그냥 가지각색의 특징, 그 이상도 이하도 아니었다.

그런 칠봉이 고작 육손이 따위를 보고 경악할 리 없었다.

다만 칠봉이 놀란 까닭은…….

칠봉은 십 년 전, 약손을 처음 만났을 때를 기억했다.

그날을 어떻게 잊을 수 있을까?

칠봉이 일생에서 딱 한번, 백사를 잡았던 날이었다. 백사는 뭐 말로만 많이 들었지 실제로는 한 번도 본 적 없을 만큼 귀한 영물이었다. 백사를 고아 약을 해 먹으면 앉은뱅이가 일어서지를 않나, 장님이 눈을 뜨지를 않나, 딸만 줄줄이 다섯 보던 여인이 떡두꺼비 같은 아들을 낳는다고 했다.

하여튼 백사는 그야말로 신묘한 명약임이 틀림없어서 일단 한마리 잡기만 하면 팔자를 고칠 수 있을 정도였다. 물론 그 백사를 아무나 쉬 못 잡는 게 문제였지만 말이다.

그런데 칠봉은 그 어려운 일을 해냈다. 산에 고사리를 꺾으러 갔다가 백사를 만난 것이었다. 바위 밑을 지나가는 흰 뱀을 보는 순간, 머리카락이 쭈뼛 서고 등골이 오싹해졌다. 고사리 담아 놨던 자루에 뱀을 잡고 돌아오는데 얼마나 신이 나던지. 이거야말로 하늘이 제게 준 금덩이가 틀림없다고 생각했다. 칠봉은 백사를 팔아서 한몫 단단히 잡을 각오를 했다.

그렇게 백사를 흥정 붙여서 가격을 올릴 때 즈음이었다.

백사 사려고 혈안이 된 장사꾼들 사이에서 도통 어울리지 않는 사내들이 보였다. 그들은 칠봉의 동네에서는 흔히 볼 수 없는 귀한 옷감으로 지은 옷을 입었는데, 어딘가 모르게 살기가 흘렀다. 호기심 반, 궁금한 마음 반에 외지인을 주시했다.

그들은 백사를 사는 척하며 은근한 목소리로 물었다.

'혹시 길 잃고 떠도는 계집아이 하나 못 보았는가? 키는 요만하고 눈매는 물방울 눕힌 듯 동그란데⋯⋯.'

암만 봐도 칠봉이 데리고 있던 약손의 생김새와 일치했다. 칠봉은 약손의 친부모가 약손을 찾으러 온 줄만 알았다. 당연히 내가 그 아이의 행방을 알고 있다고 말해야 했는데, 왜 사람의 직감이란 게 있지 않는가?

아이를 찾는 사내들의 행동이 아무래도 수상했다. 온 동네방네 소문내서 찾아도 될 텐데 이상하게 주변 눈치를 보는 것 같았다. 행동도 무척 조심스러웠고 괜히 주위를 경계했다.

'내가 그 애를 데리고 있다고 말을 해야 돼, 말아야 돼⋯⋯.'

칠봉은 내내 고민했다. 마침내 백사의 값이 열 냥으로 결정 났다. 칠봉은 잠깐 소피를 보고 오겠다며 사내들의 뒤를 은근슬쩍 뒤따라가 봤다. 아니나 다를까, 칠봉의 직감이 옳았다.

'반드시 찾아라! 윤가의 핏줄은 단 한 명도 살려 둬서는 안 된다는 명이시다!'

'아이를 찾는 즉시 목숨을 거둬도 좋아!'

칠봉이 엿들은 이야기는 가히 충격적이었다. 어쩐지 차려입은 옷은 고운데 살기가 넘쳐흐른다더니⋯⋯. 칠봉은 사내들이 옷 춤에 감추고 있는 칼을 그제야 알아챘다.

'어이구, 변소가 어디 있나……'

마침 칠봉의 몸에서는 장사꾼들에게 한 잔씩 받아 마신 술 냄새가 진동을 했다. 칠봉은 엄청나게 술 취한 척 비틀거리며 변소로 향했다. 사내들은 칠봉이 이야기를 엿들었음에도 불구하고 제 몸 하나 가누지 못하는 주정뱅이 촌부를 딱히 수상하게 여기지 않았다.

변소 문을 닫기 전, 칠봉이 힐끔 사내를 쳐다봤다.

방금 전에 내뱉던 말은 몹시 흉악하더니만, 얼굴은 그래도 멀끔했다. 아이를 죽이네 마네, 목숨을 거두네 마네, 떠들던 게 도무지 믿기지 않을 정도였다.

하지만 눈매만큼은 길게 쭉 찢어져 있어 역시 한 성깔 할 것 같은 인상이었다. 저런 치랑 어울리면 반드시 피를 보고 말지……. 칠봉이 설레설레 고개를 저을 때, 마침 사내가 손을 들어 올려 옷깃을 정리했다. 그런데 그때 목격한 광경이 참으로 괴상했다.

사내의 오른쪽 손가락은 모두 여섯 개. 칠봉은 그 와중에 저 인간은 투전하면 손가락이 한 개 많으니 속임수 쓰기 딱 좋겠구나, 부러워했더랬다. 투전이라면 눈깔을 까뒤집고 덤벼드는 칠봉다운 생각이었다.

하여 그때의 기억은 비록 짧았지만 칠봉에게는 매우 강렬하게 남았다.


그리고 십 년이 지난 오늘, 칠봉이 그날 봤던 육손이의 사내가 다름 아닌 궁궐 안에서 칠봉에게 침을 찌르는 것이었다.

"윗배가 아픈 것은 음식을 잘못 먹어 체한 것이 맞습니다. 그러나 참하관께서는 아랫배가 아프시니 이것은 담과 오줌이 잘

나가지 않은 까닭입니다. 오늘은 제게 침을 맞으십시오. 후박과 진피, 적봉령을 넣은 처방약을 드리겠습니다."

"헉!"

민희교가 특유의 사람 좋아 보이는 얼굴로 웃었다. 그러나 칠봉은 그 선한 웃음에 가려진 눈 밑의 거짓 주름에 주목했다. 이자는 거짓말쟁이다! 이자는 십 년 전에 약손을 죽이려 했던 자야!

내의원 도제조까지 올랐다는 사람이 어찌하여 약손을 죽이려 했던 것일까? 무슨 곡절이 있어 그 어린아이의 목숨을 거두라는 흉흉한 명을 내렸던 것일까? 왜 약손의 뒤를 그토록 필사적으로 뒤쫓았던 거야? 대체 왜! 왜!

"나리, 많이 아프십니까? 어찌 이렇게 땀을 흘리세요?"

곁에 앉아 있던 복금이 걱정스러운 얼굴로 물었다.

"아니, 아니네…… 내가 사실 침 맞는 것을 좀 무서워해서……."

"나리, 이제 보니 엄청난 겁쟁이신가 봅니다. 의빈마마께옵서도 엄청 겁이 많으신데! 누굴 닮았나 했더니만 부친을 닮으셨네요!"

수남의 우스갯소리에 방 안의 사람들이 모두 웃었다.

그러나 칠봉은 웃을 수가 없었다.

*

자시(子時: 밤 11~1시)가 넘은 깊은 밤.

구중궁궐이 온통 어둠에 잠긴 와중에 중전 심씨의 교태전에 밝힌 촛대만큼은 여적 꺼지지 않았다. 암만 시각이 늦어도 반드시 오늘 할 일은 마쳐야만 직성 풀리는 이유 때문이었다. 서등書

燈의 따뜻한 빛이 교태전 침전을 밝혔다.

　내명부의 최고 수장이라 할 수 있는 중전의 침전은 검소하기 그지없었다. 주인의 성품을 닮는지 불필요한 세간은 하나도 없고 작은 경상이 하나, 심씨가 즐겨 읽는 책을 꽂아 놓은 책장이 서너 개, 각종 문방용품을 모아 놓은 반닫이와 문갑이 전부였다.

　중전이라는 고귀한 위치를 생각하자면 갖고 있는 패물 또한 만만치가 않을 텐데, 귀중품을 넣어 놓는 각게수리조차 단 두 개뿐이었다. 빈인 약손조차 저가 가지고 있는 빗, 치개, 뒤꽂이, 비녀, 연지 그릇 등 장신구를 보관하는 문갑만 수십 개에 이르는 것을 감안하면 검소하다 못해 초라할 지경이었다.

　만약 이유가 조금만 더 세심한 사내였더라면, 중전 심씨의 외모를 조금이라도 눈여겨봤다면, 심씨가 꽂는 떨잠의 종류가 극히 제한적이라는 것을 알았을 텐데. 심씨가 늘 꽂는 비녀가 이유가 심씨에게 납폐로 보냈던 폐물이라는 것 또한 깨달았을 텐데.

　하지만 이유는 약손이 하루에도 열두 번씩 바꿔 꽂는 떨잠이며, 귀걸이며, 뒤꽂이는 귀신같이 알아채도 심씨가 매일 꽂는 비녀는 무엇인지 알지 못했다.

　이유가 마지막 남은 상소문을 모두 읽었다. 뻐근해진 뒷목을 손으로 주무르며 좌우로 툭툭 꺾을 때, 문득 신중한 얼굴로 무언가를 열심히 필사하는 심씨가 눈에 들어왔다. 상소문을 읽느라 깜빡했는데 오늘은 교태전에 침수 드는 날이었다.

　중전을 곁에 두고도 제 할 일만 하기 바빴다니. 한번 집중하면 주변에서 무슨 일어나는지도 깨닫지 못하는 이유는 그제야 아차 싶었다. 괜히 머쓱해져서 넌지시 한마디 건넸다.

　"중전, 무얼 그리 열심히 쓰십니까?"

　"아……."

심씨 또한 글씨 쓰기에 집중했었나 보다. 그제야 깜빡 숙였던 고개를 들었다. 심씨가 부끄러워 머뭇거리자 이유가 대신 글씨를 읽었다.

"선천하지우이우先天下之憂而憂 후천하지낙이낙後天下之樂而樂이라……. 범중엄(范仲淹: 북송 때의 정치가)의 문장이 아닙니까? 중전께서 범중엄을 좋아하는 줄은 미처 몰랐습니다."

"좋아한다기보다…… 그저 시시때때로 읽으며 필서 하는 정도입니다."

"남보다 앞서 근심하여 대책을 마련하고, 남이 즐긴 뒤에야 비로소 즐긴다……. 언제나 침착한 중전과 참으로 어울리는 문장입니다."

"어찌 보잘것없는 필서 한 줄을 그토록 칭찬해 주시나이까? 과찬이십니다, 주상 전하."

심씨가 다소곳하게 고개를 조아렸다.

이유는 심씨가 성균관 학자인 아비의 영향을 받아 누구보다 배움이 깊다는 사실을 익히 알고 있었다. 아마도 중전의 식견은 웬만한 선비와 견주어도 부족함이 없으리라. 하지만 심씨는 단 한 번도 저의 지식을 앞에서 드러내 놓고 뽐낸 적이 없었다. 지식뿐일까, 무슨 일이든 조용조용 있는 듯 없는 듯 처리해 나가는 것이 심씨의 방식이었다. 여태껏 내명부에 별다른 문제가 없는 것은 중전 심씨가 그만큼 내전의 일을 잘 해냈기 때문이었다. 원래 잘하면 태가 나지 않는 법이니까. 아무리 무심한 이유라도 그 정도는 알고 있었다.

내내 조용했던 침전 안에서 두런두런 말소리가 들리니까 밖에 서 있던 동재가 말했다.

"주상 전하, 중전마마의 탕약을 올릴까요?"

"그리하라."

곧 동재가 조그만 소반에 받친 탕약 그릇을 가져왔다. 비가 오나 눈이 오나 변함없이 이유가 심씨에게 챙겨 주는 탕약이었다. 평소 두통이 잦고 배앓이를 자주 하던 심씨는 이유가 권한 탕약을 먹은 뒤로 건강이 많이 좋아졌다. 차가웠던 손발이 따뜻해지고 밤마다 뒤척이던 불면증은 말끔히 나았다. 탕약 안에 무슨 약재가 들어가는 줄은 잘 모르지만 어쨌거나 중전의 기력을 보하는데 제 몫의 역할을 톡톡히 해낸 탕약이었다.

세간 사람들이 무뚝뚝하기 짝이 없는 이유의 성격에 대해 불평을 늘어놓아도 심씨는 대전에 전해지는 탕약을 볼 때마다 안도했다. 그래도 주상 전하께서 나를 많이 생각하시는구나, 배려해 주시는구나…… 이유가 남색 즐긴다는 소문이 돌아서 중궁전이 발칵 뒤집어졌을 때도 중전 심씨만은 그 소문을 믿지 않았다. 아니, 설사 그 괴상한 소문이 사실이라 해도 별로 걱정하지 않았다. 주상 전하께서 남첩에게 온 총애를 쏟는다 한들, 이유는 그때에도 중궁전에 탕약 보내기를 잊지 않았기 때문이었다.

"늘 이토록 신경 써 주시니 소첩이 감사할 뿐이옵니다."

"중전이 평안해야 이 나라 종묘와 사직이 평안한 것은 당연한 이치. 내 어찌 중전을 돌보지 않을 수 있겠소?"

"……."

깊은 밤중이라 그러한가? 이유의 나직한 목소리는 오늘따라 더욱 다정하게만 들렸다. 서등의 주홍빛을 받은 이유의 얼굴이 유난히 살가워 보이는 것은 그저 기분 탓인지. 심씨가 고개를 돌려 약을 마셨다. 쓴 약을 전부 마시는데 하나도 역하지 않았다. 이유는 그런 심씨를 물끄러미 지켜보다가 이내 소반 옆에 가져온 약식을 건네줬다.

"……황공하옵니다."

"무얼."

심씨는 약식 하나조차 예를 갖추며 고개를 돌리고 먹었다. 약식 달큼한 맛이 입안으로, 목을 타고 배 속 깊숙이 퍼졌다.

주상 전하와 이렇게 단둘이 다정하게 마주 보며 이야기 나눠 본 적이 있었을까? 단언컨대 손으로 꼽을 수도 있을 만큼 극히 드물었다. 감격스러운 마음과 미안한 마음이 각각 교차했다.

주상 전하께서 늘 이렇게 신경 써 주시는데 나는 아직도 후사를 보지 못하다니……

이유는 무릇 다른 민가의 사내들처럼 다정하지는 않지만 그래도 단 한 번도 관상감에서 일러 준 합방 날짜를 거른 적이 없었다. 한 달에 한번이 됐든 열 번이 됐든 후사 이을 의무를 모두 따랐다는 뜻이었다. 하지만 문제는 이유가 아닌 다른 쪽에서 일어났다. 대체 이게 무슨 일인지.

어느덧 심씨가 중전에 오른 지 삼 년. 심씨는 아직도 수태의 조짐을 보이지 않았다. 친정은 물론이고 신료들 또한 조바심 낸다는 사실을 잘 알고 있었다. 하지만 당사자인 심씨만큼 속이 상하지는 않을 터. 심씨는 다달이 아랫자리가 붉게 물들 때마다 상심했다. 맹세하는데 후사를 낳아 제 위치를 굳건히 한다거나, 정치적인 까닭 때문은 결단코 아니었다.

이 깊은 구중궁궐, 꼭 아들이 아니어도 좋으니 피붙이 하나만 낳아 정붙이고 살면 좋으련만……

"주상 전하, 신첩이……."

"한데, 중전. 내 중전께 한 가지 청이 있습니다."

"예? 그게 무엇입니까?"

심씨가 깜짝 놀라 고개를 들었다. 이유는 단 한 번도 심씨에게 무언가를 부탁한다거나, 청을 한 적이 없었다. 아무리 부부의 연을 맺었다 한들, 마음속에 사적인 이야기도 한 번 나눈 적이 없는데 청을 바라는 게 다 무엇이란 말인가?

이유가 뭘 그렇게 놀라느냐는 듯 가볍게 웃었다.

"소격서(昭格署: 하늘과 땅, 별에 지내는 도교의 초제를 맡아보던 관아)에 기우제를 드리기로 한 일 말입니다……."

"예, 말씀하시옵소서."

이번 해, 가뭄이 유독 길어져 근심이 이만저만이 아니었다. 농번기는 돌아왔는데 농수가 부족하니 백성들은 밭에 씨조차 뿌리지 못하는 형편이었다. 땅은 온통 메마르고 갈라져서 보통 이 시기가 되면 산에 들에 활짝 피어나는 풀잎들조차 메말라 갔다.

유례가 없는 가혹한 보릿고개가 도래한 것이었다. 흉흉한 인심의 원망은 자연스레 이유에게로 향했다.

어린 왕과 충신을 쫓아내고 억지로 왕위에 오른 비천한 대군 때문에 하늘이 노하셨다. 비가 내리지 않는 까닭은 바로 그 때문이다…….

하여 열흘 뒤, 이유는 중전과 함께 소격서에 가서 직접 기우제를 올리기로 했다. 이유가 심씨의 안색을 살피며 고심 끝에 말문을 열었다.

"소격서에 갈 적에 말입니다. 중전만 허락해 준다면 의빈을 함께 데려가고 싶은데……."

"……."

이유가 내뱉는 이야기는 참으로 구구절절하기 이를 데 없었다. 의빈이 궐에만 갇혀 있어 몹시 답답해한다, 월당이 아직 낯설어서 그런지 내가 곁에 없이는 잠 한숨을 제대로 못 잔다, 마음 같아서는 잠행이라도 하여 바깥바람 쐬어 주고 싶은데 보는 눈이 워낙 많으니 그럴 수가 없다, 그러니까 중전만 허락해 준다면 이번 기우제 때 의빈을 데려가고 싶다……

제를 지내는 엄숙한 일에 후궁을 동행하는 일이 얼마나 폐가 되는지 이유 스스로가 잘 알고 있었다. 그러나 이유는 그런 세간의 시선을 감내할 만큼 약손을 함께 데려가고 싶은 것이었다. 하여 중전에게 부탁을 하는 것이었다.

이유가 중전의 안색을 살폈다. 안 된다고 하면 어떡하나 싶었는데 천만다행으로 심씨가 흔쾌히 약손의 동행을 허락했다.

"그리하시옵소서. 의빈 또한 혼자 궁궐을 지키려면 적적할 터이니 함께 데려가겠나이다."

"정말 그리해도 되겠습니까?"

"예, 주상 전하."

이유의 얼굴에 함박웃음이 걸렸다. 이토록 환한 웃음은 실로 심씨조차 처음 봤다.

"고맙소, 중전. 내가 항상 중전 때문에 마음이 편합니다."

이유가 웃었다.

*

"의빈마마, 일어나십시오. 벌써 해가 중천입니다. 이제 그만 기침하셔야죠."

까닭은 알 수 없지만 목 상궁의 목소리가 심히 떨렸다. 그러나 약손은 전혀 일어날 기미가 없었다. 목 상궁의 목소리가 떨리거나 말거나, 다급하거나 말거나 잠자느라 바빠서 이상하다는 것을 하나도 눈치채지 못했다.

"싫어…… 조금만 더 잘래……."

"오늘 중전마마께 문안 인사드리러 가야 한다고 어젯밤에 말씀을 드리지 않았습니까……."

"응…… 근데 나 좀 더 잘래. 엄청 빨리 준비할 수 있어……."

벌써 아까 전에 '목 상궁은 내가 허락할 때까지 들어오지 말라!' 엄하게 못 박아 놓은 후였다. 저가 명령하면 꼼짝 못 하는 것을 잘 알고 미리 선수 쳤다. 약손은 바깥의 목 상궁은 하나도 신경 쓰지 않고 다시금 잠에 빠져들었다. 하지만 목 상궁은 기어코 처소 문을 열고야 말았다. 문 열리는 소리가 나자마자 약손이 잽싸게 이불 속으로 피신했다.

"목 상궁 제발……."

행여나 목 상궁이 이불 젖힐까 봐 아예 구렁이 똬리 틀듯 몸에 둘둘 감고 방어할 준비를 했다. 약손은 조금만 더 자고 싶었다. 이 단잠에서 깨어나고 싶지 않았다. 차라리 밥을 안 먹고 치장을 포기하겠노라! 나는 조금이라도 더 자겠노라! 의지가 막강했다.

약손이 꾸물꾸물 이불 안으로 몸을 웅크릴 때, 문득 나직한 목소리가 들렸다.

"의빈, 이제 그만 기침해야 하지 않겠느냐?"

"……주상 전하?"

목 상궁이 애타게 약손을 깨운 까닭이 바로 이거였다. 아침부터 주상 전하께서 찾아오셨는데 아직도 침수 중인 후궁이라니. 목 상궁이 발을 동동 구를 만도 했다. 약손도 이유가 아침 댓바람부터 월당에 올 줄은 꿈에도 몰랐다. 아주 잠깐 놀라기는 했지만 이불이 한번 크게 꿈틀할 뿐, 단지 그뿐이었다.

목 상궁은 전하께서 오신 줄 알면 약손이 벼락같이 일어날 줄 알았지만 그건 아직 약손을 잘 몰라서 하는 소리였다. 약손은 주상 전하가 오셨거나 말거나 이불 속에 팩 얼굴을 묻었다.

"전하…… 아침부터 왜 오셨어요? 저는 더 자야 해요. 너무 피곤합니다."

"무엇이 그리도 우리 의빈을 피곤하게 하였을까?"

이불 틈새로 스르륵 이유의 손이 들어왔다. 하지만 잠결의 약손은 그 모든 게 다 귀찮았다. 자라처럼 바짝 몸을 움츠렸다. 이유가 이불을 젖혔다. 퉁퉁 부은 약손의 얼굴이 보였다. 눈은 붕어처럼 툭 튀어나왔고 두 볼, 심지어 입술까지 부었다.

이유는 약손이 아침마다 붓는 체질이라는 것을 혼인하고 나서야 알았다. 밥 먹고, 물마시고, 세수를 할 즈음이면 붓기는 서서히 가라앉았지만 몇 번을 보아도 이 모습은 여전히 웃겼다. 하여 이유는 본의 아니게 붕어 같은 약손 얼굴 보며 유쾌하게 하루를 시작했더랬다.

이유가 약손의 입술을 꾹 눌렀다.

"하지 마세요. 저 어젯밤에 밥 많이 먹어 가지고…… 밥을 오랫동안 먹어 가지고…… 엄청 피곤해요."

원래 놀고먹는 게 제일 고단한 법이랬다. 요즘 약손은 하루하루가 태평하지만 그 어느 때보다 바빴다. 꽃 보는 일, 맛난 음식 먹는 일, 목 상궁을 비롯한 나인들과 재미삼아 두는 투전 내기, 낮상 먹고 오수에 드는 일…….

약손을 고단하게 만드는 일정은 나열해도 끝이 없었다.

"아침상으로 구운 갈비 반찬으로 올리라 일렀단다. 하지만 이렇게 늦잠 자면 먹지 못하지."

"……예?"

절대 일어나지 않을 것 같던 약손이 부스스 몸을 일으켰다. 원래 갈비는 아침에 먹는 게 제 맛이다! 간밤에 자고 일어나느라 입맛 없으니까 갈비를 뜯으면서 입맛을 다시 북돋아 주면 하루가 상쾌했다.

약손이 마침내 잠을 떨쳐 내고 일어났다. 이유가 약손의 퉁퉁 부은 입술에 물그릇을 대줬다.

"안 바쁘세요? 아침에 조회 있는 줄로 아는데……."

중궁전에서 침수 들면 그냥 곧바로 편전 나가면 되지 무엇 하러 월당에를 들르는가? 가뜩이나 월당은 정전과 멀기도 멀었다. 가장 볕이 잘 드는 궐의 전각을 골라 이유가 내려 준 약손의 처소.

그곳의 이름을 무어라 지어 줄까 고민하다가 내린 결론은 약손을 처음 만난 월당의 이름 그대로 따르는 것이었다.

월당에서 유황 건져 내며 투덕거릴 때만 해도 어디 약손이 저의 후궁이 될 줄 알았던가? 본래 사람 일이란 게 한 치 앞을 모른다지만 약손과 이유의 사이는 특히 모를 일이었다.

이유는 관상감 택일로 정해진 합방 일을 제외하고는 전부 월당에서 침수 들었다. 고작 며칠을 따로 잔다고 큰일 나는 것도 아니라서 약손은 크게 신경 쓰지도 않았다. 하지만 이유는 중궁전에서 침수 든 날 아침에는 꼭 월당에 들렀다.

"아침잠이 이리 많은데 대체 상약은 어찌하였을까?"

"죽지 못해 한 거죠."

약손이 하암 크게 하품을 하며 이유의 등에 얼굴을 비볐다. 볼이 가려운지 손으로 긁으면 될 걸 부득불 주상 전하 어깨에 벅벅 비볐다. 손 하나 까딱하기도 싫어하는 엄청난 귀찮음이었다. 이유가 대신 약손의 볼을 손으로 쓸어 줬다.

"좀 이따 중궁전에 문안 인사 간다고?"

"예……."

약손의 이마가 찌푸려졌다. 앞으로는 중전마마 문안도 꼬박꼬박 가고, 남한테 책잡히는 일 두 번 다시 하지 않기로 목 상궁과 굳은 약속을 했지만 실제로 실천하는 일은 어려웠다. 하긴 몸이 맘 같았으면 약손은 약손이 아니라 벌써 성인군자가 되고도 남았으리라.

약손이 한숨을 폭 내쉬었다. 저가 싫은 척하면 혹시 주상 전하께서 오늘도 문안 인사 가지 말거라, 해주지는 않을까 은근히 기대를 했다. 하지만 오늘의 이유는 단호했다.

"어서 세수하고 찾아뵈어야지. 중전이 못난 얼굴 보면 꽤나 놀랄라."

"전하!"

오늘은 약손의 보호막 되어 주는 주상 전하도 저의 편이 아닌가 보다. 약손은 빼도 박도 못 하고 중궁전에 떠밀리듯 가야만 했다. 일단 가기만 하면 무엇이든 척척 잘해 내면서, 하여튼 이놈의 잠이 문제였다.

"씻고, 아침상 잘 챙겨 먹거라. 내 마음 같아서는 함께 들고 싶지만……."

"들러 주신 것만으로도 충분히 감읍 드리옵니다. 이러다 진짜 조회 늦겠어요. 어서 가세요!"

약손과 조금이라도 더 있고 싶은데 대체 이놈의 조회는 왜 있는 걸까? 확 폐지해 버리고 싶었다. 약손이 이유의 등을 떠밀었다. 이미 동재가 잘 차려 입힌 곤룡포를 괜히 한번 툭툭 털어 주고, 구겨지지도 않은 옷소매도 다정하게 당겨 펴 주었다.

"다녀오세요, 주상 전하."

"이따 밤에 오마!"

약손은 대청까지 나와 이유를 배웅했다. 오늘 하루 종일 보고 싶을 거예요, 주상 전하! 팔랑팔랑 손 흔드는 모습이 강아지만치 귀여웠다. 이유의 얼굴에 절로 미소가 걸렸다.

더할 나위 없는 신혼부부의 모습이었다.

여차저차 약손은 드디어 중궁전에 문안 인사를 왔다. 생도 시절에도 감히 들어가 본 적 없던 중궁전이라 오히려 주상 전하 계시는 침전보다 더 어렵게 느껴졌다.

저가 마시는 약차가 코로 들어가는지 입으로 들어가는지도 몰랐다. 중전 심씨와 마주한 약손은 주변을 살펴보기 바빴다. 말을 안 해서 그렇지 혹시나 저번 모임 때 봤던 난희가 있는지 없는지 찾는 것이었다.

오늘 또 나한테 천하다니 뭐니 나쁜 말하기만 해봐! 꿀밤 먹여 줄 거야!

약손은 한껏 주변을 경계했지만 중전이 그런 약손을 달랬다.

"난희는 없네. 나와 자매처럼 지내는 것은 맞지만 궐에 자주 들르지는 않아."

"컥!"

혼자서만 생각하고, 혼자서면 때려 주리라 다짐한 걸 어떻게 알아차리셨을까? 혹 중전마마께옵서 독심술을 익히셨나? 약손이 콜록콜록 기침을 했다. 우아하고 품위 있는 빈의 모습만 보여도 부족한데 이렇게 또 방정을 떨고 말았다.

중전 심씨가 그런 약손에게 수건을 건넸다.

"닦으시게."

"저, 저, 저를 주시는 겁니까?"

약손의 눈이 휘둥그레졌다. 중전 심씨가 고개를 끄덕였다. 얼떨결에 무려 중전마마께서 직접 하사한 수건을 받고야 말았다.

이 귀한 걸로 내 입을 닦아도 될까? 하지만 눈앞에서 거절하는 것도 예의가 아닌 것 같았다.

약손이 슬쩍 입에 문 찻물을 조심스럽게 닦아 냈다. 중전마마께서는 무엇이든 최고로 좋고, 고급인 물건만 사용할 것 같았는데 품에서 꺼낸 손수건은 의외로 수수한 무명천이었다. 수건 귀퉁이에 수놓인 조그만 갯버들의 솜씨가 화려하지는 않지만 꼼꼼한 것이 무척 어여뻤다.

근데 입 닦은 수건은 어찌해야 하지? 다시 돌려 드려야 하나? 무례하다고 하는 것 아니야? 그냥 가져야 하나? 짧은 순간에 약손은 수많은 고민을 했더랬다. 그동안 회초리 맞아 가며 익힌 궁중 예법이 다 소용없었다. 아무도 약손에게 중전마마가 입 닦으라고 건넨 수건을 어찌해야 하는지에 관한 뒤처리는 알려 주지 않았다.

결국 약손이 망설이는 사이 심씨가 다른 말을 꺼냈다. 약손은 얼떨결에 손수건을 제 줌치 안에 넣었다.

"아버지는 잘 만났는가?"

"예? 예…… 주상 전하와 중전마마께서 허락해 주신 덕분에 잘 만났습니다."

"다행이네. 출가외인이 친정과 가까이 지내면 흉이라지만 어디 궐의 여인들에게도 그렇다던가? 이 적적한 생활 견디려면 친정 사람이라도 자주 만나야 할 걸세. 행여 친정 식구들 보고 싶거든 어려워하지 말고 언제든 만나도록 하시게."

"참말 그래도 될는지요?"

약손이 놀라서 묻자 심씨가 조용히 고개를 끄덕였다.

"……"

"……"

약손을 바라보는 심씨의 얼굴에는 조금의 티끌도 섞여 있지 않았다. 딱히 숨겨 놓은 꿍꿍이 하나 없이 눈동자가 맑게 빛을 냈다. 그 눈빛 앞에 약손은 어쩐지 스스로가 조금 부끄러워지는 기분이었다. 아까 전에 중궁전에 문안 가기 싫다고 목 상궁한테 떼쓰던 일, 한숨이라도 더 자기 위해 유치한 말싸움 벌이던 일…… 저의 철없는 모습이 중전 심씨에게는 비할 게 못 됐다. 심씨는 그야말로 중전, 만백성을 품는 지어미의 모습 그 자체처럼 보였다.

"일전의 일은 내가 다시 한번 사과하겠네. 난희가 아직 철이 없어 그렇지 나쁜 아니는 아니야. 기분 나빴다면 미안하네. 용서하시게."

"아닙니다! 괜찮습니다! 괜히 소란 피운 제가 더 죄송합니다…… 종친 어른들 다 계시는데 목소리를 높이고…… 제가 잘못했습니다."

"아니야. 그게 어찌 의빈의 잘못이겠어?"

"……."

정말이지 약손은 심씨가 이렇게까지 나오니까 몸 둘 바를 몰랐다. 언젠가 칠봉이 그랬다. 약손이 너는 그 욱하는 성격 안 죽이면 반드시 피 보는 날이 오고 말 거라고. 근데 칠봉의 말이 딱 맞았다. 약손이 그날 부린 행패는 오롯이 약손 혼자 감당해야 하는 부끄러움으로 돌아왔다. 이래서 궐 안에서는 행동거지 하나하나를 조심하라는 건가…… 후회 막심했다.

이제 약손은 중전에 대한 모든 경계를 거뒀다. 심씨가 약차를 마시며 말했다.

"열흘 뒤에 주상 전하께서 소격서에 가시는 것은 알고 있는가?"

"예. 목 상궁이 알려 주었습니다."

"그래. 자네도 함께 간다고 일러 주었어?"

"예…… 예?"

약손이 한 번 더 콜록 기침을 했다. 오늘 참 중궁전에서 여러 번 놀란다. 중전이 미소 지었다.

"자네도 함께 가세나. 의빈 혼자 궐에 남아 있으면 적적할 것이야."

"제가…… 제가 함께 가도 됩니까?"

"그럼, 안 될 게 뭐 있는가?"

약손은 여전히 믿기지 않는다는 표정이었다. 호기심 많은 약손이었으니 기우제를 어떻게 지내는지, 정말 기우제를 지내면 비가 오긴 하는지, 주상 전하와 함께 나들이가면 기분이 어떨지 미주알고주알 궁금하기는 했었다. 하지만 그렇다고 해서 기우제에 저를 데려가주면 안 되겠냐고 조르지는 않았다. 저가 해도 될 일이 있고, 하지 말아야 할 일이 있다는 것쯤은 약손도 알았다. 하여 약손은 저가 이번 기우제에 동행하게 되리라고는 꿈에도 생각지 못했다.

약손은 무례인 줄 모르고 몇 번이나 되물었다.

"참말, 참말로 저도 가도 됩니까? 정말 그래도 됩니까, 중전마마?"

"그럼. 난 자네에게 거짓말 안 해."

"감사합니다, 중전마마!"

약손이 약차를 모두 들이켰다. 중전이 미소 지었다.

第十八章. 기우제

가뭄이 극심하여 벼의 싹이 모두 말랐다 했다.

조정의 신료는 물론이고 중과 무당을 각도에 나눠 보내 큰 산과 바다, 강에 빌게 했다. 삼각산, 목멱산, 한강, 양화진 등에서 거나한 기우제가 벌어졌다. 가뭄은 곧 죽음이라는 말과 직결되기에.

세종 때에도 큰 가뭄이 돌아 엄청나게 처참한 피해를 입은 전적이 있었다. 백성들은 먹을 게 없어 흙을 끓여 먹다가 병을 얻었으며 거리에는 굶어 죽은 시체가 굴러다녔다. 죽지 않기 위해서는 한 입이라도 줄이기 위해 늙은 부모를 버리거나 어린아이들을 내다 팔아서 끼니를 때워야만 했다. 아기 잡아먹는 문둥 귀신 이야기가 성행했던 것도 바로 이 시기였다. 이유 또한 이 급박한 재해를 마냥 두고 볼 수만은 없었다.

기우제에 쓸 향과 축문 짓기, 폐백을 내려 보사하고 관찰사로 하여금 전물을 마련하게 해 기도하기, 수맥 흐르는 지점 수십을 찾아 경복궁 못가에서 토룡에게 빌기……

하지만 토룡 신은 참으로 무심하기 짝이 없었다. 이유가 할 수 있는 모든 일을 했지만 비는 여적 오지 않았다. 가뭄 진 날씨만큼이나 이유의 속 또한 바짝바짝 메말랐다.

"어찌하여 아직도 비가 오질 않는가?"

명회가 냉랭한 얼굴로 물었다.

물론 천재지변이란 하늘의 소관임을 명회 또한 잘 알고 있었다. 하지만 그렇다고 해서 관상감 교수들이 이토록이나 무능하다는 것은 말이 안 됐다. 차라리 처음부터 비가 오지 않는다고 단언을 하던가.

보름 내로 비가 내릴 것이다, 열흘 뒤에는 꼭 내린다, 아니 닷새 뒤에는 반드시 내릴 것이다……. 호언장담만 몇 번째인지 몰랐다. 사람 약 올리는 것도 아니고 예측만 남발하니 명회로서는 속이 터졌다.

며칠 전에는 관상감 교수 말만 철석같이 믿고 경복궁 못에 범의 대가리를 잘라 넣었다. 범의 효험 받아서 비가 내렸냐고?

내리긴 내렸다. 먼지도 적시지 못할 가느다란 비가 내리긴 내렸지. 아예 비 내리지 않는 것보다 더 굴욕적이었다.

주상 전하의 영험함은 고작 그뿐이라더라. 예전에 세종과 문종께서는 기우제 한번 지내면 땅을 전부 적시고도 남을 만큼의 비가 내렸는데, 요번 주상 전하의 꼴을 좀 보라지? 늙은이 오줌발 같은 비를 어디 비라고 할 수 있든? 하여튼 이게 다 어린 왕을 내쫓아 부정 탔기 때문이다. 하늘도 눈이 있고 귀가 있을 텐데 손에 피 묻힌 자에게 왕위가 가당키나 하겠는가…….

가뭄이 심해질수록 민심 또한 들끓었다.

민심은 곧 천심이 될지어니. 손에 칼 들고 쫓아오는 반역자만 무서운 게 아니었다. 어린 노산군은 왕위를 빼앗겼지만 천심은 그를 왕이라 칭했다. 이유는 왕위를 기어코 빼앗았지만 천심은 그를 왕이라 칭하지 않았다.

그렇다면 둘 중에 왕은 누구인가?

왕위를 빼앗겼지만 왕이라 불리는 소년.

왕위를 빼앗고도 왕이라 불리지 못하는 사내.

"소, 송구하옵니다……."

궐에 모든 불이 내려진 야심한 시각, 관상감 교수들은 느닷없이 얼굴이 가려진 채 납거 당하듯 끌려와야만 했다. 두 팔은 오랏줄에 단단히 묶인 채였다. 등 뒤를 찔러 대는 검기가 서늘하여 웬 자객의 습격인가 혼비백산 놀랐는데, 결국 그들이 끌려온 곳은 다름 아닌 주상 전하 계신 편전이었다.

몇 개 켜 놓지 않은 촛불이 어두운 편전을 간신히 비췄다.

"송구하다라……."

깊은 한숨과도 같은 목소리가 들렸다.

관상감 소속의 명과학(命課學: 운명, 길흉에 관한 학문) 교수 이호경의 얼굴은 사색이 됐다. 감히 고개 들어 쳐다볼 수는 없지만 목소리만 듣고도 그 주인공이 누구인지 알 수 있었다. 머리 위에서 뻗쳐 오는 위압감이 대단했다.

새로운 왕이 어떻게 왕위를 차지했는가…… 지난 일을 떠올려 보자면 핏물 없이 떠올릴 기억은 단 한 군데도 없었다.

이호경의 어깨가 절로 떨렸다. 그가 할 수 있는 일이라고는 그저 두려움을 감추기 위해 더욱 고개를 조아리는 것뿐이었다.

"기상이 자꾸만 바뀌는 탓에 하늘 길을 읽기가 쉽지 않사옵니다. 별의 움직임이 여느 해와 다르고 폭풍이 몰아쳐 바람 돌아오는 길목 또한 달라지는 까닭에 어쩔 수 없이…… 면목 없사옵니다. 죽여 주시옵소서, 주상 전하."

영사領事 박엽이 바짝 엎드려 머리를 바닥에 짓찧었다.

그와 함께 다른 교수들 또한 '죽여 주시옵소서, 주상 전하!' 똑같이 재청했다. 이호경 또한 덩달아 따라 말하는 수밖에 없었다. 어둠 짙게 깔린 편전에 서로를 죽여 달라는 상문이 울려 퍼졌다.

명회가 지레 멍석 깔고 달려드는 관상감 교수들을 마뜩잖게 바라봤다.

곧 편전 가장 높은 자리에서 웃음소리가 들렸다. 아주 유쾌한 장면을 본 듯 호탕함이 가득했다. 이유가 더 두고 볼 수만은 없다는 듯 자리를 털고 일어섰다.

"그만들 일어나시게. 내 오늘 그대들을 부른 까닭은 잘잘못을 탓하고자 부른 게 아니야."

이유가 손짓했다. 주상 전하께옵서 일어나라 하는데 정말 일어나도 되는 걸까? 아직 젊은 축에 속하는 이호경은 임금을 독대한 경험이 별로 없었다. 그 짧은 순간에도 어찌해야 하는 것이 옳은지 수십 번을 고민했다. 다행히도 영사를 비롯한 다른 교수들이 무릎을 털고 일어나는 것이 보였다. 이호경 또한 얼른 자리에서 일어나 다른 교수들 사이에 묻어갔다.

"과연 충신일세. 내 아버님 때부터 일해 온 교수들다워. 자신의 부진함을 죽음으로 갚으려 하지 않는가?"

"……황공하옵니다."

"죽음도 불사하는 그대들의 모습에 내 깊은 감명을 받았어. 감복하였네."

"……."

그리고 놀라운 일이 벌어졌다. 이유는 직접 관상감 교수들의 어깨를 친히 두드리며 격려를 해주는 게 아닌가? 이호경의 몸이 바짝 굳어졌다. 이유는 다른 교수들과 마찬가지로 이호경 또한 흐뭇한 얼굴로 칭찬하며 그동안의 노고를 위로했다.

밤낮없이 공부하는 관상감 교수들에게 각 말 한 필과 쌀 3석씩을 내려 주겠노라. 그대들은 앞으로도 더욱 박차를 가하여 백성들의 근심을 덜어 주도록 하여라……

달변가다운 언변이 이어졌다. 갑자기 눈이 가려지고 포박당하여 끌려오기에 영문도 모른 채 죽는 줄만 알았더니 사실은 주상 전하께서 공을 치하하려고 따로 부른 것이구나 싶었더랬다. 이유의 말솜씨에 감동한 이호경은 거의 눈물을 글썽거렸다.

"주상 전하, 성은이 망극하옵니다. 비가 내릴 수 있도록 소신 또한 최선을 다할 것이옵니다."

이호경이 가슴 벅차서 덧붙였다. 이유가 그런 호경을 보며 웃었다.

"그럼, 그래야지. 목숨을 아끼지 않는 그대들이니…… 다음번엔 목숨 거둬 달라는 그대들의 청을 반드시 들어줄 것이야."

"!"

"장난은, 적당히 하도록 해."

예상치 못한 말에 이호경이 합 입을 다물었다.

이유는 어느새 영사 박엽을 바라보고 있었다. 살이 내린 이유의 얼굴은 그 어느 때보다 날카로웠다.

저것이 바로 어린 왕을 죽인 살육자의 얼굴이로구나…… 이호경은 차마 말도 잇지 못했다.

이유는 어느새 유쾌한 얼굴이 되어 편전을 나섰다.

"……."

장난은 적당히 하라니? 주상 전하는 무슨 뚱딴지같은 말을 하시는가? 영문 모르는 이호경이 슬그머니 영사 박엽의 얼굴을 쳐다봤다.

박엽의 낯빛이 어두웠다.

분명 뭔가 숨겨진 곡절이 있는 듯한데…… 이호경으로서는 도무지 짐작할 수 없는 속사정이었다.

*

약손은 출궁하기 전까지 설레는 마음을 쉽사리 감추지 못했다.

대체 얼마만의 바깥세상 구경이란 말인가? 답답한 궐에만 갇혀 있으려니 좀이 쑤셨는데 중전마마께서 직접 소격서에 가는 것을 허락해 주셨다. 이보다 더 고마운 일은 없었다. 맛난 음식 잔뜩 챙겨 소풍 나가는 기분으로 궐을 나섰는데, 웬걸.

약손의 기쁨은 오래가지 않았다. 비가 오지 않아 가뭄 든 궐 밖은 그야말로 처참하기 그지없었다. 장돌뱅이일 때도 나라님들은 어쩜 그렇게 세상 물정 모르고 답답한 짓만 줄줄 해대는지 궁금했었는데, 약손이 바로 그 짝이었다.

궐 안은 부족한 것이 하나도 없다. 잠자리는 뜨듯하고, 입을 것은 전부 귀한 비단뿐이고, 먹을거리, 마실 거리가 언제 어디서든 넘쳐났다. 그러나 궐 밖의 사정은 정반대였다. 오죽하면 아침에 물로 세수 한 것마저 죄스러울 지경이었다.

"목 상궁……. 비가 얼마나 오랫동안 오지 않은 겐가?"

"겨울 끝난 뒤에 딱 한번 내렸을 뿐, 그 뒤로는 아예 깜깜무소식이었다고 합니다."

"지금쯤이면 밭이고 논이고 모두 다 싹이 올라와야 할 터인데……."

쩍쩍 갈리진 논을 본 약손은 어지럼증마저 느낄 정도였다. 가뭄, 홍수, 설해, 냉해, 상해, 풍해…… 백성들은 이 모든 것들에게 직접적으로 영향을 받았다. 한 해 농사를 망치면 그다음 보릿고 개를 넘기지 못해 줄줄이 죽어 나가는 경우가 부지기수였다.

요즘 주상 전하 용안에 근심 서렸던 것 또한 바로 이 때문이 던가?

그런 줄도 모르고 백성들이 가뭄에 고통받는 동안 나 혼자서 만 재미나게 잘 먹고 잘 살았다니…….

약손의 얼굴이 급격하게 어두워졌다.

사실 말을 안 해서 그렇지 근래 들어 약손은 여러 가지 고민 에 빠졌더랬다. 일단 제 앞에 붙는 '의빈'이라는 칭호가 약손을 혼란스럽게 만들었다. 약손은 이유를 좋아했다. 함께 있는 것이 즐거웠고 헤어지니 가슴 아팠다. 곁에 두고도 보고 싶다면 이해 가 될까? 평생 떨어지지 말고 오래오래 해로하며 살기 위해 혼 례를 올렸다. 만약 이유가 평범한 민가의 사내였더라면 약손의 삶은 이전과 별로 달라지지 않았을 터였다.

하지만 이제 약손은 '의빈'이라. 만백성의 아버지인 주상 전하 의 후궁이 되었다. 그것은 저 혼자만의 평안, 저 혼자만의 안위, 저 혼자만의 영달을 위해 살지 못한다는 뜻이기도 했다.

얼떨결에 뒤집어쓴 감투의 무게는 엄청났지만 애석하게도 약 손은 한평생 제 한 몸 편안하게 살기만을 바라며 자란, 지극히 평범한 인간에 불과했다. 그저 삼시 세 끼 굶지 않을 정도의 주머 니 사정, 다른 사람에게 폐 끼치지 않을 정도의 선량함, 저 좋아 하는 가족들과 맘 편하게 드러누울 수 있는 한 칸의 집……. 약손 이 바라는 것은 그 이상도, 이하도 아니었다.

지존을 보좌한다거나, 정치에 참여한다거나, 백성을 품는다는 원대한 꿈은 단 한 번도 가져 본 적 없었다. 아니, 솔직히 그럴

깜냥이나 되기는 한단 말인가? 그런 건 특별한 사람들만 할 수 있는 거 아니었어? 작은 세상만을 바라고 살아온 약손에게 '의빈'의 커다란 삶은 여러모로 혼란스럽고 어려웠다.

약손의 표정이 심란했다. 목 상궁이 약손 좋아하는 고기반찬 담뿍 올려 낮상을 차려 왔지만 그마저도 거들떠보지 않았다. 거짓말처럼 입맛이 딱 떨어졌다.

예전에 서촌에 역병이 돌았을 때 주상 전하께서는 감선을 하셨다고 했다. 그때만 해도 역병은 역병이고, 밥은 밥인데 주상 전하께서 왜 감선을 하시나? 그까짓 밥 좀 덜 먹는다고 역병이 낫기라도 한 대? 비웃고 말았을 터였다. 하지만 친히 먹을거리를 줄이는 주상 전하의 마음을 이제야 알 것 같았다.

약손이 고개를 저었다.

"안 먹을래. 다시 물리도록 해."

"하지만, 마마……."

제 웃전이 곡기를 거르신다 하니 목 상궁 또한 놀랐나 보다. 몇 번을 권해 봤지만 약손은 단호하게 거절했다. 그때, 등 뒤에서 목소리가 들렸다.

"의빈은 어찌 밥을 먹지 않느냐?"

"주상 전하!"

소격서 행차 중이니 당연히 식사는 따로 하는 줄 알았다. 여러 가지 신경 쓸 일도 많을 텐데 괜히 저가 옆에 있으면 번잡스러울까 싶어 주상 전하 행렬에는 근처에 가까이 가지도 않았다. 그러나 도리어 이유가 약손을 찾아왔다.

오랜만에 바깥에 나와 기뻐할 줄 알았는데 어찌하여 이토록 낯빛이 어두운가? 혹시 나 모르는 사이에 또 무슨 일이 있었던 것 아니야? 이유는 덜컥 마음이 안 좋아졌다. 이유가 약손의 이

마부터 짚었다.

"어디가 아파?"

"아니요. 아프지 않습니다."

"한데 어찌 끼니를 거른다 하였어?"

"아파서 그런 것이 아니옵니다. 그저……."

약손이 물끄러미 이유를 바라봤다. 살이 푹 내려 수척해진 얼굴이 보였다. 그냥 일이 좀 바쁘신가 보다, 신경 쓰는 일이 많이 생겼나 보다……. 안이하게 생각하고 넘겼던 저 자신이 몹시 부끄러워졌다. 아마도 주상 전하께옵서는 가뭄에 근심할 백성들 때문에 마음고생이 이만저만이 아니었을 테다.

"전하…… 가뭄이…… 가뭄이 너무 극심하여 마음이 좋질 않습니다. 이렇게 심각할 줄이야……."

"그런다고 밥을 먹지 않으면 어떻게 해?"

"풀죽조차 쑤어 먹지 못할 백성들이 태반일 텐데 어찌 저만 배불리 먹을 수 있는지요."

"그래서 이리 울상을 하고 있었느냐? 안 그래도 못난 얼굴이 더욱 못나졌기에 깜짝 놀랐다."

"……."

이유가 괜한 농담을 던졌다. 그러나 약손은 농담에 동조하지 않았다. 그럴 기분 아니었다.

"전하."

"응?"

"전하께옵서도 울적하셨습니까? 가뭄 때문에 비가 오질 않아서…… 마음이 답답하셨지요?"

"……."

이유의 말문이 막혔다. 약손이 의빈 되어 혼란스러웠던 만큼 마음이 어지러운 것은 이유 또한 마찬가지였다.

이유는 약손이 저의 후궁 되는 순간부터 '의빈'으로 살아가야 할 책임에 대해 생각했다. 언제나 유쾌하고 재미나게 살아가는 약손. 그런 약손에게 국가의 정사나, 심각한 고민을 짐으로 지어 주고 싶지 않았다. 아마 이유를 만나지 않았으면 훗날 평범한 사내 만나 평범하게 살았을 텐데. 제게 딸린 식솔들 안부 정도만 걱정하며 다른 여인들과 다를 바 없는 한평생을 살아갔을 텐데……

이유는 저가 하는 궂은일 따위, 약손은 하나도 알지 못한 채 그저 햇볕 잘 드는 월당에서 평안히 살기만을 바랐다. 약손의 삶을 망치는 장본인은 기필코 되고 싶지 않았다. 하지만 약손은 어느새 의빈의 얼굴이 되어 있었다.

의빈이 감내해야 할 근심, 걱정, 고민……. 그 어떤 것에도 얽매이고 살지 않기를 바랐는데. 이유는 결국 약손에게 막중한 짐을 지어 주고 말았다.

"걱정하지 말거라. 기우제를 지내면…… 비가 올 것이야."

내심 확신에 찬 것처럼 말했지만 저도 모르게 목소리가 잠겼다. 그렇지만 약손은 고개를 끄덕였다.

"예. 비는 올 것입니다. 반드시, 꼭 올 것입니다."

"……."

백성들을 위해서, 그리고 이유 본인을 위해서라도 비는 반드시 내려야만 하리라.

"이리 온."

"전하, 너무 염려 마세요."

약손이 이유의 손을 잡아 주었다. 참 신기하게도 약손의 손을 잡으니까 마음속에서 불안하던 마음이 진정됐다. 이유는 오랫동안 약손을 끌어안았다.

그리고 저 먼 행렬의 한편, 약손에게 들렀던 중전 심씨가 그런 둘의 모습을 바라보고 있었다.

"중전마마, 어찌…… 고할까요?"

나름 첫 행차라 의빈이 걱정되어 왔건만, 주상 전하께서 이미 와 계신 줄은 꿈에도 짐작하지 못했다. 약손과 이유의 다정한 모습에 도리어 지밀 박 상궁이 어찌할 바 몰라 했다.

"아니, 되었네. 우린 이만 돌아가도록 하지."

중전이 돌아섰다.

무심한 하늘이 내리 뿜는 뜨거운 햇살이 여인의 등에 꽂혔다.

*

약손이 소격서 근처의 행궁에서 머문 지 오늘로서 닷새째.

기우제를 지낼 만반의 준비는 모두 끝났는데 정작 관상감에서의 최종 수락이 떨어지지 않았다. 이유 일행이 소격서에 도착한 첫날, 분명 하늘에는 비가 내릴 듯 말 듯 구름이 짙게 깔렸다. 요 며칠 내로 비가 내린다더니만 이번엔 참말이겠구나 싶었더랬다.

하지만 날씨는 거짓말처럼 개고 말았다. 비가 내리기는커녕 햇살은 점점 강해졌다. 이토록 종잡을 수 없는 날씨는 처음이라며 관상감 교수들조차 혀를 내두를 정도였다. 결국 비가 오지 않으니 기우제는 자꾸만 뒤로 밀릴 수밖에 없었다.

대체 기우제는 언제쯤 지낼 수 있을까?

잠자리가 바뀐 약손은 밤새 뒤척였는지 찌뿌드드한 어깨를 주무르며 방을 나왔다.

"밑에 수맥이 흐르나…… 온몸이 결리네. 아으으으으……."

옛말에 따르면 수맥은 물이 흐르는 자리라서 그 위에 집을 지으면 내려앉고, 가게를 열면 망한다 했다. 묏자리로 쓰면 3대에게 악운이 미친다 하여 절대로 쓰지 않는 최악의 자리.

"마마, 소셋물 준비하겠나이다."

"응."

약손이 마루에 털썩 주저앉았다. 눈곱도 떼지 못한 얼굴은 언제나 그렇듯 통통 부어 있는 채였다. 부지런히 대야에 물 따르는 나인들을 물끄러미 볼 때, 따가운 햇살이 약손을 비췄다. 평소라면 상쾌한 햇살이 좋다고 감탄했겠지만 비 한 방울 내리지 않는 지금으로서는 마냥 원망스럽기만 했다.

"아직 아침인데 햇볕이 벌써부터 따가워서 어쩌지요? 보나마나 오늘 하루도 몹시 가물겠습니다."

목 상궁이 걱정스러운 표정으로 말했다. 마루에 앉아 어깨를 주무르던 약손은 이제 주먹을 쥐고 두 무릎을 콩콩 두드리는 중이었다. 안 되겠다. 오늘은 기필코 이부자리 위치를 바꿔 봐야지. 삭신이 쑤시고 저려 못 견딜 정도였다.

"아이고 죽겠네, 아이고 죽겠네……."

아직 새파랗게 젊은 약손 입에서 노인들이나 할 법한 곡소리가 흘러나왔다. 도통 어울리지 않는 앓는 소리에 어린 나인들이 까르륵 웃음을 터뜨렸다.

"마마, 무릎 아프세요? 어의를 부를까요?"

목 상궁이 물었으나 약손이 손사래를 치며 고개를 저었다.

"에이, 아니야. 어의를 부르긴. 됐어. 이건 고질병이라서 어의가 아니라 화타가 살아 돌아와도 못 고쳐."

"고질병이라니요?"

"별 건 아니고…… 예전에 담 잘못 넘다가 떨어져서 부러진 자리거든. 다행히 어렸을 때 일이라서 뼈는 금방 붙긴 붙었는데, 뼛병이 괜히 안 낫는 게 아니더라고. 평소에는 멀쩡하다가 꼭 비만 오면 아파 오니……. 헙!"

약손이 갑자기 제 입을 틀어막았다. 그 바람에 도리어 목 상궁이 깜짝 놀랐다.

"마마, 왜요? 왜 그러세요?"

"아니…… 목 상궁, 기우제 언제 지낸다고 했지?"

"관상감에서 이르길 내일은 비가 반드시 올 테니 내일 지내라고 했답니다."

"오늘이 아니고?"

"에이, 마마. 하늘을 좀 보세요. 이렇게 햇빛이 쨍쨍한데 비가 오겠습니까?"

"말도 안 돼! 내일이라니? 아니야. 비는 오늘 와!"

"예? 그게 무슨 말씀이세요?"

약손이 자리에서 벌떡 일어났다.


한편, 이유는 중전 심씨와 행궁에서 아침 수라를 들던 중이었다. 기우제를 준비하는 동안은 감선하느라 밥 한 공기에 국이 한 대접, 반찬 또한 평소보다 가짓수를 줄인 소박하기 그지없는 식사였다. 하지만 이유는 그마저도 몇 술 뜨지 않고 수저를 내려놓았다. 따가운 햇볕이 드는 순간, 마음이 불편해져 버린 까닭이었다.

"주상 전하, 좀 더 드십시오."

"아닙니다. 입맛이 없어 그래요. 나는 신경 쓰지 말고 중전은 계속 드세요."

"관상감에서 비가 온다 사주한 날짜는 내일이지 않습니까? 자꾸 수라를 거르시니 옥체 상하실까 염려되옵니다."

"……."

심씨가 할 수 있는 최대의 위로를 했다. 당연한 말이지만 별로 도움 되지는 않았다. 관상감에서 비 내린다 점지한 날짜가 한두 번 빗나갔어야 말이지. 이번에는 정말 비가 올 것이라 호언장담했지만 또 모를 일이었다. 마냥 궐을 비워 두고 소격서에 머물 수만은 없는 노릇. 관상감의 사주가 없더라도 내일 즈음에는 반드시 기우제를 올려야만 했다.

"전하, 어서……."

심씨가 이유의 숟가락 위에 황채 한 조각을 올려놓았다. 이유는 합방 날짜에 맞춰 꼬박꼬박 교태전에서 침수 들었지만 함께 식사를 한 적은 극히 드물었다. 저녁상은 교태전을 찾기 전에 미리 받았고, 아침에는 동트기도 전에 일어나 일찌감치 교태전을 빠져나갔다. 그러니 얼굴 맞대고 밥을 먹을 수 있는 기회는 거의 없었다고 봐야 옳았다. 소격서에 행차 나온 행궁의 특수성이 없었더라면 심씨가 언제 또 이유와 함께 아침 수라를 먹을 수 있을까? 함께 상을 받은 적도 별로 없었으니 지금처럼 찬을 챙겨 준 경우도 거의 처음이었다.

"……."

이유가 영 내키지 않는다는 표정으로 황채를 바라봤다. 괜한 몽니가 아니었다. 이유는 정말이지 입맛이 조금도 없었다. 밥알이 아니라 모래알을 씹어 넘기는 기분이었다. 더는 먹고 싶지 않았지만 그래도 저를 염려하는 심씨의 얼굴이 간곡했다. 더 거절하는 것도 예의는 아니었다. 이유가 어쩔 수 없다는 듯 가볍게 한숨을 내쉬며 수저를 손에 쥐었다.

"……중전도 드세요."

"예, 주상 전하."

이유가 막 수저를 뜨던 때였다.

행궁 밖에서 몹시 낯익은 목소리가 들렸다. 뭐 하나 거리끼는 것 없는 우렁차고 씩씩한 목소리.

"전하! 전하! 약손입니다! 안에 계십니까? 기침하셨습니까?"

이유가 뭐 저 같은 잠꾸러기인 줄 아는가? 벌써 일어나도 한참 전에 일어난 사람한테 기침하였느냐고 묻는 꼴이 우습고 귀여웠다. 이유가 널찍하게 짜놓은 홍송 세살문을 열었다. 저만치 아래에 대전 상궁과 이야기하고 있는 약손의 정수리가 보였다. 뭐가 그리도 급해 뛰어왔는지 강아지처럼 헥헥 숨 고르기 바빴다.

"마마! 의빈마마! 저도 데려가세요! 저도 같이……."

약손의 뜀박질을 따라잡지 못해 그제야 저 뒤에서 쫓아오는 목 상궁과 월당 나인들의 모습이 보였다. 주인을 꼭 닮아 분주하고 시끄럽기 그지없는 모습이었다. 이유가 저도 모르게 빙그레 웃음을 지었다.

약손이 대전 상궁에게 다시 물었다.

"주상 전하는 기침하셨는가?"

"예, 의빈마마. 아침 수라를 드시는 중입니다."

"주상 전하를 만나야 하는데…… 엄청 급한데…… 얼마나 기다리면 되겠는가?"

"그것은 상이 나온 후에 전하께 여쭤봐야 알 수 있는 것이라……."

이유가 상궁의 말을 끊었다.

"의빈은 무슨 일로 이 아침부터 과인을 찾아왔는가?"

약손이 번쩍 고개를 들었다. 어디서 소리가 났을까 주변을 두

리번거리다가 이내 제 머리 위의 들창을 발견했다.

"전하!"

분명 어젯밤에 침수 들기 전에 봤는데도 오래전에 보고 헤어진 사람처럼 반갑고 애틋했다. 약손이 손을 흔들었다.

이유도 화답하듯 손을 팔랑팔랑 흔들어 줬다. 행각 자체를 높은 지대 위에 지어 놓은 탓에 위에서 내려다보는 풍경이 몹시 아름답고 평온했다. 내가 그렇게 보고 싶어서 숨이 차도록 달려왔어? 이유가 농을 건네려 했지만 약손이 자리에서 콩콩 뛰듯 말했다.

"전하! 주상 전하!"

"그래, 고하렴."

그리고 약손이 꺼낸 말은 참으로 뜻밖의 것이었다.

"기우제를 지내십시오. 내일 말고 오늘…… 기우제를 오늘 지내세요!"


참으로 뚱딴지같은 소리였다.

느닷없이 찾아와서 한다는 말이 내일로 예정된 기우제를 오늘 지내라는 말이라니. 관상감에서 사주한 날짜와 다른 것도 문제였지만 그런 상황 다 제쳐 두고서라도 눈이 있으면 한번 하늘을 올려다보란 말이었다. 하늘은 구름 한 점 찾아볼 수 없을 정도로 맑았다. 햇살은 목 상궁이 걱정했던 것처럼 한여름 못지않은 열기를 내뿜고 있었다.

이유가 옅은 한숨을 내쉬었다. 난 또 무슨 큰일이라도 난 줄 알았네. 이유가 싱겁다는 듯 고개를 저었다.

"관상에서 점지한 날짜가 내일인데 어찌 오늘 지내란 말이더냐?"

"제 말이 그거예요. 기왕 지내는 거 비 오기 전에 때맞춰 지내야지, 비 다 내린 뒤에 기우제를 지내면 그게 무슨 소용이에요? 무슨 영험이 있겠어요? 웃음거리가 될 겁니다."

포기를 모르는 약손은 불굴의 의지로 제 뜻을 밀어붙였다. 이유가 단호하게 안 된다 거절하면 될 것을, 약손의 말이라 냉정하게 잘라 내지도 못했다. 보다 못한 중전 심씨가 나섰다.

"의빈, 그만하시게. 이것은 자네가 끼어들 일이 아니야."

이쯤 말하면 그 속뜻을 이해했으리라. 하지만 약손의 고집은 만만치가 않았다. 약손은 제 뜻을 굽힐 생각이 조금도 없었다.

"중전마마, 이것은 단순히 저 하나 좋자고 하는 일이 아니지 않습니까? 이번 기우제가 주상 전하께 얼마나 중요한 의미인지 알고 계시지요?"

"하면, 아는 사람이 어찌 이토록 성급하게 나서는가? 이미 관상감에서 내일로 날짜를 정해 놓은 것을. 그대가 왈가왈부할 일이 아닐세."

이유가 기우제를 올린 뒤에 비가 내려야만 크게 요동치고 있는 민심을 잠재울 수 있었다. 어린 왕을 내쫓았다는 낙인은 지우고, 적어도 하늘의 뜻을 받은 왕이라는 인식 정도는 심어서 바닥에 떨어진 이유의 면을 세울 수 있다는 뜻이었다.

이번 기우제의 중요성은 이유는 물론이고 약손과 중전 또한 적잖이 공감하고 있는 바였다.

하지만 아무리 주상 전하 총애 받는 의빈이라도 그렇지 어찌 이토록 중요한 행사에 감 놔라 배 놔라 제 입맛에 맞추려 한단 말인가? 참으로 방자하기 그지없었다. 이유의 비호가 아니었더라면 죄를 물어 엄벌에 처할 수도 있었다.

"의빈, 더는 들을 수 없는 말일세. 어서 돌아가시게."

"중전마마······!"

약손이 이유를 쳐다보자 이유는 무척 난감한 얼굴이었다. 아무리 그래도 관상감 교수들의 소견을 믿는 것이 백 번 천 번 옳을 터였다. 그들은 오로지 천문의 일을 전문적으로 공부하는 학자들이기 때문이었다. 약손의 말이라면 무엇이든 들어줄 수 있지만 이번만은 선뜻 약손에게 힘을 실어 줄 수 없었다.

이유가 고민하니 약손은 거의 울먹이는 지경에 이르렀다.

"전하, 저를 못 믿으세요?"

"너를 믿지 못하고 말고의 문제가 아니다."

"저 약손입니다. 여약손! 주상 전하, 이 약손이를 믿지 않으면 대체 누구를 믿는단 말씀이세요? 부디 제 말을 들으세요!"

이유는 더더욱 깊은 고민에 빠졌다.

사실 세간 사람들은 약손이 주상 전하의 총애를 믿고 모든 것을 제멋대로, 제 뜻대로만 하는 줄 안다. 하지만 사람들이 모르는 것이 있었다. 약손은 의외로 무던한 편이었다. 애초에 뭔가를 요구하거나 집착하는 성격이 못 된다는 것이었다. 제 의견과 어긋나는 일이 있어도 다투지 않는 것은 약손이 성인군자라서 아니었다. 그저 다투기 귀찮아서 참는 거라면 좀 이해가 될까? 아무리 화나도 졸리면 꾹 참고 차라리 잠 한숨 더 자는 사람이 바로 약손이었다. 이토록 적극적으로 무언가를 요구하거나 제 뜻을 관철시키려는 경우는 손에 꼽을 만큼 적었다.

"전하, 제발요······ 제 말을 따르세요. 예?"

약손이 간청하자 이유가 하늘을 올려다봤다. 바람 한 점 불지 않는 새파란 하늘이 보였다. 비는 절대 내리지 않을 것만 같았다.

하지만 약손은 비는 내일이 아니라 오늘 올 테니 지금 당장 기우제를 지내라고 한다. 도무지 말이 되지 않는 요구.

깊은 생각에 빠졌던 이유가 한참 후에야 입을 열었다.

"……동재는 전하라."

"예, 주상 전하."

임금의 부름에 동재가 깊이 고개를 숙였다.

이유가 말했다.

"관상감에 일러 기우제 지낼 준비를 하라 해. 기우제는 내일이 아니라…… 오늘 지낼 것이니."

*

모든 사람이 반대하는 일이 결국에는 벌어졌다. 이유의 말이라면 껌뻑 죽는 시늉도 마다 않는 동재 또한 약손의 의견에 회의적이었다. 그러나 이유가 결정했으니 그 누가 따르지 않을 수 있을까. 결국 이유는 그날 소격전 신단에 올라 기어코 기우제를 지내고야 말았더랬다.

그래서 결과는 어떻게 되었냐고?

승려와 관상감 교수들이 기도를 할 때까지만 해도 햇빛은 통 사그라질 기미가 없었다. 주상 전하께서 각별한 뜻이 있어 기우제의 날짜를 당긴 것이라 믿던 사람들조차 하나둘 희망의 끈을 놓기 시작했다. 다름 아닌 주상 전하, 이 나라의 지존께서 직접 기우제를 지낸다는 소식에 소격서 근처까지 몰려온 백성들의 실망이 가장 컸다.

응당 비가 내리려면 바람이 불고, 구름이 깔리고, 햇살이 번지는 전초 현상이 보여야 마땅한데 작살처럼 꽂히는 햇살은 잔인하게 느껴질 정도로 뜨거웠다. 그러나 마침내 구장복 입은 이유가 축문을 거의 다 읽어 나갈 무렵, 정말이지 눈으로 보고도 믿을 수 없는 일이 벌어졌다.

"덕德이 없는 내가 천지의 가호를 받고자 축문을 짓사옵니다. 나라에 한수재가 깃드는 일은 모두 어질지 못한 제가 그르친 까닭입니다. 그러나 왕상의 자리에 오른 책임을 지고자 감히 하늘에 제를 올려 비를 기원하노니, 무릇 민생民生이 굶주리고 야위는 일을 막아 주소서……."

소격서에 모인 수많은 사람들 중에서 가장 마음 졸였던 이는 약손이었다. 만약 비가 오지 않으면 그 책임은 모두 약손이 질수도 있었다. 목 상궁은 제 체면 모두 잊고 손톱을 잘근잘근 물어뜯기까지 했다. 지레 겁먹어 흘린 눈물 때문에 저고리 고름은 흠뻑 젖어 버렸다.

"목 상궁, 너무 걱정하지 마. 응? 아무 일 없을 거야."

"하지만 마마…… 마마……."

어찌하여 주상 전하께 그리도 무모한 청을 올리신 거예요! 내뱉고 싶은 말이 목구멍까지 치솟았지만 이미 일어나 버린 일을 탓해 무엇 하랴. 목 상궁은 답답한 가슴만 쳤다. 괜스레 미안해진 약손이 목 상궁을 달랬다.

"목 상궁, 미안…… 미안해……."

목 상궁의 등을 토닥토닥 두드려 줄 때였다. 문득 서늘한 바람한 줄기가 휙 약손의 볼을 스쳐 지나갔다.

"……응?"

약손이 주변을 둘러봤다. 어디서 바람이 일어났을까 살펴봤지만 딱히 약손을 향해 바람이 일 곳은 보이지 않았다. 그래서 처음에는 기분 탓인가 싶었다.

이유의 축문이 이어졌다.

"풀과 나무, 사람이 말라 죽는 데에 무슨 죄가 있어 그런 화를 당해야 한단 말이니까? 오직 원하옵건대, 부디 상천께서는 나의 정성을 생각하시어 백성의 생명을 지켜 주시옵소서……."

그때였다. 약손의 이마에 차가운 물방울이 '똑' 한 방울 떨어져 내렸다.

"……어? 이건?"

약손이 하늘을 올려다봤다. 더 놀라운 일이 일어났다. 방금 전까지 화창하기 그지없던 하늘에는 짙은 잿빛 구름을 깔려 있었다. 고작 한 줄기에 불과하던 바람 또한 분명하게 느낄 수 있을 만큼 거세졌다.

"아얏! 차가워! 하늘에서 웬 물이 떨어진대?"

목 상궁 또한 깜짝 놀라서 고개를 들었다. 그러자 목 상궁의 얼굴을 적시는 빗방울. 토독토독 떨어지던 빗방울은 어느새 쏴아아아…… 장대비가 되어 내리기 시작했다.

침울하던 소격서가 기쁨과 환희의 장으로 변한 것은 순식간에 일어난 일이었다.

"비다! 비가 내린다!"

"주상 전하께옵서 비를 내려 주셨어! 하늘이 주상 전하의 뜻을 들어주신 거야!"

"주상 전하! 천세를 누리시옵소서!"

감격에 겨운 모든 이들이 무릎을 꿇었다. 드디어, 길었던 가뭄의 끝이 나던 순간이었으니!

'전하!'

'약손아!'

약손과 이유의 시선이 마주쳤다. 그 어느 때보다 변화무쌍한

별의 움직임과 폭풍 때문에 관상감 교수들조차 쉬이 알아맞히지 못했던 기상 일기. 대체 어떻게 약손이 비 오는 때를 알아맞힐 수 있었을까?

그 답의 비밀은 바로…….

"약손아, 어찌 알았느냐? 응? 햇빛 쨍쨍하기만 하던 날씨였는데 대체 어떻게 비가 올 줄 알았어?"

이유는 미처 구장복도 벗지 못했다. 이유의 얼굴 앞에서 흔들리는 면류관의 폐슬이 짤랑짤랑 소리를 내며 부딪쳤다. 왕의 최고 예복에 속하는 구장복은 즉위식과 혼인식, 중국 칙사 영접, 제를 올릴 때를 제외하고는 쉽게 차려입지 않는 의복이었다. 약손은 이유가 퍼붓는 질문에는 아랑곳없이 구장복의 아름다움에 감탄하기 여념이 없었다.

화려한 구장복을 입으니 이유가 더욱 늠름해 보였다. 약손은 구슬을 만지며 손장난만 쳤다. 비가 온 뒤로 입이 귀에 걸린 이유가 그런 약손을 와락 끌어안아 버렸다.

"어서 대답하거라! 궁금해 못 견디겠다. 대체 어떻게…… 어떻게 비 올 줄 알았느냔 말이야. 응?"

"아이참! 그것은 저만 알고 있는 영업 비밀인데, 어찌 그리 쉽게 알려 달라 하시는지요?"

"뭐 먹고 싶은 것 없느냐? 갖고 싶은 것 없어? 소원 들어줄게."

참말이지 이유는 약손이 해달라는 것은 무엇이든 해줄 수 있는 기분이었다. 이유는 저가 축문을 모두 낭독한 뒤에 미리 준비해 놓기라도 한 것처럼 내리는 빗줄기를 결코 잊지 못했다.

비가 내리지 않을 경우 닥치게 될 두려움과 걱정, 부담? 대체 그게 무엇이었지? 빗물과 함께 모두 쓸려 내려간 지 오래였다.

과연 왕은 다르다고, 역시 주상 전하께옵서는 하늘이 내려 준 지존이 틀림없다며 떠드는 목소리를 들을 때는 몸에 전율까지 흘렀다. 적어도 이 순간만큼은 어린 왕을 쫓아낸 패악을 떠올리는 사람은 아무도 없었다.

"아까 전에 목 상궁이 주전부리 줘서 배부르고요, 패물함도 꽉 찼고요, 소원도 없는데요?"

"약손아! 응? 제발⋯⋯."

이유는 정말 약손의 비방이 궁금해 미칠 지경이었다. 한참 동안 가르쳐 줄까, 말까, 이유를 놀리던 약손이 마침내 그 해답을 내놨다. 오랫동안 밀고 당긴 것과 다르게 사실 별거 없는 비밀이라서 막상 입으로 내뱉으려니 민망하기까지 했다.

"사실은 말입니다⋯⋯."

"응. 사실은 뭐?"

"저가 예전에 담 넘다가 떨어져서 무릎이 부러진 적이 있는데⋯⋯."

약손이 비가 오리라 예상했던 까닭은 이러했다.

약손은 예전에 갯버들탕 먹여 규방의 여인 빼돌릴 적에 어둠 속에서 발을 헛디뎌 담에서 굴러 떨어진 적이 있었다. 지금이야 지나간 추억이니 별거 아닌 것처럼 말하겠지만 그때는 정말 죽을 뻔했다.

뒤에서는 여인의 시가 식구들이 쫓아오지, 다리는 부러져 제대로 달리지도 못하지⋯⋯. 아무튼 약손은 여차저차 잘 도망쳤지만 거의 석 달을 꼼짝없이 방구석에 누워 뼈 붙기를 기다려야만 했다. 상처를 치료해 준 의원은 약손 나이가 어려 망정이지 다른 성인이었으면 필경 절름발이가 됐을 거라며 혀를 내둘렀다. 의원의 말대로 천만다행인 일이었다.

무른 뼈는 금방 붙어서 약손은 금방 자리를 털고 일어났다. 하지만 역시 한번 어긋난 뼈는 반드시 그 후유증을 남겼다. 그 후유증이란 다름 아닌 비만 오면 무릎이 쑤시고 아프다는 것이었다. 여름이나, 겨울이나 단 한 번도 틀린 적이 없었다. 귀신이 따로 없었다. 하여 만약 아침에 일어났을 때 무릎이 쑤시면 반드시 비가 와서 약손과 칠봉은 먼 길 떠나지 않고 주막에 그대로 머무른 적도 있었다.

이를테면 약손은 무릎에 관상감을 두고 사는 격이랄까?

자조지종을 모두 들은 이유가 어이없다는 듯 호탕하게 웃음을 터뜨렸다.

"뭐라? 무릎이 쑤셔서 비가 올 줄 알았다고?"

"예…… 그렇습니다……."

약손이 머쓱한 표정으로 대답했다. 정말이지 알쏭달쏭 믿기지 않는 이 말을 정녕 믿어야 할지 말아야 할지 모르겠다. 나름 진지한 얼굴로 기우제는 꼭 오늘 지내야 한다기에 내심 엄청난 비법이 있으리라 기대했었는데.

하지만 역시나 약손은…… 참으로 약손다운 방법으로 비가 올 줄 알아낸 것이었다.

"그래…… 이러면 어떻고 저러면 어떠하겠냐? 관상감 교수 열이 와도 약손이 너 하나랑은 안 바꾸련다!"

오랜만에 보는 이유의 진짜 웃음이었다.


*


관상감 교수들의 얼굴이 어두웠다.

"대체 이게 무슨 일입니까? 기우제를 지내는 날은 내일이라

하지 않았습니까?"

"갑자기 날짜를 바꾼다고 나올 줄 누가 알았겠습니까?"

"듣기에는 이번 일에 의빈이 앞장섰다는군요. 무슨 까닭인지 식전부터 주상을 찾아가 기우제 지낼 것을 종용했다고 합니다."

"의빈……."

귀신이 곡할 노릇이었다. 교수들이 은밀히 알아본 바에 의하면 의빈은 따로 무당을 부리지 않는다고 했다. 행여나 의빈 스스로가 교수들도 어려워하는 기상을 읽을 수 있는 지식이 있는 것도 아닐 텐데 대체 의빈은 어찌하여 오늘 비가 올 줄 알았단 말인가?

이번 해가 유독 별의 움직임이 변화무쌍하고 바람 길이 복잡하여 날씨를 예측하기 어려웠던 것은 사실이었다. 하지만 며칠 전에 큰 바람이 물러간 뒤에는 교수들 또한 곧 비가 내리는 것을 예상할 수 있었다. 문제는 오랜 가뭄 끝에 흉흉해진 민심을 달래기 위한 기우제 날짜를 정하는 일이었다.

"의빈 때문에 일이 다 틀어지고 말았습니다. 내일 기우제를 지냈으면 적어도 이 비의 공이 수양에게 돌아가는 일은 없지 않겠습니까?"

그렇다. 박엽을 비롯한 관상감 교수들은 애초부터 이유에게 잘못된 날짜를 사주하여 엉뚱한 날에 기우제를 올리게 할 작정이었다. 가뭄이 심해질수록 이유를 부정하고, 노산군을 그리워하는 민심이 커지는 현상은 결단코 놓칠 수 없는 기회였기 때문이다.

생각해 보라. 비가 온 뒤에야 부랴부랴 기우제를 올리는 왕이라니. 얼마나 우스운 꼴인가?

민심을 등진 왕은 결코 진정한 지존이 될 수 없음이니.

하지만 그들의 계획은 완벽하게 실패하고 말았다. 그것도 다름 아닌 의빈 때문에 말이다.

관상감 교수들은 결단코 기우제 날짜 바꾸는 것을 허락하지 않았다. 하지만 의빈의 주장이 워낙 확고했다. 이유는 의빈의 말을 따랐고, 결국 기우제를 지내자마자 비를 내리는 하늘의 왕이 되고야 말았다.

행여나 올해 흉작일까 속이 까맣게 타들어 가던 백성들에게 그보다 더한 기쁨이 어디 있으랴? 비구름은 앞으로 조선 팔도 곳곳을 지나가며 비를 뿌릴 예정이니, 이유를 부정하던 민심 또한 그 빗물과 함께 모두 씻겨 나감은 자명한 일이었다.

"의빈이 무당을 부리지 않는 것이 확실하답니까?"

"이미 다 알아봤습니다. 대감, 저를 못 믿으십니까? 그리고 이제 와서 무당을 부리든 말든 알아내 봤자 대체 무슨 소용이 있단 말입니까?"

"하면, 의빈이 어찌 비 올 줄 안단 말입니까? 비를 부리는 능력이라도 있대요?"

"낸들 압니까?"

뜻하지 않게 일을 그르친 교수들의 목소리가 절로 커졌다.

그때, 행각의 문이 열렸다. 교수들은 갑자기 열린 문소리에 놀랐다가 이내 문밖에 서 있는 사람을 발견하고는 황급히 고개를 조아렸다.

"지금 그게 무슨 말씀이십니까? 하면 오늘 비가 내리리라는 것을 알고 계셨단 말입니까?"

"주, 중전마마……."

"주상 전하를 곤란하게 하려고 부러 잘못된 날짜를 사주했단 말씀이세요?"

"마마……."

기가 막힌 듯 중전의 얼굴이 하얗게 질렸다.

'주상 전하, 기우제를 지내세요. 내일 말고 오늘, 지금 당장 지내도록 하세요!'

느닷없이 찾아와 지금 당장 기우제를 지내야 한다던 의빈이 떠올랐다. 이미 관상감에서 내려 준 날짜가 자명한데, 어찌 별다른 까닭도 없이 지금 기우제를 지내야 한다고 말하는 걸까? 감히 나랏일에 끼어드는 의빈이 괘씸하고 버릇없다고 생각했다.

'의빈, 그만하시게. 이것은 자네가 끼어들 일이 아니야.'

에둘러 꾸중하였지만 의빈은 도통 뜻을 굽히지 않았다. 결국 이유는, '동재는 관상감에 기우제 지낼 준비를 하라 일러라. 기우제는 내일이 아니라…… 오늘 지낼 것이니.'

아무리 의빈이 우긴다 한들 이유가 교수들의 말을 거르고 의빈의 말을 따를 줄은 꿈에도 몰랐다. 그러나 비는 오고야 말았다. 쨍쨍하던 하늘이 어두워지며 비가 내릴 때는 어찌나 놀랍던지. 대체 의빈이 어떻게 비 올 줄 알아냈는지도 궁금했지만 한낱 의빈이 아는 사실을 관상감에서 맞히지 못한 까닭이 더 궁금했다. 하여 이렇게 관상감 교수들을 찾아왔건만…….

설마 비가 올 줄 알았는데도 부러 틀린 날씨를 사주했단 말인가? 대체 어떻게 이럴 수가 있어?

"중전마마, 이 모든 것은 이 나라 왕실을 바로잡기 위한 일이옵니다. 부디 통촉하여 주시옵소서."

"통촉하여 주시옵소서……."

박엽과 교수들이 중전 앞에 머리를 조아렸다.

"하……."

중전이 손에 쥔 치맛자락을 화드득 구겼다. 화가 머리끝까지 치솟았지만 중전 심씨가 대체 그들에게 무슨 말을 할 수 있단 말인지. 관상감 교수들의 작당을 알아채고도 감히 벌할 수 없는 자신의 처지가 참담하기만 했다.

"중전마마…… 괜찮으시옵니까?"

박 상궁이 걱정스러운 얼굴로 물었다. 한참 동안 속으로 화를 다스린 중전 심씨가 애써 의연하게 고개를 끄덕였다.

"괜찮네. 우린 이만…… 돌아가도록 하지."

박엽과 교수들이 대체 누구의 명을 받고 주상을 능멸하는 모의를 했는지는 딱히 물어보지 않아도 알 수 있었다.

그것은 바로…….

바로…….

"아버님…… 대체 어찌하여 이토록 자식을 힘들게 하십니까. 아버님…… 대체 왜…… 왜……."

관상감 박엽과 함께 이번 일을 작당한 주동자. 그가 다름 아닌 제 아버지 심재호라는 사실은 말하지 않아도 알고 있었다.

중전 심씨는 크게 소리 내어 울지도 못하고 밤새 흐느껴야만 했다.

第十九章. 비밀

[1]

"의빈, 일어나시게. 이보게, 의빈……."

아닌 밤중에 홍두깨였다. 깊은 밤, 갑자기 저를 깨우는 목소리
에 약손이 겨우 눈을 떴다. 그래 봤자 목 상궁이겠거니, 처소나
인이겠거니 싶었는데, 깜깜한 어둠 속에 웬 낯선 사내가 앞에 서
있는 것이 보였다.

이자는 대체 누구인가? 갑자기 등골이 서늘해지며 오싹 소름
이 돋았다. 약손은 낯선 이로부터 저를 지키기 위해 본능적으로
주먹부터 날렸다.

"네 이놈! 넌 누구냣!"

대체 어떻게 월당에 잠입했는지는 모르겠지만 너 사람 잘못
봤다! 본래 후궁전에는 주상 전하를 제외한 사내들은 함부로 들
어올 수 없었다. 약소의 발길질에 얻어맞은 남자가 '억!' 외마디
비명과 함께 이마를 붙잡고 쓰러졌다.

한데, 그 목소리가 어쩐지 낯이 익다?

"주, 주, 주상 전하……?"

"약손아…… 너…… 아흐흐흑……."

낯선 사내는 다름 아닌 이유였더라. 야심한 시각에 후궁전에 몰래 들어올 사내, 사실 이유 말고 또 누가 있으랴?

"전하, 이 밤에 무슨 일이세요? 대체 이 옷은 또 뭐고요?"

이유가 입고 있는 철릭이 낯설었다. 궁궐에서는 흔히 입지 않는, 반가의 평범한 사내들이나 입는 옷이었다. 당연히 약손이 오해할 수밖에 없는 상황이었다.

"오늘 단오절에 너랑 함께 놀러 가려고……. 잠행 가려고……."

"전하, 괜찮으세요? 어떻게 해……."

약손 깜짝 놀래켜 주려고 몰래 들어왔던 게 화근이었다. 여약손, 손 왜 이렇게 맵냐? 아니, 발길질이 맵다고 해야 하나? 이유는 한참 동안 이마를 붙잡고 끙끙 앓아야만 했다.


오늘은 단오端午였다.

일 년의 풍년을 기원하는 명절이라 궁녀들 또한 청포 물로 머리 감았고, 수라간에서는 산나물을 뜯어 만든 수리떡을 나누어 줬다.

이유도 저녁 수라에 함께 올라온 수리떡 몇 개를 먹었다. 쑥을 넣었는지 입안에 향긋한 쑥 향이 맴돌았다. 떡이라면 사족을 못 쓰는 약손이니 수리떡 엄청 먹고 있겠구만. 생각은 자연스럽게 약손에게로 흘렀다.

월당에는 섭섭지 않을 만큼 풍족하게 떡을 보내라, 사사로이 당부를 하는데 문득 도성에서 한창 벌어지고 있을 단오 행사가 떠올랐다.

약손이랑 함께 구경 가면 참 좋을 것 같은데…….

그래서 몰래 잠행을 나가려던 것뿐이었다.

하지만 대체 어디서부터 잘못된 걸까? 이유의 판판한 이마가 시뻘겋게 부어올랐다. 예전에는 약손 머리통에 부딪혀서 죽을 뻔했는데, 오늘은 발길질에 얻어맞아 죽을 뻔했다. 세간에는 부인에게 맞고 사는 남편이 있다더니만, 그게 제 이야기가 될 줄은 꿈에도 몰랐다.

"전하……."

"뉘십니까?"

약손이 몸을 붙여 오는 것을 애써 모른 척했다.

"전하아아아…… 아직도 많이 아프세요? 계란으로 문질러 드릴까요?"

"남 일에 관심 *끄게*."

이유가 휙 앞서 나갔다. 그 바람에 약손과의 거리가 이만큼 멀어졌다. 성큼성큼 혼자 걷던 이유가 딴청 피우는 척하며 속도를 천천히 했다. 약손에게 뿔따구가 나긴 했지만 그래도 멀어지고 싶지는 않았기 때문이었다. 약손은 한 걸음 좀 못 미치는 거리에서 이유의 뒤를 쫄래쫄래 뒤쫓았다.

힐끗 고개를 돌려 보니 똥마려운 강아지처럼 안달복달하는 게 너무 웃겼다. 화는 애초에 나지도 않았지만 약손을 놀려 주고 싶어서 더욱 삐친 척을 했다.

"떡 사세요, 떡! 방금 쪄 온 인절미, 절편, 쑥떡이 있습니다! 싸게 드릴게요!"

"항아리 사려! 항아리!"

"삼베, 벙거지, 백삼승 사시오!"

"갓 있습니다. 머리카락처럼 가는 대나무도 있고, 마총도 있습니다!"

이유의 예상이 맞았다. 단옷날이라 야시장에는 사람들로 발 딛을 틈이 없었다. 좌판에 늘어놓은 물건 또한 여느 때보다 더욱 다양했다.

약손이 어느 한 곳에 발길을 멈췄다. 화난 척했지만 사실은 약손만 내내 보고 있던 이유가 은근슬쩍 그 옆에 섰다.

"뭘 봐?"

약손은 남성용 장신구를 파는 좌판을 구경하고 있었다. 갓, 상투관, 망건, 관자, 풍잠 따위가 늘어져 있는 것이 보였다.

"뭐야? 사내 장신구를 네가 왜 보고 있어? 어떤 놈 사주려고?"

이유가 눈을 부라리자 약손이 쯧쯧 혀를 찼다.

"어떤 놈 사주긴요. 제가 좋아하는 놈 사주려고 그러거든요?"

"뭐? 네가 좋아하는 놈⋯⋯? 그게 누군데?"

혹시 그거 나 아니야? 나인 것 같은데? 나지? 삐친 척은 오래 못 갔다. 설레발치는 이유의 입이 귀에 걸리도록 찢어졌다. 약손이 갓끈 이것저것을 둘러봤다. 내친 김에 이유의 얼굴에 대보며 잘 어울리는지 살폈다.

"옥이 좋겠습니까, 마노가 좋겠습니까?"

"역시⋯⋯ 네가 좋아하는 놈은 바로 나였어? 그치?"

"전하는 얼굴이 흰 편이라 아무 색이나 다 잘 어울리네요. 아니면 수정은 어떨까요?"

약손이 결정을 못 하니까 좌판 주인이 냉큼 다가왔다.

"아이고, 어르신. 갓끈 사시게요?"

"예. 무엇이 좋겠습니까?"

"어느 분이 매실 겁니까?"

"주상 전하께옵서⋯⋯! 헉!"

무심코 말을 꺼낸 약손이 깜짝 놀라서 입을 막았다. 지금은 신분을 감추고 잠행 중인데 저도 모르게 말이 헛나갔다. 천만다행으로 주변이 하도 시끄러워서 주인은 약손의 말을 잘 알아듣지 못했다.

"그…… 이분이……."

약손이 손으로 이유를 가리켰다. 주인이 고개를 끄덕였다.

"아, 형님 사주시게요?"

"……형님?"

약손과 이유가 서로를 바라봤다. 갑자기 웬 형님? 영문을 몰랐다가 이내 알아차렸다. 잠행을 나올 때는 궐에서 입던 옷을 그대로 입을 수는 없을 터. 이유는 약손에게 보통 민가의 여인들이 입는 저고리와 치마를 가져다줬다. 하지만 약손은 이런 옷 입으면 거추장스럽기만 하고 자유롭게 다닐 수 없으니 저 또한 사내 옷 입기를 바랐다.

결국 약손에게 맞는 사내 옷을 지을 여유는 없어서 대신 이유의 옷 한 벌을 받아 입었다. 이유의 철릭은 진한 파랑, 약손의 철릭은 연한 파랑. 본의 아니게 엇비슷한 색의 철릭을 입고 나니까 둘은 꼭 어느 양반 댁의 사이좋은 형제처럼 보이는 것이었다.

"어딜 봐서 형님으로 보입니까?"

약손이 발끈했다. 이유 또한 고개를 끄덕이며 맞장구쳤다. 맞아! 우리가 보기엔 이래도 원래는 부부거든? 약손이 주먹을 불끈 쥐며 주인 남자를 째려봤다.

"내가 형님이란 말이오! 얘가 나 먹는 거 다 뺏어 먹어서 제대로 못 커 그렇지, 내가! 바로 내가! 형님이란 말이오!"

"뭐라고?"

이유가 어처구니없다는 눈빛으로 바라봤지만 그러거나 말거나 약손은 갓끈 고르기에 여념이 없었다.

"어디 보자, 우리 동생! 호박 끈을 사주랴, 수정 끈을 사주랴? 너 갖고 싶은 건 형님이 다 사주마! 어서 골라 봐."

"뭐, 뭐라……."

주인 사내가 큰형님인 약손의 비위를 맞추며 갓끈을 골라 줬다. 그리고 약손은 손위 형님답게 무지막지한 재력을 과시했다.

"에이, 기분이다! 여기 있는 갓끈 전부 주시오!"

"정말이십니까, 나리?"

"속고만 사셨소? 내 동생이 재물에 약한 사내거든."

대체 이게 웬 횡재래? 주인 사내가 비단 주머니 안에 서둘러 갓끈을 집어넣었다.

"여약손…… 의빈…… 너……."

이유가 이를 악물었다. 하지만 약손은 그런 이유는 조금도 신경 쓰지 않았다. 갑자기 약손이 이유의 손을 잡았다. 저 멀리 씨름판이 보였다.

"씨름 대회를 하나 봅니다."

"그런데 뭐?"

약손이 이유에게 갓 주머니를 쥐여 주고는 냅다 뛰기 시작했다.

"뭐긴 뭐야. 이 형님이 아우한테 소를 주려고 그러지."

"뭐, 뭐라고? 뭐를 사준다고?"

과거, 월당에서 형님 노릇하던 버릇 어디 안 갔다. 약손은 하늘색 철릭 고름을 풀며 냅다 모래판으로 뛰어들었다.

이유의 시선이 씨름판에 늘어선 우락부락한 사내들에게 닿고는 이내 대경실색하며 놀랐다. 여약손! 너 미쳤어? 너 지금 저 사내들과 씨름을 한다는 거야? 죽고 싶어? 약손과는 체격이 비할 바도 없는 사내들이었다. 약손 같은 건 그냥 한 주먹거리에 내팽개칠 수도 있을 것만 같았다.

"약손아!"

"걱정 마라, 동생아! 형님만 믿어!"

하지만 약손은 두려움을 모르는 형님이라. 약손이 제 가슴팍을 탕탕 때렸다.

"당신, 나랑 한판 붙어 봅시다!"

약손은 무려 사내들 중에서 가장 체격이 좋은 사내를 콕 집어 지명하기까지 했다.

"여약소온……."

이유는 거의 거품 물고 쓰러지기 일보 직전이었다.

"이봐요, 도련님. 참말 도련님께서 우리 꺽쇠를 이길 수 있단 말입니까? 뼈 부러져도 책임 안 집니다?"

"길고 짧은 건 대봐야 알지. 그리고 도련님이라고 하지 마쇼. 누구보고 도련님이래? 머리 튼 거 안 보이우? 내가 이래봬도 참한 색시가 집에 있는 사람이야."

체구도 작고 얼굴도 곱상한 약손은 말투 하나만은 걸걸했다. 보여 주는 호기가 예사롭지 않아서 약손에게 지명당한 꺽쇠라는 사내가 툭툭 고개를 꺾으며 걸어 나왔다.

"한 주먹 거리도 안 되는 놈이 입만 살아 나불대네. 참한 색시 과부되어도 나 원망 마시오."

"퉤퉤!"

약손이 행동으로 보여 주겠다는 듯 손바닥에 침을 뱉어 짝짝 맞부딪쳤다. 약손 몸뚱이의 곱절은 후딱 넘을 듯한 꺽쇠와 곱상한 도령의 한판 승부라! 구경꾼들 역시 모두 호기심에 가득 찬 얼굴로 승부를 관람했다.

"약손아……."

이유가 발을 동동 굴렀다. 그러다 곁에 있는 웬 여인한테 목덜미가 잡혔다.

"거 좀 앉아요! 앞에서 그렇게 가리고 서 있으면 뒷사람은 어찌 봅니까? 앉아요! 앉아!"

이유가 멍석 깔린 자리에 털썩 주저앉았다. 이미 약손을 말리기에는 너무 늦어 버린 때였다. 이제는 약손이 씨름하는 모습을 '참하게' 앉아 지켜보는 수밖에 없었다.

둥둥둥둥…….

장구와 북소리가 빨라졌다. 요란한 꽹과리를 신호로 씨름이 시작됐다. 꺽쇠가 거침없이 달려와 약손의 허리춤을 붙잡았다. '한 주먹 거리'라는 말이 영 거짓은 아닌 듯 단번에 엎어 칠 듯 무서운 기세였다. 하지만 약손은 대체 무슨 배짱인지 몰랐다. 도망가거나 물러나지는 않고 부러 꺽쇠가 제 허리춤을 붙잡게 했다.

"범 무서운 줄 모르는 하룻강아지, 잘 가쇼. 도련님은 이런 판에 끼는 거 아니야."

"길고 짧은 건 끝까지 두고 봐야 한다고 말했는데?"

불현듯 약손의 한쪽 입꼬리가 쭉 올라갔다. 꺽쇠가 약손의 허리를 붙잡은 사이, 약손은 잽싸게 꺽쇠의 목뒤 혈 자리를 꼭 눌러 버렸다. 언젠가 생도로 처음 입궐했을 때 이 방법을 써서 생도들의 큰형님이 되었던 약손이. 이번에도 똑같았다. 그리고 약손이 아는 한, 이 혈 자리를 눌리고도 멀쩡한 사람은 그 어디에도 없었다.

"어……?"

순간적으로 꺽쇠의 몸이 굳어 버렸다. 약손을 그대로 엎어 치려했지만 온몸에 힘이 들어가질 않았다. 대체 이게 무슨 귀신이

곡할 노릇인가……? 꺽쇠가 생각할 때였다. 그리고 바로 그 순간,

"이야아아아압!"

약손이 꺽쇠에게 밭다리를 걸었다. 중심축이 무너지면 제아무리 태산 같은 상대라도 제압하는 것은 식은 죽 먹기였다. 약손은 그대로 꺽쇠를 메어쳤다.

"우와아아아! 곱상한 도령이 이겼네! 도령이 이겼어!"

"세상에! 천하장사구만! 천하장사야!"

사람들이 환호했다. 설마 약손이 이길 줄은 예상하지 못했던 이유 또한 덩달아 기쁨의 함성을 질렀다.

"내 부인이 이겼다! 이겼어! 내 부인이 천하장사가 되었어!"

약손이 늠름한 얼굴로 이유에게 달려왔다. 둘은 전혀 거리낄 것 없이 서로를 으스러지게 껴안았다.

"전하, 보셨습니까? 제가 저 사내를 이겼습니다. 저 최고지요?"

"엄청 대단하다. 대체 어떻게 저런 사내를 쓰러뜨린 것이야? 응? 너 진짜 굉장하다! 힘도 세고, 엄청 멋있어!"

잘생긴 사내 둘이 서로를 끌어안고 기뻐하는 모습이란 얼마나 훈훈하던가?

아이고, 저이들은 얼굴이 천하장사구만! 얼굴이 천하제일이야!

도령의 집에 있다는 '참한 색시'라는 분이 못내 부러워지는 여인들이었다. 씨름에 이긴 약손은 위풍당당한 모습으로 상품을 받아 왔다. 씨름에서 이긴 승자의 상품이라면 당연히 농사꾼들에게 없어서는 안 될 중요한 동물인 황소……는 아니었고, 복슬복슬한 아기 댕견이었다.

"전하, 궁궐에서 황소 키워도 될까요?"

"그럼. 월당에 두고 데리고 살렴."

비록 진짜 황소는 아니었지만 약손은 아기 댕견에게 '황소'라는 이름까지 지어 주었다. 씨름에서 이겨 데려온 강아지였기 때문이다.

"황소야, 오늘부터 월당에서 같이 살자. 어이구, 발 큰 것 좀 봐……."

약손이 황소를 쓰다듬자 이유는 그런 약손을 쓰다듬었다.

대체 약손이 못하는 게 무엇이람? 이제는 하다하다 씨름까지 잘하는구나.

약손은 정말 멋있었다. 진즉 약손을 사랑하였지만 이토록 멋진 모습이 또 있었을 줄이야. 이유는 한 번 더 약손에게 반하고 말았다.


일은 생각지도 못한 순간에 벌어졌다.

약손이 씨름 한판 거나하게 한 뒤, 이유가 아까 보고 지나쳤던 떡장수에게 떡을 사러 갔을 때였다. 눈 깜짝할 사이에 황소가 없어졌다. 아까부터 쉼 없이 꼬물거리기에 잠깐 땅에 내려놓고 한눈판 사이에 달아나 버린 것이었다.

"어? 황소야? 어디 갔어?"

깜짝 놀란 약손이 황소를 찾아 나섰다. 주막 뒤쪽에 조그맣게 열린 뒷문이 보였다. 저 문으로 나갔구나! 약손이 문을 나섰다. 저가 가봤자 아직 아기인데 얼마나 멀리 갈 수 있으랴. 그때까지만 해도 약손은 황소를 금방 찾을 수 있을 줄 알았다.

주막 뒷길은 야시장이 펼쳐진 대로와는 확연하게 달랐다. 사람들 인적도 드물었고 불빛도 없어서 깜깜하기 그지없었다.

"황소야! 황소야!"

약손은 황소를 찾아 바닥만 보고 걸었다. 그러는 와중에 저가 어디로, 얼마큼 왔는지도 까맣게 잊어버리고 말았다. 대체 고 조그만 녀석이 어디로 사라졌단 말인가? 하늘로 솟았나? 땅으로 꺼졌나? 약손이 정신을 차렸을 때는 이미 대로변과 한참이나 멀리 떨어진 곳에 도달한 후였다.

좁은 골목길은 사방팔방으로 뻗쳐 있어 올바른 길을 분간할 수 없었다. 오히려 가면 갈수록 으슥하게 느껴지는 것은 단순한 기분 탓인지?

약손이 모퉁이를 돌아섰다. 단순한 기분 탓이 아니었다. 다른 골목과 다르게 하필이면 약손이 도착한 주변은 사람이 살지 않는 폐가가 즐비했다. 여기저기 무너져 내린 담이 보였다. 당장 귀신이 나올 것만큼 으스스했다.

"황소야……."

약손은 애써 침착함을 유지했다. 아무래도 이 길은 아닌 것 같아. 다시 돌아가야겠어. 약손이 천천히 뒷걸음질 쳤다.

하지만 그때, 참으로 이상한 일이 벌어졌다.


"아기씨!"

집 안에서 웬 여자의 목소리가 들렸다.

"……응?"

약손이 저도 모르게 뒤돌아봤다. 방금 전까지 귀신 나올 듯 으스스하게 느껴지던 폐가는 온데간데없었다. 무너진 담은 거짓말처럼 제자리를 찾아갔다. 오랫동안 사람이 드나들지 않아 거미줄 잔뜩 낀 기와도 누가 잘 닦아 놓은 것처럼 반질반질했다.

집 안에서 행복한 웃음소리가 와르르 쏟아졌다. 처마마다 걸린 초롱이 따뜻한 빛을 뿜어냈다. 약손이 한 발 집 안으로 발을 디뎠다. 마당에 모여 있던 여자들이 약손을 보며 방긋 웃었다.

"아기씨! 또 어디 다녀오셨어요? 우리 과줄 빚고 있었는데. 덕구한테 팽이 깎아 달라 할까요?"

"또 흙장난하셨구나. 손톱 까만 것 좀 봐. 까마귀가 아기씨한테 언니 동생 하자고 조르기 전에 얼른 가서 세수합시다. 대감마님 아시면 혼나요."

"……유모?"

분명 처음 보는 여인인데 어찌하여 '유모'라고 불렀는지는 알 수 없었다. 그냥 입에서 절로 튀어나온 말이었다. 유모가 약손의 등을 떠밀었다. 약손은 유모가 이끄는 대로 뒤를 쫓아갔다. 그러다가 어느새 유모의 모습이 홀연히 사라졌다. 놀랄 법도 한데 약손은 조금도 당황하지 않았다. 어차피 유모가 없어도 이 집 안의 길은 눈 감고도 찾아갈 수 있으니.

어느새 약손은 안채 마루에 서 있었다. 안채에서 두런두런 나누는 이야기 소리가 들렸다.

"이건 뭐예요?"

"조릿대란다. 대나무 중에서 가장 작은 종류지. 꽃이 한번 피고 나면 죽기 때문에 일생에 딱 한번 꽃을 피우고 열매를 맺는단다."

"먹어도 돼요?"

살짝 열린 문틈으로 웬 여자애가 보였다. 나이는 한 일고여덟 살쯤 되었을까? 아직 젖살이 안 빠져 두 볼이 통통했다. 초롱초롱 빛나는 눈동자가 새카맸다. 여자애는 풀잎을 입에 넣고 씹어 보다가 이내 퉤퉤 뱉어 버렸다. 그 모습 본 남자가 하하하 크게 웃음을 터뜨렸다. 넉넉하고 풍성한 웃음소리. 왈칵 눈물이 쏟아질 것만 같았다.

내가 이 웃음소리를 언제 들어 봤지? 이 남자는 대체 누구지? 하지만 남자는 약손에게서 등을 지고 앉아 얼굴이 보이지 않았다. 볼 수 없는 그 얼굴이 몹시 궁금해졌다. 약손이 남자의 얼굴을 확인하기 위해 합문을 열어젖혔다.

하지만 그때,

"불이야! 불이야!"

마당에서 다급하게 외치는 목소리가 들렸다. 분명 조금 전까지 화목하기 그지없던 집이 불길에 휩싸인 것은 순식간에 일어난 일이었다.

"아기씨! 얼른 피하셔야 해요……! 컥!"

불을 끄기 위해 달려가던 남자가 갑자기 풀썩 앞으로 고꾸라졌다. 붉은 피가 마당에 흩뿌려졌다. 약손이 깜짝 놀라 남자를 쳐다봤다. 쓰러진 남자의 등 뒤로 관군이 보였다.

"잡아라! 이 집 안의 식솔들은 단 한 명도 살려 두면 안 될 것이야!"

마당에서 과줄 빚던 여인들 또한 관군의 칼을 피할 수는 없었다. 집 안의 모든 사람들이 영문도 모른 채 도륙당하는 끔찍한 광경……. 그때 누군가 약손의 손을 잡아챘다. 아까 어린 여자애를 보며 웃던 바로 그 남자였다. 약손은 그 남자를 따라 달리고 또 달렸다. 숨이 턱 밑까지 차오를 즈음, 남자가 말했다.

"도망가라, 멀리. 절대 잡혀서는 아니 돼."

주변에서 물 찰랑거리는 소리가 들렸다. 약손은 조그만 나룻배에 올라 있는 자신을 발견했다. 저 먼발치에서 약손과 남자를 쫓는 관군의 횃불이 아른거렸다. 어느새 강물은 남자의 배, 가슴까지 차올랐다. 남자는 힘껏 배를 밀었다. 약손은 어느새 엉엉 울음을 터뜨리고 있었다. 약손은 지금 이 순간이 남자와의 마지막 조우가 되리라는 것을 본능적으로 깨달았다.

"싫어! 나 혼자 안 갈래. 같이 갈래요……."

약손이 남자의 손을 꽉 붙잡고 말했다. 거의 필사적인 부탁이었다. 하지만 남자가 고개를 저었다. 그리고 남자가 마지막으로 약손에게 당부할 때, 마침내 약손은 그 남자의 정체를 기억해 냈다.

"잘 들어. 이제부터는 아무 데서도 아버지 이름 이야기해서는 안 돼. 네 이름 석 자도 꺼내서는 안 돼. 알았어?"

"아버지 말 명심해야 해. 이제부터는 어디에서도 아버지 이름, 네 이름 말하지 마. 그래야 네가 살아. 알겠어?"

남자가 거푸 다그쳤다. 약손은 눈물범벅이 된 얼굴로 고개만 끄덕일 뿐이었다. 그렇게 약손이 탄 나룻배가 멀리멀리 떠내려갔다.

약손은 처음 와본 동네의 낯선 집이 어찌하여 이토록 낯이 익은지 이제야 깨달았다.

그렇다. 저를 배에 밀어 넣고 관군에게 붙잡혔던 남자는 다름 아닌 내 아버지.

이 집은 내가 살던 집이라…….

약손이 정신 차렸을 때는 처마에 걸렸던 초롱도, 과줄 빚던 여인들도, 꽃모양 어여쁘게 새겨진 담도 모두 사라져 버린 후였다. 불에 타서 잿더미가 된 폐가의 흔적만 남아 있을 뿐이었다.

저 멀리서 약손을 부르는 소리가 희미하게 들렸다.

"의빈마마! 어디 계시옵니까? 의빈마마!"

"의빈마마! 답을 해주소서! 의빈마마!"

느닷없이 사라진 약손을 찾으려 관군들이 동원된 모양이었다.

"나 여기…… 여기……."

약손이 답하려 했지만 목소리가 꽉 막혀 아무 소리도 나오지 않았다. 갑자기 하늘이 핑글 돈다 싶었다. 약손은 그대로 바닥에 쓰러지고 말았다.

"아이고! 마마님! 여깁니다! 마마님을 찾았습니다!"

"약손아! 눈을 떠 보거라. 약손아!"

정신을 잃기 전, 이유의 얼굴이 보였다.

약손이 마지막으로 중얼거렸다.

"아버지……."

약손이 눈을 뜬 것은 간밤에 일이 있고 나서도 꼬박 하루가 지났을 때였다. 이유는 약손이 의식을 되찾았다는 소식을 듣자마자 조회마저 파한 채 월당을 찾아왔다.

"약손아!"

이유가 한달음에 처소 안으로 들어왔다. 약손이 몸을 일으키려는 것을 제지했다.

"전하……."

"됐다. 괜찮아. 너는 그냥 누워 있어."

이유가 약손의 이마를 짚었다. 찬 수건을 올려놓았는데도 손 밑에 느껴지는 온도가 후끈했다.

이유는 떡 사러 간 사이에 갑자기 약손이 사라져서 얼마나 놀랐는지 몰랐다. 관군을 풀어 주변을 샅샅이 뒤졌을 때, 불타 버린 폐가에서 쓰러져 있는 약손을 발견하고 나서는 참말 심장이 내려앉는 줄만 알았다. 대체 무슨 정신으로 약손을 궐로 데려왔는지 기억도 나지 않을 정도였다.

"죽은 먹었느냐?"

"네. 좀 전에 먹었습니다."

"얼굴이 해쑥하구나. 먹고 싶은 것 있으면 다 말해. 내 수라간에 일러 주마."

"……."

약손 얼굴에 핏기가 하나도 없었다. 입술은 물기 없이 말라서 허옇게 살갗이 일어난 채였다. 대체 어찌하여 주막과 한참이나 멀리 떨어진 폐가에 갔을꼬? 무슨 곡절로 정신을 잃고 쓰러져 있었을꼬? 차라리 야시장 따위 가지 말 것을 그랬나 보다.

이유는 모든 것이 자신의 잘못인 것만 같아 스스로를 자책했다.

"대체 무슨 일이 있었어? 어찌하여 그런 흉한 자리에서 정신을 잃었어?"

이유가 물었지만 약손은 아무 말도 하지 않았다. 아주 잠깐의 찰나지만 이유는 약손의 눈빛이 흔들리는 것을 보았다. 결코 잘 모르는, 기억이 나지 않는 기색이 아니었다. 분명 많은 생각이 있는 듯한 그런 눈빛이었다. 하지만 그럼에도 불구하고 약손은 그냥 고개만 저었다.

왜냐하면…….

'아버지 말 명심해야 해. 이제부터는 어디에서도 아버지 이름, 네 이름 말하면 안 돼. 그래야 네가 살아. 알겠어?'

오랫동안 잊고 살았던 기억은 갑자기 쏟아졌다. 약손은 저의 과거를 절대 입 밖으로 꺼내서는 안 된다는 제 아버지의 당부를 똑똑히 기억했다.

"잘 모르겠습니다…… 기억이 나질 않아요."

약손이 대답했다.

*

저번에 약손과 헤어진 이후, 칠봉은 드디어 약손을 만나러 입궁할 수 있었다. 하루가 십 년인 듯 그동안 얼마나 마음 졸였는지 몰랐다. 그럴 만도 했다. 칠봉은 제게 친히 침 놔주고 약까지 지어 주던 어의가 다름 아닌 십 년 전에 약손을 쫓던 육손이라는 사실을 알았기 때문이었다. 당장이라도 약손에게 이 중대한 사실을 알려 주고 싶었지만 약손을 쉬이 만날 수는 없었다. 하지만 그렇다고 해서 서찰을 쓸 수도 없었다. 도중에 누군가 읽어 비밀이 새어 나가기라도 하면 큰일이지 않은가? 약손과 직접 대면하여 알려 주는 방법이 가장 안전했다.

"아부지, 무슨 일이야? 나한테 긴히 할 말 있다는 게 뭐야?"

"약손아! 아니 의빈마마, 너 있잖아……."

그때였다.

"의빈마마, 탕약 드실 시각이옵니다."

"응, 그래?"

하필이면 칠봉이 도착한 때는 약손이 탕약을 마실 시간이었다. 얼마 전 정신을 잃고 쓰러진 것 때문에 약손은 도제조에게 친히 진맥 받고 몸을 보하는 약을 복용했다.

"도제조 민희교 들겠나이다."

목 상궁과 함께 민희교가 들어왔다.

"흐억!"

그 바람에 칠봉은 대경실색하며 놀랐다.

이런 제길! 저치가 왜 여기 있는 거야? 원수는 외나무다리에서 만난다더니만 딱 그 짝이었다. 하지만 아직 아무것도 모르는 약손은 평온한 얼굴로 탕약을 받아 들었다.

"의빈마마, 연년인수불로단이라는 약이옵니다. 백하수오와 백복령, 맥문동을 함께 써서 전신 보혈 강장작용을 하는데 도움을 줄 것이옵니다."

"도제조 영감께서 이토록 신경 써 주시니 항상 감사할 뿐이옵니다."

칠봉은 얼굴색 하나 변하지 않고 용한 의원인 척하는 민희교가 가증스럽게 느껴졌다. 불과 십 년 전에는 어린아이 하나 못 죽여서 안달을 내놓고는 이제 와서 사람 목숨 구해 주는 의원이 웬 말이더냐!

약손이 아무 의심 없이 탕약을 마시려 했다. 칠봉은 결단코 약손이 민희교가 제조한 탕약 마시는 꼴을 두고 볼 수 없었다. 약손이 사발에 입을 갖다 댈 때, 칠봉이 소리쳤다.

"아, 안 돼!"

"……응? 아부지?"

약손이 고개를 돌려 칠봉을 바라봤다. 약손뿐만이 아니었다. 약을 가져왔던 목 상궁, 민희교의 시선 또한 칠봉에게 닿았다. 갑자기 사람들의 주목을 받은 칠봉이 황급히 얼버무렸다.

"의빈마마! 소인이 중하게 여쭐 말씀 있다 하지 않았습니까? 엄청 급합니다. 당장 말씀드리고 싶습니다."

"……그러십니까?"

칠봉 나름대로의 축객령이었다. 눈치 빠른 목 상궁이 먼저 고개를 조아렸다.

"소인은 수라간에 가서 마마의 저녁상을 좀 둘러보고 오겠나이다."

목 상궁이 일어서니 민희교 또한 더는 자리에 있을 수 없었다.

"……하오면 의빈마마, 옥체 불편한 곳이 생기면 언제든 소신을 찾아 주십시오."

"그리하겠습니다. 탕약은 잘 마시겠습니다."

목 상궁과 민희교가 방을 나섰다. 칠봉은 그제야 단둘이 약손과 대면할 수 있었다. 약손이 다시금 약을 마시기 위해 대접을 들었다. 하지만 그 순간, 칠봉이 탕약 든 대접을 뺏었다.

"안 돼! 그 약 먹으면 안 돼!"

"……아부지?"

심지어 칠봉은 주변을 두리번거리더니 처소 안에 있던 조그만 난초 화분에 탕약을 몽땅 쏟아 버리기까지 했다. 약손이 놀라서 소리쳤다.

"아부지! 왜 그래? 그거 도제조 영감이 나 먹으라고 지어 준 약이란 말이야!"

"으이그, 이 망충한 의빈마님! 저자가 주는 건 약이 아니라 쌀 한 톨도 드시면 안 된다는 말씀입니다!"

"뭐라고? 그게 무슨 말이야?"

약손이 물었다.

칠봉은 십 년 전에 저가 목격한 광경, 약손을 뒤쫓던 추격자가 다름 아닌 육손 민희교라는 사실을 모두 설명했다.

"……정말이야? 나 놀리려고 하는 말 아니지? 아부지가 잘못 본 거 아니야?"

"내 눈썰미 몰라? 그 육손이가 분명히 말했다. 윤가의 딸을 찾으라고. 찾아서…… 반드시 죽여야 한다고."

"……윤가?"

칠봉이 언급한 '윤가'가 결정적인 단서였다. 그 이야기를 듣고 나니까 약손 또한 뭔가 짚이는 구석이 있었다.

그때, 밖에 있던 목 상궁이 말했다.

"의빈마마, 복금과 수남이 들었습니다. 어찌할까요?"

"당장 들라 하시게!"

약손의 명을 받고 은밀히 궐 밖을 나갔던 복금과 수남이 때마침 돌아왔다. 복금과 수남이 공손하게 인사를 올렸다. 약손이 거두절미하고 물었다.

"그래. 그 집에 대해서는 알아봤어?"

"예, 의빈마마."

그렇다. 약손은 저가 쓰러졌던 폐가가 어렸을 때 살던 집이라는 것을 확신했다. 그렇지 않다면 난생처음 가보는 집의 구조며 길을 훤히 알고 있을 까닭이 없지 않는가? 다만 약손은 어찌하여 제집이 폐가가 되었는지, 불타 버린 잿더미로 변했는지 연유가 알고 싶은 것이었다.

"누가 살던 집이든가?"

"십 년 전까지만 해도 그 집에 거주하던 사내가 있었다고 합니다."

"이름은 아는가?"

"소인이 알아본 바에 의하면 사내는 윤서학이라는 이름을 썼다 하옵니다."

"……윤서학?"

약손의 표정이 굳어졌다. 약손이 떠올린 제 본명은 '윤아영'이었다. 한데 그 집에 살던 주인 또한 성이 '윤'이라고? 더군다나 칠봉의 말에 의하면 민희교로 추정되는 육손이조차 '윤가의 딸'을 쫓았다고 하지 않았는가? 하나둘씩 단서가 모이고 있었다. 잡힐 듯 잡히지 않는 연결고리에 약손이 한숨을 내쉬었다.

복금이 덧붙였다.

"한데, 마마……."

"응?"

"집이 폐가된 연유 또한 알아보라 하셨지요?"

"그리하였지."

복금이 더욱 목소리를 낮췄다.

"마마, 그 집 대문에는 쇠징이 박혀 있었나이다."

"……쇠징? 그게 무엇인데?"

쇠징이 상징하는 바를 알지 못하는 약손이 반문했다. 한참 망설이던 복금이 마침내 입을 열었다.

"마마…… 그 폐가는…… 대역죄를 지은 죄인의 집이었습니다."

"뭐, 뭐라……? 대역죄인?"

하지만 놀라기에는 아직 일렀다. 복금은 더욱 놀라운 사실을 알려줬다.

"윤서학은 아내와 사별한 뒤에 슬하에 딸 하나를 키우고 있었다고 합니다. 내의원에서도 실력이 뛰어난 의원이었는데, 종친을 독살하려다 발각되어 삼대가 멸하는 죄에 처해졌다고 합니다. 아마 대문에 징이 박힌 것은 그 때문인 듯합니다."

"……독살?"

약손이 제 입을 막았다. 부들부들 떨리는 손을 들킬까 얼른 치마폭 아래에 감췄다.

"윤서학…… 그자가 무슨 까닭으로 종친을 독살하려 했다든가?"

"그것까지는 정확히 알 수 없으나 당시 세종께서 워낙 슬하에 본 자식이 많으셨기에……."

감히 저가 함부로 왈가왈부할 수 없는 문제라 복금이 말끝을 흐렸다. 하지만 이쯤 되면 제아무리 눈치 없는 사람이라도 종친의 권력 다툼에 윤서학이라는 사내가 휘말렸다는 것을 유추할 수 있었다. 세종 슬하의 자식만 스무 명이 넘었다. 그 중에 왕후의 소생 아들은 여덟 명이나 됐다. 제아무리 세자의 입지가 강하다 한들 대군들의 신경전 또한 만만치가 않았을 터.

약손이 애써 떨리는 목소리를 가다듬으며 말을 이었다.

"하면 누구를⋯⋯ 윤서학 그자가 죽이려던 자는⋯⋯ 누구라든가?"

"그, 그것은⋯⋯."

복금이 합 입을 다물었다. 쉬이 언급할 수도 없는 이름이었기에 말 꺼내기가 어려운 것이었다. 대신 수남이 대답했다.

"의빈마마, 윤서학이 독살하려던 자는⋯⋯."

"⋯⋯."

"당시 선왕 전하의 손아래 아우님 되시던⋯⋯."

"⋯⋯."

"대군 수양⋯⋯."

"!"

"⋯⋯주상 전하이십니다."

약손 머리 꼭대기에 칼이 꽂혔다. 피하지도 못하고, 막을 수도 없는, 그야말로 무지막지한 칼이었다.


*


후원에 꽃이 만개했다.

민들레, 제비꽃, 개나리, 산철쭉⋯⋯ 상림원은 그야말로 꽃 대궐로 변했다. 꽃을 제대로 감상할 수 있는 시기는 일 년에 채 며칠 되지 않으니 이유는 반드시 약손에게 이 멋진 광경을 보여주고 싶었다.

꽃길 걸으면서 손잡고, 입도 맞추고. 어두운 밤에는 꽃이 너인지, 네가 꽃인지 도통 가늠 안 된다며 은근슬쩍 수작도 부려 보고.

약손과 꽃구경할 생각에 편전에서 그 어느 때보다 열정적으로 조참(朝參: 정식 조회)과 상참(常參: 약식으로 열리는 조회)에 임하고 시사(視事: 국왕이 처리해야 할 공무를 집행하는 절차)했다.

쾅! 쾅! 쾅! 이유가 찍어 대는 계자인(啓字印: 임금의 도장 중 하나) 소리가 유독 경쾌했다.

그렇게 설레는 마음 감추지 못하고 신나게 달려왔건만, 찾아온 보람도 없었다. 이유는 월당 처소 앞에서 문전박대를 당했다.

"주상 전하, 아뢰옵기 송구하오나…… 의빈마마께서 몸이 불편하시어 오늘은 전하를 뵐 수 없다 하십니다."

말을 전하는 목 상궁이 도리어 송구하고 황송하여 어쩔 줄을 몰라 했다. 목 상궁의 허리가 땅에 닿을 듯 숙여졌다.

"뭐라? 의빈의 몸이 불편해? 어디가 아픈 게야?"

지난번 폐가에서 정신 잃고 쓰러진 이후, 약손은 부쩍 기운이 없었다. 도제조에게 일러 몸을 보하는 약을 지어 보내라 일렀건만 아무 소용이 없었나 보다. 대체 어디가, 얼마나, 어떻게 아프기에 이토록 오래 앓아? 아무래도 직접 살펴봐야 할 것 같았다.

이유가 월당 안으로 들어서려 했다. 하지만 목 상궁은 송구해 어쩔 줄 모르면서도 착실하게 제 주인 뜻을 받들었다. 그 말인즉 이유를 막아섰다는 얘기였다.

"전하! 아뢰옵기 정녕 송구하오나…… 의빈마마께서 처소 안에 아무도 들이지 말라 하셨나이다."

"……아무도?"

설마 그 '아무도'에 저가 포함되리라고는 미처 생각지 못했다. 이유가 벙찐 표정을 지어 보였다. 감히 지존을 막아야만 하는 목 상궁은 이제 거의 땅 밑으로 꺼지려고 하고 있었다.

"나도? 설마 나도 들어오지 말라던?"

이유가 연거푸 물었다. 목 상궁이 기어 들어가는 목소리로 간신히 대답했다.

"그러하옵니다. 주상 전하……."

"……."

약손이 이유의 방문을 거절한 적은 처음 있는 일이었다. 이유가 암만 밤낮을 가리지 않고 월당에 찾아들어도 싫은 기색 한 번도 보인 적 없었다. 심지어 달거리가 끼인 날에는 이부자리를 따로 쓰는 한이 있더라도 함께 침수 들었다. 이젠 주상 전하 없으면 적적해서 밤에 잠도 잘 안 온다는 말도 해주고 그랬던 약손이었는데.

갑자기 왜? 무슨 까닭으로 나를 피해? 혹시 나한테 뭐 화난 거라도 있나?

어째서 나를 들어오지 못하게 하는 거냐고 묻고 싶은 말, 듣고 싶은 말이 한가득했다. 이유는 목 상궁의 당부 따위는 모두 무시하고 당장 월당에 쳐들어갈 듯 문 앞에 섰다. 조선의 것이 다 내 것인데, 이 궐에 감히 지존이 가지 못할 자리는 없을지어니.

하지만 이유는 이내 멈춰 서고 말았다.

'제가 좋다면 정말 좋은 거고, 싫다면 정말 싫은 거예요. 제발 사람 말 좀 곡해해서 듣지 마세요.'

언젠가 약손이 이유에게 했던 말이 스치듯이 생각난 것이었다. 무슨 상황에서, 어떤 맥락으로 그런 말을 했었는지는 기억나지 않았다. 하지만 약손이 꽤나 단호한 표정으로 말했던 것만은 생생했다.

실제로도 약손은 부귀와 명예, 억만금을 주고도 쉬이 살 수 없는 값비싼 재물 따위를 보면 눈이 휙휙 돌아갈 정도로 좋아했다. 맛있다, 맛없다, 멋있다, 멋없다, 좋다, 싫다……. 제 마음에 꼭 들면 환하게 웃으며 박수 쳤지만 빈정 상하면 곧바로 정색했다. 무엇이든 솔직하게 감정 표현하는 약손이었으니 행여나 약손의 뜻을 밀고 당김으로 여겼다가는 큰 낭패를 볼 터였다.

아무도 들어오지 말고, 주상 전하도 뵙고 싶지 않다 했는데 내가 억지로 우겨서 찾아가면 싫어하겠지?

괜한 행동 사서 해서 약손 눈 밖에 나고 싶지는 않았다.

"의빈이 들어오지 말라고 했으니까…… 아무도 들어오지 말라고 했으니까…… 그럼 들어가면 안 되는 거야……."

이유가 힘없이 돌아섰다. 언제 봐도 늠름했던 널찍한 어깨가 축 늘어져 하나도 볼품이 없었다.

월당 안에서 놀던 황소가 어느새 나타나 망망 짖으며 이유의 곁을 맴돌았다. 이유가 황소의 머리를 쓰다듬었다.

"황소야, 대체 느이 어무니 왜 그런다니? 왜 나를 만나고 싶지 않아 한다니?"

하지만 황소라고 그 까닭을 알까? 세상 물정 모르는 황소가 깡총거리며 뛰었다. 휴, 자식이라고 하나 있는 게 아비 마음은 하나도 모르고 저만 신나서 날뛰네. 이유가 한숨을 내쉬었다.

깊은 밤, 약손과 미처 보지 못한 꽃이 지고 있었다.

*

마포 한강변과 옥수동, 용산에는 공통점이 하나 있었다. 그것은 바로 조선에서 내로라하는 한림(翰林: 유학자의 모임)들이 글 읽는 독서당讀書堂이 형성되어 있다는 것이었다.

일단 독서당에 대해 이야기하자면 당연히 사가독서賜暇讀書를 빼놓을 수 없다. 본래 사가독서는 세종 때에 처음 시작되었다. 인재 발굴과 양성을 최우선 과제로 삼았던 세종은 유능한 학자들에게 집현관을 제수하여 독서를 장려했다. 그뿐만이 아니었다. 학자들이 과도한 직무로 독서에 전심할 수 없는 형편을 안타깝게 여겨 빈 사찰을 개조해 독서당을 건립했다.

왕이 학자에게 내려 주는 공식적인 독서 휴가. 그것이 바로 사가독서의 유래였다.

하지만 학자를 아끼던 마음에서 나온 사가독서는 그의 아들의 치세에 와서는 조금 다른 의미로 변질됐다. 이유가 왕위에 올랐지만 조정에는 아직도 노산군을 지지하는 세력이 남아 있었다. 당장 눈앞에서 쫓아 버리고 싶은 마음은 굴뚝같지만 어디 정치가 그리 쉽던가? 손에 칼을 쥐지 않은 학자들을 내친다는 것은 여러모로 비정하고 명분도 부족했다. 더군다나 아버지인 세종에게 인정받은 학자들의 공은 만만치가 않기도 했다.

고민 끝에 이유가 생각해 낸 방법이 바로 사가독서제였다. 이유는 저와 뜻을 함께하지 않는 신료에게는 사가독서를 내려 정무에서 배제하는 방식을 취했다. 꼴 보기 싫은 학자들을 내치나 어차피 사가독서는 세종 때부터 이어 오던 제도라 아무 흠잡을 데가 없었다. 결국 집현전 학자들은 하나둘 독서당으로 쫓겨 나가기 시작했다.

독서당 중에서 가장 규모가 큰 축에 속하는 마포 한강변의 남호당南湖堂.

삼경에 가까워지는 시각이었지만 독서당의 불은 미처 꺼지지 않은 채였다. 아니, 심지어 학자들이 속속들이 모여들고 있었다.

독서당 안에는 집현전 학자들의 얼굴이 여럿 보였다. 명회가 못 잡아먹어 안달인 성삼문을 비롯하여 참찬관 유응부, 직제학 이개, 하위지와 박원형 등이 바로 그 주인공이었다. 물론 집현전의 학자들만 존재하는 것은 아니었다.

지난가을, 호랑이 사냥에서 은밀히 이유를 공격했던 박쟁, 관상감 교수 박엽. 심지어 놀라운 것은 결코 이 자리에 없을 것이라 예상되는 중전 심씨의 친정아버지인 심재호와 내의원 수장인 민회교까지 속해 있었다. 다른 사람들은 그렇다 쳐도 딸을 시집보내 놓고도 사위에게 반대하는 격인 심재호, 왕의 건강을 책임지는 민회교가 독서당에 모습을 드러냈다는 점은 놀랍기 그지없는 일이었다.

학자들은 혹시나 모를 눈을 피하느라 저마다 두건으로 얼굴을 가리고 독서당까지 찾아왔다. 가장 마지막에 도착한 박팽년을 마지막으로 마침내 독서단의 인원이 모두 모였다.

성삼문이 제일 먼저 입을 열었다.

"인호는 괜찮습니까?"

가을, 호랑이 사냥 이후 처음 모이는 회합이었다. 최인호는 사냥 때 생포당하여 한명회에게 붙잡혀 온갖 극악무도한 고문을 견뎌야만 했다. 그 당시에 이유가 남색 추문에 휩싸이지 않았더라면 최인호는 명회의 사택에서 소리 소문도 없이 죽음을 맞았을 터.

최인호는 추문 상대였던 생도의 목숨을 살리는 조건으로 가까스로 풀려날 수 있었다. 하지만 그 쫓겨난 생도가 하필이면 명나라 공주의 목숨을 구해 돌아올 것은 무어란 말인지.

"의원이 이르길 앞으로 멀쩡하게 걷는 일은 평생 없을 거라 합니다."

"그게 정말이오?"

박쟁의 말에 최인호와 가장 막역한 유응부의 얼굴이 어두워졌다.

"강무 때 수양 그놈보다 한명회를 먼저 베어 버렸어야 합니다! 어차피 수양은 칠삭둥이 없이는 아무것도 하지 못하는 허수아비가 아닙니까?"

"이번 가뭄 때 수양을 더욱 고립시켜야 했는데……."

"의빈이 갑자기 기우제 날짜를 바꾸자고 나올 줄 누가 알았단 말입니까?"

행여 저를 탓하는 걸까 싶어 박엽이 발끈하여 대답했다. 성삼문이 그런 박엽을 진정시켰다.

"지난 실수 말해 무엇 합니까? 앞으로의 일을 도모하는 것이 더 중요하지요. 수양은 그리 호락호락한 상대가 아닙니다. 심지어 의빈이 비록 의붓일지언정 공적으로는 명나라 황실을 친정으로 두고 있는 몸이니 함부로 경거망동하여 일을 망쳐서는 아니 됩니다. 전하께서 무사히 복위하기 위해서는 앞으로는 만사 더욱 조심해야 해요."

"북방 쪽 상황은 어떻습니까?"

"우리가 예상한 그대로입니다. 사병이 해체되고 수령 지배권을 부정당한 토호들의 불만이 날로 거세지고 있습니다."

"조정에까지 불꽃이 튀는 것은 그야말로 시간문제입니다. 특히 함길도 쪽의 분위기가 예사롭지 않습니다."

"우리가 토호들의 지배권을 보장한다는 조건을 내걸면 그들이 전하의 복위를 돕지 않을 까닭이 무엇이란 말입니까?"

박쟁은 호랑이 사냥 이후 줄곧 북방에서 머물며 상황을 주시하고 있었다. 태조 때부터 보장되었던 사병 집권을 빼앗기고 나서부터 이유에 대한 토호들의 반발이 극심해졌기 때문이었다. 그들은 지금 이 상황에서 이유의 군권과 대적할 수 있는 유일한 세력이기도 했다.

"하지만 토호들이 우리의 조건을 받아들여 준다는 보장이 있습니까?"

하위지가 차분하게 물었다. 그렇다. 북쪽의 토호들은 북방에서 나고 자란 탓에 성질이 불같고 드세기로 유명했다. 명나라와 국경이 맞닿아 있고 호시탐탐 남쪽으로 내려오려는 북방 야인들과의 전쟁이 끊이질 않기 때문이었다. 일단 칼과 창부터 내리꽂고 보는 그들에게 정치의 논리가 통하기는 할까? 하위지가 걱정하는 것은 당연했다.

"우리의 조건을 받아들이지 않는다면…… 받아들이게 만들어야지요."

"그게 무슨 말씀입니까?"

성삼문이 학자들의 얼굴을 한 명 한 명 둘러봤다. 뭔가 좋은 묘수가 있는 듯 자신만만한 눈빛이었다.

"이이제이以夷制夷. 오랑캐로서 다른 오랑캐를 다스린다지요."

"그런데요?"

"나 또한 그 방법을 써볼까 합니다."

알쏭달쏭, 전혀 그 뜻을 짐작할 수 없는 말이었다. 그러나 성삼문이 누구인가? 결코 지킬 수 없는 약조를 남발하는 위인이 아니었다.

"도제조께서는 지금처럼 계속 수양을 위해 일하십시오. 머지않아 곧 영감의 힘이 필요할 것입니다."

"염려 마십시오."

민희교가 흔들림 없는 눈빛으로 답했다.

\*

오랜만에 중궁전에 심씨의 친정 부모 내외가 들었다.

자고로 출가외인 된 여인이 친정과 사사로이 연락하는 것은 큰 흠이라 하겠지만, 의외로 이유는 그 말에 동의하지 않는 듯했다. 심씨를 처음 중전으로 맞이했을 때도 대놓고 했던 말이 언제든 부모님을 만나고 싶으면 만나도 좋다는 이야기였다. 평생 살던 집을 떠나게 됐는데 가족까지 마음대로 만나지 못한다면 그 삶은 얼마나 쓸쓸할 것인가? 하여 이유와 심씨는 약손이 하나뿐인 친정아버지를 자주 만나는 것도 묵과했다.

하지만 약손은 정말 거리낄 것 없이 칠봉을 만난다면 심씨는 아니었다. 큰 명절을 제외하고는 제 친정 식구들을 궐에 들인 경우는 손에 꼽을 정도였다. 한데 그동안 입궐을 엄히 단속하던 중전마마께서 어찌하여 친히 부모를 부르셨을까?

간만에 딸을 보러 온 심씨의 어머니 유씨는 딸에게 줄 먹을거리며 옷가지를 한가득 챙겨 왔다. 물론 궁궐에는 더 좋은 물건, 맛난 음식이 차고 넘치겠지만 그럼에도 불구하고 직접 꾸려 주고 싶은 것이 어미 마음이었기 때문이었다.

"마마께서 잘 드시던 물김치 좀 가져왔습니다. 마마께옵서는 봄만 되면 입맛이 없어 줄곧 힘들어하지 않으셨습니까? 끼니 되면 박 상궁에게 챙기라 일렀습니다."

"힘들게 뭐 그런 걸 가져오셨어요."

"힘들지 않습니다. 다른 사람도 아니고 딸 입에 들어가는 먹을 거리 챙겨 주는 일을 고단하다 생각하는 어미 보셨습니까?"

"그런 말씀은 아니지만……."

"중전마마를 위해서라면 물김치가 아니라 더 어려운 것도 척척 해드릴 수 있습니다."

궐에 살며 마음고생이 이만저만 아닐 텐데 불평 한마디 없는 자식이 야속할 정도였다. 서럽거나 괴로운 일 있으면 한두 번쯤은 어미를 불러 허심탄회하게 이야기해도 흉 되지 않으련만. 주상 전하께옵서도 친정 식구의 입궐을 친히 허락하지 않으셨던가?

하지만 심씨는 결코 정칙을 벗어나는 법이 없었다.

주상 전하의 윤허는 윤허고, 법도는 법도다. 어찌 만백성의 지어미 되는 중전이 다른 사람에게 본을 보이지는 못할망정 사사로이 궐의 법도를 어길 수 있단 말인가? 심씨는 윗물이 맑아야 아랫물 또한 맑아진다는 진리를 추호도 의심치 않았다.

"마마…… 옥체는 강건하십니까? 어디 아픈 데는 없으시고요?"

유씨가 조심스럽게 물었다. 겉으로는 딸의 건강을 염려하는 것처럼 보였지만 실제로는 회임 여부를 에둘러 물어보는 것이다.

어머니이기 전에 같은 여인으로서 임신을 종용하는 것 같아 죄스러운 마음뿐이지만 어쩌랴. 내명부의 여인이라면 후계의 의무에서 자유로울 수가 없었다.

"어머니, 염려 마세요. 저는 무탈합니다."

"……예."

회임 소식은 아직 없으시구나. 내색하지는 못했지만 유씨의 억장이 또 한 번 무너져 내렸다. 분명 박 상궁에게 전해 듣기로 주상 전하는 혼인한 이래 단 한 번도 중전과의 합방 일을 거른 적이 없다고 했다. 딱히 여색을 탐하는 것도 아니고 후궁도 들이지 않아 나름대로는 마음을 놓고 있었는데, 웬걸.

유씨는 아주 가끔 주상 전하를 뵌 적이 있었다. 하지만 주상과 함께 있는 심씨의 모습에서 부부로서의 단란함이나 화목함은 전혀 찾아볼 수 없었더랬다. 단순히 공적인 자리라서 느껴지는 어려움은 결단코 아니었다. 저것이 어찌하여 정상적으로 혼인 생활하는 부부에게서 느껴지는 모습이란 말인가?

주상과 심씨 사이에서 느껴지던 어색함과 서먹한 모습이 결코 잊히지 않았다. 다른 사람은 몰라도 어미인 유씨를 속일 수는 없었다.

주상 전하께서는 내 딸에게 연정이라고는 조금도 갖고 계시지 않는구나.

그래도 부부인데, 슬하에 자식이라도 생기면 없던 정도 생기지 않을까? 심씨의 회임이 늦어지면 늦어질수록 유씨의 마음 또한 새카맣게 타들어 갔다.

"날씨가 부쩍 더워졌지요? 슬슬 동빙고에서 얼음 꺼내 드셔야겠습니다."

"예. 화채를 만들 때가 되면 반드시 어머님께 미리 서찰을 보내드리겠나이다."

유씨가 얼른 화제를 돌렸다. 별다를 것 없는 바깥세상 이야기, 사촌이 새로 장가든 집안 사정을 시시콜콜 알려 줬다. 심씨는 언제나 그렇듯 온화한 표정으로 고개를 끄덕이며 경청했다.

그렇게 유씨의 모든 이야깃거리가 떨어질 때까지 심씨는 부러 입궐 청한 제 부모에게 별다른 말을 하지 않았다. 분명 할 말이 있는 것 같은데 어찌 아무 말씀을 안 하실까?

"하면 중전마마…… 소신은 이만 퇴궐하겠나이다."

말없이 차만 마시던 중전의 아버지 심재호가 일어서려 했다. 오랜만에 딸을 만났는데도 데면데면하게 행동하는 남편이 야속했다. 유씨는 좀 더 머물고 싶은 눈치였지만 더 우기지도 못했다.

"아이참, 시각이 벌써 그리 흘렀습니까? 수다 떨다 보니 도끼자루 썩는지도 몰랐습니다."

유씨가 아쉬움을 뒤로하며 일어섰다. 심씨도 순순히 고개를 끄덕였다.

"예. 어머님과 아버님을 모실 가마를 준비하라 이르겠나이다."

"마마, 부디 옥체 상하지 않도록 끼니 거르지 마시옵소서."

그 와중에 유씨는 끝까지 제 딸 걱정을 놓지 못했다.

심재호가 교태전을 나서려 할 때, 문득 중전이 말했다.

"아버님."

"예, 중전마마."

심재호가 딸에게 고개를 조아렸다. 저의 피를 이어받은 핏줄이지만 이제는 함부로 눈도 마주치지 못할 만백성의 지어미가 되신 몸이다. 감히 함부로 얼굴 볼 수 없었다.

심씨가 제게 깊이 고개 숙인 아비에게 말했다.

"독서당에는 이제 그만 나가시면 아니 됩니까?"

"!"

심재호가 저도 모르게 번쩍 고개를 들었다.

"그, 그게 무슨 말씀……."

당황한 심재호는 차마 말을 잇지도 못했다. 하지만 심씨는 개의치 않았다.

"독서당에는 그만 나가세요."

"마마!"

"부탁입니다……."

"……."

심씨의 말투가 몹시도 지쳐 보이는 것은 유씨 혼자만의 기분 탓인가? 유씨가 딸의 얼굴을 바라봤다. 평소와 다름없이 의연한 척하지만 이제 보니 얼굴에 핏기가 하나도 없었다. 허옇게 살갗 올라온 입술이 이제야 눈에 들어왔다. 대체 가슴속에 무슨 큰 걱정이 있기에 혼자 그리도 끙끙 앓는단 말이더냐?

"아버님, 저는 아버님의 방패막이가 아닙니다……. 가문의 뜻을 이룰 도구도 아닙니다……."

"……."

"저는…… 저는……."

"……."

심씨가 질끈 눈을 감았다.

나는 대체 무엇인가? 어떤 존재인가? 심씨 본인도 정답을 알 수 없었다.

"……살펴 가십시오."

그것이 중전 심씨가 오랜만에 만난 아버지에게 말할 수 있는 전부였다.

부모도, 남편도, 모두 남보다 못 할 만큼 멀지어니…….

심씨가 돌아섰다.

*

일전에 벼랑 위에서 떨어졌을 때, 약손은 생사의 기로를 넘나드는 와중에 웬 소년이 나오는 꿈을 꿨다. 꿈속의 약손은 끽해야 일고여덟 살 정도. 가마를 타고 가는 내내 정신없이 졸고 있는데 소년이 약손을 안아 들었다.

'우리 아영이, 그새 발이 자랐나 보다. 새 꽃신 사줘야겠네.'

가마의 주렴을 헤치고 들어온 손이 다부졌다. 그 손은 어린 약손에게 물도 주고, 떡도 주고, 뒤척이다가 떨어뜨린 꽃신까지 서슴없이 주워 줬다. 약손을 내려다보는 눈빛이 다정했다. 까닭은 잘 모르겠지만 무슨 짓을 해도 혼나지 않을 것 같고, 무슨 짓을 해도 어여쁘다 말해 줄 것 같다는 생각이 들었다.

'이리 온. 오라버니가 업어 줄게.'

약손이 폭 업힌 소년의 등은 참으로 널찍했다. 그 등에 뺨을 대면 저도 모르게 솔솔 잠이 밀려왔다. 참으로 편안하구나. 참으로 따뜻해…… 약손은 졸음이 쏟아지는 와중에도 열심히 소년의 얼굴을 바라봤다.

길쭉한 눈, 오뚝한 코, 입술, 턱…… 이목구비가 훤칠하니 무척이나 준수한 외모였다.

그런데 내가 이 얼굴을 어디서 봤더라……? 이 소년은 누구더라?

약손은 소년의 이름을 떠올리기 위해 애썼다. 하지만 언제나 그렇듯 소년은 저의 이름은 물론이고, 약손과 저가 어떤 관계인지조차 속 시원하게 알려 주지 않았다. 하여 소년의 정체는 언제나 안개 속에 싸인 듯 희미하기만 했다.

하지만 이제는 알 수 있었다. 항상 똑같은 장면에서 끝나던 꿈은 웬일로 그 뒷부분까지 이어졌다. 소년이 약손을 업고 한참 잠재울 때 등 뒤에서 익숙한 목소리가 들렸다.

'대군마마!'

'윤서학 왔는가?'

'어찌 아영이를 업고 계십니까? 내려 주시옵소서.'

'됐네. 하나도 무겁지 않아.'

'하오나……'

'먼저 들어가시게. 나는 아영이 잠들면 곧 따라 들어갈 테니까.'

그렇다. 소년의 정체는 윤서학이 전담하여 돌보았다는 대군. 당시의 함평이자 훗날의 수양 대군. 즉 현재 지존의 자리에까지 오른 이유였던 것이다.

약손은 이름도 알지 못했던 꿈속 소년의 얼굴이 왜 이리 친근하게 느껴졌는지, 월당에서 처음 만난 주상 전하가 어찌하여 그토록 익숙했는지 이제야 깨달았다.

왜냐하면 그 둘은 같은 사람이니까. 꿈속의 소년이 주상 전하고, 주상 전하가 꿈속의 소년이었으니까.

내가 오라버니라 따랐던 바로 그 사람이었으니까.


약손은 소년의 정체를 안 이후부터 계속 앓았다.

처소 밖을 한 발자국도 나가지 못한 채 고열에 시달려야만 했다. 정신을 차린 적은 아주 잠깐이고, 대부분은 깊은 잠에 빠져 내내 잠만 잤다. 주상의 총애를 받는 의빈의 갑작스러운 병 때문에 내의원은 그야말로 비상시국이었다.

이유는 의빈의 병을 고치지 못하는 무능한 어의들에게 불같이 화를 냈지만 어의들이라고 해서 딱히 별다른 도리가 있는 것은 아니었다.

"약손아…… 대체 무슨 일이누…… 어디가 아파서 이리 앓는 게야……"

이유의 얼굴이 수척했다. 낮에는 평소와 다름없이 편전에 나가 집무를 봤지만 밤에 월당에 들르면 잠 한숨 제대로 자지 못한 채 약손의 곁을 지켰다. 직접 물수건으로 이마도 닦아 주고, 손도 주물러 주고, 깊은 잠에 빠진 약손에게 이야기도 들려주었다.

오늘도 다를 바는 없었다. 이유가 약손에게 혼잣말을 했다. 약손이 듣지 못해도 괜찮고, 말하지 못해도 상관없었다. 오늘 저가 보낸 하루, 기우제를 지낸 뒤부터 고르게 내린 비 때문에 한시름 놓았다는 이야기, 심지어 저가 먹은 수라의 반찬까지 미주알고주알 알려 주었다.

"내가 물어보니까 섬진강에서 잡아 온 은어라 하지 않던? 네가 퍽 좋아할 것 같았어. 정신이 들면 그땐 맛난 음식 많이 가져다줄게."

"……전하."

문득 조용한 방에 가느다란 목소리가 울려 퍼졌다. 처음에 이유는 잘못 들었는지 알았다. 제 귀를 의심했다. 하지만 약손의 목소리가 분명했다.

"……약손아?"

"……전하."

깜빡깜빡. 꼭 닫혔던 눈꺼풀 사이로 익숙한 눈동자가 드디어 모습을 드러냈다. 기력이 없기는 했지만 그 새카만 눈동자에 비친 모습은 틀림없이 저, 이유 본인이었다.

"약손아!"

"……."

이유가 덥석 약손의 손을 잡았다. 약손은 아무 말 없이 이유를 나직하게 바라보기만 했다. 며칠 만에 부쩍 살 내린 모습이 안쓰러웠다. 까닭은 알 수 없지만 이유는 약손이 이대로 사라지고 말 것 같았다. 바람에 흩날려 애초에 없던 사람처럼 흔적도 없이 숨어 버릴 것만 같았다. 그럴 리가 없는데, 그럴 수가 없는데…….
어찌하여 그런 불길한 생각이 드는지는 알 수 없었다.

"……전하."

문득 약손의 눈가를 타고 주르륵 눈물이 흘러내렸다.

"왜 울어? 응? 어디가 아파? 아파서 우는 거야?"

"……."

약손이 눈물 흘리는 순간, 이유는 심장이 다 내려앉는 기분이
었다. 어찌하여 이토록 절망적인 얼굴을 하고 있을까? 너, 대체
무슨 생각을 하는 거야…….

약손은 오랫동안 아무 말 없이 이유를 바라보기만 했다.

저를 내려다보는 눈, 울지 말라 달래 주는 입술, 이마를 쓸어
주는 따뜻한 손까지. 저가 꿈속에 봤던 소년이 바로 눈앞에 있었
다. 그 둘이 같은 사람인 줄 왜 몰랐을까? 어떻게 잊고 살 수 있
었을까…….

그리고 나는 이제 어떻게 해야 할까?

이제 약손은 저의 어린 시절을 완전히 기억해 냈다.

"전하."

"그래, 말하렴."

"전하……."

약손은 한참 동안 말을 잇지 못했다. 그러나 이유는 결코 재촉
하지 않고 참을성 있게 기다려 주었다.

"강물에 빠졌을 때…… 왜 절 살리셨어요?"

약손은 지난날, 강무에서 이유가 제 목숨을 살려 준 일을 이제
야 물었다. 갑자기 눈 뜨자마자 지난 이야기 꺼내는 것이 이상했
지만 이유는 망설임 없이 답해 줬다.

"왜라니? 네가 날 살렸으니까. 자객에게 쫓겨 죽을 뻔한 날 먼

저 살려 준 건 약손이 너였잖아."

"⋯⋯하면 제가 전하를 죽이려 들면 전하께서도 저를 죽이실 건가요?"

"내가 믿느냐? 죽이고 싶을 정도로?"

이유가 가만가만 손끝으로 약손의 눈물길을 닦아 냈다. 나름 대로 농담을 건넸는데 약손은 조금도 웃지 않았다.

이유가 약손의 이마를 쓸어 주었다.

"날 죽이고 싶다면 죽여. 내 심장에 칼 꽂아도 난 아무 상관없어. 네 손에서라면 마음 놓고 눈감을 수 있지 않겠어?"

"⋯⋯흐윽."

아무 말도 할 수 없었다.

주룩주룩. 약손은 빗물처럼 눈물을 쏟았다.

*

드디어 약손이 기운 차리고 일어섰다.

제 친부가 수양 대군을, 주상 전하를 죽이려 했다는 사실이 충격이었지만 그렇다고 해서 언제까지 자리보전한 채 드러누워 있을 수만은 없었다.

세상에 하늘도 무심하시지. 어찌하여 제 아비는 하필이면 수양 대군의 목숨을 노렸을까? 그는 나의 배필이 되었는데.

운명의 장난이라 여기기에는 참으로 고약하기 이를 데가 없었다. 약손은 본인이 대역죄인의 자손임을 순순히 받아들였다. 하지만 만약 이 사실이 밝혀진다면 필경 약손은 목숨 보전키 어려우리라. 하지만 약손은 이 와중에 한 가지 이상한 점을 발견했다.

그것은 바로 자신의 집이 불에 타기 전날, 아버지의 약방에서 봤던 광경이었다. 어린 약손은 뒤주에 숨어 있었다. 아마도 술래잡기를 하던 중이었을까? 뒤주에 몸을 숨긴 채로 본의 아니게 참으로 희한한 상황을 목격했다.

'이보게 번이! 번이 있는가?'

'번이, 대체 어디엘 간 게야?'

약손은 처음 보는 사내였다. 사내는 아무도 없는 약방에서 번이를 찾더니만 이내 주변에 아무도 없는 것을 확인하고는 펄펄 끓고 있는 탕약에 무언가를 휘젓기 시작했다. 그때만 해도 약손은 어렸기에 사내가 무슨 짓을 하는지 몰랐다. 하지만 지금 생각해 보면 필경 남모르게 부정한 짓거리를 한 것이 분명했다.

그 탕약은 당시 윤서학이 돌보던 수양 대군이 마실 탕약이 아니던가? 수상한 사내가 탕약에 무언가를 넣었던 날, 수양 대군은 독살당할 뻔했다. 이것은 결코 우연의 일치가 아닐 터.

복금과 수남이 알아온 정보에 의하면 당시에 윤서학의 평판이 나쁘지 않고, 대군과의 사이가 무척이나 각별했다는 점을 들어 보면 꺼림칙한 부분은 한두 가지가 아니었다.

이렇게 된 이상, 어차피 저가 대역죄인의 자손임은 무를 수가 없었다. 그렇다면 죽어도 앞뒤 상황의 전말은 알고 죽어야 했다. 이대로는 억울해서 못 죽었다.

약손은 평소의 약손으로 돌아왔다. 하여 당시의 상황을 은밀히 알아보기로 했다.

윤서학의 약방에 들어왔던 낯선 사내는 누구인가?

그리고 그자가 탕약에 넣었던 물건은 무엇인가?

복금과 수남, 목 상궁 또한 이 물음에 대한 답을 찾기 위해 고군분투했다. 주상 전하의 목숨을 위협했던 사건을 조사하는 일이니 남들 눈에 띄지 않는 것이 우선이었다.

복금과 수남은 틈날 때마다 장고의 책을 뒤졌다.

그러기를 몇 날 며칠째. 혹시나 싶어 독이 있는 약초, 독이 있는 꽃, 산나물, 나무…… 하여간 독에 관한 서책이란 서책은 샅샅이 읽어 봤다. 하지만 아무 소득이 없었다.

수남이 탄식했다.

"대체 의빈마마께서 본 게 무엇이란 말이더냐? 가루도 아니고, 액체도 아니고…… 막대기처럼 길쭉하게 생긴 것을 탕약에 넣고 한번 휘젓기만 했다고? 대체 세상에 그런 게 어디 있어? 꿈에서 잘못 본 거 아닐까?"

"그럴 리 없습니다. 마마께서 분명 과거에 목격한 광경이랬어요."

"만약 그 말이 사실이라면 윤서학…… 아니, 의빈마마 아버님은 누명을 쓰고 돌아가셨구먼. 억울하게 개죽음 당했네."

"그러니까 우리가 단서를 찾아야만 해요. 의빈마마를 위해서라도요!"

복금은 이 일의 중요성을 심각하게 인지했다. 고의든 아니든 대역죄인의 자손임을 속이고 입궐한 과거가 알려지기라도 하면 필경 약손은 죽음을 면치 못할 터.

복금이 다시금 책을 펼쳤다. 수남은 더는 못 하겠다는 듯 서고 바닥에 주저앉아 버렸다.

"나는 눈알이 빠지기 일보 직전이다. 책이 나인지, 내가 책인지 모를 지경이야. 이젠 지긋지긋해서 못 찾겠다고!"

수남이 불평했다. 그때, 서고 한쪽에서 목소리가 들렸다.

"뭘 그리 눈알이 빠지도록 찾는데?"

"흐억!"

수남이 기절초풍 놀라서 몸을 일으켰다. 복금 또한 일어섰다. 서고 한쪽에는 서책을 턱 밑까지 쌓아 들고 오던 한길동 영감이 서 있었다. 한길동 영감이 책을 하나하나 자리에 꽂기 시작했다.

생도 시절부터 의빈과 막역하게 지내더니 결국에는 월당에 자리 하나 꿰찼구나. 사람 일은 한 치 앞을 모른다지만 설마 여약손, 그 녀석이 여인일 줄이야. 심지어 주상 전하의 마음을 사로잡아 후궁이 될 줄이야.

한길동은 강무에서 돌아온 주상 전하의 파설재에 끌려가 약손을 진맥하던 일을 결코 잊지 못했다. 아무튼 내의원에서는 늘 사고만 치고 다니던 셋이었는데, 이렇게 된 것은 차라리 잘된 일인지도 몰랐다.

"월당에서 의빈마마 일만 봐도 부족할 판에 내의원 서고에는 어쩐 일이야?"

"하, 한길동 영감님……."

복금이 당황하여 말을 더듬었다. 하지만 넉살 좋은 수남은 오랜만에 만난 한길동 영감이 꽤나 반가운 모양이었다. 한껏 친근하게 안부 인사를 주고받더니 저가 서고에 온 까닭을 술술 이야기하기 시작했다.

"그냥 뭘 좀 찾고 있었습니다."

"무엇을 찾는데?"

"저희도 잘 모르는 것을 찾고 있지요."

"잘 모르는 것을 찾고 있다니?"

한길동 영감이 그게 무슨 뚱딴지같은 소리냐는 듯 수남을 바라봤다. 복금이 말하지 말라는 듯 고개를 저었다. 약손이 절대 다른 사람에게 이 사실을 발설하지 말라 신신당부를 했기 때문이었다. 하지만 수남은 윤서학의 이야기는 하지 않고, 그저 저희가 찾는 무언가에 대해서만 말할 작정이었다.

수남이 본격적으로 사정을 풀기 시작했다.

"영감님, 혹시 막대기처럼 길쭉하게 생겼는데, 아주 잠깐 집어넣었다가 빼는 것만으로도 다른 사람을 죽일 만한 독이 있습니까?"

"독?"

"예. 탕약에 한번 휘젓는 것만으로도 목숨에 치명적인 위협을 가할 수 있는 맹독이요."

"가루도 아니고, 액체도 아니고…… 막대기처럼 생겼다고? 막대기에 가루나 액체를 묻힌 건 아니야?"

"물론 그럴 수도 있겠지요. 그런데 독의 증상이 조금 특이합니다."

"어떤데?"

"온몸의 구멍이란 구멍에서 전부 피를 흘리며 죽는답니다."

"온몸의 구멍에서 피를 흘린다고?"

수남은 주상 전하, 당시 진양 대군이 기적적으로 살아났을 때 상약했다가 목숨을 잃은 몸종의 증상을 알려 줬다. 약을 맛봤던 몸종은 종지에 든 소량의 탕약을 마시고도 눈과 코, 입, 귀에서 피를 뿜으며 죽었다고 했다. 한데 어찌 탕약 전부를 마신 주상 전하는 무사했을까? 참 이상한 일이었다.

"똑같은 독을 마셨는데도 누구는 살고, 누구는 즉사했다네요. 대체 독의 정체는 무엇일까요? 그리고 왜 한 명은 죽고 다른 한 명은 살았을까요? 인명은 재천이라서? 운이 좋았기 때문에?"

"허…….."

"참으로 요상하기 짝이 없지요? 영감님, 이런 일이 실제로도 가능합니까?"

제 입으로 말해 놓고 나니 더욱 요지경에 빠졌다. 과연 사람을 가려 죽이는 독이 실제로 존재할까? 한길동 또한 덩달아 생각에 잠겼다. 항상 요상한 약재, 잡기에 관심 많은 한길동이었으니 수남의 설명은 한길동의 구미를 당기고도 남았다.

"막대기처럼 길쭉하게 생겼는데, 독을 푸는 시간은 담갔다 뺄 만큼 짧다……. 증상은 온몸의 구멍에서 피를 쏟아 낼 정도로 극 악무도하지만 누구는 즉사하고 누구는 살아났다……."

마침내 한길동 영감이 품에 한가득 들었던 서책을 모두 꽂았 다. 그러한 독을 어디서 본 것 같은데, 들어 본 적 있는데……. 알 듯 말 듯, 생각이 날 듯 말 듯 머릿속에서 맴맴 맴돌았다.

한길동이 대답을 못 하니까 수남은 그럴 줄 알았다며 진즉 포 기해 버렸다.

"세상에 이런 독은 없지요? 역시 마마께서 뭘 잘못 알고 계신 거야. 에잇! 못 들은 걸로 해주십시오. 복금아, 가자."

"영감님, 저희는 먼저 가보겠습니다."

수남이 복금과 함께 꾸벅 인사를 하고 돌아섰다. 하지만 한길 동은 여전히 고민했다.

수남과 복금이 서고를 빠져나간 뒤에도 마찬가지였다. 그리고 수남과 복금이 거의 내약방을 빠져나갈 무렵, 한길동은 마침내 그 수상한 독의 정체를 찾아냈다.

"아! 기억났다!"

수남의 설명이 어디선가 많이 들어 봤다 싶었는데, 역시! 한길 동은 수남이 묻는 독이 무엇인지 알 것 같았다.

한길동이 서둘러 수남의 뒤를 뒤쫓았다.

"이보게! 수남이! 복금아!"

복금과 수남이 뒤돌아섰다. 저 멀리 달려오는 한길동 영감이 보였다.

"영감님, 무슨 일이세요?"

"아이고, 웬 걸음이 이렇게 빨라? 잠깐만 기다려 봐. 수남이 자네가 말한 독이 무엇인지 알 것 같으니……."

"그게 정말이세요?"

생각도 못 한 일이었다. 복금과 수남의 눈이 동그래졌다. 한길동이 헉헉 가쁘게 뛰는 숨을 골랐다.

"수남이 자네가 말한 독은 말이야……."

도무지 찾을 수 없으리라 생각했던 독의 정체. 해답을 알고 있는 사람은 생각보다 가까운 곳에 있었다. 그리고 드디어 답을 알아낸 복금과 수남은 한길동 영감이 그랬던 것처럼 월당을 향해 내달렸다.

"마마님! 의빈마마님! 저 복금입니다!"

"마마님을 뵈어야겠네. 마마님은 어디에 계시는가?"

마침 약손은 황소에게 밥을 주던 중이었다. 잘게 자른 밥덩이를 던져 줄 때마다 황소가 짧은 다리로 뛰어오르며 받아먹었다. 둘의 요란한 소란에 약손이 돌아봤다.

"무슨 일이야? 무슨 일이기에 이리 급하게 뛰어와?"

"마마님……."

복금이 무릎에 손을 짚고 숨을 골랐다. 이내 복금이 말을 이었다.

"마마님께서 말씀하신 독을 알아냈습니다."

"뭐야? 독을 알아냈다고?"

약손의 눈이 놀라 커졌다.

"그게 뭔데? 독의 정체가 무엇인데?"

"그것은 바로……."

수남이 대답했다.

"짐새입니다."


[2]

『당국사보唐國史補』에 따르면 앉은 자리에 풀도 자라지 않는 새가 있다고 한다. 몸집은 매만 하고 긴 부리의 녹색 털을 가진 그 새는 온몸에 독기가 있어서 한번 하늘을 날면 그 아래 논밭이 모두 말라 죽는다고 했다. 무려 끔찍한 맹독을 가진 살모사를 잡아먹고 산다나?

그 새의 이름은 '짐鴆'이라 했다.

비록 지금은 멸종되어 찾아볼 수 없지만 그래도 짐은 결코 환상 동물이나 가공의 요괴 따위는 아니었다. 독이 어찌나 악명 높은지 고대의 어떤 황제는 짐새가 나타났다는 산 전체를 불태웠다는 기록이 곳곳에 남아 있을 정도였다.

"마마님, 여후를 아시지요? 여후가 정적을 제거할 때 썼던 독이 바로 이 짐독이라고 합니다. 술에 독을 섞어 마시게 했대요."

"여후?"

여후라면, 한고조 유방의 아내였다. 그녀는 남편의 치세를 위해서라면 그 누구라도 망설임 없이 숙청한 여걸로 더 유명했다.

"여후가 짐독을 썼대?"

"비록 야사이지만 마마님이 말씀하신 기록과 비슷한 이야기가 있습니다. 여후가 개국공신들에게 술을 내렸을 때, 사실 술에는 짐독이 발라져 있었대요. 술을 마신 공신들은 온몸의 구멍이란 구멍에서 피를 쏟은 채로 잔인하게 죽었고요……. 맞지요?"

약손이 찾던 독이 틀림없는 것 같았다. 복금이 마지막으로 쐐기를 박았다.

"게다가 마마께서는 웬 사내가 탕약 속에 긴 막대기처럼 생긴 무언가를 휘젓는 것을 봤다고 하셨잖아요. 그것은 막대기가 아니라 짐새의 깃털입니다."

"짐새의 독기는 가히 맹독에 가까워서 깃털만으로도 사람 목숨을 앗아갈 수 있으니까요."

"……."

약손이 생각에 잠겼다. 복금과 수남의 이야기를 종합해 보면 지금으로서는 약손이 목격한 독은 '짐새'의 독이 분명했다. 하지만 정말 짐새일까? 두 눈으로 확인해 보면 확신할 수 있을 것 같은데…….

"짐새의 깃털, 그건 어디서 구할 수 있어?"

"조선에서는 구할 수가 없습니다. 명나라에서조차 환상 동물로 여겨지는 새이니까요."

"그럼 확인할 방법이 없단 말이야?"

증거가 없는 추론만으로는 아무것도 밝혀 낼 수 없었다. 약손이 실망했다. 하지만 수남이 말했다.

"다만, 명나라 상인 중에 아주 희귀한 약재를 취급하는 이가 있답니다. 그에게라면 짐새의 깃털을 구할 수 있을지 모른대요."

"그래? 그 사람이 누군데? 어디에 가면 만날 수 있는데?"

약손은 짐새를 구하기 위해서라면 이 세상 끝까지라도 달려갈 기세였다. 그리고 하늘도 약손을 도우려는 참인가 보다. 수남이 희소식을 알려 줬다.

"이번 달 보름입니다. 이번 달 보름 마포 나루에 명나라 상인이 들어온대요."

일은 일사천리로 진행됐다. 일 년에 딱 한번 조선에 들어오는 명나라 상인이 온다는 소식을 놓칠 수야 없었다. 마침 보름이면 주상 전하께서 중궁전에 합방 드는 날이었다. 월당에 올 일은 없었다. 만에 하나 아침에 들르시면 몸 아프니 돌아가라 하면 그만이었다. 주상 전하께옵서는 약손이 싫다는 일은 절대 강요하지 않는 분이니까.

목 상궁이 목숨 걸고 출궁을 말렸지만 약손은 그 말을 듣지 않았다. 그 누구에게도 들키지 않을 자신이 있었다. 게다가 사안이 사안인지라 결코 손 놓고 있을 수만은 없기도 했다.

"이 시간에 어딜 가는 겐가?"

이미 해가 진 시각이었다. 삼문을 지키던 숙위가 수상쩍다는 듯 물었다. 평소라면 별스럽지 않은 질문이라고 여겼겠지만 복금은 거짓말에 소질이 없었다. 몸이 바짝 굳은 채로 어버버 말을 더듬었다. 대신 약손이 나섰다. 오늘 약손은 복금과 똑같은 차노비 의복을 입은 채였다.

"의빈마마 아버님께서 건강이 좋지 않다 하여 약을 지어 보내셨습니다. 저희는 심부름을 가는 중이고요."

"이 늦은 시각에 말이야?"

"탕약을 직접 달이느라 늦어졌지요. 의빈마마께서 서둘러 가져다 드리라 하셨는데……."

약손이 곤란하다는 표정을 지어 보였다. 숙위 또한 주상 전하 총애를 받고 있는 의빈에 대해 잘 알고 있는 눈치였다. 비록 이 둘이 차노비일지언정 괜히 트집 잡았다가는 의빈마마에게 밉보일지도 모른다는 생각이 들었다.

"이 시간에 나가면 행여 왈패라도 만날까 봐 걱정이 되어 말이야."

"걱정 마십쇼. 참, 나리. 이것은 의빈마마께옵서 밤늦게 고생 많다고 전해 주라 하신 건데⋯⋯."

약손이 굽실거리며 숙위의 비위를 맞췄다. 품에서 묵직한 주머니를 꺼내 숙위에게 건네줬다. 이게 웬 횡재람? 숙위의 입이 찢어질듯 광대가 치솟아 올랐다. 주머니가 짤랑짤랑 경쾌한 쇠붙이 소리를 내며 울렸다.

숙위가 괜히 주변을 둘러보며 어흠어흠 헛기침을 했다.

"언제쯤 돌아오나? 오늘 숙번은 나니까 그대들 돌아올 적에 내가 문 열어 주겠네."

"저희는 이 약만 전해 드리고 얼른 올 것입니다. 대략 축시(丑 時: 새벽 1~3시) 전에는 올 것입니다."

"그래? 알겠네."

숙위는 친절하게도 약손과 복금을 배웅해 주기까지 했다. 숙위는 약손이 건넨 주머니에 정신이 팔려서 약손이 맡긴 호패에 적인 수남의 이름은 조금도 신경 쓰지 않았다.

"조심해서 다녀오시게!"

"감사합니다, 나리."

마침내 약손과 복금은 마지막 궐문까지 무사히 나올 수 있었다. 하지만 진짜 중요한 일은 이제부터 시작이었다.

"어디로 가면 된다 했지?"

"마포 나루로야 합니다."

"그래, 가자! 가보자!"

약손의 얼굴에 결의가 넘쳤다. 짐새를 취급하는 명나라 상인을 만나면 큰 산 하나를 넘게 될 것이라는 강한 예감이 들었다.

나루터로 향하는 약손과 복금의 걸음이 빨라졌다.

나루터는 평소보다 훨씬 더 복잡하고 분주했다.

일 년에 한번, 명나라에서 돌아오는 큰 상인들이 들른 탓이었다.

소금과 새우젓은 물론이고 명나라에서 온 짐배들, 떼배로 발디딜 틈이 없었다. 콩, 참깨, 옹기 같은 임산물이 한가득 쌓여 있었다. 분명 이곳은 조선의 한양이건만 낯선 명나라 말, 왜나라 사람들까지 모두 몰려 흥정을 하느라 바빴다.

"약재를 전문적으로 취급하는 명나라 상인이 있답니다. 한양의 유명한 의원들도 이 상인을 만나려고 혈안이 되어 있대요."

"그래? 하면 약재상을 먼저 찾아야겠구만."

달리 뾰족한 수가 없으니 무식한 방법을 쓰는 수밖에 없었다. 드넓은 나루터를 돌아다니며 명나라에서 내려온 약재상을 찾는 것이었다.

"약재를 파는 사람 중에 명나라에서 내려온 사람 못 봤습니까? 꼭 구해야 할 약재가 있어 그러합니다."

"여기는 곡물이고, 요 밑은 건어물이지. 약재라면…… 저 아래로 내려가야 하지 않을까?"

"감사합니다! 감사합니다!"

약손과 복금은 모래사장에서 김 서방 찾는 식으로 상인을 찾아다녔다. 그래도 천만다행으로 좀 전에 방향 알려 준 사내의 말이 영 틀리는 않았나 보다.

상인들은 누가 약속이라도 한 것처럼 저마다 구역을 나눠 품목을 흥정했다. 곡물과 건어물, 비단 따위는 점점 사라지고 약종藥種이 보이기 시작했다. 각종 의학서, 익숙한 탕약기들이 쌓여 있었다. 서당 개 삼 년이면 풍월을 읊는다고, 약손과 복금 또한 나루터에 나와 있는 약재들이 희귀한 것임을 알아챘다. 그야말로 의원들에게는 천생 낙원과 다름이 없었으니. 이 근방을 지나치는 사람들 또한 대부분이 의원이었다.

약손은 넋 놓고 약재를 구경하다가 이내 다시금 정신을 차렸다. 저는 지금 나루터 구경 나온 것이 아니었다. 어서 제 할 일을 해내야만 했다.

"복금이 너는 저쪽으로 가. 나는 이쪽으로 갈게. 따로 떨어져서 찾아보자."

"하지만…… 혼자 가셔도 괜찮으시겠어요?"

복금이 걱정스러운 얼굴로 물었다. 이래봬도 약손은 명색이 의빈마마, 주상 전하의 후궁이었다. 호위 한 명도 없이 홀몸으로 보내는 것은 걱정될 수밖에 없었다. 약손이 그런 복금의 등을 툭툭 두드려 줬다.

"괜찮아. 내가 어딜 봐서 의빈으로 보이는데?"

약손은 영락없는 차노비, 앳된 얼굴의 사내처럼 보였다. 이 많은 사람들 중에서 약손을 '의빈마마'라고 생각할 사람은 아무도 없었다.

"한 시진 뒤에 여기서 다시 만나자. 알겠지?"

"……예. 마마."

복금은 약손을 혼자 보내는 것이 영 내키지 않았지만 어쩔 수 없는 노릇이었다. 이미 약손은 사람들 틈에 섞여 사라져 버린 지 오래였다. 복금 또한 멍하니 서서 시간 보낼 수는 없을 터. 약손과 반대쪽으로 향하기 시작했다. 짐새를 취급할 만한 명나라 상인을 찾아야만 했다.

한편, 이유는 오늘도 약손에게 바람맞았다.

요 며칠간 저를 잠자코 만나 주기에 문전박대는 끝난 것이라 생각했는데 웬걸. 중궁전에 가기 전에 약손과 저녁 수라 먹으려던 계획이 전부 틀어지고 말았다.

"약손이가…… 아니, 의빈이 정녕 나를 들이지 말라 했다는 말이더냐?"

이유가 애처롭게 물었으나 목 상궁은 변함없이 고개를 끄덕였다.

"송구하옵니다, 주상 전하. 오늘 의빈마마께서 편찮으셔서 함께 수라 들 수 없다 하셨나이다."

"약손이 정말 그리 말했어? 본인 입으로? 직접?"

"……예."

대체 목 상궁은 무슨 팔자가 그리 박복해서 허구한 날 지엄하신 주상 전하 심기 어지럽히는 말만 해야 하는 걸까? 거절도 한두 번이지 자꾸만 일이 틀어지니까 죄송스러워서 얼굴을 들지도 못했다. 특히 평소에는 진짜로 의빈이 아파 그러했지만 오늘은 몰래 출궁한 약손을 위해 없는 말을 지어내야만 했다. 비록 이유가 억지로 월당 문을 열고 들어온 적은 없었지만 만에 하나 그 예외의 날이 오늘이 된다면 목 상궁 목이 날아가는 것은 시간문제일 터.

목 상궁은 삘삘 식은땀까지 흘려 댔다. 괜히 속이 켕겨서 이유 쪽은 바라보지도 못했다. 천만다행이라면 이유는 목 상궁이 안절부절못하는 것을 그저 죄송스럽고 송구스러워 그러는 줄로만 여기는 것이었다.

"……알겠다. 약손이 싫다 했으니 내 오늘은 그냥 돌아가지."

"송구합니다. 주상 전하."

이미 애초에 상선 편에 의빈마마께서 몸이 편치 않으니 오늘은 들르지 말라 했는데도 부득불 월당까지 찾아오는 것은 대체 무슨 심보람? 이유 딴에는 직접 예까지 걸음 하면 행여나 약손의 마음 바뀌지 않을까 일말의 희망이라도 걸어 본 것이지만 문지기 역할을 해야 하는 목 상궁으로서는 이유의 이상한 고집이 곤혹스럽게만 느껴졌다.

이유가 힘없이 돌아섰다.

"휴…… 드디어 가시네."

목 상궁이 안도의 한숨을 내쉬었다. 하지만 그때, 휙 이유가 돌아섰다. 졸지에 이유의 날카로운 눈빛과 마주친 목 상궁이 얼른 고개를 내렸다. 어떡하지? 어떡하면 좋아? 주상 전하께서 눈치채신 것 아니야? 목 상궁의 어깨가 바들바들 떨렸다.

이유가 목 상궁의 바로 앞까지 걸어왔다.

"목 상궁."

"……예. 예, 주상 전하……."

"……."

아무렇지 않은 척하려 했는데 지존 앞에서 거짓말 아뢰기가 어디 쉽더냐? 목 상궁이 질끈 눈을 감았다. 지존의 시선 때문에 뒤통수가 따가웠다. 비록 찰나였지만 목 상궁에게는 천년 같은 침묵이 흘렀다. 이유가 말을 이었다.

"약손에게 꼭 전해 주게. 내가 왔었다고…… 보고 싶어서 왔다고. 알았지?"

"예……."

마침내 이유가 진짜로 돌아섰다. 상선과 함께 수많은 나인 거느린 이유가 월당을 나선 뒤, 다리에 힘이 풀린 목 상궁은 거의 바닥에 쓰러지듯 주저앉고 말았다.

"목 상궁 마마님! 괜찮으세요?"

나인 한 명이 조르르 달려와 목 상궁을 부축했다. 목 상궁의 몸은 식은땀으로 축축했다. 목 상궁이 괜찮다는 듯 손사래를 쳤다.

"아이고 마마님, 마마님 덕분에 쇤네 목숨이 숭덩숭덩 줄어듭니다. 부디 무탈하게 돌아오세요."

어느새 궐의 하늘 위로 노을이 지고 있었다.

의빈마마님은 나루터에 도착하셨을까? 명나라 상인을 찾아냈을까?

목 상궁이 할 수 있는 일은 그저 약손의 무탈을 바라는 것뿐이었다.


약손은 복금과 헤어진 뒤로 짐새를 취급할 만한 명나라 상인을 수소문했다. 하지만 아무 소득이 없었다. 짐새를 뜻하는 '鴆' 자를 써서 보여 주었지만 다들 이 희귀한 새의 깃털에 대해서는 알지 못하는 눈치였다.

"대체 왜 짐새를 모르는 거야? 짐새는 정말 멸종되고 없는 거야?"

어쩌면 복금과 수남이 잘못된 정보를 가져왔을 수도 있었다. 아니, 애초에 약손의 기억에 오류가 있을 수도. 그때 약손은 어렸고, 뒤주에 숨어 있느라 정확하게 보지 못했으니까. 하지만 사람에게는 말로 설명할 수 없는 직감이라는 게 있었다. 약손은 짐새가 분명 저가 본 독과 연관이 있을 것이라는 생각이 들었다.

어느새 약손은 나루터의 맨 끝까지 걸어오고 말았다. 나루터에 묶인 배도 몇 채 없고 지나다니는 사람들의 인적조차 드문자리.

잔뜩 실망한 약손은 터덜터덜 힘없이 걷기 시작했다.

복금이는 명나라 상인을 찾았을까? 이제 그만 복금과 만나기로 약속한 장소에 돌아가야 했지만 낙담한 발걸음은 무겁기만 했다.

약손의 어깨가 축 처졌다. 이제 약손은 그저 발길 닿는 대로 걸음을 옮기는 중이었다. 얼굴에 부딪히는 강바람이 스산했다.

"제길! 되는 일 하나도 없네!"

약손이 돌멩이를 툭 차서 날렸다. 그래도 마음이 풀리지 않아서 한숨을 푹 쉬며 고개를 들었다. 이제 그만 돌아가자. 어쩌면 복금이가 찾았을 수도 있잖아. 애써 좋게 생각하며 돌아섰을 때였다.

약손이 문득 자리에 멈춰 섰다. 어두운 나루터, 약손의 눈이 크게 떠졌다.

"아니, 저 사람은……?"

비록 깜깜한 밤중이지만 잘못 보지 않았다. 갑자기 낯익은 얼굴이 시야에 들어오기에 약손은 저도 모르게 깜짝 놀랐다. 하마터면 궁궐인 줄 착각하고 평소처럼 아는 척할 뻔했다. 문득 약손은 저가 아무도 모르게 잠행 중이라는 사실을 떠올렸다. 약손이 황급히 짐 더미 뒤에 몸을 숨겼다. 약손이 빼꼼 고개만 내밀었다.

"저 사람은…… 민희교 영감인데?"

내의원의 수장인 민희교. 칠봉은 약손에게 민희교를 조심하라는 경고를 했었다. 하여 약손은 민희교가 제 건강을 돌보기 위해 월당에 들를 때마다 유심히 민희교를 지켜봤다. 그가 주는 약도 먹는 척만 할 뿐, 실제로는 모두 버렸다.

하지만 칠봉의 예상과 달리 민희교에게서는 별다른 특이점을 찾아볼 수 없었다. 비록 민희교의 아들 경예는 서촌에서의 기억 때문에 얄미롭기 짝이 없었지만 민희교는 경예와는 판이한 성격이었다. 묵묵히 제 할 일만 했고, 내의원에서의 평판도 훌륭했다.

아부지가 본 사람이 정말 민희교가 맞긴 한 걸까? 저 사람이 정말 내 뒤를 쫓아 나를 죽이려 했어?

고작 어린아이의 목숨을 위협하는 민희교라. 선뜻 상상이 되지 않을 정도였다.

아무튼 그 민희교를 여기서 만날 줄을 꿈에도 몰랐던 일이었다.

민희교 영감이 나루터에는 왜 왔을까? 약재를 사러 온 걸까? 아까 약재상에 있던 수많은 의원들을 봤으니 민희교의 등장은 충분히 대수롭지 않게 여기고 넘길 수도 있었다.

하지만 그렇게 생각하기에는……

"한데 왜 저렇게 주위를 둘러봐? 누가 따라오기라도 하는 건가?"

민희교가 이상하다 싶을 정도로 주변을 경계하는 것이었다. 그 모습이 약손의 호기심을 자극했다. 대체 저토록 조심해 가며 만나는 사람은 누구인지, 내의원의 도제조는 과연 어떤 약재를 사갈지 몹시 궁금해졌다. 하여 약손은 간 크게도 그런 민희교의 뒤를 쫓았더랬다.

"자꾸 어디를 가는 거야? 나루터는 저쪽인데……"

한데 참 이상한 일이 벌어졌다. 애초에 약손은 민희교가 나루터에서 거래되는 희귀한 약재를 사러 갈 것이라 예상했다. 이도 저도 아니면 서책, 약 기구 따위를 구매하겠지. 하지만 민희교는 자꾸만 인적 없는 곳으로 향했다.

나루터는 점점 멀어지고 불빛은 쉬이 찾아볼 수도 없을 만큼 어둑한 장소였다. 민희교가 꼬불꼬불 이어진 골목을 빠른 걸음으로 걸어 나갔다. 한두 번 다닌 솜씨가 아니었다.

민희교의 뒤쫓으랴, 들키지 않게 몸 숨기느라 약손은 정신을 못 차릴 정도였다. 하지만 민희교의 행동이 영 수상하니 도중에 그만둘 마음은 없었다.

그때였다. 민희교의 뒤통수만 보고 걷던 약손의 발밑에서 쨍그랑! 뭔가 깨지는 소리가 들렸다. 바닥에 굴러다니던 깨진 사기 조각이 약손의 발에 맞아 튕겨 나간 것이었다. 어둠 속에서 들리는 파열음이 대단했다.

"누구냐?"

민희교는 그제야 제 뒤를 쫓던 사람의 존재를 알아챘다.

"흑!"

민희교가 뒤돌아보던 순간, 약손은 너무 놀라서 심장이 밖으로 튀어나오는 줄 알았다. 하필이면 골목의 끝이라 마땅히 도망칠 곳도 없었다. 약손이 서둘러 몸 숨길 장소를 찾았다. 하지만 다가오는 민희교의 걸음이 더 빨랐다. 약손이 어쩔 줄 모르고 담벼락에 몸을 바짝 붙였다. 하지만 민희교가 이곳에 온다면 약손의 존재가 알려지는 것은 시간문제였다. 약손은 참말 눈앞이 깜깜해진다는 말을 실감했다.

어떡하지? 어떡하면 좋지? 약손이 주위를 둘러봤다. 민희교의 그림자가 지척이었다. 하지만 그때, 불현듯 골목 안쪽에서 약손을 휙 잡아당기는 손 하나가 있었다.

"헙!"

"소리 내지 마십시오!"

약손이 손바닥으로 제 입을 틀어막았다. 약손을 골목으로 끌어당긴 사람, 그는 약손도 익히 잘 아는 얼굴이었다. 약손을 제 뒤로 끌어당긴 후, 낯선 인영은 재빨리 민희교 쪽으로 걸어갔다.

"모습을 드러내라! 웬 놈이냐고 묻질 않느냐?"

민희교의 목소리에는 평소와 달리 살기가 가득했다. 곧 낯선 인영이 민희교 앞에 모습을 드러냈다.

"이보게, 희교! 날세."

언제 들어도 사람 좋아 보이는 넉살 좋은 목소리.

"……한길동?"

그렇다. 약손을 숨겨 준 사람은 다름 아닌 한길동 영감이라. 한길동 영감이 예의 평소의 목소리로 침착하게 말을 이었다.

"자네가 여기는 웬일이야? 아, 약재를 사러 왔겠구만? 내가 참 당연한 걸 물어봤네. 일 년에 딱 한번밖에 없는 날인데……."

"자네였나?"

"응? 뭐가?"

"……."

민희교가 고개를 들어 한길동 영감의 어깨 너머를 바라봤다. 여전히 의심을 풀지 않는 눈초리였다. 행여 민희교가 골목으로 올까 봐 약손은 더욱 몸을 움츠려야만 했다.

"자네는 이제 이곳에 안 다닌다 한 것 같은데?"

"아…… 그랬지. 그랬는데…… 구하고 싶은 책이 있어서. 그 책 은 곽기한테서만 살 수 있다지 뭐야. 그래서 오랜만에 들러 봤 네."

"……."

민희교가 마침내 모든 경계를 거두었다. 한길동이 민희교의 어깨를 끌었다.

"어서 가자고. 곽기, 그 사람은 여전히 잘 지내고 있던가? 만난 지 너무 오래되어 내가 가면 꽤나 놀라겠구먼."

"……."

한길동과 민희교가 멀어졌다.

약손은 꼼짝도 않고 담에 몸을 붙인 채였다. 심장이 쿵쾅거렸
다.

*

결국 약손은 '짐새'를 알고 있는 상인을 찾아내지 못했다.

목 상궁 말마따나 목숨 걸고 출궁한 것치고는 허망할 정도로
형편없는 결과였다. 어찌 보면 당연했다. 세상에 무모해도 정도
가 있지, 아무 단서도 없이 항간에 떠도는 소문만 믿고 강가에
금 캐러 간 것과 다름없는 일이었다.

게다가 약손은 비록 민희교에게는 들키지 않았을지언정 한길
동에게는 저의 정체를 들키지 않았는가. 암만 세상이 좁다지만
그런 장소에서 한길동을 만날 줄은 꿈에도 몰랐던 일이었다. 혹
시 한길동 영감이 저가 출궁했던 일을 주상 전하께 고하지는 않
을까?

약손은 마음 졸여야만 했다. 하여 한길동을 마주한 지금, 약손
은 한껏 긴장하여 앞에 놓인 약차 한 잔을 제대로 마시지 못했
다.

"연근차입니다. 몸을 따뜻하게 해주고 마음을 진정시키는 효
능이 있지요. 드시옵소서."

"……고맙습니다."

한길동이 손수 끓여 준 연근차에서는 고소한 냄새가 났다. 어
찌하여 한길동 영감이 그곳에 있었는지, 왜 나를 구해 줬는지,

주상 전하께 출궁 사실을 고할 건지…… 묻고 싶은 마음이 한가 득했다. 하지만 정작 한길동은 조용하기만 했다. 약손은 차 한 잔을 다 비우고 나서야 겨우 입을 뗄 수 있었다. 하지만 약손이 말 잇기 전에 한길동이 먼저 질문했다.

"한길동 영감님…… 그…… 어제는……."

"의빈마마."

"……예?"

한길동이 단도직입적으로 말했다.

"왜 짐새에 대해 궁금해하셨나이까?"

"그, 그건…… 그건……."

약손이 차마 대답하지 못하고 말끝을 흐렸다.

"하면, 다시 묻겠나이다."

"무엇을요……?"

"어젯밤, 어찌하여 도제조의 뒤를 쫓으셨습니까?"

"!"

약손이 망설였다. 수남의 말에 의하면 짐새에 관한 이야기를 해 준 것은 다름 아닌 한길동 영감이라고 했다. 하지만 한길동 영감이 저를 찾아와 왜 짐새를 궁금해하느냐고 물을 줄은 미처 몰랐던 일이었다.

어디서부터, 어떻게 말해야 할까? 아니 사실을 말해도 되긴 하는 걸까?

약손은 찰나의 순간에 수많은 고민에 빠졌다.

"사실을 말씀해 주십시오. 의빈마마."

"하지만……."

한길동이 망설이는 약손을 보다가 깊은 한숨을 내쉬었다. 한 길동이 어렵게 말을 이었다.

"그 어떤 질문에도 답하실 수 없다 하시면…… 그렇다면 제가 한 가지만…… 딱 한 가지만 묻겠습니다. 이 질문에 대해서는 무슨 일이 있어도 거짓 없이 답해 주십시오."

"……말씀하세요."

"의빈마마, 혹시……."

"……."

"혹시……."

"윤번이라는 이름을 아십니까?"

"헙!"

한길동 입에서 전혀 예상하지 못한 이름이 튀어나왔다. 약손이 저도 모르게 딸꾹질을 했다.

"그, 그 이름을 어떻게…… 어떻게……?"

윤번. 그 이름은 바로 윤서학의 아명이더라. 약손이 깜짝 놀라자 한길동 영감의 얼굴이 눈에 띄게 굳어졌다.

"마마, 답해 주시옵소서. 그 이름을…… 어찌 아십니까?"

거의 쥐어짜 내는 듯한 목소리였다.

약손은 한참을 고민하다가 이내 한길동에게 모든 사실을 말하기로 했다. 만약 한길동이 저에게 해코지를 할 사람이었더라면 어젯밤, 나루터에서도 저를 도와주지 않았을 거라는 생각이 들었기 때문이었다.

약손이 말했다.

"윤번…… 내 친아버님의 존함입니다. 어릴 적의 아명이지요."

"이런…… 말도 안 되는……!"

와장창! 한길동 영감이 손에 들고 있던 찻잔이 바닥으로 떨어져 깨졌다.

*

　먼 옛날, 한길동에게는 두 명의 죽마고우가 있었다.

　친구에 대한 이야기를 하는데 굳이 '먼 옛날'이라는 수식어를 쓴다는 게 몹시 속상하지만 어쩔 수 없었다. 이제 그들은 친구라고 지칭할 수 없을 만큼 먼 사이가 되어 버렸으니까. 다시는 만날 수 없는 먼 곳으로 가버렸으니까.

　그 친구라 함은 다름 아닌 한길동이 어렸을 때부터 한동네에서 동문수학한 윤서학과 민희교였다. 그들은 같은 해에 똑같이 태어났으며, 똑같은 스승 아래에서, 똑같은 공부를 했다. 공부의 방향도, 뜻도 같았던 그들이 내약방 의과 시험에 입과한 것은 자연스러운 일이었다.

　사내 세 명이서 늘 한 몸처럼 붙어 다니며 떨어지질 않으니 당시 내약방에서 셋의 우정은 꽤나 유명했다.

　친구가 아니라 형제라 해도 믿겠구만. 셋이 어쩜 그렇게 잘났어?

　주변 사람들이 늘 하던 말이었다. 아닌 게 아니라 셋은 키도 얼추 비슷하고 이목구비도 훤칠하여서 어딜 가든, 어디에 있든 사람들의 관심을 한 몸에 받았다. 셋이 입궐한 그해, 상사병으로 드러누운 궁녀들 때문에 궐 안에 소란 아닌 소란이 일어났다면 이해가 될까?

　대대로 내의원 도제조를 겸한 집안의 민희교, 의과 시험에서 장원으로 입과한 윤서학, 약재의 쓰임에 대해서라면 모르는 것이 없는 한길동까지. 그야말로 셋은 내약방의 명물名物이었다.

　한길동이 황급히 약방 안으로 들어섰다. 지금처럼 주름 가득

하고 늙어 버린 한길동이 아니라 키는 훌쩍 크고, 허구한 날 약초 캐러 다닌 탓에 햇빛에 그을려 건강한 갈빛 피부색을 뽐내는 젊은 한길동이었다. 한길동의 손에는 명나라 책 한 권이 들려 있었다. 지은이는 누구인지 알 수 없으며 수록된 내용조차 사실인지 거짓인지 분간할 수 없는 잡서 중의 잡서였다.

"이보게, 번이! 이것 좀 보게! 내가 엄청나게 신기한 걸 찾아냈어!"

한길동이 이토록 요란 떠는 경우라면 뻔했다. 호호백발이었던 노인을 이팔청춘으로 돌려준다는 천년 묵은 산삼의 복용법, 진시황이 아방궁의 수천 궁녀들을 하룻밤 새에 전부 품을 수 있도록 도왔다는 남성의 신기원이 될 보약, 동물의 모습으로 둔갑하게 만들어 준다는 요상한 주문······.

어린아이들조차 믿지 않을 터무니없는 이야기에 어찌하여 한길동이 그토록 열광하는지는 알 수 없었다.

"또 시작이구만······."

교수가 내준 과제를 하고 있던 민희교가 설레설레 고개를 저었다. 윤서학 또한 못 말린다는 듯 웃었지만 그래도 한길동의 이야기를 아예 무시하지는 않았다.

"그래. 뭔데?"

민희교가 시큰둥하게 반응한다면 한길동의 말을 들어 주는 쪽은 언제나 윤서학이었다. 뭐 대단한 사실을 알아냈는지 한참을 뛰어온 한길동이 헉헉 숨을 몰아쉬었다.

"이것 좀 보게······ 이것 좀 봐······."

한길동이 책을 내밀었다. 윤서학이 과제 필서 하던 것을 멈추고 한길동의 책을 바라봤다. 다른 건 잘 모르겠고 '짐鴆'이라는 글자가 보였다.

"짐? 이게 뭔데?"

"뭐긴, 새지. 맹독을 품은 새……."

벌써부터 어이가 없었다. 뭐라? 맹독을 품은 새라고? 어디 사기 치는 설화꾼이 대충 지어낸 티가 팍팍 풍겼다. 하지만 한길동은 진지했다.

"이 새가 지닌 독이 얼마나 강한지 몰라. 짐새가 앉았던 나무는 뿌리까지 말라 죽고, 짐새가 마셨던 호수물의 고기는 모두 폐사할 정도래."

"아, 그래?"

민희교가 과제에서 눈도 안 뗀 채로 응수했다. 한길동은 더욱 신나서 고개를 끄덕였다.

"심지어 깃털에도 독이 가득하대. 짐새 깃털을 음식에 담갔다 빼는 것만으로도 사람의 목숨을 앗아 갈 수 있을 정도라나? 왜, 여후 알지? 여후의 주 무기가 바로 이 짐새 독이었다고 하는군. 남편의 정적에게는 짐새 독이 섞인 독주를 내렸다는 거야."

한길동은 거의 열변을 토해 내는 중이었다.

"여후?"

문득 윤서학이 고개를 들어 반색했다. 남편 유방을 황제의 자리에 올려놓기 위해 그 어떤 악랄한 짓도 서슴없이 저질렀다는 여후. 야사에서는 그녀를 독을 자유자재로 부리는 악녀로 묘사했다. 윤서학 또한 여후의 악명을 익히 알고 있었다. 한데, 그 여후가 짐새의 독을 썼다는 말인가?

요즘 들어 독초, 독꽃, 독사, 독을 가진 해충 등 하여튼 이 세상에 존재하는 모든 독이란 독에 대해 전부 공부하고 있는 윤서학의 관심을 끌기에는 충분한 화제였다.

"대체 둘 다 무슨 소리를 하는 거야? 고작 잡서 따위에 정신

팔 거야? 정 교수님의 과제 다 했나 보지?"

민희교가 그런 둘을 한심하다는 듯 바라봤지만 이미 둘은 짐새에게 마음을 빼앗겨 버린 후였다. 윤서학과 한길동이 진지하게 짐새에 대해 토론하기 시작했다.

"하면 짐새의 피도 독으로 쓸 수 있을까?"

"당연하지! 짐새는 이빨에서만 독을 내뿜는 독사들과는 달라. 온몸 전체가 독으로 이루어진 짐승이라고!"

"온몸이?"

"그래. 여기에 쓰여 있길, 짐새의 눈알, 부리, 발톱에도 독성이 있대. 피라고 다르겠어?"

"증상은?"

"그 증상이란 게 엄청 잔인해. 여길 보면 말일세…… 짐새의 독은 사람을 가장 고통스럽게 해서 죽음에 이르게 한다. 몸의 구멍이란 구멍에서 피가 다 빠져서 죽음에 도달하기 때문에……."

"온몸의 구멍에서 피를 쏟는다니, 끔찍하구먼."

"그렇지?"

"하면 해독제는 있을까?"

"음……."

한길동이 다시 한번 책을 살펴봤다. 하지만 애석하게도 해독제에 관한 내용은 적혀 있지 않았다. 지은이는 단순히 책을 팔아먹을 생각에 눈이 멀어서 가장 자극적인 내용만 서술해 놓은 것이 분명했다.

"해독제는 없는 것 같은데?"

"해독제가 없다고?"

"안 쓰여 있으니까……."

대체 이 세상에 존재하는지, 안 하는지도 모를 독 때문에 설왕

설레하는 꼴이라니. 민희교는 두 사람을 비웃었다. 하지만 그들이 괜히 친구가 아니었다. 끼리끼리라고 어느새 민희교는 대화에 끼어들어 함께 토론했다.

"만약 짐새가 실제로 존재하기만 한다면 해독제도 분명 존재할 거야. 세상에 해독제 없는 독은 없으니까."

"해독제가 있다면 왜 책에 써놓지 않겠어? 짐새의 독은 해독제가 없는 독일 거야. 만약 그렇다면…… 짐새는 세상에서 가장 막강한 독이 되는 거겠지."

"해독제가 없는 독이라…… 굉장하군. 하면 그 독을 치료할 방법이 전혀 없단 말인가?"

셋은 비슷했지만 차이점 또한 분명했다.

한길동은 '짐새' 자체에 큰 흥미를 보였고, 민희교는 해독제가 없다는 짐새의 강력한 독성에 집중했다. 그리고 윤서학은 세상에서 가장 극악한 독을 막을 방법에 대해 고민하는 중이었다. 짐새뿐만이 아니라 이 세상의 모든 독을 치료할 해독제. 누군가 몰래 넣어 쓰는 무기가 독이라면 미리 막아 낼 수 있는 방법은 정녕 없는 걸까? 결국 셋은 밤새 독에 대한 이야기를 하느라 정 교수의 과제를 끝내지 못해 단단히 혼이 났다나 뭐라나…….

다시는 돌아올 수 없는 날들이었다. 한길동의 기억 속에만 남아 있는 과거의 추억들.

언제나 함께할 것 같았던 셋의 우정은 그들이 정식 의원이 됨으로써 모두 끝이 났다. 민희교는 집안의 유지대로 당시 세종의 첫째 아들이자 세자 되는 이향의 전담의가 되었다. 훗날 도제조의 자리에 오르기 위한 초석이었다. 윤서학은 당시 세자의 동생인 이유의 전담의가 되었다. 대군은 궐에서 살 수 없었기 때문에 자연스럽게 윤서학 또한 이유를 따라서 궐 밖에 거처를 두고 살아야만 했다. 반면에 한길동은 그 누구의 개인 전담의도 하지 않고 혜민국에서 근무하기를 원했다.

왕족을 최측근에서 돌보게 된 윤서학과 민희교의 사이가 점점 틀어지던 것도 그 즈음이었다. 신료들의 견제에 시달리는 이유를 지켜봐야 하는 윤서학과 총명한 대군들을 아우로 둔 탓에 한시도 경계를 늦출 수 없는 세자의 어의인 민희교. 세자와 대군들의 대립은 곧 윤서학과 민희교의 대립으로 이어졌다. 그 중간에 어떤 치열한 물밑 작업과 공모, 음모가 있었는지 한길동은 아직까지도 잘 알지 못했다.

다만 길동이 확실하게 알고 있는 유일한 사실은, 바로…….

―대군을 암살하려 한 윤서학의 죄는 죽음으로도 갚을 수가 없다. 윤서학 본인은 환형에 처하고 집안의 가솔은 전부 노비로 만든다. 윤서학의 이름을 금기할 것이며, 누구라도 그의 존재를 입에 담는 자 또한 엄벌에 처한다.

윤서학이 어린 대군을 얼마나 극진하게 보살폈는지는 세상 사람들 전부가 알았다. 그가 제 자식처럼 키워 낸 대군을 독살하려 했다고? 말도 안 되는 일이었다. 하지만 한길동이 윤서학의 죽음을 막을 수는 없었다. 한길동이 윤서학을 찾아갔을 때는 이미 싸늘한 시신으로 변한 후였으니……. 윤서학의 집은 불에 타 폐허가 되어 버렸다. 윤서학의 외동딸이었던 아영 또한 그 난리에 목숨을 잃었다. 하지만 한길동이 더욱 충격 받은 일은 따로 있었다.

"이보게, 희교! 자네라도 좀 나서 보게. 번이가 그럴 사람 아니라는 것은 자네가 더 잘 알지 않는가?"

한길동은 민희교를 찾아갔다. 윤서학의 억울함을 풀 사람, 지금으로서는 희교밖에 없다고 여겼기 때문이었다. 하지만 생각지도 못한 일이 일어났다. 민희교는 한때 죽마고우였던 서학의 죽음에 냉담할 정도로 차갑게 반응했다.

"열 길 물속은 알아도 한 길 사람 속은 모른다더니, 딱 그 짝이로구먼. 번이가 속으로 그런 음모를 꾸미고 있을 줄 누가 알았는가? 증좌가 확실하니 나라고 별다른 도리는 없네."

"그게 무슨 말이야? 번이가 음모 따위 꾸밀 사람이야? 어찌 친구를 그리 몰라?"

"친구? 글쎄…… 사람의 관계가 지난날의 추억으로만 정의된다고는 생각 않는데?"

"희교!"

"미안하네. 난 이만 세자 전하께 가봐야 해서. 먼저 일어나지."

"……."

대체 어디서부터, 어떻게 잘못된 걸까? 대체 무엇이 소중한 친구의 부음을 듣고도 얼굴색 하나 바뀌지 않게 만든 것일까?

소량의 상약을 하고 온몸에 피를 쏟으며 죽었다는 몸종. 그러나 약 전부를 마시고도 기적적으로 살아난 수양…… 아니, 주상 전하.

그리고 유언 한번 제대로 남기지 못한 채 비명에 죽어가야만 했던 윤서학까지.

모든 것이 석연찮았다.

한길동은 저 혼자서라도 윤서학의 죽음에 대한 사실을 밝히려 했지만 그마저도 쉽지 않았다. 왕족을 독살하려 했다는 점이 주상 전하의 어마어마한 대노를 샀기 때문이다. 섣불리 윤서학의 죽음에 접근했다가는 한길동 본인마저 위험해질 수 있었다.

그렇게 윤서학의 죽음은 서서히 잊혔다.

의과에 장원으로 합격하여 한때는 내약방에서 그 이름 석 자 모르는 사람이 없을 정도로 똑똑했던 윤서학. 궐내의 신료들에 게조차 신임 받았던 윤서학. 하지만 이제 윤서학을 기억하는 사람은 아무도 없었다. 아니, 아무도 없다고 생각했었는데…… 그 랬는데…….

"아니에요! 저희 아버지는 주상 전하를 독살하지 않았어요!"

약손은 엉엉 울고 있었다. 약손으로서는 제 아버지에 관한 이 야기를 처음 듣는 셈이었다. 두 볼을 타고 눈물이 뚝뚝 떨어져 내렸다.

"주상 전하께서 마실 탕약에 누군가 독을 넣은 게 분명해요. 제가 봤어요! 민희교와 연관된 자가 분명하다고요!"

약손이 악쓰듯 말했다. 한길동의 얼굴이 굳어졌다. 대체 이게 무슨 소리지? 주상 전하의 독살과 민희교가 연관되어 있다니.

"그게 무슨 말씀이십니까? 누군가 탕약에 독을 넣었다니…… 어찌하여 그런 무서운 말씀을 하십니까?"

"제가 봤어요! 뒤주에 숨어 있던 제가 직접 봤단 말입니다! 그 뿐만이 아니에요. 민희교는 어린 저를 뒤쫓아 와 죽이려고도 했 었어요! 제 아버지 또한 이 사실을 알고 계십니다."

"의빈마마……!"

벼락보다 더 끔찍한 이야기였다.

석연치 않다고 생각했던 윤서학의 죽음에 관련된 이야기. 하 지만 이런 식으로 듣게 될 줄은 몰랐다. 아니, 일단은 윤서학 슬 하의 자식이 살아 있으리라고는 꿈에도 예상하지 못했다. 그게 의빈마마, 여약손이라는 사실은 더욱더!

한길동이 약손의 얼굴을 살폈다.

'독초와 약초를 구분해 보아라.'

'자고로 곰취 뿌리는 약용으로, 잎은 민가에서 식용으로 씁니다. 동의나물은 가래 끓을 때, 팔다리가 쑤실 때, 식중독일 때 사용합니다. 다만 독성이 강해 직접 먹지는 말아야 합니다. 어디에 쓰실지 알려 주시면 약초와 독초를 구분하겠나이다.'

약손이 생도 시험을 보러 왔을 때, 어딘지 모르게 낯이 익다고 생각했던 것이 떠올랐다. 물방울 눕힌 듯 동그란 눈동자, 오뚝한 코, 판판한 이마. 특히 먹물 찍은 듯 새카만 눈동자가 인상적이었다. 어디서 많이 본 것도 같았다. 그때는 그저 고놈 참 사내답지 않게 곱게 생겼다고 여기고 말았는데, 이제야 알겠다.

약손은 윤서학의 젊은 날과 판박이처럼 닮아 있었다.

"민희교 그자가…… 그자가 아버지를…… 주상 전하를……!"

"마마! 부디 진정하시옵소서!"

한길동이 제 입가에 손가락을 갖다 댔다. 민희교를 윤서학의 죽음과 연관 짓다니. 약손은 본인이 얼마나 위험천만한 이야기를 입 밖에 꺼냈는지 알고나 있을까?

한길동이 약손의 격앙된 감정을 가라앉히기 위해 애썼다.

"하오나 마마, 마마의 기억만으로는 증거가 되지 않습니다. 지금으로서는 그 무엇도 확신할 수가 없어요."

대체 윤서학의 죽음의 실체는 무엇일까? 약손은 제 아버지의 죽음이, 주상의 독살이 모두 민희교와 연관 있다고 했지만 아직 아무것도 단정 지을 수는 없었다. 정말 민희교가 이 엄청난 일과 관련이 있긴 한 걸까?

"마마……."

"흐윽……."

약손이 오랫동안 울음을 그치지 못했다.

하지만 한길동의 말이 옳았다. 약손의 기억은 아무것도 밝혀 낼 수가 없었다. 일의 전말을 알기 위해서는 반드시 증거를 찾아 내야만 했다.

"……찾아낼 겁니다."

"마마!"

"두고 보세요. 증거는 반드시 내 손으로 찾아낼 테니까."

\*

"무릇 내의원은 홍문관, 예문관과 함께 주상 전하를 가장 지척 에서 보좌하는 기관이다. 이 나라가 곧 주상 전하이고, 주상 전 하께옵서 곧 이 나라 되시니 너희들은 성심을 다해 주상 전하를 보필해야 한다. 침을 든 자는 재물을 멀리하라. 약을 씻는 손으 로 악행을 저지르지 마라. 눈앞의 병자를 보고도 부귀와 귀천에 따라 치료한다면 그것은 결코 진정한 의원이 될 수 없는 자 다……."

의과 시험이 치러진 후 의생들이 처음으로 모인 자리였다. 내 의원 전통에 따라 민희교가 첫 하례를 했다. 지엄하신 도제조 영 감의 말씀인지라 의생들이 눈을 말똥말똥하게 뜨고 경청했다.

"최고의 의술을 가질 수 있는 비결은 끝없는 정진, 그리고 또 정진뿐이다. 정진을 게을리하지 않는 의원이 되길 바란다."

민희교에게서 풍겨 나오는 위엄이란 어마어마했다. 군더더기 하나 없는 짧은 하례였지만 의생들의 마음속에는 큰 의미로 다 가왔다. 각사를 빠져나가는 민희교의 뒷모습을 바라보는 의생들 의 얼굴에 선망이 가득했다.

"좌랑별장의 돌 지난 아들이 밤마다 운답니다. 지난번 의원에게 보여 약을 지어 먹였는데 별 차도가 없다네요. 어찌할까요?"

"소소야제少小夜啼네. 직접 살펴 탕약을 지어주되 백강잠과 감초를 넣어 함께 처방하시게."

"우찬성께서 며칠째 업무를 보지 못하고 세십니다. 자꾸만 울혈이 뭉치고 복통과 두통을 호소하고 계세요."

"혈과 진액이 부족해 그러하지. 오인환을 처방하고 대신 망초를 삼가시게."

본래 민희교는 주상 전하의 옥체를 돌보는 것이 주된 일이었지만 때로는 휘하의 의원들이 자문을 구할 때는 싫다는 소리 한번을 하지 않고 시시때때로 조언을 해주었다. 보통 도제조쯤 되는 직급이라면 무시할 법도 한데, 모든 환자들을 성심성의껏 관심 있게 돌보아 주니 의원들 또한 그를 따르는 것이었다.

의원들이 도제조의 업무실에 들러 한바탕 질문을 퍼붓고 나서야 민희교는 오롯이 혼자가 될 수 있었다.

민희교가 어제 의원들이 적어 온 이유의 건강 일지를 살폈다. 침수는 편안했는지, 식사는 잘 하셨는지, 민희교가 올린 탕약은 모두 마셨는지…… 하다못해 혀에 낀 설태의 유무까지 낱낱이 적혀 있는 일지였다. 일지를 살펴보는 것은 민희교가 가장 꼼꼼하게 행하는 일 중에 하나였다.

어느새 밖이 어두워졌다. 사위가 조용한 가운데 문밖으로 그림자가 졌다.

"도제조 영감님, 소인이옵니다."

문밖의 그림자는 결코 민희교의 행각 안으로는 들어오지 않았다. 하지만 이런 적이 꽤나 많은 듯 민희교는 낯빛 하나 바꾸지 않고 차분하게 응대했다.

"그래…… 내가 알아보라던 일은 어찌 됐는가?"

"여칠봉이 살던 동네에 가 본 바, 세간에 알려진 사실과 딱히 다른 점은 없었습니다. 평범한 장돌뱅이였습니다."

"의빈이 여칠봉의 친딸이 맞다?"

"예. 한데……."

그림자가 뒷말을 흐렸다.

"한데?"

"……동네 주민에게 들었던 이야기 중에 한 가지 이상한 점이 있었습니다."

"무엇인가?"

"같은 동네에 살던 노인의 말에 의하면 어느 날 여칠봉이 그러길 아들이 병으로 죽었다고 했답니다. 그런데 며칠 뒤에 보니까 죽었다던 아들이 멀쩡히 살아 있었고요."

이상하다면 이상하고, 별스럽지 않다면 별스럽지 않을 내용이었다. 노인의 기억이었으니 확실하지도 않았다.

민희교는 대수롭지 않게 물었다.

"……그게 언제쯤이라던가?"

"대략 십 년 전쯤…… 여름이었다고 합니다."

"십 년 전?"

문득 꾹 닫혀 있던 민희교의 눈이 번뜩 떠졌다.

"계속 고하게."

"여칠봉이 하도 가무를 좋아하여 술 취해 농담을 했나 싶었는데, 그래도 이상하다고 생각했나 봅니다. 아무리 술에 취해도 자식의 죽음을 농담할 사람은 없지 않습니까?"

"……."

민희교가 생각에 잠겼다. 민희교는 약손의 과거를 샅샅이 조사하는 중이었다. 민희교는 지난 보름, 제 뒤를 쫓던 약손의 얼굴을 떠올렸다.

'누구냐?'

민희교는 뒤에서 들리는 요란한 파열음 소리에 누군가 자신의 뒤를 밟고 있음을 알아차렸다. 혹시 주상의 소행일까? 아니면 한명회? 어떤 까닭으로 나를 의심하는 거지?

한순간 민희교의 머릿속에 수만 가지 생각이 스쳐 지나갔다.

민희교는 저가 걸어온 골목을 다시 되돌아갔다. 어둠 속에서 허둥지둥 도망가는 그림자가 보였다. 그리고 우연인지 불행인지 슬쩍 드러난 달빛에 얼굴 하나가 보였다.

'이보게, 희교! 날세.'

'……한길동?'

'자네가 여기는 웬일이야? 아, 약재를 사러 왔겠구만? 내가 참 당연한 걸 물어봤네. 일 년에 딱 한번밖에 없는 날인데…….'

어둠 속에서 봤던 얼굴은 분명 의빈이었다. 잘못 볼 리 없었다. 하지만 정작 모습을 드러낸 사람은 한길동이었다. 예나 지금이나 한길동은 거짓말하는 데엔 영 소질이 없었다. 한길동은 한껏 과장된 목소리, 얼굴 표정으로 민희교의 주위를 돌리려 했다.

'급히 읽어야 할 책이 있어서 오랜만에 와 봤다네. 어서 가지?'

'…….'

한길동이 왜 제게 거짓말하는지 알 수 없었다. 게다가 그 누구도 아닌 의빈이 제 뒤를 밟은 까닭은 더더욱 알지 못했다. 민희교의 머릿속이 혼란스러워졌다. 하지만 일단 그들의 거짓말에 순순히 속아 주기로 했다.

그리고 민희교는 그날로 당장 의빈의 과거, 뒷조사를 했다. 의빈이 저를 쫓는 까닭을 알아내야만 했다.

"알겠네. 돌아가 보게."

민희교의 말에 어둠 속 그림자가 순식간에 사라졌다. 민희교는 아무 일도 없었다는 듯 들창을 도로 닫았다. 민희교가 생각에 잠겼다.

대체 의빈이 왜 내 뒤를 쫓은 것일까? 필경 저는 알지 못한 곡절이 있을 터.

"……."

민희교가 신음 같은 한숨을 내뱉었다. 이렇게 된 이상 방법은 하나뿐이었다.

민희교는 수수께끼의 해답을 직접 알아내기로 했다.

第二十章. 덫

[1]

평소와 별다를 바 없던 어느 날, 칠봉의 집에 웬 손님이 한 명 찾아왔다.

"여보, 부인. 우리 이따 낮에 장터에나 놀러 갈까? 집 안에서 신선놀음도 하루 이틀이지, 매일 드러누워 있으려니 좀이 쑤시네."

"그럽시다. 장터 가서 국밥이나 한 그릇씩 먹고 옵시다."

고기도 먹어 본 놈이 많이 먹는다더니만, 생전 웃전으로 살아 보지 못한 양반 노릇하려니 영 죽을 맛이었다. 고래 등 같은 기와집이 있으면 무얼 해? 이렇게 날씨가 좋은데 고작 하는 짓이라고는 마루에 드러누워 바람에 떠밀려 가는 구름 구경뿐인데.

맛있는 음식, 비단 옷에 감격하던 순간은 이미 애초에 끝이 나 버렸다. 암만 귀한 음식을 먹어도 먼지 폴폴 날리던 장터에서 약손과 나눠 먹던 장국 한 사발보다 못 한 것 같았다. 이래서 송충이는 솔잎을 먹어야 하나 보다.

칠봉은 양씨와 함께 장에 구경 나갈 차비를 하기 시작했다. 손님이 찾아온 것은 바로 그 무렵이었다.

마당쇠 웅이가 헐레벌떡 달려왔다.

"나리! 나리!"

"웬 소란이냐?"

칠봉이 제법 양반인 척 수염을 쓸어내리며 묻자 웅이가 헉헉 가쁜 숨을 내쉬었다.

"궐에서…… 궁궐에서…… 손님이 찾아오셨습니다."

"궐?"

칠봉이 번쩍 고개를 들었다. 궐에서 손님이 왔다니? 필경 약손이 보낸 사람이 분명할 터였다. 아마 복금이나 수남이겠지. 연통도 없이 웬일로 나를 찾아왔을까? 혹시 뭔 일 일어난 거 아니야? 안 그래도 민희꼰가 뭔가 때문에 잠 한숨을 제대로 못 자는 칠봉이었다. 행여 약손에게 무슨 변고라도 생겼을까 싶어 서둘러 마당으로 나갔다.

"누구라든? 의빈마마께서 보내셨디?"

"그건 잘 모르겠고……."

"에라이, 맹추 같은 놈!"

나가서 직접 확인하면 그만이었지만 급한 마음에 괜히 죄 없는 웅이를 타박했다. 칠봉이 마루 위에 섰다. 신발을 신기 위해 댓돌에 한쪽 발을 내려놓는 순간, 칠봉은 그만 중심을 잃고 쓰러질 뻔했다.

"아, 아니…… 저자는……."

마당에 단정하게 서 있는 사람. 그는 약손이 보낸 심부름꾼도 아니요, 복금도 아니요, 수남도 아니었다. 칠봉을 발견한 사내가 고개 숙여 인사했다.

"참봉 어르신, 변고 없으셨나이까?"

"자, 자네……."

"의빈마마께서 보내서 왔사옵니다. 지난번에 앓던 복통은 가라앉으셨는지요?"

"……."

칠봉은 그만 할 말을 잃고 말았다. 그렇다. 칠봉을 찾아온 낯선 손님.

그는 바로 민희교였다.


"어찌 이 누추한 곳까지 찾아오셨는지요. 이렇게 신경 써 주시니…… 몸 둘 바를 모르겠습니다."

"의빈마마의 하나뿐인 아버님이신데 어찌 신경을 쓰지 않을 수가 있겠습니까? 응당 해야 할 일을 하는 것뿐입니다. 부담 갖지 마세요."

퍽이나 부담 안 가질 수 있겠다. 십 년 전에는 이 세상 끝까지라도 따라가서 약손을 죽일 듯하더니만, 이제 와서 의빈마마 앞이라고 알랑방귀를 뀌나? 사람 그렇게 안 봤는데 아주 겉 다르고 속 다른 사람일세? 하지만 다른 사람은 몰라도 천하의 여칠봉은 안 속는다 이 말이야! 칠봉이 민희교를 노려봤다. 하지만 그러거나 말거나 민희교는 예의 사람 좋아 보이는 미소를 잃지 않았다.

민희교가 칠봉의 얼굴과 목, 어깨에 손, 무릎이 이어지는 혈자리에 침을 꽂아 넣었다.

"윗배가 아플 때에는 주로 위염, 담석증, 회충증 등으로 진단할 수 있습니다. 갑자기 쥐어짜듯 아프기도 하지만 살살 아파 오는 경우도 있습니다. 아픔이 지속될수록 병이 진전될 수 있으니 저번처럼 무조건 참지 마시고 언제든 의원을 찾아가시옵소서.”

“그리하겠…… 앗!”

손목에 침을 꽂았는데 얼마나 따가운지 몰랐다. 칠봉이 저도 모르게 펄쩍 뛰며 소리를 지르자 민희교가 웃었다.

“신문혈(神門穴: 손목 새끼손가락 방향 쪽 끝부분에 위치한 혈자리)입니다. 정신을 편안하게 하고 심열을 떨어뜨리며 기가 위로 오르는 것을 조절하는 효능이 있지요. 화병을 다스리기 가장 좋은 자리입니다.”

“난 화병 없습니다! 배 아픈 것도 이제 다 나았구요!”

화병도 없는데 왜 애먼 자리에 침을 꽂는지 몰랐다. 정말이지 눈물이 찔끔 나올 정도로 아팠다. 민희교가 더는 참지 못하고 하하 웃음을 터뜨렸다. 덕분에 칠봉의 눈썹이 꿈틀 움직였다. 웃겨? 내가 지금 아파 죽겠다는데 웃어? 속이 뒤틀렸다.

“이제 보니 의빈마마께서는 아버님을 많이 닮은 듯합니다. 마마님의 성격이 어찌나 대찬지 여장부가 따로 없습니다.”

“내가 그리 키웠습니다. 어디 가서 기죽지 말고 살라고 내가 그리 가르쳤지요.”

감히 의빈마마 아비 되는 날 아프게 해? 의빈마마한테 혼내 주라고 말해 볼까? 칠봉이 여적 따가운 손목을 문질렀다. 침이고 뭐고 맞고 싶지 않았다. 칠봉이 휙 손목을 거뒀다. 아니, 거두려 했다. 하지만 갑자기 민희교가 칠봉의 손을 꽉 쥐고는 놓아주지 않았다. 칠봉의 눈이 휘둥그레졌다.

“이것 놓으십시오. 지금 뭐하시는 겁니까? 침은 더 이상 맞고 싶지 않다 말했습니다.”

“영감…… 궁금한 것이 하나 있습니다.”

“이 손 못 놓습니까?”

"의빈마마를 왜 사내처럼 키우셨습니까?"

"뭐, 뭐라고요……?"

민희교의 질문은 전혀 예상치 못한 것이었다. 순간 칠봉의 말문이 막혔다.

"대답해 주십시오. 어찌하여 멀쩡한 계집을 사내로 바꿔 키우셨습니까?"

"계집을 사내로 바꿔 키우든, 닭으로 바꿔 키우든 내 마음이오! 대체 이게 무슨 무례인지 모르겠네?"

"……."

민희교가 가만히 칠봉을 응시했다. 역시, 칠봉이 잘못 보지 않았다. 사람 좋아 보이는 척 웃을 때 보이는 눈가의 주름이 영 부자연스럽더니만 웃음기를 싹 지우니까 이토록 싸늘할 수가 없는 인상이었다.

'반드시 찾아라! 윤가의 핏줄은 단 한 명도 살려 둬서는 안 된다는 명이시다!'

그 옛날, 약손을 쫓던 바로 그 모습이었다. 민희교가 다시 말을 이었다.

"십 년 전쯤에…… 아들을 잃었다지요? 분명 그 아들을 산에 묻고 왔다 했는데, 며칠 뒤에 보니 죽은 아들이 다시 살아 있었답니다."

"뭐, 뭐요?"

"죽은 아이가 다시 살아올 수는 없을 터. 혹…… 아이가 바뀌었습니까? 죽은 아들을 대신해서 부모를 잃고 떠도는 계집애 하나를 대신 키운 건 아닙니까?"

"!"

사실 이 모든 것은 민희교의 짐작일 뿐이었다. 아무 증거도,

근거도 없는 소설 같은 이야기. 하지만 민희교의 예상이 틀리지 않았나 보다. 칠봉의 얼굴이 흙빛이 됐다. 칠봉의 반응은 민희교에게 확신을 주었다.

"역시, 제 짐작이 맞았군요."

"맞긴 뭐가?"

"왜 아이를 바꿔 키웠습니까?"

"도제조, 정신 나갔습니까? 미쳤어요? 나 원, 무슨 말을 하는지 모르겠네?"

"하면, 다시 묻지요. 의빈을 키워 낸 것은 우연입니까, 아니면 누군가의 사주를 받고 시작한 일입니까?"

"도제조 영감, 그 무슨 터무니없는 말씀입니까?"

칠봉이 더는 못 참겠다는 듯 쾅! 협탁을 내려쳤다. 어차피 민희교는 증거 하나 없이 제 짐작만으로 칠봉을 압박하고 있을 뿐이었다. 칠봉은 민희교가 무슨 말을 하든, 어떤 결론을 내든 전부 부정할 작정이었다.

"정녕 진실을 말씀하지 않을 작정입니까?"

"약손이는 내 자식입니다. 대체 무슨 진실을 말하라는 겁니까? 갑자기 불쑥 찾아와서 얼토당토않은 이야기나 늘어놓는 분인 줄은 미처 몰랐습니다. 불쾌하군요. 내 집에서 당장 나가십시오!"

그때였다. 문득 칠봉은 제 코 밑에서 뭔가 뜨끈해지는 기운을 느꼈다. 무심코 코 밑을 훔치는데 칠봉의 손등 위로 붉은 피가 묻어났다.

"이, 이게 무슨……!"

"……."

민희교가 깊은 한숨을 내쉬었다. 칠봉이 이렇게 나올 줄 알았다는 듯, 그렇다면 이젠 저도 어쩔 도리가 없다는 표정이었다.

칠봉이 서둘러 코피를 닦았지만 코피는 멈추지 않았다. 아니, 오히려 더욱 많이 흘렀다. 칠봉이 울컥 기침을 했다. 목구멍에서 핏방울이 튀어나왔다. 코와 입을 이어 눈에서, 귀에서…… 칠봉의 온몸의 구멍이란 구멍에서 피가 흐르기 시작했다. 칠봉의 눈에 시뻘겋게 핏발이 섰다.

"도제조! 이게 무슨 짓입니까? 이러고도 그대가 무사할 줄 아시오?"

칠봉이 호통쳤지만 민희교는 눈빛 하나 변하지 않았다. 민희교가 품 안에서 조그만 약병을 꺼냈다.

"짐새라고 아십니까?"

"큽……."

"온몸이 독으로 이루어진 새이지요. 짐새의 피는 맹독과 다름없어서 단 한 방울로도 사람 천 명을 능히 죽일 수 있다 합니다."

"도제조……."

"그 끔찍한 독성에 비해 사용법은 얼마나 간단한지 모릅니다. 짐새의 피, 손톱, 부리…… 무엇이든 상관없습니다. 짐새의 신체 조각을 음식에 섞기만 하면 상대를 쉽게 죽일 수 있거든요."

"……."

"내가 쓴 건 짐새의 깃털입니다. 아까 영감께 드린 탕약에 아주 잠깐 담갔다 뺐을 뿐인데…… 효능이 참 대단하네요."

아까 전에 약손이 직접 달여 보내 줬다는 탕약을 마신 게 화근이었다. 민희교가 약손의 목숨을 노릴 줄은 알았지만 설마 저를 죽이리라고는 생각지도 못했기 때문이었다.

민희교가 약병을 제 손바닥 위에 올렸다.

"대답하세요. 죽은 아들 대신 키운 계집아이……."

"……."

"윤아영입니까?"

"크읍……."

"의빈이에요?"

"네 이놈……."

칠봉은 그렇게 피를 쏟으면서도 끝끝내 아무 대답도 하지 않았다.

"……독한 것!"

민희교가 쯧 혀를 찼다. 피가 역류하는 고통은 속을 갈퀴로 긁어내는 것과 진배없을 텐데, 한마디도 대답 않는 것이 못내 괘씸했다. 하지만 수확이 아예 없는 것은 아니었다. 여칠봉이 이토록 함구하며 비밀을 지키려는 꼴을 보니 여약손의 정체를 확신할 수 있었다.

의빈, 네가 윤서학의 피붙이였다니. 윤아영이었다니!

일찍이 부인과 사별한 윤서학에게는 애지중지 키우던 딸이 한 명 있었더랬다. 암만 친구 사이가 서먹해졌다 해도 윤서학의 출산조차 완전히 모른 척할 수만은 없었다. 윤서학 집에 저가 축사를 보냈던 일이 기억났다. 윤서학에게 독살 누명을 씌워 없앨 적에 행여 자식이 화근 될까 싶어 함께 죽이려 했으나 끝끝내 찾아내지 못했던 그 아이. 그 아이가 바로 여약손. 궐에 함께 살고 있었다니. 등잔 밑이 어두운 격이었다.

그래, 의빈. 윤아영, 네가 내 뒤를 쫓은 까닭이 바로 이거였어.

수수께끼는 비로소 풀렸다. 민희교가 자리에서 일어났다.

모든 답을 알아냈으니 민희교는 더 이상 이 집에 머물 필요가 없었다. 민희교가 칠봉의 앞으로 휙 약병을 던졌다. 칠봉이 병 안의 약을 마시기 위해 애썼지만 이미 몸에 마비가 오기 시작하여 그 또한 쉽지 않았다. 칠봉이 몇 번이나 실패한 끝에 가까스로 약병을 입에 댔을 때, 민희교가 툭 던지듯 말했다.

"아, 어쩌지요?"

"흐윽……."

"짐새의 해독제는 이 세상 그 어디에도 없습니다."

민희교가 방을 나섰다.

"크어어억!"

칠봉이 울컥 피를 쏟았다. 굵은 핏덩이가 목구멍을 타고 넘어오는 것이 느껴졌다. 온몸의 장기가 날뛰는 듯한 끔찍한 고통이 몰려왔다. 방바닥은 온통 칠봉이 쏟아 낸 피 때문에 피칠갑이 되고 말았다.

"민희교…… 약손아……."

바깥의 누군가를 부르려 했지만 목소리조차 나오지 않았다.

문득 칠봉의 시선이 방바닥에 닿았다. 아까 민희교가 제게 침을 놓을 적에 다른 침은 모두 회수했지만 유일하게 단 하나, 손목에 놓았던 침만은 회수하지 못했다. 칠봉이 방바닥에 뽑아 버렸기 때문이다. 칠봉이 필사적으로 은침을 향해 손을 뻗었다.

민희교가 칠봉의 목숨을 끊었다는 것은 약손 또한 위험해지리라는 것을 뜻하리라. 어떻게든 약손에게 이 사실을 알려 줘야만 했다. 하지만 온몸이 독에 마비된 칠봉이 할 수 있는 일이 무엇이 있을까? 칠봉이 지금 이 순간 유일하게 할 수 있는 일.

그것은 바로…….

'이거 내 아들 옷이다. 이젠 못 입지만, 못 입게 되었지만…… 네가 대신 입어. 그리고 앞으로 내 아들 하며 살아.'

'그러니까 이제 네 이름은…….'

칠봉이 바늘을 손에 쥐었다. 그러고는 그대로 제 손에 꾹 눌러 끝까지 박아 넣었다.

"약손아……."

어느 순간 칠봉의 손이 바닥으로 툭 떨어져 내렸다.

*

"황소야! 이리 와! 어무니한테 와야지!"

처음 씨름에서 이겨 황소를 부상으로 타왔을 때, 발 큰 걸 보니 부쩍 자라겠다고 말한 약손의 짐작이 맞았다. 황소는 정말이지 하루가 다르게 컸다. 밥 먹는 족족 자라는 것 같달까?

약손은 간만에 상림원으로 나들이를 나왔다. 황소가 영 갑갑해하니 함께 놀러 가자고 꼬드긴 게 효과가 있었다. 저가 만나자고 할 때는 냉정하게 뿌리치더니만 황소 앞에서는 마음이 약해지는 것이 못내 불만이긴 했지만 뭐 어쩌랴. 이유는 그저 약손과 함께 상림원에 소풍 나온 것만으로도 만족했다.

"개나리도 끝물이고 진달래랑 철쭉도 다 져서 어떡하니? 예쁜 꽃 많이 보여 주고 싶었는데…… 꽃비 휘날리면 같이 맞고……."

"지금도 충분히 예쁩니다."

워낙 잘 관리한 탓에 꽃이 피나, 지나, 예외 없이 아름다운 상림원이지만 그래도 마음이 아쉬운 것은 어쩔 수 없었다.

"어디 아프지는 않지? 왜 이렇게 얼굴색이 안 좋아?"

"괜찮습니다, 주상 전하. 아프지 않아요."

"……."

약손은 평소와 다름없이 웃었다. 하지만 분명 무언가 다르게 느껴졌다. 평소처럼 밥도 잘 먹고, 떡도 열 개 스무 개씩 턱턱 먹었지만 뭐랄까…… 미묘하게 낯을 가린달까? 이유와 거리를 두고 있는 것 같달까? 조바심이 일었다.

이유가 약손의 손을 잡아끌었다.

"왜 그러세요, 주상 전하?"

"……."

도리어 이유가 묻고 싶은 질문이었다. 약손아, 너 왜 그래? 나한테 왜 그래? 왜 자꾸 나한테 데면데면하게 굴어? 네가 이러면 우리 꼭 남 같잖아…… 하나로 엮여 사는 부부가 아니라 그냥 오다가다 잠깐 스쳐 지나가는 사람 같잖아…….

대체 이 묘한 마음을 뭐라고 설명해야 할지 알 수 없었다. 괜히 언급했다가는 저만 이상하고 속 좁은 사람 될 것만 같고…… 혼자 고민에 빠지던 이유가 종내에는 어처구니없는 결론에까지 이르렀다.

혹시 우리…… 권태기 아니야?

처음엔 잉꼬 저리 가라 다정한 부부라도 일정한 시간이 지나면 서로 서먹해지고 낯을 가리게 된다고 했다. 그것은 그 누구도 피해 갈 수 없는 절대 불변의 진리라고 그랬다. 누가 그런 말을 했냐고?

……동재가. 비록 동재가 내시이지만 남녀상열지사에 대해서만큼은 그 지식을 따를 자가 없었다. 조선 최고의 권위자였다. 만약 왕실 관청에 '상열지사관'이 설립된다면 누가 뭐래도 교수 자리는 동재가 맡아야 했다.

이유가 약손에게 바람맞기 시작하던 때, 홀로 허벅지 찌르며 독수공방하던 이유는 동재에게 허심탄회한 고민을 풀어냈다.

'의빈이 왜 나를 멀리하는 것일까?'

딱히 싸운 적도 없고, 의빈을 서운하게 한 적도 없었다. 보름날만 빼고는 꼬박꼬박 월당에 찾아가 침수 들었다. 먹고 싶다는 거 다 갖다 주고, 값비싼 진주, 금반지, 은 귀걸이, 호박 떨잠……

궤짝에 그득그득 쌓아 바치는데 약손이가 왜 나를 피하는 걸까? 왜 나를 만나 주지 않는 걸까?

이유는 술 마시며 울었다. 갖은 남자 짓하며 혼자 청승 떨 때 상열지사관 소속 정1품 교수 동재가 조언했다.

'권태기네요.'

'……권태기?'

'예. 척하면 척, 딱하면 딱입니다! 본래 여인들이란 본성 자체가 한 사내에게 정착을 할 수가 없어요. 게다가 의빈마마는 일생을 장돌뱅이 생활하며 떠돌던 분 아닙니까? 그만큼 보고 느낀 사내도 많을 텐데…… 당연한 결과입니다.'

'뭐, 뭐라?'

그 말인즉, 나는 앞으로 평생 동안 약손이한테만 정착할 건데 약손이는 나한테 정착할 수 없단 말인가? 나 하나로는 만족하지 못한다는 말인가? 날벼락이 따로 없었다. 나 아닌 다른 사내 만나는 약손…… 상상만으로도 속에서 천불이 올랐다.

'그럼 어떡해? 약손이가 딴 남자한테 정신 팔지 못하게 해야 한다고! 나한테만 정착하게 만들어야 한다고!'

'물론 방법이 아주 없는 건 아닙니다.'

'말해! 그 방법, 당장 말해! 어명이다!'

이유가 동재의 바짓가랑이를 잡고 물고 늘어졌다. 이건 정말 아무한테나 알려 주지 않는 건데…… 동재는 여인의 마음을 사로잡는 비법을 이유에게만 살짝 알려 줬다.

'자고로 눈에 보기 좋은 떡이 먹기도 좋은 법입니다. 항상 자기 자신을 가꾸세요.'

'내가 떡은 아니잖아?'

'세상에 게으른 사내는 있어도 못생긴 사내는 없는 법입니다.

사내는 아름다움이 가장 큰 무기라고요!'

반박하고 싶었지만 사실이었다. 약손의 마음을 얻은 데에는 이유의 떡 벌어진 어깨, 호남형의 외모, 무예로 다져진 등근육과 기마로 일궈 낸 두터운 허벅지가 8할을 차지했다. 솔직히 이유가 왕이라는 신분 빼면 내세울 게 뭐가 있는가?

사내는 무엇보다 나이가 어려야 진짜라는데 이유는 약손보다 연상이지, 형제 죽인 놈이라 하여 주변 평판 안 좋지, 종친 떨거지 때문에 시가 등쌀은 또 어마어마했다. 그나마 왕이라는 위치 덕에 무엇이든 턱턱 해줄 수 있는 차고 넘치는 재물이 있기에 그나마 약손의 사랑을 받으며 살 수 있는 것이었다.

생각해 보니 이유의 부족함을 나열하자면 한두 가지가 아니었다. 약손이 이토록 쉽게 싫증내고 권태기 느낄 만했다.

'나이를 먹어도 언제나 스무 살처럼! 한결같은 싱그러움을 유지하세요. 업무 때문에 아무리 피곤하셔도 무예를 게을리하면 안 됩니다. 남자는 배 나오면 정말 끝장인 거 아시죠?'

'알고말고! 약손이가 저번에 내 복근 보고 엄청 감탄했었단 말이야!'

'가끔 의빈마마께서 일탈을 하셔도 그건 여인들의 본성이니까 눈감아 주도록 하세요.'

'그, 그건……'

이유가 차마 그것만은 받아들이지 못하겠는 듯 말끝을 흐렸다. 만약 약손이 다른 사내 좋다 하면 난 이해할 수 있을까? 불가능할 것 같았다.

동재가 가재 눈을 뜨고 노려봤다.

'여인들이 집착하는 남자들한테 얼마나 질색하는지 모르십니까?'

'아는데……'

'집착 금지! 기센 남자도 싫어해요. 약간 백치미가 있는…… 사근사근한…… 한 떨기 수줍은 꽃 같은 남자를 좋아한다고요.'

'그래?'

'하여간 여자는 남자 하기 나름입니다. 의빈마마께서 전하를 만나지 않는 데는 다 까닭이 있을 거예요. 그게 무엇이든 원인은 사내 쪽에 있겠죠. 뻔해요. 주상 전하 본인부터 돌아보세요.'

역시 상열지사관 정1품 교수다운 발언이었다. 틀린 말이 한 군데도 없었다. 구구절절 명언이었다. 혹시 여자 마음속에 들어 갔다 온 것은 아닐까? 이유는 동재의 조언을 따르기로 결심했다.

이유가 저 멀리 황소와 장난치는 약손을 바라봤다. 비록 황소는 강아지였지만 약손과 친하게 지내는 꼴을 보니 황소한테조차 질투가 일었다. 아, 맞다. 집착 금지랬는데. 역시 문제는 나한테 있었어! 이러니까 약손이가 질려하는 거야. 잠시 질투의 불길에 휩싸였던 이유가 애써 마음을 진정시켰다. 이유가 얼굴에 미소를 지어 보였다.

"의빈! 황소 네 이놈!"

이유가 달려가 황소를 제 품에 안아 들었다. 황소가 발버둥 쳤지만 그냥 꼭 안고 말았다. 그래, 약손이가 행복하면 된 거야. 그걸로 다 된 거야!

"전하, 황소를 내려 주세요. 너무 뚱뚱해져서 이젠 안아 주기에 너무 무거워요."

"아니? 괜찮아. 우리 황소 하나도 안 무거운데? 황소야, 아부지한테 오너라."

사실 황소의 무게는 진짜 황소라 해도 믿을 정도로 묵직했다. 하지만 이유는 개의치 않았다. 남자는 약해도 아버지는 강할지어니! 이유는 황소를 머리 위까지 들어 올리며 장난쳤다. 약손이 둘의 다정한 모습 보면서 행복하게 웃었다. 그리고 그런 약손의 미소는 이유를 춤추게 했다. 약손이가 웃는구나! 진짜로 행복해서 웃는구나!

역시 모든 남자는 여자한테 사랑받고 살아야 진짜 행복한 거랬는데 그 말이 옳았다.

이유는 약손의 사랑 없이는 행복하지 못한 사내였다.

하지만 이유의 노력에도 불구하고 화기애애한 분위기는 얼마 가지 않았다.

―챙그랑!

상림원에 날카로운 파열음이 울렸다. 약손이 찻잔을 떨어뜨린 것이었다.

"약손아, 괜찮아?"

"……전하."

이유가 달려가 약손의 손을 살폈다. 찻잔에 스쳤는지 손가락 끝에 길게 베인 상처가 보였다. 붉은 핏방울이 보였을 때는 이유가 도리어 저가 더 아찔해지는 기분이었다.

"손 이리 줘봐."

"괜찮습니다. 별거 아니에요."

"별거 아니긴!"

이유는 약손의 손을 제 입에 물었다.

"……전하."

이유가 입에 문 손끝이 저릿했다. 따뜻한 혀가 맞닿을 때마다 손가락을 타고 심장까지 지끈거리는 기분이었다. 갑작스러운 사고에 상궁들 또한 사색이 됐다.

"마마님, 다치셨습니까? 어디 다치셨습니까?"

"당장 어의를 부르게!"

약손의 표정이 심상치 않았다. 고작 손가락을 베였을 뿐인데 얼굴에 핏기가 하나도 없었다. 이유의 마음 또한 덩달아 안 좋아졌다.

"약손아, 많이 아프냐? 왜 그래? 어디가 아픈 거야?"

"전하…… 그것이 아니오라……."

약손은 갑자기 심장이 빠르게 뛰는 것을 느꼈다. 등 뒤가 서늘해지며 뒷골에 싸한 소름이 돋았다. 어디가 아픈 것도 아니고, 몸이 안 좋은 것도 아닌데 왜 이러지?

약손조차 제 변화의 원인을 알지 못했다. 가슴 한가운데가 뻥 뚫린 듯 허무함이 해일처럼 밀려왔다.

"……."

나인들이 날카로운 찻잔 조각을 치웠다. 약손은 말없이 깨진 찻잔을 바라봤다. 이상하게 마음이 불안했다. 정말 왜 이러지? 어쩌면 정말로 어딘가 아픈지도 모르겠다.

약손이 고개를 저으며 시선을 돌렸다. 저만치 내관이 달려오는 것이 보였다.

"상선! 상선 어르신! 큰일 났습니다! 큰일 났습니다……."

황급히 달려오는 이는 명이더라. 동재가 인상을 찌푸리며 내관을 막아섰다.

"무슨 일이기에 이리 호들갑을 떠는 게야?"

"아이고, 나리…… 큰일이…… 큰일이 났습니다……."

한데 큰일 났다고 말하는 명이가 다름 아닌 약손을 바라보는 게 아닌가? 명이가 숨을 골랐다. 그러고는 머리를 조아리고 말했다.

"의빈마마 아버님께서…… 아버님께서……."

아직 뒷말은 끝까지 듣지도 않았다. 하지만 약손은 벌써 머릿속이 핑 도는 것만 같았다. 사태가 심상치 않음을 직감한 이유가 엄하게 말했다.

"명이는 당장 고하라. 장인 어르신께 무슨 문제라도 생겼더냐?"

"예, 주상 전하. 아뢰옵기 황공하오나…… 의빈마마 아버님께서……."

"아버님께서 뭐?"

"……숨을 거두셨다 합니다."

그와 동시에 약손이 풀썩 정신을 잃고 쓰러졌다.

"약손아! 약손아! 정신 차리거라!"

상림원을 쨍쨍하게 비추던 햇빛은 어느새 사라진 지 오래였다.

하늘에 먹구름이 가득했다. 비구름이었다.

*

칠봉의 장례가 치러지는 동안 비는 쉼 없이 내렸다.

다른 누구도 아닌 주상 전하의 총애를 한 몸에 받는 의빈 부친의 죽음이었기에 문상객은 끊이질 않았다. 덕분에 빈소는 사람들로 인해 발 디딜 틈이 없었다. 다만 모두들 소란 피우지 않고 조용하게 부의를 표했다.

의빈의 아버지가 피를 토하고 죽었다는 소문이 자자했다. 과연 누가 간 크게도 주상 전하의 장인어른을 해하였단 말인가? 여적 잡히지 않은 살인범 때문에 분위기는 더욱 흉흉했다.

"마마…… 이제 곧 상여가 나간다 합니다."

"……"

시신을 빈소에 안치한 지 오늘로서 5일째. 본래 장일은 3일을 잡는 것이 관례였지만 약손이 이틀만 더 두고 보자 하여 닷새로 연기한 것이었다. 습하고 따뜻한 날씨 때문에 시신의 부패가 시시각각 빠르게 진행됐기에 집 안 곳곳에 몸종들이 쑥 태우는 냄새가 진동을 했다.

하지만 이제는 정말 칠봉을 보내야만 했다. 목 상궁이 합문 밖에서 약손을 불렀다. 약손은 닷새 동안 단 한 번도 방 밖으로 나오지 않았다. 비록 짧은 기간이지만 칠봉이 기거하던 안채에서 꼼짝도 하지 않았다. 닷새 동안 방 안으로 들여보낸 식사는 모두 도로 내보냈고 심지어 물 한 모금조차 마시지 않았다. 혹 이러다 쓰러지지는 않을까, 건강 축나지는 않을까, 목 상궁의 근심이 이만저만 아니었다.

"마마…… 의빈마마……."

목 상궁이 간곡한 목소리로 불렀다. 제 허락 없이는 방 안으로 그 누구도 들이지 말라는 명령이 있었기에 함부로 방 안에 들어가지도 못했다.

왜 마마께서 대답이 없으시지? 혹시 정신 잃고 혼절해 계신 것은 아니야? 목 상궁은 덜컥 겁이 났다. 이미 칠봉의 운명 소식을 듣고 쓰러진 전적이 있기에 전혀 이상한 생각이 아니었다. 크게 꾸지람 듣는 한이 있더라도 약손이 무사한지 살펴야만 했다.

"의빈마마! 목 상궁입니다. 들어가겠나이다."

목 상궁이 문을 열기 위해 막 손을 뻗을 때였다.

그때, 합문에 바른 창호지 위에 그림자가 졌다. 곧 활짝 열린 문 사이로 약손이 모습을 드러냈다.

닷새 만에 처음 본 약손의 얼굴은 놀랄 만큼 수척해져 있었다. 항상 웃음이 매달려 있는 듯한 눈매가 난데없이 서늘했다. 입술은 일생 동안 단 한 번도 농담 내뱉은 적 없던 사람처럼 꾹 다물려 있었다.

"목 상궁……."

"예, 마마."

"내 아버지께 마지막으로 설전(設奠: 고인을 생시와 같이 섬기는 마음으로 올리는 제사)을 올리겠네. 준비해 주게."

"……분부 받잡겠나이다."

지난 닷새 동안 약손에게 무슨 변화가 있었던 것일까? 전혀 다른 사람이 된 것만 같았다.

목 상궁은 처음 약손을 만났을 때를 떠올렸다.

비록 지금은 저가 모시게 된 웃전이 되었지만 사실 목 상궁은 처음 만난 순간부터 내심 약손을 귀애했다. 당시에 수남은 목 상궁에게 저는 더 이상 궐에서 살 수 없으니 함께 명나라에 가서 살 것을 제안했다. 목 상궁이 원한다면 출궁은 본인이 도와줄 수 있다고도 했다. 하나 궁궐 안의 삶이 딱히 나쁘지 않았기에 굳이 수남을 따라나서 고생을 사서 할 필요는 없었다.

하지만 목 상궁은 궁궐을 발칵 뒤집어 놓은 여 생도, 그러니까 '사내도 아니고 계집도 아닌 이'의 정체가 몹시 궁금했다. 대체 얼마나 간이 크기에 지엄한 궐에 들어와서 사내 행세를 하며 사기 칠 생각을 했을까? 주상 전하는 지옥의 야차라는데, 피를 먹고사는 괴물이라는데, 어찌 사내도 아니고 계집도 아닌 이가 그 무서운 주상 전하의 마음을 사로잡았을까?

'여 생도, 이렇게 만나게 되어 반갑습니다. 저는 목진화라 하온데…… 목 상궁이라 부르소서…….'

'예? 아니, 상궁마마님께서 어찌 이곳에 계시는지······?'

솔직히 말은 안 했지만 약손을 처음 봤을 때는 조금 실망하긴 했었다. 주상 전하의 마음을 사로잡았으니 응당 조선 최고의 절세미인, 양귀비 뺨치는 요부, 나라를 망하게 할 정도의 경국지색이라 생각했다.

하지만 수남과 철없이 투덕대는 모습을 봤을 때의 심경은 어떠했던가?

콧소리 퐁퐁 뿜어 대는 요부는커녕, 입은 어찌나 걸걸한지 몰랐다. 수틀리면 욕만 주야장천 내뱉지를 않나, 툭하면 음담패설하지를 않나. 날던 새도 떨어지게 한다는 미인은 온데간데없었다. 그냥 전체적으로 평범하고 무난한 인상이었다. 졸리면 자고, 배고프면 먹고. 게다가 체구는 조그만 게 밥과 술은 엄청나게 많이 먹었다.

하지만 약손과 여러 날 지내고 났을 때, 목 상궁은 어찌하여 약손이 주상 전하의 사랑을 받게 되었는지 어렴풋이 깨달을 수 있었다.

목 상궁이 무릎을 콩콩 두드리면,

'목 상궁님, 오래 걸어 다리 아프지요? 오늘은 꼭 장에 가서 말 삽시다.'

귀신같이 알아채고 말을 사러 갔다. 보자기에 싸온 떡이 딱 한 개 남았을 때는 식탐 많은 저가 냉큼 먹어 버릴 법도 한데,

'한개 남은 떡은 목 상궁님이 드세요. 우리는 배가 불러서······.'

한평생을 사내처럼 살았다더니만 정말 저가 사내인 줄 아는 모양이었다. 사사건건 여인인 목 상궁을 제일 먼저 위해 주고 배려해 줬다. 주막에서 함께 잘 때 아랫목은 꼭 목 상궁한테 내주기, 소세할 때 더운 물은 무조건 목 상궁 먼저 쓰게 해주기······.

무심한 듯, 신경 쓰지 않는 듯하면서도 상대를 보살폈다. 겉으로는 툴툴거리는 척하지만 사실 속정이 깊고 따뜻한 사람.

세 사람이 암만 친한 사이였더라도 함께 출궁을 결심하는 것이 어디 쉬운 이야기던가? 수남과 복금이 선뜻 약손을 따라나선 까닭이 이해되었다.

약손은 꼭 별 같았다. 어디에서든 반짝반짝 빛을 뿜어내는 별.

비록 찬란한 햇빛은 아니어도 저 조그만 별이 저기에 박혀 있구나, 나름대로 열심히 빛을 뿜어내는구나. 보는 이로 하여금 괜히 마음 뿌듯해지는 그런 별 말이다.

작은 별처럼 빛나는 약손은 주상 전하가 아니라 그 누구라도 좋아하게 될 것 같았다.

하지만 지금, 약손은 모든 빛을 잃어버렸다. 아무리 저를 가리는 구름이 몰려와도 꿋꿋이 빛나던 모습은 온데간데없었다. 아비를 잃은 약손의 상심은 가늠조차 되지 않았다.


약손이 영정 앞에 술을 따랐다. 포와 과일, 온갖 음식이 상다리가 부러질 정도로 차려져 있었다. 그 모습 보니 저도 모르게 픽 웃음이 나왔다. 칠봉이 투전에 미쳤을 때, 화딱지가 난 약손이 집안 세간 다 때려 부수며 악담하던 말이 생각났다.

'아부지 미쳤지? 이러다가는 아부지 죽어도 관짝 하나 못 짜게 생겼어! 염할 돈도 없어서 거적에 둘둘 말아 갖다 버리게 생겼다고! 어쩌자고 투전에 돈을 날려? 날리길!'

아마 추운 겨울을 나야 할 돈을 모두 잃고 돌아왔을 때로 기억한다. 여름이면 어디 다리 밑에 가서 노숙이라도 하지. 그 추운 날에 노숙했다간 그대로 얼어 죽을 것이 분명했다. 상황이 상황인지라 결코 말이 좋게 나가지 않았다. 알거지가 되어 돌아온 주제에 칠봉은 그래도 기죽지 않고 큰 소리 빵빵 쳤다.

'설마하니 관을 못 짜겠냐? 내가 돈이 없지 자식이 없어? 사지 멀쩡한 자식이 두 눈 시퍼렇게 뜨고 살아 있는데 설마 거적에 버려질 운명일까. 걱정 마라. 돈은 있다가도 없는 거고, 없다가도 있는 거야. 아부지 죽으면 조선에서 최고로 좋은 명당자리에 묻어 줘.'

'명당자리는 거저 생긴대? 돈이 있어야 명당자리를 사든가 말든가 하지!'

'아부진 너 믿는다. 넌 할 수 있을 거야. 암, 내 자식 믿고말고.'

'속 터져서 진짜! 내가 못 살아!'

돈을 잃고 돌아와도 수완 좋은 약손이 언제든 금방 다시 벌 수 있으리라 철석같이 믿던 칠봉. 그런 철없는 아비를 한심해야 할지, 저를 믿는 마음에 감동받아야 할지. 약손의 속만 새카맣게 타들어 가던 날이었다.

뭐, 이제 와서 돌이켜 생각해 보니 칠봉의 근본 없는 믿음이 영 틀리지는 않았다.

칠봉은 조선 최고로 비싼 염, 최고로 귀한 수의, 최고로 질 좋은 관…… 주야장천 노래를 부르던 완벽한 명당의 묏자리에 묻히게 됐다. 칠봉의 단 하나뿐인 자식, 의빈 된 약손이 그렇게 해줬다.

"이제야 좀 고생 안 하고 사는가 싶더니…… 이렇게 가버리면 어떻게 해…… 나만 두고 가면 어떻게 해…….'

본래 설전할 때에는 술은 올려도 절은 하지 않는 법이었다. 약손은 멍하니 홑이불 덮인 관을 바라봤다.

술을 따라도 마실 사람이 없고, 말을 걸어도 대답할 사람이 없었다. 조선에서 최고 솜씨 좋은 숙수들이 음식을 차려 내도 아무 소용이 없고, 방 한 칸 없이 떠돌던 시절이 서러워 고래 등 같은 집을 마련했어도 이제는 다 쓸모가 없었다.

보고 싶으면 어떡하지? 세상에 억울하고 분한 일이 생겨 고자질을 하고 싶어지면 어떡하지? 그때 난 누구를 찾아가야 할까? 세상 그 누가 앞뒤 상황 막론하고 무조건 내 편이 되어 줄까?

이 상여가 나가면 다시는 칠봉을 만날 수 없었다. 약손 딱 한 번, 마지막으로 한 번만 더 아버지의 얼굴을 보고 싶었다. 약손이 관 위에 덮여 있던 홑이불을 걷었다.

"아부지……."

핏기 하나 없이 창백한 얼굴을 보는 순간, 억장이 무너져 내렸다. 그동안 참았던 눈물이 쏟아져 내렸다. 약손이 엉엉 울음을 터뜨렸다.

"아부지…… 나를 두고…… 어떻게…… 어떻게……."

제 눈앞에 누워 있는 낯선 얼굴의 사내가 참말 제 아버지란 말인가? 믿을 수가 없었다. 칠봉은 장난치기 귀재였으니 사실은 이 모든 게 농담이라고, 너를 골려 주기 위한 계략이었다고 말하며 어디선가 훌쩍 나타날 것만 같았다.

"아부지……."

하지만 관 속에 드러누운 칠봉은 꼼짝도 하지 않았다. 이미 몸은 싸늘했고, 생전의 온기는 온데간데없이 차갑기만 했다. 약손이 칠봉의 손을 잡았다. 비록 지금은 곧게 누워 있었으나 발견된 당시에는 독 때문에 몸부림치던 그 모습 그대로 몸이 굳어 있었다고 했다. 경직된 몸을 바르게 펴느라 염장이들이 꽤나 고생을 했다지?

하지만 온몸의 뒤틀린 관절을 전부 풀어냈어도 딱 한 군데, 꾹 움켜쥔 오른쪽 주먹만큼은 결코 펴지 못했다. 손가락을 펴다가는 다섯 손가락이 몽땅 부러지겠으니 염장이들도 그냥 포기하고 말았던 것이다.

"아부지 왜…… 누가 이랬어? 응?"

대체 무슨 곡절이 있기에 제 아비는 곱은 몸으로 저승길을 가야 하는가? 행여 손가락도 성치 못한 병신이라고 차사들에게 구박이나 받지는 않을는지 걱정부터 됐다. 약손이 칠봉의 손을 쓸었다. 과연 염장이들의 말마따나 뻣뻣한 나뭇결을 만지는 것만 같았다.

"아부지…… 아무 걱정 하지 마…… 아부지 이렇게 만든 사람 내가 꼭 찾아낼 테니까…… 내가 다 알아서 할 테니까…… 아부지는 그냥 편히 가……."

약손이 칠봉의 손을 한참 동안 쓰다듬었다. 애초에 염장이도 펴지 못한 손가락을 펴겠다는 생각 따위는 추호도 없었다. 그저 영문도 모르고 비명횡사한 제 아버지의 손을 마지막으로 잡아주고 싶은 마음뿐이었다.

그런데 그 순간, 참으로 해괴한 일이 벌어졌다. 약손이 한참을 매만지던 칠봉의 손가락이 스르륵 절로 펴진 것이었다.

"……아부지?"

약손이 그대로 굳어졌다. 대체 이럴 수가 있는가? 이미 닷새 전에 사후 경직이 이루어진 시신의 몸이 다시 풀리는 경우가 있을 수 있는가? 도무지 상식으로는 이해되지 않는 일이었다. 단단히 오므리고 있던 주먹 안으로 아주 조금의 틈새가 벌어졌다. 약손은 스스로도 믿을 수가 없다는 듯 칠봉의 손을 잡았다.

그때.

"……흡!"

약손이 황급히 숨을 들이마셨다. 시커멓게 죽어 버린 살가죽

사이에서 뭔가가 보였다.

"이게…… 뭐지?"

약손이 칠봉의 손을 헤집었다. 툭 튀어나온 바늘 하나가 보였다. 대체 이게 왜 아부지 손에 있는 거야? 약손은 기어코 칠봉 손에 박혀 있던 바늘을 빼냈다.

"……"

온몸의 피가 차갑게 식었다. 누군가 갖다 뿌린 냉수를 머리부터 발끝까지 맞은 기분이었다. 칠봉의 손에 박혀 있던 아주 작은 바늘 하나. 자세히 보니 그것은 평범한 바늘이 아니었다. 의원들이 환자를 치료할 때 놓는 침이었다. 그 침이 보통 흔히 볼 수 있는 평범한 침이었더라면 약손이 이토록 놀라지는 않았을 터.

"이건…… 이건……."

약손이 내의원에서 생도로 일할 때였다. 생도에게는 수많은 금기가 존재했는데, 그 중의 하나가 바로 절대로 의원들의 침구에 손대서는 안 된다는 것이었다. 의원들은 침을 자신의 목숨보다 더 귀하게 여겼다. 괜히 함부로 만졌다가는 경을 칠 수 있었다.

의원들이 사용하는 침의 종류는 다양했다. 성향에 따라 금침과 은침, 합금침 등 자신에게 맞는 것을 사용했다. 한데 내의원 의원들 중에 유독 특이한 침을 사용하는 사람이 있었다.

그가 누구냐고?

바로 내약방의 수장인 민희교라 했다.

도제조는 참 희귀하게도 금침과 은침 둘 다 사용하지 않았다. 그는 주로 마함철침馬銜鐵鍼을 즐겨 사용했다. 듣기로는 집안 대대로 다루던 침이 마함이라 그렇다 했다. 하여 경예 또한 마함침을 놓았다. 좋은 침 다 두고 마함을 사용하는 도제조라니. 참 취향 특이하다고 떠들었던 기억이 떠올랐다.

한데, 이게 대체 무슨 우연이란 말인가?

죽은 칠봉이 손에 쥐고 있던 침, 다름 아닌 마함철침이었다.

*

약손이 내약방을 찾아갔다. 약손의 얼굴이 해쓱했다. 주변 사람들은 단순히 부친상을 치러 마음고생이 심한 것이라 여겼고, 덕분에 약손의 눈에 서린 분노를 읽지 못했다.

"도제조! 도제조는 어디에 있느냐?"

"의, 의빈마마…… 어인 일로 내약방에 걸음 하셨나이까?"

갑자기 들이닥친 약손 때문에 근무 중이던 의원들이 혼비백산했다. 어디가 많이 편찮으신가? 도제조 영감을 왜 찾으시지? 인편에 넣어 직접 처소로 불러도 됐을 텐데.

때마침 민희교는 의생들에게 침술을 가르치던 중이었다.

"민간에서 가장 많이 쓰는 침은 호침毫針이다. 침대가 가는데 침 끝은 그보다 더욱 가늘기 때문이다. 자극은 적지만 효과는 뛰어나며 얼굴과 머리, 가슴 등 다양한 부위에 사용할 수 있다. 그다음은 삼릉침으로……."

민희교가 침방술에 대해 설명했다. 칠봉의 죽음 따위는 저와 아무 상관없다는 듯 평소와 다름없는 얼굴이었다. 그 모습을 보니 화가 불같이 치솟아 올랐다.

약손은 앞뒤 가릴 것 없이 민희교를 향해 외쳤다.

"도제조, 네 이놈!"

헉! 누가 감히 도제조 영감을 이리 하대하는가? 악쓰는 소리에 의생들이 경악했다. 좌중의 시선이 단번에 약손에게 쏠렸다.

저분은 의빈마마 아닌가? 그래, 맞아. 의빈마마가 분명하구만. 한데 저분이 대체 왜 저러는 겐가? 영문 모르는 의생들이 술렁였다.

"의빈마마…… 예까지는 어쩐 일이시옵니까?"

"네놈이 감히 내 아비를 죽이고도 살기를 바랐느냐?"

약손의 눈은 붉게 충혈되어 있었다. 하지만 민희교는 전혀 사건의 전말을 알지 못하는 듯한 얼굴이었다.

민희교가 곤란한 표정을 지어 보였다.

"……강의는 다음에 다시 하도록 하지. 너희들은 모두 물러가도록 하라."

민희교가 의생들을 물렸다. 의생들은 까닭도 알지 못한 채 서둘러 행각을 빠져나가야만 했다.

약손은 분노가 치밀어 어쩔 줄을 모르는데 민희교는 내내 태평했다. 민희교가 다기구에 차를 우려냈다.

"너…… 이 독사 같은 놈……."

"마마, 갑자기 찾아와 그게 무슨 말씀이십니까? 까닭을 알지 못하니 제아무리 의빈마마님이라도 당황스럽기 그지없습니다. 마음을 좀 진정시키시옵소서."

"뭐? 진정? 너 지금 그걸 말이라고 하느냐?"

민희교가 찻잔을 내밀었으나, 가증스럽기 짝이 없었다.

"네놈이 아버지를…… 내 아버지를 죽였지?"

와장창! 약손이 그대로 찻잔을 던져 버렸다. 찻잔은 민희교 등 뒤쪽의 벽을 맞고 산산조각이 났다.

"……"

민희교가 따뜻한 김이 피어오르는 자리를 말없이 바라보기만 했다. 약손이 민희교의 앞에 섰다.

"네놈이 아무리 거짓을 말한다 한들, 나까지 속일 수 있을 거라 생각했느냐?"

약손이 민희교 앞에 침을 내밀었다. 칠봉 손에 꽂혀 있던 바로 그 마함철침이었다. 저가 사용하는 침이 분명했으니 제아무리 민희교라 할지라도 도저히 빠져나갈 방법 없는 명확한 증거였다. 약손의 어깨가 부르르 떨렸다.

민희교가 힐끗 침을 바라봤다. 살해 현장에 증좌를 남겼으니 변명의 여지가 없이 민희교의 실수였다. 한데, 참 이상했다. 민희교는 그 침을 보고도 픽 웃기만 하는 것이 아닌가.

"아…… 그 침 말이군요. 침통을 살펴보니 하나가 없어졌다 했는데…… 마마님께서 갖고 계실 줄은 정녕 몰랐습니다."

"뭐, 뭐라고……?"

"제 침을 어디에서 찾아내셨습니까?"

"내 아버지의 손에서! 돌아가신 내 아버지의 손에서 찾아냈다! 네놈을 결코 용서하지 않을 것이야. 내 아비를 살해한 죄를 물어 국법으로 다스릴 것이야!"

"……."

약손은 악을 썼지만 민희교는 여전히 태평했다. 어디서 개가 짖어도 이리 무감하지는 않을 터였다.

"국법으로 다스린다라…… 저런…… 설마 소신이 마마님의 아버님을 살해한 범인이라고 말씀하시는 것은 아니지요?"

민희교가 코웃음을 쳤다. 대체 민희교는 무엇을 믿고 있기에 이토록 자신감이 넘치는 것일까?

"너! 민희교!"

"의빈마마……."

민희교가 약손의 말을 딱 잘랐다. 조르륵 찻잔에 차를 따랐다.

민희교가 약차의 향긋한 향을 음미했다.

"주상 전하께옵서 의빈마마의 말을 믿을 거라 생각하십니까?"

"……뭐?"

"소신이 독을 사용하여 여칠봉을 살해했다는 그 말을, 주상 전하께옵서 정녕 믿을 거라 생각하시는지 여쭙는 겁니다."

"너, 무슨 수작이야? 전하께서 내 말을 믿어 주지 않을 까닭이 없잖아!"

"그렇습니까?"

민희교가 너털웃음을 터뜨리더니 차를 한 모금 마셨다.

그 순간, 내내 미소 가득했던 민희교의 얼굴에서 웃음기가 싹 가셨다. 민희교가 약손을 응시했다.

"하오나, 의빈마마. 소신이 생각하옵건대, 주상 전하께옵서는 결단코 마마님의 말씀을 믿지 않을 겁니다. 왜냐하면……"

민희교가 탁 찻잔을 내려놨다.

"이제 의빈마마께서는……."

"……."

"주상 전하의 목숨을 노렸던 역적의 딸이니까요."

"뭐, 뭐라……?"

"제 아버지가 못다 이룬 죽음을 완수하기 위해 신분을 감추고 궐에 들어온 여약손. 아니, 윤아영."

"너!"

약손이 경악했지만 민희교는 개의치 않았다.

"마마, 소신과 내기하겠습니까? 주상 전하께옵서 마마님의 말을 믿을지…… 아니면 소신의 말을 믿을지…….."

그때였다.

중궁전에서 날카로운 비명소리가 울려 퍼졌다.

"중전마마! 중전마마! 정신을 차려 보시옵소서! 당장 어의를 불러라! 마마께서…… 중전마마께서 쓰러지셨다!"

*

항상 정갈하기 그지없던 중전 심씨의 처소가 오늘은 웬일로 어수선했다.

방 안 가득히 늘어놓은 물건 때문에 정신이 없을 정도였다. 평소 중전의 성격으로 미루어 짐작하면 결코 묵과할 수 없는 일인데, 대체 무슨 일일까?

교태전 밖으로 까르륵 난희의 낭랑한 웃음소리가 풍경처럼 퍼졌다.

"중전마마, 이 호건 좀 보세요. 송파에서 제일 수 잘 놓는 강씨 부인한테 사온 건데, 호랑이 눈썹이랑 수염이랑 이빨이랑…… 너무 깜찍스럽지 않습니까?"

"호건을 왜 가져왔누? 그건 사내아이들만 쓰는 물건이잖니."

"아이참, 마마! 아직 아기씨 성별을 모르는데 물품 준비 하나 맘대로 못 합니까? 제 첫 조카인데?"

"그러다 여자 아이면 어쩌려고?"

"상관없습니다. 중전마마께서 아기를 한 명만 낳을 것도 아니고 둘째, 셋째, 넷째…… 쭉쭉 낳다 보면 이 호건 쓰실 세자 전하께서 언젠가는 반드시 태어나지 않겠습니까?"

"난희야!"

중전이 민망한 듯 얼굴을 붉혔다. 난희가 그런 중전을 놀리기라도 하듯 다시 한번 명랑하게 웃어 보였다.

그렇다. 이제 보니 교태전에 잔뜩 늘어져 있는 물건들은 전부 아기 용품이었다. 두렁치마, 좁쌀베개, 상보, 깔 포대기, 쑥 주머니, 기저귀……

드디어 중전의 달거리가 멈췄다.

심씨는 예전에도 몇 번인가 달거리가 늦어진 적이 있었다. 회임인 줄 알고 기대했던 마음이 실망으로 바뀌는 순간은 말로 설명할 수도 없을 만큼 착잡했다. 이제는 거의 달관한 상태였다. 이번에도 단순히 달거리가 연기된 줄만 알았는데, 웬걸. 며칠 전 중전을 진맥한 민희교가 기쁜 소식을 알려 왔다.

'중전마마, 감축 드리옵니다. 마마께옵서는 회임을 하셨사옵니다.'

'뭐, 뭐라고요? 내가…… 내가…… 회임을 했단 말입니까?'

믿을 수가 없었다. 이번에도 달거리가 늦어진 거겠지, 애초에 아무 기대도 하지 않았던 중전이었다.

예전에는 회임에 좋다는 음식, 회임에 좋다는 호흡, 회임에 좋다는 책……. 아들을 줄줄 낳았다는 어떤 여인의 속곳까지 품고 잔 적도 있었다. 갖은 애를 써도 깜깜무소식이더니만 이토록 갑작스럽게 회임을 할 줄이야.

'마마, 당장 주상 전하께 이 소식을 알려드리겠나이다.'

박 상궁이 당장이라도 대전으로 뛰어갈 듯했다. 하지만 심씨가 박 상궁을 붙잡았다.

'박 상궁! 안 돼!'

'예? 중전마마?'

'주상 전하께는 알리지 말게.'

'그게 무슨 말씀이세요? 전하께서 마마의 회임 소식을 알면 얼마나 기뻐하시겠습니까? 마마를 위해 탕약까지 보내는 전하가 아니십니까?'

사실 심씨는 혼례 올린 지 얼마 안 됐을 때, 딱 한번 유산을 한 적이 있었다. 분명 예후도 좋았고, 배 속의 아기 또한 건강했는데 왜 갑자기 유산됐는지는 알 수 없었다. 깊은 새벽, 잠자리가 축축한 것 같아 눈 떴을 때 온통 피투성이로 변한 이부자리는 아직도 악몽처럼 기억에 남아 있었다.

첫아기는 심씨의 배 속에서 딱 석 달을 살다가 가버렸다.

'안 돼, 아직은! 아직은…… 전하께 알리지 말게.'

심씨는 첫 회임과 같은 일이 또 발생하지 않기를 바랐다. 첫아이를 유산한 뒤에 유독 회임이 어려워진 몸으로 변한 것을 알고 있었다. 내가 무사히 이 아이를 지켜 낼 수 있을까? 지난번과 같은 실수를 반복하지 않을 수 있을까?

심씨는 당분간 회임 사실을 비밀에 부치기로 했다.

'도제조, 그대에게 부탁이 있네. 당분간 내 회임 사실을 아무에게도 알리지 말아 주게. 그래 줄 수 있겠는가?'

'소신, 중전마마의 뜻을 따를 것이옵니다. 염려 마시옵소서.'

그리하여 지금 이 궐 안에 심씨의 회임 사실을 알고 있는 사람은 중궁전의 박 상궁과 그 휘하 나인 몇, 민희교, 그리고 난희뿐이었다. 난희는 중전을 부모님보다 믿고 의지하는 사람이었으니 당연히 비밀을 알고 있을 만했다.

난희는 궤짝 가득히 아기 용품을 사왔다. 그러고는 마치 운종가의 장사꾼이라도 된 양 자랑스럽게 바닥에 늘어놓았다. 처음엔 중전도 이게 웬 난리냐며 타박했지만 결국에는 웃을 수밖에 없었다.

중전이 제 손바닥만 한 배냇저고리를 집어 들었다. 너무 작고 앙증맞았다. 난희가 그런 중전 앞에 아기띠 두 개를 보여 줬다.

"마마! 마마께서는 배 속의 아기씨께서 딸이었으면 좋겠어요,

아니면 아들이었으면 좋겠어요?"

여자아이의 띠는 실로 만들어졌고, 남자아이의 띠는 가죽으로 만들어져 있었다. 모란과 나비, 불로초 수가 아름다웠다.

"당연히 아들이겠죠? 주상 전하의 후사를 이을 떡두꺼비 같은 아들이어야 마마께서도 든든할 테니까."

"글쎄……."

심씨가 생각에 잠겼다.

솔직히 이 조선 땅에서 회임한 여인들 중에 아들 바라지 않는 이가 어디 있을까? 오직 사내아이만이 집안의 대를 이을 수 있었다. 가문의 유지를 받들 수 있었다. 아들을 낳으면 환대받았지만 딸을 낳으면 찬밥 신세였다. 딸만 줄줄 낳는 여인들은 죄인만도 못한 대접을 받았다. 하물며 왕실의 후사를 잇는 것이 제일 중요한 소임인 중전의 책임의 무게는 말할 것도 없을 만큼 무거웠다.

하지만 심씨는, 솔직한 마음을 말하자면…….

"난 이 아이가 딸이었으면 좋겠어."

"예? 마마! 이왕이면 아들을 바라셔야죠! 무슨 말씀 하시는 거예요!"

난희가 그 무슨 뚱딴지같은 소리냐는 듯 눈을 크게 떴지만 심씨는 진심이었다.

"사내아이보다는 딸이었으면 좋겠구나. 하면 내가 밤마다 자장가 불러 주며 재워 주고, 아침에 일어나면 소세시켜 주고, 댕기도 예쁘게 땋아 주고. 볕 좋은 날에는 후원에 가서 꽃구경시켜 주고, 비 오면 정자에 둘이 앉아 비 구경할 수 있을 테니……."

"……."

"나중에 훌쩍 크면 권세 있는 집안은 아니더라도 제 처 따뜻하게 대해 주고 귀애하며 아껴 주는…… 아주 평범한 도령에게 시집보낼 거란다."

심씨는 정말로 그런 삶을 바라는 듯했다. 배냇저고리와 포대기를 착착 접는 입가에는 은은한 미소까지 걸렸다.

"마마……."

그런 심씨를 바라보는 난희의 심경이 복잡해졌다.

심씨의 꿈은 중전의 꿈치고는 소박하기 그지없었다. 만약 중전이 아니라 난희가 어린 시절부터 익히 알던 '심소영'의 꿈이었더라면 난희 또한 꼭 그렇게 될 거라고, 집안의 후사가 끊어지든 말든 아들 따위 필요 없으니 딸내미나 주야장천 낳자고 동조했을 터였다.

하지만 난희는 그러지 못했다. 아니, 그럴 수 없었다.

왜냐하면 제 앞에 앉은 사람은 '심소영'이 아니라 '중전'이었으니까. 소박한 꿈꾸며 살아가도 괜찮은 민가에 시집간 평범한 여인이 아니었으니까. 중전으로서 아들을 낳지 못한다면, 후사를 잇지 못한다면 훗날 어찌 되는지 정녕 모른단 말인가?

"마마, 그런 말씀 마세요. 마마는 중전마마이신데…… 반드시 아들을 낳으셔야 합니다."

"후사 때문에?"

"그런 까닭도 있고……."

"그렇다면 더욱 신경 쓸 필요 없지. 후사쯤이야 의빈이 이어도 상관없잖아."

"마마!"

"그래…… 생각해 보니 의빈은 신체도 건강하고, 나이도 나보다 어리던데. 이왕이면 의빈이 아들, 딸 골고루 낳았으면 좋겠어. 아무래도 왕가는 다복해야 평안한 법이니까."

"……."

세상에, 혹시 중전마마는 보살의 환생이신가? 어쩜 저렇게 태평한 말씀을 하실 수 있을까? 난희는 심씨의 마음을 이해할 수도, 받아들일 수도 없었다.

저번에 보니 의빈 고년, 성격이 보통이 아니었다. 끝끝내 종친 앞에서 제 처소 상궁의 종아리를 박살내고야 말던 악랄함은 결코 잊을 수가 없었다. 주상 전하 총애 믿고 날뛰는 지금도 대단한데, 훗날 의빈이 덜컥 아들이라도 낳아 후사를 잇는다면 그다음은 어떻게 될까? 과연 의빈이 그저 빈의 자리에서 만족할까? 아니, 난희가 보기엔 결코 귀빈으로 머물지 않을 위인이었다. 세자의 생모라는 지위를 무기 삼아 중전의 자리까지 오르려 들 터였다. 중전마마를 내치기 위해 갖은 수작 다 부리고도 남을 자였다.

생각만으로도 등골이 오싹해졌다. 만약 난희가 중전이었더라면 불안해서 잠도 못 잘 터였다. 내가 밟지 않으면 곧 상대가 나를 밟게 되는 것이 궁궐이지 않던가. 의빈을 말려 죽일까, 볶아 죽일까, 경계해도 모자랄 판에 지금 중전마마께서는 의빈의 다복을 빌어 준단 말인가?

"중전마마, 일전에 의빈의 하극상을 보고도 그런 말씀을 하십니까? 의빈을 조심하셔야 합니다. 보통이 아닌 계집이에요."

"난희야! 내 의빈에 대한 험담을 삼가라 했지?"

"대체 의빈을 언제 봤다고 다짜고짜 의빈이 다복하길 바라십니까? 만에 하나 의빈이 아들을 낳으면요? 고년이 중전마마께 해코지하지 않는다는 보장이 어디 있습니까? 왜 이렇게 답답한 말씀을 하세요?"

"그럴 사람이 아니야."

"처음부터 그럴 사람 있답니까? 하면, 주상 전하께옵서는 뭐 배 속에서부터 상왕 전하를 내치겠다 작정하셨대요?"

"난희야!"

"히끅!"

흥분한 나머지 감히 입에 담아서는 안 될 말을 내뱉고 말았다. 난희가 저도 모르게 딸꾹질을 했다. 중전이 엄한 눈빛으로 난희를 단속했다.

"마마…… 제 말은 그게 아니라……."

"……."

언제나 고요한 물속 같은 중전이지만 원래 이런 사람들일수록 그어 놓은 선이 엄격한 법이었다. 순하다고, 얕보인다고 막 대했다가는 큰코다쳤다. 난희 또한 그 사실을 잘 알고 있었다. 넘지 말아야 할 선을 넘었으니 난희의 실수가 명백했다.

"중전마마…… 죄송해요……."

"다시는 그런 말 입에 담지 말거라. 주상 전하를 낮추는 말도, 의빈을 의심하는 말도 모두 삼가야 할 것이야."

"네……."

난희가 푹 고개를 숙였다.

말 한마디 잘못해 둘의 사이가 급속도로 냉랭해졌다. 다행히도 눈치 빠른 박 상궁이 때를 딱 맞춰 차를 가져왔다.

"중전마마, 차를 올릴까요?"

"들이게."

중전의 허락이 떨어졌다. 나인 두 명이 다구를 들고 들어왔다. 하얀색 백자 다구가 정갈했다. 난희는 언제 혼이 났냐는 듯 어느새 다례에 온 관심을 빼앗겼다.

나인이 가져온 잎차를 탕수에 담갔다. 진한 호박색으로 말린

꽃잎이 금세 탕수 안에서 봉우리를 벌렸다. 아직 제대로 우리지도 않았는데 교태전에 만리향 버금가는 향기로운 향이 퍼졌다.

난희가 눈을 동그랗게 떴다.

"이게 무슨 차입니까? 향기가 너무 좋은데……. 세상에, 찻물 빛깔은 또 어쩜 저렇게 곱습니까?"

나인이 처음 우려낸 물을 개수그릇에 부었다. 보통 차를 마실 때 처음 우려낸 물은 마시지 않는다. 두 번째로 우렸는데도 노란 빛깔은 여전히 아름다웠다. 과연, 난희가 넋을 빼앗길 만도 했다. 백자와 어우러져 그런지 신비로운 묘약처럼 느껴지기까지 했다.

"치자 차란다."

"치자 차요? 전 이토록 고운 치자 차는 본 적이 없는데요?"

"그렇지?"

"예. 치자 차 여러 번 먹어 봤지만 이런 빛깔이 나올 줄이야…… 전 여태 무엇을 마신 걸까요?"

"의빈이 직접 말렸다는구나. 지난여름에 피어난 치자를 거둬서 햇빛 좋은 날에 한 번, 비 오는 날에 한 번…… 가을이 올 때까지 반복해서 말려서 향과 빛깔이 유독 곱대. 꽃 말리는 일조차 정성을 쏟는 세심한 성격일 줄 누가 알았겠니?"

"……뭐라구요? 하면 이 차는 의빈이 보낸 거란 말씀이세요?"

"응. 그런데?"

"마마!"

난희가 빽 소리를 질렀다. 고운 찻물에 감탄하던 얼굴엔 혐오의 기운이 잔뜩 서렸다. 아니, 마실 게 없어 의빈이 보낸 차를 마신단 말인가? 고 계집이 준 거라면 다 갖다 버려도 부족하거늘!

"저번에 마셔 봤는데, 정말 맛이 좋아. 너도 마셔 보렴."

"싫어요!"

하마터면 의빈이 독이라도 탔으면 어쩔 거냐고 말할 뻔했다. 다만, 방금 전에 혼이 난 전적이 있어 간신히 독설을 참았다.

나인이 찻잔에 조르륵 찻물을 따랐다. 중전 심씨와 난희가 마실 잔이 각각 한 잔씩, 그리고 나인이 먼저 기미할 조그만 잔까지 총 세 개의 잔이었다.

"의빈이 그러는데, 치자는 열독을 제거하는 효능이 있다는구나. 내가 가벼운 불면증을 앓는다니까 손수 보내 준 마음이 얼마나 기특하던지…… 실제로 치자 차를 마시고 나서 그날 밤에는 편히 잤더랬어."

"전 안 마시겠습니다! 의빈의 손을 거쳤다면 음식도, 차도 다 싫어요!"

난희는 단호했다. 맛이 좋거나 말거나 절대 입에 넣지 않을 생각이었다.

"마마, 기미하겠나이다."

나인이 고개를 돌리고 찻잔을 입에 댔다. 두 모금을 마시고 찻잔을 내려놓을 때까지는 평소와 다를 바 없는 상황이었다. 곧 다른 찻잔이 중전과 난희에게 하나씩 돌아갔다. 난희는 여전히 고집을 부리는 상태였다.

'하여튼 네 성격은 누구도 못 말리지…….'

"그러니 제게 강요하지 마세요!"

중전이 웃으며 차를 향해 손을 뻗었다. 찻잔을 입에 대고 막 들이켜려는 때였다.

그 순간,

"우욱…….'

차를 기미하던 나인이 갑자기 헛구역질을 했다.

"네, 이년! 중전마마 앞에서 이 무슨 무례더냐?"

박 상궁이 엄한 얼굴로 꾸짖었지만 나인은 구역질을 멈추지 못했다. 처음엔 왜 이러나 영문을 알지 못했는데, 곧 놀라운 일이 벌어졌다. 나인이 풀썩 앞으로 고꾸라지고 말았다.

"에이구머니!"

곧이어 여인들의 날카로운 비명이 터졌다. 그 차분한 박 상궁 또한 혼비백산 놀라고야 말았다.

"마마…… 살려 주시옵소서……."

나인의 입에서 울컥 붉은 피가 쏟아졌다. 그 적나라한 피에 놀란 나인들이 소리를 지르고, 이내 교태전은 아수라장으로 변하고야 말았다.

"중전마마를 지켜라! 중전마마를 보호해!"

행여 무슨 일이라도 생길까 싶어 박 상궁이 중전의 앞을 막아섰다.

"대체 이게 무슨…… 이게 무슨 일이더냐……."

그 순간, 나인이 토해 낸 핏방울이 새하얀 아기 배냇저고리에 튀었다. 마치 꿈인 듯, 현실이 아닌 듯한 끔찍한 모습이었다. 잠시 넋을 잃었던 중전은 이내 무슨 일이 일어났는지 상황을 파악하기 시작했다.

"당장 금군을 불러라!"

중전을 보호하기 위해 고군분투하는 상궁들, 역시나 사색이 되어 백지장처럼 하얗게 질린 난희의 모습이 아주 느린 광경으로 보였다. 대체 무슨 정신인지 몰랐다. 중전 심씨가 그 와중에 피가 튀긴 배냇저고리를 집어 들려 했다.

"마마! 안 됩니다! 아무것도 손대지 마세요!"

박 상궁이 그런 중전의 손을 날카롭게 쳐냈다. 나인이 피를 토하며 쓰러졌으니 필경 독이 묻어 있을 수도 있었다.

"하지만…… 저고리가…… 아기 옷에 피가……."

예상치 못한 위험 앞에서 심씨가 횡설수설했다.

대체 이게 무슨 일이지? 난 그저 난희와 오붓하게 차를 마시려던 것뿐인데…… 햇볕이 좋으니까 함께 바람 쐬며 이야기를 나누려던 것뿐인데…….

바닥에 쏟아진 치자 물이 보였다. 아름다운 노란빛의 찻물 반, 핏물이 반이었다.

"내가 저 차를…… 마시려고……."

마시지 않겠다 고집 부린 난희와 달리 심씨는 찻잔을 입에까지 댔었다. 만약 나인이 기미하지 않았더라면 어떻게 됐을까? 아마도 피를 토하고 바닥에 나뒹군 사람은 저 나인이 아니라 바로 내가 되었겠지.

그리고 내 배 속의 아기 역시…….

생각이 거기까지 미치자 오싹 소름이 끼쳤다.

작금의 충격은 심씨로서는 도무지 받아들이기 어려운 종류의 것이었다. 갑자기 머릿속이 멍해졌다. 이미 침전은 아수라장이 되었건만, 심씨의 귀에는 아무 소리도 들리지 않았다. 삐이익! 날카로운 이명이 머리를 울렸다.

그와 동시에 심씨가 혼절했다.

"중전마마! 중전마마! 정신을 차려 보시옵소서! 당장 어의를 불러라! 마마께서…… 중전마마께서 쓰러지셨다!"

＊

금군 좌별장이 엄한 얼굴로 내약방에 들이닥쳤다. 이미 약손이 내약방에 있음을 알고 온 터였다.

"뭣들 하느냐? 당장 의빈 여씨를 추포하라!"

"그게 무슨 말이십니까? 의빈마마를 추포하라니요? 대체 어떤 까닭으로 그런 말씀을 하시는 겁니까?"

목 상궁이 약손의 앞을 막아섰다. 하늘을 날아가는 새조차 떨어뜨린다는 별장과 당당히 맞서다니. 목 상궁에게 이런 기개가 있는 줄은 꿈에도 몰랐던 일이었다. 하지만 고작 상궁 따위는 지엄한 별장에게 아무 방해조차 되지 않았다.

"중전마마를 독살하려 한 죄를 물을 것이다. 뭣들 하느냐? 당장 끌고 가라!"

"그게 무슨 말이냐? 중전마마를 독살하다니?"

약손이 벌떡 자리에서 일어났다.

중궁전에서 소란이 일기에 무슨 일인가 싶었는데, 뭐라? 내가 중전마마를 독살했다고? 약손이 믿을 수 없다는 듯 별장을 바라봤다.

"내가 무슨 까닭으로 중전마마를 해친단 말이냐? 어찌하여 그런 영문도 모르는 죄를 내게 묻는 것이야?"

"이미 의빈께서 저지른 모략의 정황이 밝혀졌습니다. 저희와 함께 가시지요."

"정황이라니, 무슨 정황? 이게 다 무슨 말이냔 말이다. 내가 왜 중전마마를 해해?"

약손이 소리쳤다. 그때, 별장 뒤에서 눈물범벅이 된 채로 달려온 난희가 대답했다.

"왜냐고? 그걸 몰라서 묻느냐? 네년이 중전마마께옵서 회임했다는 사실을 알고 독을 탄 차를 보낸 것이 아니더냐? 이 악독한 계집! 만에 하나 중전마마와 배 속의 아기가 잘못되거든 내 너를 용서치 않을 것이야!"

"뭐, 뭐라고……?"

약손에게 오랏줄이 씌워졌다. 내약방을 끌려 나가던 약손이
뒤를 돌아봤다. 싸늘한 표정으로 저를 바라보는 민희교가 보였
다.

'제 아버지가 못다 이룬 죽음을 완수하기 위해 신분을 감추고
궐에 들어온 여약손. 아니, 윤아영.'

'마마, 소신과 내기하겠습니까? 주상 전하께옵서 마마님의 말
을 믿을지…… 아니면 소신의 말을 믿을지…….'

민희교가 했던 말의 뜻을 이제야 알 것 같았다.

민희교가 약손의 정체를 의심하기 시작했을 때부터, 칠봉의
목숨을 거뒀을 때부터, 단 한 끗의 차이로 생사가 갈라지고 운명
이 결정 나는 것이 이 궐일지어니. 민희교는 한 치의 망설임도
없이 누구보다 빠르게 판을 벌려 승부수를 띄운 것이었다.

"마마! 마마! 의빈마마!"

금군에게 추포되어 끌려가는 약손의 뒤로 목 상궁의 울음소리
가 울려 퍼졌다.

*

"뭐라…… 너 지금 뭐라 하였느냐?"

"주상 전하, 방금 고해드린 말씀 그대로입니다. 중전마마께옵
서……."

"중전이 회임을 했다고?"

"그러하옵니다. 주상 전하."

"……."

이유가 손등으로 턱을 쓸어내렸다. 민희교를 내려다보는 한쪽 눈썹이 슬쩍 올라간 것이 뭔가 석연찮은 표정이었다.

"과인은 중전의 회임에 관하여 그 어떤 것도 들은 바가 없다."

"아뢰옵기 황공하오나…… 중전마마께옵서 당분간 함구해 달라 부탁하셔서 미처 아뢰지 못했나이다."

"그래……?"

"한데 의빈마마께옵서는 중전마마가 회임하셨음을 알아내어 부러 독을 탄 차를 보내셨다 합니다."

"……."

민희교의 말에 이유가 어처구니가 없다는 듯 저도 모르게 핏 헛웃음을 터뜨렸다. 금군 좌별장이 급히 의빈을 추포했다기에 그 무슨 뜬금없는 소린가 했더니, 뭐라? 약손이가 중전을 해하려 했어? 다른 것도 아니고, 회임했다는 사실을 질투해서?

도무지 앞뒤가 맞지 않는, 어떻게 생각해 봐도 말도 안 되는 이야기였다.

민희교가 전달한 소식에 편전에서 회의 중이던 신료들 또한 경악을 금치 못했다.

이유가 방금 전까지 논하던 상소를 탁 덮었다.

"단지 의빈이 보낸 차를 마신 나인이 죽었다는 것만으로 죄를 물으려 추포하였느냐? 의빈이 차를 보내긴 했으나 독을 섞었다는 정확한 증거가 있어? 중간에 또 다른 자가 장난칠 가능성이 충분하거늘, 감히 누구의 허락을 받고 약손을 데려가?"

이유가 기가 막힌다는 듯 쯧 혀를 찼다. 당장 약손을 데려올 기세였다.

"의빈이 그런 짓을 할 리 없다. 그리할 만한 까닭도 없을뿐더러, 그럴 사람이 아니야."

이유는 누가 뭐래도 약손을 제일 잘 아는 사람이 본인이라고 자부했다. 약손의 성격을 미루어 짐작해 보면, 사촌이 땅을 사면 배 아파 하고 남만 잘되고 저만 망하면 분하여 어쩔 줄을 몰라 하는 것은 당연했다. 은혜는 못 갚아도 원수는 꼭 갚아 주는 인 간이 여약손이 아니던가? 하지만 그 정도의 심술은 누구에게나 있었다. 그 만한 몽니도 없으면 그게 부처지 사람이겠어?

하지만 약손은 결코 남의 목숨을 빼앗고, 해할 그릇은 못 됐 다. 세상 둘도 없는 겁쟁이가 어떻게 그런 끔찍한 짓을 저지른단 말이야? 이유가 절레절레 고개를 저었다. 이 일에 뭔가 오해가 있다는 것을, 다른 사람은 몰라도 이유는 알았다.

"내가 직접 의빈을 데려오지."

"하오나 주상 전하, 좌별장이 충분히 심문을 한 뒤에 찾아가심 이 옳은 줄 아는데……."

"너 미쳤느냐? 약손이 너랑 나 같은 사람인 줄 알아? 개미 한 마리 못 죽이는 애한테, 뭐? 독살? 이것들이 진짜 보자보자 하니 까 정도를 모르네. 의빈이 무고하다는 것이 밝혀지면 어쩔래? 그대가 책임질 거야?"

좌별장을 두둔하고 나섰던 예조 판서가 고개를 숙였다. 낄 자 리 안 낄 자리 모르고 나선 대가였다.

"의빈이 중전을 해할 까닭은 그 어디에도 없어."

이유가 일축하며 돌아섰지만 민희교 또한 물러서지 않았다. 민희교가 이유의 등에 대고 황급히 고했다.

"아뢰옵기 황공하오나, 주상 전하. 의빈마마께옵서 중전마마를 해할 까닭은 충분하다 여겨지옵니다."

"……그게 무엇인가?"

이유가 돌아섰다.

민희교가 흔들림 없는 얼굴로 이유를 응시했다.

"독을 마신 중궁전의 나인은 온몸의 구멍에서 피를 쏟고 즉사한 바."

"······뭐?"

온몸의 구멍에서 피를 쏟고 죽었다는 말에 이유의 어깨가 움찔 떨렸다. 그 독의 증상은 이유 또한 익히 잘 알고 있는 증상이었다.

"도제조····· 중궁전 나인이 온몸의 구멍에서 피를 쏟고 죽었다 하였는가?"

이유가 나직하게 물었다. 좀 전에 약손의 범죄를 부정하던 목소리와는 사뭇 달랐다. 다른 사람은 몰랐지만 민희교는 그 미세한 변화를 알아차렸다.

민희교가 띄운 판 안으로 이유가 한걸음 다가서는 순간이었다.

"그런 흉악한 독이····· 궐에 있을 리가 없을 텐데? 약손이 쉬이 손에 넣을 수 있는 독이 아닐 텐데·····?"

이유가 말끝을 흐렸다.

"아닙니다. 의빈마마께옵서는 그러한 맹독을 쉬이 지닐 수 있는 분입니다."

"네 이놈! 그게 무슨 말이냐?"

이유가 날카롭게 물었다.

"의빈마마께옵서는 대역죄인의 여식이기 때문이지요."

"······뭐라?"

"의빈마마의 실제 존함은 윤아영."

"!"

"역적, 윤번의 친딸이기 때문이옵니다."

민희교가 마지막 쐐기를 박았다.

[2]

칠봉이 죽던 날, 칠봉 집에 다녀갔던 사람이 드디어 발견됐다.

그는 별장의 취조를 이기지 못하고 자신의 범죄를 자백했다.

의빈마마께서 아버님의 병환이 걱정되어 약을 지었으니 전해 달라 하셨다, 아무리 그래도 사람 인두겁을 쓰고 어찌 친부모를 해하겠느냐, 탕약에 독약이 들어 있는 줄은 꿈에도 몰랐다, 의빈 마마가 보낸 탕약을 마신 후에 참봉 나리가 그 자리에서 피를 토하며 쓰러졌다, 멀쩡하던 사람이 갑자기 눈을 까뒤집고 발작을 하니까 너무 끔찍하고 무서워서 도망을 왔을 뿐이다…….

모든 정황과 증거가 약손을 가리켰다.

월당은 그야말로 쑥대밭이 됐다.


대체 이게 무슨 일인지 몰랐다. 약손은 졸지에 아버지를 독살하는 패륜을 저지른 희대의 살인자가 되어 가고 있었다.

"의빈마마, 정녕 진실을 말씀 안 하실 작정입니까? 부정한다고 해서 덮일 일이 아닙니다. 어찌하여 이런 악독한 짓을 저지르셨습니까? 까닭이 무엇입니까?"

"글쎄, 내가 왜 내 손으로 아버지를 죽인단 말이야? 나야말로 억울하네! 대체 이게 무슨 일이야?"

"……자꾸 이렇게 발뺌하시면 의빈마마만 힘들어질 뿐입니다."

어이가 없었다. 벌써 며칠째인지 몰랐다.

내약방에서 끌려와 옥사에 갇힌 약손은 그 이후로 두 번 다시 월당에 돌아가지 못했다. 돌아가기는커녕, 졸지에 아버지를 독살하는 패륜을 저지른 희대의 살인자가 되어 가고 있었다.

왜 여칠봉을 죽였느냐, 언제부터 그런 계획을 세웠느냐, 독은 누구에게 받았느냐…… 관원은 같은 질문을 매번 반복했다. 그 때마다 약손은 모른다는 말만 되풀이해야 했다. 정말 알지 못해서 모른다고 대답했을 뿐인데도 관원은 약손을 거짓말쟁이 취급했다.

"의빈마마……."

도무지 끝이 보이지 않는 실랑이에 관원이 피곤한 듯 눈을 감으며 한숨을 내쉬었다.

그런 태도, 약손을 범죄자 대하듯 경멸하는 태도가 약손을 분노하게 만들었다. 나는 아무 죄도 짓지 않았는데, 어찌하여 나를 살인자 취급해?

본래 약손이 마실 물을 떠 놓았었지만 이제는 바닥을 드러내고 있는 빈 대접이 보였다. 성질이 뻗치니까 아무것도 거리낄 것이 없었다. 약손은 대접을 냅다 던져 버렸다.

와장창! 대접이 요란한 소리를 내며 깨져 내렸다. 약손이 식식거리며 숨을 내쉬었다.

"그대는 무슨 말을 하여도 내 말을 믿지 않지? 나를 거짓말쟁이로 몰고 있어! 네놈이 감히 나를 능멸하고도 목숨 부지할 수 있을 것 같으냐? 다 필요 없다. 주상 전하를 뵈어야겠다. 나는 주상 전하와만 이야기를 할 것이야! 당장 주상 전하를 불러와! 주상 전하, 저의 억울함을 풀어 주시옵소서!"

약손이 악썼다.

약손이 한바탕 난리를 치고도 이유는 끝끝내 옥사에 오지 않았다. 사실 옥에 갇힐 때만 해도 약손은 주상 전하께옵서 당장 찾아와 일의 사실 관계를 밝히고 저를 데려가리라는 것을 믿어 의심치 않았다.

'주상 전하를 왜 찾으십니까? 전하께옵서는 소신께 이번 일의 전권을 위임하셨습니다. 마마의 무고는 소신이 밝힐 것이옵니다. 주상 전하는 결코 옥사에 들르지 않을 겁니다.'

관원의 말 따위는 귓등으로도 안 들었다. 내가 지금 이토록 억울하게 고초를 겪고 있는데 주상 전하께서 퍽이나 모른 척하시겠다. 그 옛날에 내가 여인인 것이 밝혀졌을 때도 하루가 멀다 하고 찾아온 분이시거늘! 모르면 가만히 있거라! 약손은 자신만만했다.

하지만 이게 어떻게 된 일일까?

예상 밖의 일이 벌어졌다. 관원의 말마따나 이유는 코빼기 하나 비추지 않았다. 왜 무고한 약손을 가뒀는지 따지러 오지도 않았고, 잘 먹는지, 잘 자는지, 약손의 안부를 확인하지도 않았다.

주상 전하께옵서 바쁘신가? 일이 많으신가? 하지만 아무리 만기萬機라도 나와 관련된 일이라면 다 제쳐 두고 달려오실 분인데…….

참 이상했다. 행여 오늘은 오실까? 내일은 오실까? 아무리 기다려도 이유는 오지 않았다.

관원의 말이 참말이었나 보다. 이유는 역시나 오늘도 오지 않을 생각인 것 같았다. 왜 주상 전하께서 나를 보러 오지 않지? 오매불망 옥사의 입구만 바라보던 약손은 어느새 까무룩 잠이 들고 말았다.

약손이 잠에서 깨어난 것은 깊은 밤이었다.

눈앞에 흐릿한 불빛이 보이는 것 같아 잠결에 뒤척이다가 이내 벌떡 일어섰다. 앞에 놓인 자그마한 촛불이 보였다. 촛불이 바람에 흔들릴 때마다 약손의 그림자 또한 어른거렸다. 하지만 약손이 단순히 제 앞에 놓인 촛불 때문에 잠에서 깨어난 것은 아니었다. 곧이어 약손의 얼굴이 환해졌다.

"……주상 전하!"

그렇다.

약손이 오늘 오나, 내일 오나, 이제 오나, 저제 오나 기다리던 사람. 이유를 드디어 발견한 것이었다.

역시, 전하가 날 모른 척할 리 없어. 내가 누명 쓰고 고초 겪는 것을 그저 두고 보실 리가 없어! 며칠 동안 찾아오지 않아 서운했던 마음은 순식간에 사라졌다.

약손은 그저 이유가 저를 찾아왔다는 사실에 감격했다.

"전하……."

절로 울음이 터졌다. 코끝이 찡해지며 눈가에 벌써 눈물이 맺혔다. 관원들이 자꾸만 저에게 엄한 질문을 하였다고, 빨리 사실을 고하지 못하겠냐며 닦달하던 일들을 전부 고할 작정이었다.

약손이 훌쩍거렸다. 약손 숨소리만 바뀌어도 질겁한 이유였으니 대체 무슨 일이 있었냐고, 왜 그렇게 시무룩해 하냐고 물어볼 것은 자명했다. 약손은 저가 옥사에서 겪었던 그간의 일들을 모두 말할 준비를 마쳤다.

이제 모든 사정을 말해야 하는데…… 그래야 되는데…….

한데, 정작 이유는 아무 말이 없지 않은가?

약손의 사정 따위, 약손이 그간 겪은 고생 따위는 전혀 궁금하지도 않은 것 같았다.

"전하…… 제 얼굴을 왜 그렇게 보세요?"

"……."

이유는 내내 약손의 얼굴을 뚫어져라 응시했다. 이제 보니 촛불을 가져다 놓은 까닭도 약손의 얼굴을 더욱 잘 보기 위해서인 것 같았다. 문득 약손은 이유의 얼굴이 낯설다고 느껴졌다. 분명 이유인데, 평소와 다름없는 이유인데, 마치 전혀 다른 사람인 것 같달까?

뭔가 화가 났다던가, 서운하다던가. 기본적인 감정이나 희로애락은 전혀 찾아볼 수 없었다. 굳이 설명을 하자면…… 텅 비어 있는 것 같달까?

이유의 눈에서는 아무 감정도 느껴지지 않았다.

"전하…… 왜 그러세요?"

약손이 조심스럽게 물었다.

"……약손아."

"네, 전하."

"여약손……."

"네."

이유가 몇 번인가 약손의 이름을 불렀다. 이유가 부르면 약손은 답하고, 이유가 다시 부르면 약손은 또 답했다. 그런 문답이 몇 번이나 반복됐을 때, 마침내 이유가 약손을 다시 불렀다.

"윤아영."

"네, 전하…… 네?"

등줄기에 오싹 소름이 돋았다. 무심코 대답했던 약손이 그대로 굳어졌다. 전하께서 그 이름을 어떻게…… 전하께서 어떻게 아셨는지…… 사람이 너무 놀라거나 당황하면 말 또한 제대로 나오지 않는다는 것을 약손은 처음으로 깨달았다.

약손이 황망한 얼굴로 이유를 바라봤다. 결국 먼저 정신을 차린 약손이 서둘러 말을 이었다.

"전하, 그것이…… 그것이 말입니다. 제가 전부 말하겠습니다.

하나도 빼놓지 않고 전부 다 그간의 사정을……."

"무엇을?"

하지만 이유가 약손의 말을 매정하게 잘랐다.

"무엇을, 대체 무엇을 다 말하겠다는 거냐? 네가 윤서학의 딸이라는 사실 말이냐?"

"전하……!

어둠 속에 서 있던 이유가 한 걸음 가까이 걸어왔다. 갑자기 가까워진 거리에 약손이 저도 모르게 뒤로 한 걸음 물러나고 말았다. 가뜩이나 분노가 머리끝까지 치솟은 이유. 약손의 작은 행동까지 전부 괘씸한 마당에 저가 두려워 거리 두는 모습을 보니까 며칠 동안 꾹꾹 누르고 참았던 화가 드디어 폭발하고 말았다. 하지만 사람이란 극도로 화가 나면 화낼 여력조차 없는 법이었다.

이유가 나직하게 말했다.

"네가 중전을 투기하든 말든, 독살을 하든 말든 나는 아무 상관없다. 중궁전에 독이 아니라 독사를 풀어 놓는다 해도 관계하지 않겠다는 말이다. 아니? 네가 중전이 꼴 보기 싫다 말했으면 내가 친히 그 목숨 거둬 줄 수도 있었어!"

"전하, 대체 지금 무슨 말씀을…… 왜 그토록 끔찍한 말씀을 하시는 거예요……."

단언컨대 약손은 단 한번이라도 중전이 보기 싫었던 적 없었다. 종친 모임에서 난희가 저의 출신을 무시하며 골렸을 때는 얄밉기도 했지만, 어찌 그렇다고 산 사람에게 독을 보내어 죽인다는 생각을 한단 말인가? 약손으로서는 상상도 할 수 없는 일이었다. 그런데 이유는 지금 대체 무슨 말을 하는 것인지 모를 일이었다.

약손이 항상 좋아해 마지않던 널찍한 어깨가 위협적인 모습으로 약손의 앞을 막았다.

"역적의 딸이 밝혀질 것이 두려웠느냐? 행여나 과거가 드러날까 노심초사하였어? 그래서 이날 이때껏 너를 먹여 주고 키워 준 아비에게 독을 먹인 것이야?"

"전하!"

암만 사람이 화가 나도 할 말이 있고, 못 할 말이 있는 법이었다. 이유는 지금 못 할 말을 내뱉은 격이었다. 그것은 아무리 왕이라도, 주상 전하라 할지라도 예외가 될 수 없었다.

"제 아버지를 제 손으로 죽이겠습니까? 그 무슨 얼토당토않은 말씀이세요? 전하는 제가 그런 사람으로밖에 보이지 않으십니까?"

과장 하나도 안 보태고 약손은 이유가 꼴 보기 싫어졌다. 이곳이 옥사가 아니었더라면 이미 다른 곳으로 가버렸을 터였다. 이유와 마주 본 이 상태로는 대거리도 하기 싫어졌다. 약손이 옆으로 걸음을 옮기려 했지만 몇 걸음 딛기도 전에 이유가 약손의 손을 잡아챘다.

"어딜 가? 나를 보고 말해!"

"아얏!"

약손의 손목을 잡아챈 이유의 악력이 어마어마했다. 비틀어 빼보려 했지만 그러면 그럴수록 이유의 화만 돋우는 격이었다. 손목이 얼얼했다. 주상 전하에게 이런 면모가 있었던가?

이유는 늘 약손에게 웃어 주기만 했었다. 이토록 크게 화내는 모습은 한 번도 본 적 없었다.

약손이 목도한 이유 최초의 폭력.

이유가 잡은 손에 더욱 힘을 주었다. 아픔에 약손의 얼굴이 찡

그려졌지만 지금 이 순간, 이유에게는 아무것도 보이지 않았다.

"네 친아비가 알려 주더냐? 네 뜻 거스르고 앞길 방해하는 자는 그 누구도 상관없이 죽이라고? 일 년을 알고 지냈든, 십 년을 알고 지냈든, 그 사람이 하물며 너를 키워 준 양아버지라 할지라도 죽이라 했어?"

"전하!"

"그래…… 이제 보니 이렇게 닮은 것을…… 이렇게 비슷한 것을 알아채지 못하고……."

이유는 약손을 처음 만난 순간을 똑똑히 기억했다.

어떻게 잊을 수 있을까? 약손은 몰라도 이유는 그날을 잊지 못했다. 추웠는지, 더웠는지, 바람이 불었는지, 잔잔했는지, 하늘에 떠 있던 별과 달빛조차 바로 어제 일인 듯 생생했다.

그때 처음 만난 약손은 이상하게 낯이 익었다. 분명 어디에서 만난 적이 있었던 것 같았다.

'한데 우리…… 어디서 만난 적 있습니까?'

다짜고짜 얼토당토않은 질문을 해서 약손에게 정강이를 세게 차였다. 그때는 단순히 기분 탓이라고, 약손의 얼굴이 인상적이라서 그런 것이라 생각했는데 아니었다.

약손의 동그란 눈매, 조약돌처럼 반짝반짝 빛을 뿜는 검은 눈동자…… 영락없는 윤서학, 그자를 빼닮아 있었다.

마음이 허탈했다. 아무것도 없는 듯 커다란 구멍이 생긴 듯했다. 그리고 그 안에 생겨난 것은 미움, 화, 분노뿐이었다. 약손을 좋아했던 만큼, 아꼈던 만큼, 배신감은 더 컸다.

"그래서…… 못다 한 복수를 하러 왔느냐?"

"……예?"

"나를 죽이려고…… 내 목숨을 거두려고…… 월당에 숨어든 것조차, 처음 나를 만난 것부터 전부 계획이었어?"

이유의 고함 소리가 옥사에 쩌렁쩌렁 울렸다.

이유 얼굴에 서린 분노와 실망은 약손에게 고스란히 전해질
정도였다.

"과인이 묻지를 않느냐? 의빈은 그 무엇이라도 대답을 해봐!"

"……."

운명이란 참 얄궂고 잔인하다.

애초에 이유는 태어났을 때부터 아버지도, 어머니도, 그 누구
하나 온전한 바람막이가 되어 주지 못했다. 어머니 소헌 왕후는
말할 것도 없었고, 아버지 세종 역시 대군보다는 세자의 힘이 돼
주기를 원했다. 그것이 의도했던 의도하지 않았던, 정치적이든
정치적이지 않던 이유가 홀로 외로움을 느껴야 했던 것은 부인
할 수 없는 사실이었다.

그러던 와중에 만난 단 한 사람, 이유가 아버지처럼 따랐던 윤
서학의 배신은 감히 표현할 수도 없을 만큼의 깊은 상처로 자리
잡았다. 이유는 한평생 세간의 사람들이 형제를 죽였다며 저를
손가락질해도 상관없었다. 어린 조카를 내쫓은 비정한 왕이라고,
지옥의 야차라 욕해도 개의치 않았다.

어차피 그들은 남이고, 내게 중요하지 않은 사람들이니까. 이
유의 진가를 알아주는 약손뿐이면 충분하다 여겼다. 저를 지켜
줄 바람막이 따위는 이제 없어도 서운하지 않았다. 이제는 저 자
신이 약손을 보호하고 지키는 존재가 될 테니까.

하지만 운명은 이유의 삶에 그런 작은 행복조차 허락하지 않
았다. 이유는 저가 일생에서 믿었던 사람에게 버려졌고, 이용당
하기만 할 뿐이었다.

"전하…… 저를 믿어 주셔야죠. 실로 약손을…… 저 여약손을

믿지 못하시는 겁니까?"

약손이 떨리는 목소리로 물었다. 다른 사람들이 모두 저를 욕해도, 저를 살인자라 손가락질해도 단 사람, 이유만은 제 편이 될 것이라 믿었다.

그런데 아니었나?

이유의 볼을 타고 뚝 눈물이 떨어져 내렸다.

"그래…… 믿지 못한다."

"……."

"나를 죽이려 한 윤서학의 딸…… 윤아영을 믿지 못해."

약손의 금 간 심장이 쩍쩍 부서져 내렸다.

\*

상소가 빗발쳤다.

왕실의 근간을 흔들고 지존을 기만한 대역죄인 여약손을 참하라는 내용이었다.

"전하, 의빈 여씨는 과거 주상 전하의 목숨을 위협한 윤서학의 여식이 아니옵니까? 악한 피는 결코 속일 수가 없는 법! 그간 뱀의 요사스러운 혀로 주상 전하의 안정眼精을 흐리고 신총宸聰을 막았으나 더 이상은 불가하나이다."

"이 나라 만백성의 어머니이신 중전마마와 배 속 아기씨의 목숨까지 거두려 했나이다. 이는 그 무엇으로도 덮을 수 없는 죄악이옵니다. 부디 의빈 여씨를 폐하여 이 나라 종묘와 사직의 근간을 바로잡으소서!"

"바로잡으소서!"

사간원과 사헌부, 홍문관의 관서들 또한 한마음 한뜻이었다.

그만큼 약손의 죄질은 무거웠다. 일전에 성별을 속였던 것과는 비교할 수도 없는 수준이었다. 약손은 대역죄인의 자식임을 속이고도 주상 전하에게 접근한 요부였으며, 중전과 배 속의 아기까지 스스럼없이 죽이려한 나찰이었다.

용상에 앉은 이유가 무심한 얼굴로 상소를 펼쳤다.

약손을 참형하라, 능지처참하라, 목을 베어 효수하라…….

한양은 물론이고 지방 유생들마저 똑같은 이야기를 했다. 원래대로라면 올라온 상소문에 비답(批答: 임금이 상소문의 말미에 적는 대답)을 해야 했지만 아직 이유는 아무 말이 없었다.

편전의 모든 관료들이 약손을 폐하고 목숨을 거두라 주장할 때 오직 한 사람, 권람이 반기를 들었다.

"다들 어찌 그런 말씀을 하십니까? 비록 의빈의 죄가 크나 의빈이 소명 공주와 의자매라는 사실을 모두 잊으셨습니까? 의빈의 친정은 명나라 황실이옵니다. 의빈을 참한다면 명나라 공주가 조선에 시집와 목숨을 잃은 것과 마찬가지인 격인데, 행여 훗날 이 일로 인해 곤란해지거나 꼬투리 잡힌다면 경들은 책임질 수 있습니까?"

"말도 안 되는 소리! 의빈은 주상 전하를 독살하려다 발각된 윤서학의 자식일 뿐이오! 대역죄인의 피를 이어받은 역적 중의 역적이거늘 어디 죄인을 명나라 황실과 연관 짓습니까? 그것이야말로 명나라를 욕보이는 짓입니다."

유응부와 권람이 대립했다. 약손의 집안을 따져 보자면 권람의 말이 옳긴 옳았다. 비록 황제가 직접 약손을 수양딸 삼은 것은 아니지만, 소명 공주가 저의 동생으로 삼겠다 선포했으니 필경 황실의 일원임은 맞았다.

하지만 주상 전하와 중전, 배 속의 아기까지 죽이려한 증거 또한 명백했다. 설사 약손을 죽인다 한들 명분에 위배되는 부분은 전혀 없었다. 솔직히 말하자면 지금 약손을 폐하자고 주장하는 이들은 훗날 명나라와의 다툼과 후환을 이겨 낼 자신이 어느 정도는 있는 것이었다. 편전에 모인 신료들 대부분이 유응부의 주장에 공감했다. 권람은 마지막 패를 내보이는 수밖에 없었다.

"좋습니다. 의빈의 친정에 관한 부분은 차치하고 이야기해 봅시다. 그렇다고 해도 의빈의 목숨을 이토록 쉬이 앗아 갈 수는 없을 것입니다."

"그게 무슨 말이오?"

유응부가 의아한 얼굴로 물었다. 제아무리 유응부, 제아무리 수완 좋은 성삼문이라도 이번만큼은 내 말에 반대하지 못하리라…… 권람이 쐐기 박듯 단호하게 말했다.

"흑각(黑角: 검은 물소의 뿔)!"

권람 저자가 지금 뭐라고 떠들었지? 의빈에 관한 말을 하는 중에 그 무슨 뚱딴지같은 소리야? 흑각이 갑자기 왜 나와? 다들 영문을 모르는 표정을 지었다. 편전의 한편에서 묵묵히 침묵하던 성삼문 또한 권람을 바라봤다.

"다들 모르셨습니까?"

권람이 입술 한쪽 끝을 빙긋 올리며 편전 안 대신들의 얼굴을 하나하나 빠짐없이 살폈다. 권람이 소매 안에서 한 장의 문서를 꺼냈다.

"의빈마마께옵서는 명나라에 흑각 수입 허가서를 받아 내셨습니다."

"뭐, 뭐라?"

세상에! 의빈이 명나라에서 흑각 수입권을 허락받았다는 말인가? 관료들은 물론이고, 성삼문, 아니 이유조차 깜짝 놀랄 엄청난 사건이었다. 단언컨대 왕실이 들썩이고도 남을 이야기였다.

"권람은 자세히 고하라!"

이유가 명하자 권람은 저가 가져온 허가서를 이유에게 내보였다.

*

때는 바야흐로 약손이 소명 공주를 처음 만나 한양에 돌아오기로 결심했을 때였다.

주상 전하와의 이별은 맹세컨대 배 속의 내장이 끊어지는 듯 아프고 또 아팠다. 눈이 멀고, 귀가 먹고, 혀가 잘려도 이보다 고통스럽지는 않을 터였다. 약손도 보통의 사람이기에 이루어지지 않는 사랑을 비관한 나머지 진지하게 자결을 고민하기까지 했다.

주상 전하를 볼 수 없다면, 차라리 죽는 게 나아!

실제로 약손은 몸을 던지기 위해 높은 벼랑 끝에 서 본 적도 있었다. 그래서 어떻게 됐냐고? 발아래가 너무 아찔하고 무서웠다. 가뜩이나 약손은 높은 곳을 무서워하는 공포증을 앓고 있기도 했다. 강무 때 주상 전하와 떨어진 경험만으로도 충분했다.

강물에 몸 던지기? 물속에 자맥질하여 숨을 참아 봤는데 물에 빠져 죽는 일은 너무 고통스러웠다. 숨 못 쉬는 동안 진짜 죽는 줄 알았다. 폐부가 찢어지는 줄만 알았다.

그렇다면 혀 깨물기? 잇새로 혀를 살짝 깨물어 봤는데 너무 아팠다. 피만 보일 정도로 살짝 깨물어도 아파 죽겠는데, 대체 어떻게 혀를 깨물어 죽는단 말이야? 그것도 스스로!

험준한 산맥에 올라가 호랑이 밥되기는 산꼭대기까지 오르는 게 너무 힘들고, 불에 타 죽는 화형? 생각만으로도 끔찍했다.

마음속으로는 벌써 열두 번도 더 자결했다. 하지만 안타깝게도 약손은 너무 겁이 많았고, 여차 저차 하다 보니 죽을 용기로 차라리 살게 됐다. 그리고 이대로 죽기에는…… 성천도호부의 옥 광산이 너무 아깝잖아!

'그러지 말구, 우리 막내도 한양에 함께 가자꾸나. 언니들이 전부 한양 가는데 우리 막내만 쏙 빠질 테냐? 자매는 떨어질 수 없어. 살아도 함께 살고, 죽어도 함께 죽는 거야!'

사실 약손은 소명 공주의 제안이 거추장스러웠다. 저가 목숨 구해 줘서 감명 받은 건 알겠는데, 그렇다고 해서 죄인의 몸인 저가 또다시 한양에 가는 것은 말도 안 되는 일이었다. 아무리 의자매라도 공과 사는 엄격히 지켜야 해!

약손이 돌아서려 했다. 하지만 그때 소명 공주가 약손을 붙잡았다.

'흥! 그깟 성천도호부 따위? 이리 와보렴. 내 한 가지 제안을 할 테니.'

마차에 오른 소명 공주가 손을 까딱였다. 약손은 영 내키지 않은 표정으로 마차 앞에 섰다. 소명 공주가 들창 밖으로 몸을 빼어 약손의 귓가에 뭔가를 작게 속삭였다. 약손의 눈이 휘둥그레졌다.

'차, 참, 참말이십니까?'

'자매에게는 거짓말 안 해.'

약손은 더 망설일 것도 없이 소명 공주와 한양에 가기로 결심했다. 성천도호부가 눈에 아른거린다는 둥, 성천도호부의 진정한 주인은 나라는 둥. 그놈의 성천도호부, 성천도호부 노래를 부르던 약손이 급작스럽게 마음 바꾼 까닭은 과연 무엇이었을까?

복금과 수남이 내내 궁금해했지만 사실은 별거 없었다. 소명 공주의 제안은 아주 간단했다.

'나를 따라오렴. 그게 무엇이든, 성천도호부의 백배, 아니 천배! 그 이상의 재물을 네게 준다고 약속하마.'

성천도호부의 옥광산만 가져도 평생을 떵떵거리다 못해 그 대대손손까지 부귀영화 누릴 만한 수준이었다. 한데 그 백배, 천배라 함은 대체 얼마나 대단한 부귀인 걸까? 상상도 못 했다. 가늠되지도 않았다.

약손이 앞뒤 가리지 않고 한양으로 돌아올 만도 했다.

'내가 동생에게 줄 선물의 조건은 두 가지네. 성천도호부의 옥광산과는 비할 바 없는 부귀. 위험천만한 궐에서 스스로의 목숨을 지킬 수 있을 만큼의 중요한 영화.'

'……예? 그런 선물이 있습니까?'

'그럼, 있고말고. 다만, 그 선물은 자네가 직접 찾아내야 할 거야. 찾는다면 그땐 내게 서찰을 보내.'

총명한 약손은 드디어 그 선물을 골라냈다. 그것은 다름 아닌 '흑각'이었다.

'흑각을 쉬이 구할 방법만 있다면 참으로 좋을 텐데…….'

흑각궁을 멋지게 쏘아 날리는 이유의 아쉬움 가득한 말에서 해답을 찾아낸 것이었다.

조선은 예로부터 활을 잘 쏘기로 유명했다. 특히 고구려와 신라 사람들의 뛰어난 활 솜씨는 당나라 황제마저 탐했다는 기록이 전해질 정도였다. 하지만 모난 돌이 정 맞는다는 말마따나 조선인의 독보적인 활 솜씨는 주변국에게 위협으로 다가올 수밖에 없었다.

조선의 병기 중의 병기로 꼽히는 흑각궁. 명나라는 교활하게도 흑각궁의 핵심 재료가 되는 물소의 뿔, 즉 물소가 혹독한 날씨를 가진 조선에서 생존하지 못하는 것을 이용했다. 조선은 어쩔 수 없이 물소 뿔을 명나라에서 수입할 수밖에 없었다. 명나라는 물소 뿔을 전시용품으로 분류하여 1회 거래당 최대 50부를 넘지 못하게 했다. 저들이 미천하다고 얕본 고구려에게 크게 패한 수나라, 당나라를 이긴 신라의 기백을 결코 잊지 못하기 때문이었다.

더군다나 그나마 근근이 이어지던 수입은 세종 때에 명나라가 흑각 무역을 제한하면서 완벽하게 막힌 상태였다. 흑각을 구하기란 그야말로 하늘의 별따기와 다름없었다.

그런데 뭐라? 의빈이 명나라에 흑각 수입 허가서를 받아 냈단 말이야? 그 누구도 예상치 못한 일이었다.

다만, 딱 한 사람. 소명 공주만큼은 앞으로 약손에게 펼쳐질 위험을 예상했나 보다. 비록 저와 의자매를 맺었다는 사실만으로 의빈의 자리까지 부득불 올려 주었지만, 어차피 소명 공주 본인은 곧 이 나라를 떠날 사람이었다. 어쩌면 약손과 소명 공주는 두 번 다시 만나지 못할 수도 있었다. 소명 공주는 제 목숨 살려 준 빚을 갚았으나, 앞으로의 고난을 헤쳐 가는 것은 오롯이 약손 혼자만의 몫이 될 터.

하지만 본래 신분도 비천하고, 궐에 이렇다 할 세력도 딱히 없는 여약손이 어찌 이 험난한 궁궐에서 살아남을 수 있을까? 약손 없이는 죽고 못 산다는 왕 이유를 믿는가? 턱도 없는 소리였다.

길가에 수두룩하게 쌓인 개똥만도 못한 것이 왕의 총애였다. 사내에게 순정이 어디 있어? 그저 예쁜 여인 보면 눈 돌아가는 얄팍한 마음이 그네들이 말하는 순정이지. 사내를 믿느니 옆집의 수캐를 믿는 것이 나았다.

소명 공주는 드넓은 명나라에서 수많은 물건을 팔아 치우며 명실공히 황제 못지않은 재력을 축적하는 자였다. 여러 종류의, 듣도 보도 못한 물품을 팔았지만 이번에 새로이 손 뻗는 분야가 한 가지 있었다.

그것은 바로 전략 물자 중의 하나인 흑각黑角이더라.

명나라뿐만 아니라, 조선과 왜, 섬라와 진랍국 등 외국에까지 영향력을 떨칠 수 있으려면 나라의 국운이 달린 전략 물품을 거래하는 것보다 더 좋은 방법은 없었다.

다만, 각 나라에서 거래를 믿고 맡길 만한 인물을 뽑아내는 것이 가장 중요했다. 소명 공주가 괜히 그 먼 길 지나 시간과 공을 들여 조선에까지 사신으로 왔겠는가? 소명 공주의 목적은 확실했다. 흑각의 무역을 맡길 만한 믿음직스러운 자를 찾아내는 것. 이역만리 떨어져 있는 저가 조선 왕실에 무시 못 할 영향력을 행사할 수 있게끔 만들어 줄 수 있는 자를 찾아낼 것.

한데 그 조건에 여약손보다 더 제격인 사람은 없었다.

만약 약손이 저가 수수께끼처럼 내놓은 선물을 찾아내지 못한다면 어쩌나 싶었는데, 역시 사람 잘못 보지 않았다. 행여나 약손이 인삼이나 비단을 달라 했다면 실망했겠지만 용케 약손은 부귀는 물론이고, 제 한 목숨 영원토록 부지할 수 있는 가장 효과적인 무기 '흑각'을 골라냈다.

조선에서 가장 중요하게 생각하는 흑각 무역권을 가진 자를 감히 누가 얕볼 수 있단 말인가? 그것은 명나라 황실을 친정으로 가졌다는 배경, 명나라 공주와 의자매를 맺은 관계보다 더 강력한 효과를 발휘했다.

소명 공주의 혜안은 적중했다. 영원히 아껴 주고 은애하겠다는 이유의 마음은 차갑게 식었고, 왕실의 신료들은 약손을 잡아 먹지 못해 안달이었다. 그야말로 바람 앞의 촛불, 당장 죽는다 해도 하등 이상하지 않을 약손은 소명 공주의 선물인 흑각 덕분에 가까스로 위기를 벗어날 수 있었다.

"……참으로 영악하기 그지없구나."

이유가 권람이 내민 흑각 허가서를 뚫어지게 응시했다. 명나라 황실의 직인과 약손의 직인이 선명했다. 어쩔 수 없었다. 약손이 중전과 배 속의 아기, 아니 이 왕실에 존재하는 사람들 전부를 독살하려 했다 해도 이제는 그 누구도 쉬이 약손의 목숨을 거둘 수는 없었다.

왜냐하면, 약손은 명나라에서 흑각을 수입할 수 있는 전권을 가진 유일무이한 존재였기 때문에.

한참 생각에 잠겼던 이유가 말했다.

"의빈의 죄질이 사악하기 그지없으나 그간의 공로를 생각하여 목숨만은 거두지 않겠다. 다만 의빈의 봉작을 폐하고, 개성부로 유배할 것이다. 행장을 꾸리는 데는 이틀을 허할 것이니 당장 행하도록 하여라."

*

"중전마마, 거 보세요. 제 말이 맞죠? 의빈 처음 봤을 때 인상이 쎄하다 했습니다. 아니, 눈빛 자체가 이상하더라니까요? 여자의 직감을 괜히 무섭다 하는 게 아닙니다. 어쩜, 집안 자체가 더러운 피인 것을…… 의빈 아버지가 원래 주상 전하를 담당하던 어의였다죠? 주상 전하를 독살하려다가 발각되어 멸문한 줄 알았다더니만…… 안 봐도 뻔합니다. 제 아비의 복수를 하고자 입궐한 것이 틀림없어요. 주상 전하를 유혹한 것도 계획의 일부였을 걸요? 가증스러운 계집 같으니…….”

아무리 욕을 해도 부족했다. 눈앞에서 소중한 사람을 잃을 뻔했던 난희로서는 당연한 반응이었다. 의빈에 대한 험담을 삼가라던 중전 또한 이번에는 타박하지 않았다. 의빈이 제 목숨을 노렸다는 사실을 알았는데도 화나지 않는다면 그것이야말로 거짓이었다. 심씨 역시 몹시 속이 상하고 분했다.

비록 한 남자를 사이에 두고 살아가야만 하는 형편이라지만, 어쨌든 이 드넓은 궁궐에 주상 전하의 여인이라고는 약손과 심씨 단둘뿐이었다. 세간의 사람들은 둘이 정반대 입장에 있는 사람, 평생을 미워하고, 욕하고, 물어뜯으며 살아가야 하는 사람이라고 여겼지만 정작 심씨는 그렇게 생각하지 않았다.

자의든 타의든 구중궁궐 깊은 곳에서 살아가야만 하는 처지. 어차피 일생의 전부를 주상 전하만 신경 쓰며 살 수도 없는 노릇이었다. 나름의 즐거움과 취미를 찾아야만 이 답답한 궁궐 생활을 버틸 수 있었다.

그 말인즉, 약손과 심씨는 어쩌면 세상에서 가장 마음이 잘 맞는 친구가 될 수도 있었다는 뜻이다.

심씨는 약손을 적 아닌 벗으로 대했다. 그러려고 노력했다. 하지만 순진한 생각이었다. 약손을 믿은 대가는 참혹했다. 중전은 스스로의 목숨뿐만 아니라 어렵게 얻은 배 속 아기의 목숨까지 잃을 뻔했다.

“앞으로는 그 무엇도 함부로 자시면 안 됩니다. 수라는 물론이고, 물 한 모금도 전부 기미하셔야 해요. 아시겠어요?”

“알았다 하지 않았느냐…….”

난희는 영 마음이 놓이지 않는 모양이었다. 벌써 수십 번째 같은 내용의 당부를 반복했다. 우리 마음 약한 중전마마 지켜드릴 사람은 나뿐일지어니! 마마와 배 속의 아기씨는 내가 지킬 것이야! 난희가 다시 한번 다짐하며 각오를 다졌다.

그때, 박 상궁이 처소 안으로 서둘러 들어왔다.

"중전마마, 주상 전하께옵서…… 전하께옵서 드신다 하옵니다."

"주상 전하께서?"

심씨가 의아한 표정을 지어 보였다. 이유는 관상감에서 받은 합방 일을 제외하면 단 한 번도 따로 중전을 찾아온 적이 없었다. 주상 전하께서 웬일이시지? 심씨는 그저 어리둥절할 뿐인데 난희는 일찌감치 상황 파악을 끝냈다.

"전하께옵서도 마마가 심히 걱정되셨나 봅니다. 거 보십쇼! 사내들 다 똑같아요. 주상 전하도 마찬가지구요! 배 속에 자식 생겼다는데 모를 척할 리가 있겠습니까? 인간 망종 아니고서는 그럴 사내 없지요!"

세상의 수많은 부부들이 지지고 볶고 다투면서도 살아가는 까닭이 무엇이겠는가? 바로 정 때문에, 자식 때문이었다. 난희는 필경 주상 전하가 드디어 중전과 배 속의 아이에게 관심을 보이는 것이라 여겼다.

"제가 이럴 때가 아닙니다. 저는 어서 일어나겠습니다."

"벌써 가려고?"

"그럼 죽치고 있을까요? 주상 전하와 중전마마의 오붓한 시간을 방해하고 싶지 않습니다. 중전마마! 또 오겠나이다. 내일 다시 올게요!"

난희가 황급히 교태전을 빠져나갔다.

박 상궁의 말대로 곧 이유가 교태전에 들었다. 합방 날짜를 제외하고 찾아온 적은 처음이라 심씨는 아직도 낯설었다. 난희는 주상 전하와 오붓한 시간 보내라 농담했지만 오붓함은커녕 영 불편하기만 했다. 약손과 있었던 일 때문에 심씨는 별다른 치장도 하지 않고 자리보전한 채였다.

"전하, 송구합니다. 미리 언질 주셨으면 맞이할 준비를 하였을 텐데……."

심씨가 서둘러 자리에서 일어나려 했지만 이유가 손을 들어 만류했다.

"몸도 좋지 않은데 예의 차릴 것 없습니다. 기별도 없이 찾아온 것은 내 쪽이니."

"……."

이유가 냉랭하게 대답했다. 과연 이것이 아이까지 들어선 부부가 나누는 대화가 맞단 말이더냐? 내외하는 남녀만도 못 했다. 깍듯하게 거리 두는 심씨와 이유의 모습은 어색하고 불편하기 그지없었다.

"일전의 일로 많이 놀랐을 텐데…… 지금은 괜찮소?"

"전하께옵서 염려해 주신 덕분에 신첩은 무탈하옵니다."

심씨가 손바닥으로 배를 감쌌다.

"……."

이유가 그런 심씨의 얼굴을 뚫어질 듯 바라보았다. 사실 이유의 시선은 교태전에 들어서던 순간부터 심씨에게서 단 한순간도 떨어진 적이 없었다. 심씨는 난희가 두고 간 아기 옷을 정리했다.

"……그것은 무엇입니까?"

"예?"

심씨가 고개를 들어 이유를 마주 봤다. 이유가 심씨 손에 들린 옷가지를 가리키자 심씨가 얼굴을 붉히며 대답했다.

"배냇저고리입니다. 거북이를 가까이하면 아기가 잔병치레하지 않는다기에…… 수를 놓고 있었어요."

"……."

저고리뿐만이 아니었다. 포대기와 깔개, 신발에까지 복수초며 모란 따위의 수가 가득했다. 모두 아기의 순산과 건강, 다복을 비는 상징물이었다. 한데 어째 이유의 반응이 석연치 않았다. 심씨가 갖고 있던 수통 안의 갖가지 아기 용품을 보는 순간, 할 말을 잃은 듯했다.

아주 잠깐 무언가 말하려 했지만 이내 합 입을 다물고 말았다. 물론 아기 저고리에 온 신경이 팔린 심씨는 그런 이유의 반응을 미처 알아채지 못했다.

"아기 용품……."

"예, 도제조 영감의 말에 의하면 다행히 아기는 다친 곳 없이 무사하답니다. 놀라기는 했어도 저 혼자 잘 먹고, 잘 놀고 있으니 염려 놓으라 하였나이다. 참 다행이지요?"

"……."

"난희가 아기 신발을 선물로 주고 갔는데…… 엄청 작습니다. 심지어 제 손바닥보다 작아요."

"……."

"전하께옵서도 한번 보시겠습니까?"

"……."

늘 조용한 심씨가 이토록 많은 말을 하는 것은 실로 처음 봤다. 심씨는 난희가 선물했다는 신발, 두건, 손수건, 손싸개까지 바닥에 어지럽게 늘어놓았다. 이유가 저의 이야기를 듣든 말든, 아는 체를 하든 말든 혼자서 쉼 없이 중얼거리는 수준이었다.

"중전……."

"참 작고 앙증맞지요? 언제쯤 이 신발을 신고 걷게 될까요? 장난감을 가지고 놀 수 있기는 할까요?"

딸랑이로 만든 은종이 심씨의 손에서 짤랑거리며 맑은 소리를 냈다. 그런 심씨를 보는 이유의 얼굴에 뜻을 알 수 없는 그늘이 졌다. 이제 보니 이유의 눈 밑은 시커멓고 입가에는 허옇게 살갗이 올라와 있는 상태였다. 안색도 별로 좋지 않은 것으로 미루어 짐작할 때 몹시 피로한 듯했다.

"중전!"

이유가 조금 전보다 좀 더 힘 있고 큰 소리로 심씨를 불렀다. 한참 제 세상에 빠져 있던 심씨는 그제야 퍼뜩 정신을 차렸다.

"예? 부르셨습니까, 주상 전하?"

"……."

이유가 나직하게 한숨을 내쉬었다. 까닭은 알 수 없지만 한편으로는 굉장히 지친 것도 같았다. 대체 무엇 때문에?

"이제 그만…… 제발 그만하시오."

"……."

이유는 그 한마디를 남기고 교태전을 떠났다.

홀로 남은 심씨가 배를 쓰다듬었다. 아직 달수가 차지 않아 조금도 부풀어 오르지는 않았지만 그래도 심씨는 배 속에 잉태된 생명의 존재를 충분히 느낄 수 있었다.

"아가야…… 전하께서 왜 그러는지 모르겠다. 기분이 안 좋으신가 봐. 편전에서 많은 업무를 보아 그러시겠지. 그래도 너무 서운해 하지 말렴. 주상 전하께옵서는 표현은 안 해도 본래는 따뜻한 분이셔. 너를 만나고 싶어 매달 이 어미에게 탕약까지 지어 보내 주셨단다."

중전이 배를 다독였다. 어쩐지 배가 묵직해진 듯했다. 그 무게를 인식할 때마다 심씨 내면의 보호 본능 또한 강하게 고개를 쳐들었다. 심씨는 이제야 난희의 조언이 옳았음을 깨달았다.

애초에 의빈과 잘 지낼 수 있을 것이라 믿었던 저가 어리석었다. 상대는 손에 시퍼렇게 날 선 칼을 쥔 자인데, 언제든 내 목을 조를 자였는데. 행여나 독이 들어 있던 그 치자 차를 저가 마셨다면 어떻게 됐을까? 지금쯤 심씨는 물론이고 배 속의 아기까지 이 세상 목숨이 아닐 터였다.

"하지만 너무 걱정하지 마. 무슨 일이 있어도 이 어미가 너를 지켜 줄 테니까…… 너는 아무 걱정하지 않아 돼……."

심씨가 배를 감쌌다.

*

머나먼 개성부까지 가는데 행장은 단출하기만 했다.

궤짝에 그득 쌓아 놓았던 온갖 화려하고 값비싼 재물, 약손은 그런 물건 하나도 가져오지 않았다. 약손에게 재물을 몰수한다는 명이 따로 떨어지지 않았음에도 불구하고 정말이지 약손은 단 한 개도 챙기지 않았다.

여벌의 옷이 세 벌, 신발이 두 켤레, 틀어 묶은 머리를 고정할 목비녀가 전부였다. 약손은 가락지 하나조차 끼지 않았다.

도성을 떠나기 전, 약손은 칠봉의 묘에 들렀다. 복금과 수남이 약손을 개성부까지 데려가는 관원에게 온갖 사정을 하고, 금덩이 하나 몰래 건넸기에 가능한 일이었다. 처음엔 억만금을 줘도 절대 그럴 수 없다며 딱 버티더니만 역시 재물 앞에 장사 없지. 관원은 금덩이를 받고 나서야 딱 한 시진 머무르는 것을 허락해 줬다.

장례 치른 지 얼마 안 된 봉분에는 아직 풀 한 포기도 돋아나지 않은 상태였다.

"……."

약손은 그 앞에 엎드려서 한 번을 일어나지 않았다. 딱히 소리를 내지 않으니 우는지 웃는지 알 수 없었지만, 바닥에 철퍼덕 엎드린 등이 몹시 작고 말랐다는 것은 그 누구도 부인할 수 없었다.

"이제 그만 갑시다. 해 떨어지기 전에 가야 할 것 아니야!"

관원이 툴툴거렸다.

"저 인간! 금덩이를 줬는데도 패악이네, 패악이!"

수남이 중얼거리며 관원을 욕했지만 더 지체할 수만은 없었다. 미어지는 가슴을 붙잡고 약손을 불렀다.

"의빈마마, 이제 그만 가셔야 하옵니다. 일어나시옵소서……."

아니, 사람 인생 한 치 앞을 볼 수 없다지만, 정말 이럴 수가 있나? 주상 전하도 그래. 약손이 좋다고 그렇게 유난을 떨 땐 언제고 이제 와서 사람을 내쳐? 이렇게 팽할 수 있는 거야?

수남은 차마 입에 다물 수도 없는 온갖 저주를 주상 전하에게 다 퍼부었다. 그래도 속은 풀리지 않았다. 제 아버지 무덤 앞에 엎드려 있는 약손의 처지가 가련했다. 복금은 훌쩍 눈물을 훔치고 말았다.

"예…… 가겠습니다."

드디어 약손이 몸을 일으켰다. 눈물범벅 된 줄 알았는데, 의외로 약손은 무덤덤한 얼굴이었다. 피곤에 절은 눈에 핏줄이 터져 충혈됐을 뿐, 딱히 울었던 흔적은 찾아볼 수 없었다.

"아부지, 나 가."

이별의 말은 단 그뿐이었다.

친아버지의 원수를 갚기 위해 부러 궐에 들어와 주상 전하를 유혹한 요부가 된 약손. 자신의 목적을 달성하기 위해서라면 길러 준 아버지의 목숨도 스스럼없이 거둔다는 오명을 뒤집어쓴 약손.

권세란 게 참으로 부질없었다. 사랑은 더욱더.

한때는 평생을 은애하겠다 굳은 맹세 나눈 이유에게까지 이토록 무참히 버림을 받고 말았으니까.

약손은 주상 전하 계신 곳을 향해 절을 한다거나, 저가 두고 온 부귀영화에 미련이 남아 돌아보는 행동 따위는 결코 하지 않았다.

묵묵히 앞만 보고 걸을 뿐이었다. 죄인 여약손이 가야 할 최종 목적지인 개성부를 향해.

실로 약손은 단 한 번도 뒤돌아보지 않았다.


[3]

보통 유배형은 사형 다음으로 무거운 형벌로 여겨진다.

공동체 생활을 기반으로 삼는 조선 사회에서 유배형은 공동체로부터의 배제를 의미했기 때문이다. 권세를 가진 죄인은 유배 가는 길에 가족은 물론이고 첩, 기생, 온갖 선물까지 챙겨 간다지만 그렇다 해도 사회에서 추방당했다는 불명예까지 감춰지는 것은 아니었다.

사람이되, 사람 구실을 할 수 없게 만드는 형벌. 그것이 바로 유배형이 의미하는 가장 큰 목적이었다.


약손의 유배지는 송악산이 보이는 작은 마을이었다.

절도안치(絶島安置: 죄인을 육지에서 멀리 떨어진 섬에 보내

유형을 치르도록 하는 일)가 아니라서 천만다행이라고 여겼는데, 웬걸.

약손과 목 상궁, 복금, 수남은 높은 산에 오르다가 진실로 이세상 하직할 뻔했다. 마을이 위치한 봉명산은 비록 송악산보다 낮기는 해도 험하기로는 더하면 더했지 못하지는 않았다. 먹거리를 구하기 위해 장에라도 한번 가려면 거의 목숨 걸고 산을 타야 하는 수준이었다.

주상 전하, 그렇게 안 봤는데 이제 보니 엄청 독한 분이구나.

암만 사람이 미워도 그렇지, 살 맞대고 산 세월이 있는데 어쩜 이렇게 첩첩산중에 약손이를 보낼 수 있어?

마을에 온 첫날, 수남은 주상 전하를 향한 원망의 말을 줄줄 쏟아 냈다. 웃전 능멸이고 나발이고 상관없었다. 어차피 한양과 개성은 엄청나게 멀었고, 수남의 험담이 궁궐까지 전해질 리도 없었다.

심지어 약손이 머물러야 할 거주지는 거의 폐허처럼 허물어져 가는 초가집이 전부였다. 대체 짚을 언제 얹었는지 지붕에서 쥐며 지네가 끊임없이 떨어져 내려서 수리를 하느라고 꽤나 애먹었다. 거미줄을 걷어 내고, 허물어진 담 다시 쌓은 후에야 약손 일행은 겨우 집 안으로 들어갈 수 있었다.

지칠 대로 지친 일행이 마루에 앉아 산 아래를 내려다보았다. 저 멀리, 한때는 찬란했으나 지금은 텅 비어 버린 옛 사직의 왕궁 터가 보였다.

부처님 말씀 하나도 틀린 게 없구나.

사람 인생은 어차피 공수래공수거空手來空手去더라. 월당에서 오순도순 모여 살며 남부럽지 않게 살던 일은 모두 꿈만 같았다. 이제 그들은 전부 빈손이었고, 남은 것은 허무밖에 없었다.

하지만 과거의 좋은 날을 떠올려 무엇 하리. 다시는 돌아갈 수도, 돌이킬 수도 없는 것을. 약손 일행은 곧 봉명산의 유배 생활을 조금씩, 조금씩 적응하기 시작했다.

*

복금은 땔감을 구하러 가고, 수남과 목 상궁은 장에 가기 위해 동트기도 전에 떠난 후였다. 집 안에 남은 사람은 약손 혼자뿐이었다. 부엌 청소하고, 걸레로 방을 닦아도 시간은 지루할 만큼 더디게 흘렀다. 뭐 더 할 건 없나 집 안을 둘러볼 때, 바구니에 한가득 쌓인 빨랫감이 보였다. 어찌 의빈마마께서 이런 궂은일을 하느냐며 목 상궁이 언제나 빨래는 복금과 수남의 몫으로 돌렸다.

약손도 그 사실을 알고 있었지만 집 안에 마냥 갇혀 있기는 영 재미가 없었다. 약손이 빨랫감을 머리에 이었다. 정수리에 수건 한 장 대고 얹으니까 나름대로 중심이 잘 잡혔다.

약손이 탱자나무 가시가 둘레둘레 돌린 문을 열어젖혔다. 집 주변에 가시를 꽂아 놓은 것은 이곳이 죄인의 집임을 나타내는 표식이었다. 하지만 아무리 죄인이라 해도 자신이 사는 마을 정도는 자유롭게 돌아다닐 수 있었다. 점고(點考: 고을에서는 한 달에 두 차례씩 죄인이 도망하지 않도록 확인하는 일)도 불과 이틀 전에 했으니 딱히 문제될 게 없었다.

약손이 빨래를 머리에 이고 근처에 있는 냇가를 향해 걸어갔다. 따뜻한 바람이 살랑살랑 불어와 약손의 목을 스쳐 지나갔다.

냇가에는 여인들의 수다가 한창이었다. 대체 무슨 이야기를 그리 재미있게 하는지 왁자지껄한 웃음이 끊이질 않았다. 약손은 선뜻 여인들 빨래 무리에 끼지 못하고 그 주변만 맴맴 돌다가 한참 후에야 겨우 냇가 맨 구석에 자리를 잡고 앉았다.

아이들 속 썩이는 일, 친정 엄마 병환, 밤이면 죽은 듯 잠만 자는 고개 숙인 남편…… 여인들의 수다는 도무지 끝이 없었다. 게다가 입담은 어찌나 걸걸한지 몰랐다. 산전수전 다 겪은 여인들의 음담패설은 감히 대적할 자가 없었다.

"아니, 어깨만 번듯하면 뭘 하냐고. 밤에는 자빠져 잠만 자는데…… 홍수에 마실 물 없다더니만 허우대만 멀쩡해! 허우대만! 불알만 한 바가지였던 것을, 내가 그걸 모르고 깜빡 속아서……."

땅땅땅땅!

빨래를 내려치는 여인의 방망이 소리가 거칠어졌다. 가감 없이 제 남편 흉을 보는 통에 약손 또한 웃음을 참기 위해 어금니를 꽉 물어야 할 지경이었다.

한바탕 남편 욕을 하고 나자 이번에는 얘깃거리가 나라님에게로 옮겨 갔다.

"주상 전하 성격이 보통이 아닌가 봐. 형님도 죽이고, 동생도 죽이고, 멀쩡한 조카까지 내치고 저가 왕 하겠다는 거잖아."

"이번에는 후궁까지 내쫓았다네?"

"왜?"

"왜긴 왜야. 사내놈 맵시가 갈대 같아서 지 수틀리니까 쫓은 거겠지. 조기, 댓바위 뒷집에 사는 사람들이 바로 그 쫓겨난 후궁이래!"

"봤어?"

"가시울타리 쳐놔서 보지는 못했지."

"어이구, 궐에서 살던 사람이 여서 어떻게 살아? 누추해서 못

살 것인데?"

"모르긴 몰라도 손에 물 한 방울 안 묻혀 봤겠지?"

"말이라구 해? 암만 후궁이 우리처럼 빨래하고 밥 지을까. 손 하나 까딱 안 해봤을 거야."

"그 후궁도 참 불쌍하네. 세상에 깔린 게 사낸데 하필이면 왕이랑 배를 맞춰서 이 사달을 냈을까? 지 팔자 지가 꽜어."

"남자 하나 잘못 만나서 이게 무슨 난리야?"

"왕이 썩을 종자지."

여인들이 하나같이 입을 모아 이유를 욕하고 쫓겨난 후궁을 동정했다. 약손은 은근히 신이 났다. 저가 하고 싶은 말, 동네 여인들이 전부 다 해주고 있는 것이 아닌가?

약손은 저도 모르게 맞장구를 쳤다.

"맞아요! 왕이 썩을 종자예요! 전부 다 왕이 잘못한 거예요!"

땅땅땅!

약손이 방망이를 두드렸다. 세상 그 누구보다 호쾌한 목소리에 여인들의 시선이 약손에게 쏠렸다.

"⋯⋯누구슈?"

난생처음 보는 낯선 사람의 등장에 여인들의 눈초리가 자연스럽게 뾰족해졌다. 원래는 이야기만 몰래 숨어 듣다가 빨래 마치면 집에 죽은 듯이 돌아가려고 했는데⋯⋯. 더불어 이유 욕하다가 원치 않은 관심까지 받게 됐다. 하여간 이유! 하여간 왕! 내 인생에 도움이 안 돼! 내 인생의 가로막길!

아무튼 이유 원망은 원망이고, 지금 약손은 여인들에게 저의 정체를 밝혀야만 했다.

"처음 보는데, 누구냐니깐?"

여인이 재차 물었다. 말꼬리가 삐쭉 올라간 게 약손을 경계하는 눈치였다. 이게 바로 외지인을 향한 토착민의 텃세라는 것인가……

약손이 우물쭈물 대답을 망설였다.

"조기…… 동산 위에 뒷집 사는 사람인데요……"

약손의 눈이 데구루루 굴렀다 어머어머! 댓바위 뒷집이래! 여인들이 박수를 쳤다.

"그 집 살아? 댓바위 뒷집?"

"……네."

여인들이 무척이나 놀란 듯 입을 쩍 벌렸다. 노골적으로 티는 안 내도 왕한테 밉보여 쫓겨났다는 후궁인가 뭔가가 산대서 엄청 궁금했는데 오늘에서야 그 실체를 마주하게 된 것이었다.

"하면, 그쪽이 바로……"

여인들이 약손의 머리부터 발끝까지 세세하게 훑어봤다. 약손은 장에 팔려온 소가 된 기분이었다. 이렇게 된 이상 어쩔 수 없지. 약손은 자신의 존재를 여인들에게 솔직하게 말하기로 했다.

"예, 맞습니다. 제가 바로 그 쫓겨난 후궁……"

"후궁의 몸종이구나? 빨래하러 온 거야?"

"……네?"

"안 그래도 언제 한번 찾아가 봐야지 싶었는데, 가시나무가 너무 촘촘하더라구. 괜히 좀 무섭고 그래서 못 갔잖아! 근데 여기서 이렇게 볼 줄 누가 알았어?"

"어…… 그게……"

쫓겨났어도 왕의 여자였다. 왕의 마음 사로잡은 후궁이라면 그 미색이야 말해 봤자 두말하면 아플 지경이 틀림없으렷다! 여인들은 최소한 양귀비, 선화 부인의 뺨은 후려치고도 남을 후궁의 아리따운 모습을 상상했다. 설마 후궁이 목비녀 하나 달랑 꽂고, 허름한 저고리나 차려입고 빨래를 하러 나오겠어? 약손의 모습은 소문 속의 후궁이라고는 조금도 생각되지 않았다.

"자기는 항아님 맞지? 궁궐에서 일하는 궁녀님!"

여인이 반짝반짝 눈을 빛내며 물었다.

"……."

그 순진무구한 얼굴 앞에서 약손은 도저히 저가 후궁임을 밝힐 수가 없었고…… 결국 약손은 저도 모르게 신분을 속이고야 말았다.

약손이 대답했다.

"네! 저는 후궁마마를 모시는 나인입니다. 이름은 여약손이니까 편하게 약손이라고 불러 주세요. 잘 부탁드립니다!"


약손의 친화력은 엄청났다.

빨래를 모두 끝낸 약손은 어느새 여인들과 함께 둘러앉아 새참을 나누어 먹고 있었다. 여인 중 한 명이 싸온 떡이었는데 동그랗게 반죽한 찹쌀을 기름에 부쳐서 아주 고소했다.

"아니, 그럼 그 후궁마마님이 역적의 자손이라는 건 순 거짓말이야? 중전마마도 죽이려고 했담서?"

"다 거짓말이에요."

"아니 땐 굴뚝에 연기 났구만."

"그런 셈이죠."

"그럼 왜 쫓겨난 거야? 거짓말이라며. 쫓겨난 이유가 있을 것 아니야?"

약손이 떡을 베어 물었다. 대체 별거 없는 떡이 뭐 이리 맛있담? 약손이 쫄깃쫄깃한 떡을 씹었다.

"이유가 따로 있겠어요? 그냥 뭐, 제가…… 아니, 마마님이 싫어졌으니까 쫓아낸 거겠죠."

"아무리 왕이래도 그렇지, 한번 정분 맺은 사람을 그렇게 쉽게 내쫓으면 쓰나?"

"계집인 게 죄지. 고추 못 달고 태어난 게 죄여!"

"맞아요!"

"뻑 하면 부인 쫓아내는 놈들은 가랑이 사이에 달고 다니는 거 잘라 버려야 돼. 아들 못 낳는다고 쫓아, 말 많다고 쫓아, 시부모 잘 못 모신다고 쫓아. 하다못해 질투를 해도 쫓아낸다고 지랄이니, 원. 즈이 부모 효도를 왜 나한테 강요하느냐 이 말이야? 즈들은 뭐, 우리 부모님 돌아가시면 술 한 잔 따라 봤대? 뜨거운 불 앞에서 전이라도 한 장 붙여 봤대?"

"하여간 새끼 손꾸락만도 못한 고추 갖고 유세는 엔간히 떨어요."

"약손아, 또 뭐? 왕이 후궁한테 유세 떤 거 다른 거 없어?"

"왜 없겠어요? 말하면 입 아플 걸요?"

"자세히 좀 말해 봐. 응?"

양반 댁 뒷담화도 짜릿할 정도로 재미진데, 나라님의 뒷담화는 오죽할까. 여인들이 약손을 보챘다. 약손은 여인들의 기대에 어긋나지 않도록 충실하게 이유 욕을 했다.

"제가 시중들면서 살짝 봤는데요, 주상 전하 손버릇 진짜 장난 아니에요. 툭하면 우리 마마님 때렸구요."

"여자를 때렸어? 상종 못 할 인간 망종 개차반이네."

"그뿐이 아니에요. 조금만 심술 나거나 기분 안 좋으면 수라상 엎어 버리고, 벼루 던지고! 다 나가라고 소리 지르고!"

"어이구, 어이구…… 그런 놈팡이랑 어떻게 살아?"

"그러니까요. 차라리 쫓겨난 게 잘된 일이에요. 아주 잘됐어요! 이 꼴 저 꼴 안 봐도 되잖아요. 저는 도리어 속이 시원해요!"

"그래도 후궁마마 속이 아주 말이 아니겠구먼……. 안됐네."

"이래서 여자는 혼자 살아야 되는 거야! 내가 우리 한실이만 없었어도 요 모양 요 꼴로는 안 살았다."

"맞아! 굶어 죽는 한이 있더라도 혼인은 하면 안 돼!"

"약손이는 궁녀니까 어차피 혼례는 못 올리잖아! 그게 얼마나 복인 줄 알아? 괜히 남자한테 맴 주구 그러지 마. 알겠어? 무슨 말을 해도 다 한 귀로 듣고 한 귀로 흘려. 싹 다 개수작이야. 어떻게든 한 번 해보려고 주접떠는 거야."

"명심해. 남자 만나서 인생 망치는 경우는 있어도, 남자 안 만나서 인생 망치는 경우는 없으니까."

대체 이토록 뼈가 되고 살이 되는 중요한 충고를 왜 이제야 듣게 된 걸까? 약손이 진즉 유배를 왔더라면 여인들 말마따나 이 모양 이 꼴은 안 됐을 텐데…….

하지만 후회해 봤자 어쩌랴. 이미 일은 벌어졌고, 약손은 똥인지 된장인지 먹어 본 후에야 비로소 깨달음을 얻은 어리석은 중생이었다.

약손이 우울한 얼굴로 떡을 집어 먹었다.

그때였다.

"마마! 의빈마마!"

멀리서 복금의 목소리가 들렸다. 산에 나무하러 간다더니만 땔감 거리 벌써 다 모아 왔나 보다. 여인들의 시선이 뒷동산으로 향했다.

약손을 발견하고 헐레벌떡 뛰어오는 복금이 보였다.

"마마!"

"헉!"

여인들에게는 저가 후궁마마의 몸종이라고 거짓말을 한 약손이었지만 복금이 그 사정을 어찌 알고 있으랴.

"응? 저이는 왜 우리한테서 마마를 찾는대?"

"마마 여기 없는데?"

여인들이 갸우뚱 고개를 저었다.

"그, 그러게요? 쟤가 왜 여기서 마마를 찾는 걸까요?"

약손이 어색하게 웃어 보였다. 복금이 가까이 오기 전에 약손이 먼저 선수 쳤다.

"의빈마마는 이곳에 안 계십니다."

"……예?"

복금이 그 무슨 뚱딴지같은 말이냐는 듯 벙찐 얼굴을 했다. 약손이 복금의 팔뚝을 세게 꼬집었다.

"멀리서 보니까 제가 마마랑 헷갈려 보였나 보죠? 마마는 집에 계시잖아요……."

"……예?"

"그러나저러나 왜 저를 찾아오셨어요? 뭐 할 말이 있으신가 보죠? 아이참, 저는 이만 집에 가봐야겠습니다. 먼저 가보겠습니다."

"그래! 내일 빨래하러 또 나오라고!"

여인들이 약손에게 인사했다. 약손이 복금을 끌고 서둘러 자리를 벗어났다.

"으휴! 이 망충이! 뭐야? 무슨 일인데? 왜 날 찾아?"

복금은 그제야 약손을 찾아온 까닭을 기억해 냈다.

"의빈마마, 집에……."

"집에 뭐?"

"옥향 아씨께서 오셨습니다."

"뭐?"

예상치 못한 사람의 등장에 약손이 눈을 동그랗게 떴다.

"옥향! 대체 이 먼 곳까지는 어찌 오셨습니까?"

"의빈마마……!"

옥향은 일전에 소명 공주와 함께 명나라로 다시 돌아갔다. 정선도와 함께 이래저래 할 일이 많은 듯했다. 설마하니 옥향이 찾아올 줄은 예상치도 못한 약손이 반갑게 옥향을 맞았다.

"미리 연통했으면 마중이라도 나갔을 텐데…… 길이 험하지요? 어서 앉으세요."

약손이 옥향을 잡아끌었다.

이미 대문 밖에서 약손이 거처하는 집의 누추함을 보고 말을 잇지 못했는데, 집 안은 더 형편없었다. 좁은 것은 둘째 치고, 천정이 무너져 큰 사고는 나지 않을까 걱정이 들 정도였다.

"마마……."

옥향은 결국 눈물을 보이고야 말았다. 설마하니 당사자인 약손만큼 속상하지는 않을 테니 참으려고 했지만 어쩔 수가 없었다.

"마마께서 이토록 힘들게 사는 줄은 미처 몰랐습니다. 설마 주상 전하께서…… 전하께서 마마를 내칠 줄 누가 알았습니까?"

"이젠 괜찮습니다. 전부 다 지나간 일이에요. 전 아무렇지 않아요."

"암만 주상 전하라지만 참말 너무하십니다. 냉정하세요!"

옥향이 다시금 흐느꼈다. 약손은 그런 옥향의 어깨를 토닥토닥 두드려 달래는 수밖에 없었다.

한참을 울던 옥향이 눈물을 닦아 냈다.

"마마께서 이렇게 사는 것을 마냥 두고 볼 수만은 없습니다."

"……."

"제가 어떻게든 마마께서 돌아올 방법을 찾아보겠습니다."

"그만두세요. 이제 저는…… 궐로 돌아가고 싶지 않아요."

진심이었다. 약손은 더는 궐 따위에 갇혀 살고 싶지 않았다. 누명이고, 명예 회복이고, 전부 필요 없었다.

약손은, 좀 지쳤다.

하지만 옥향의 마음은 그렇지가 않나 보다. 옥향이 고개를 저었다.

"아니요? 반드시 마마의 누명을 벗겨드릴 거예요. 잊으셨습니까? 저는 마마의 언니입니다! 마마는 제 동생, 하나뿐인 가족이라고요! 세상 어느 누가 가족이 곤란에 처한 상황을 지켜본답니까?"

"하지만……."

"저만 믿으세요. 반드시! 무슨 일이 있어도 마마의 누명을 벗기고 독살의 진범을 찾을 테니까!"

"……."

옥향이 말했다.

*

사람은 이래서 평소에 베풀고 살아야 한다고 하나 보다.

옥향은 약손의 집에 땔감은 물론이고, 옷과 이불 등 세간까지 장만해 줬다. 장이 멀어서 하루 먹을 양식 구하기도 힘들었는데, 닷새에 한 번씩 산 중턱의 집까지 꼬박꼬박 곡식이며 찬거리를 가져다주는 일꾼도 부렸다. 옥향은 일전에 저를 도와준 약손의 은혜를 결코 잊지 않았던 것이다. 물론 그 정도의 배려는 은혜 축에도 속하지 못했다. 옥향은 그 정도로 만족하지 않았다.

한양으로 돌아온 옥향은 그날로 당장 한명회를 찾아갔다.

"마마께서는 그런 천인공노할 짓을 할 분이 아닙니다. 영감께서도 잘 알고 계시지 않습니까?"

"글쎄…… 난 맹가(孟軻: 맹자를 말한다. 성선설을 주장한 대표 인물)의 학설은 믿지 않네."

"영감!"

한명회는 강 건너 불구경하듯 내내 심드렁하기만 했다. 옥향이 참지 못하고 주먹으로 탁상을 탕 내려쳤다.

"의빈마마께서 사람 목숨 그리 가볍게 여기는 분이셨다면 애초에 저를 구하지도 않았을 겁니다. 홍윤성의 첩이 되든, 종이 되든 상관하지 않았을 거란 말이에요! 사내들에게 희롱당하고, 길가에 핀 꽃처럼 꺾이고 밟혀 사는 기생도 사람이라 말씀하신 분입니다. 그런 분이 정말로 독을 탄 차를 중전마마께 보내고 심지어 배 속의 아기까지 죽일 것이라 믿으십니까?"

"……."

한명회가 가볍게 한숨을 내쉬었다. 옥향이 어떤 심정으로 저를 찾아왔는지 충분히 알겠지만 참으로 안타깝게도 저는 도와줄 수 있는 일이 아무것도 없었다.

중전마마의 독살이 당최 말이 되지 않는다고 주장하는 옥향, 배 속의 아기까지 죽일 사람이 아니라고 말하는 옥향. 하지만 옥향은 아무래도 뭔가 잘못 알고 있는 것 같았다. 주상 전하께서 고작 중전의 독살 사건 때문에 의빈을 내쳤다고 여기는가? 그렇다면 착각이다.

주상 전하의 진노를 자극한 것은 따로 있었다.

"의빈은 윤번의 딸이네."

"!"

옥향 역시 윤번이 누구인지 알아봤다. 의빈마마의 친부이며 과거 내약방에서 알아주는 의술 실력을 가진 의원 중 한 명이라지? 그 재주 인정받아 대군의 어의가 됐더랬다. 하지만 자신이 보살펴야 할 대군, 즉 주상 전하를 독살하려던 일이 발각되어 참형된 불우한 인물.

"주상 전하께옵서는 그 사실 만큼은 결코 받아들이지 못하실 게야. 의빈이 중전 아닌 그 누구를 죽이려 했다 한들, 전하께옵서 신경이나 쓰실 것 같은가?"

"하, 하오면……."

"그대는…… 아니, 그대와 나, 세상 그 누구도 주상 전하의 심정을 이해할 수 없지."

"……."

"진노의 원인은 독살 따위가 아니야. 의빈마마가 윤서학의 핏줄이라는 사실, 주상 전하를 배신한 윤서학의 자식이라는 사실! 바로 그 때문이라고."

그렇다. 약손이 중전을 죽이려 했단 죄명은 핑계일 뿐이었다. 만약 약손이 중전을 정말로 독살했다 한들, 입에 담을 수도 없는 죄를 저질렀다 한들, 이유는 아무렇지 않게 위증을 하고 무죄 방면을 할 수도 있었다. 하지만 세상 모든 죄를 면한다 해도 단 한 가지 감출 수 없는 죄가 있었다. 약손은 이유의 역린을 건드리는 존재였다.

"하면…… 하면 이일을 어찌하면 좋답니까…… 정녕 의빈마마를 도울 수 있는 방법이 없다는 말씀이십니까?"

옥향이 당혹감을 숨기지 못했다. 여태까지 약손이 중전마마를 해하려 했기에 벌을 받았다고 생각했는데 사실은 그게 아니었다니. 의빈마마가 윤서학의 자식이라는 사실 때문이었다니…….

"……."

옥향이 깊은 생각에 잠겼다. 주상 전하를 죽이려 한 윤서학, 주상 전하를 독살하려 한 윤서학…… 그리고 윤서학의 유일한 외동딸 의빈……. 수십 가지 생각이 꼬리에 꼬리를 물고 이어졌다.

그러다 문득 옥향이 뭔가 이상하다는 듯 물었다.

"하면, 영감. 윤서학이 주상 전하를 해하려한 연유가 무엇입니까? 당시 전하는 왕위에 오르지도 않았을 때이지 않습니까?"

"그것은……."

"암만 악귀라도 아기 때부터 키워 온 아이를 그토록 잔인한 방법으로 죽이기가 쉬울까요? 굳이 목숨까지 거둬야 할 필요가 있었을까요?"

옥향은 윤서학에 대한 이야기를 이토록 자세하게 들어본 것은 처음이었다. 그리고 언제나 그렇듯 생경한 시각을 가진 사람은 당연하다 생각했던 그간의 일도 생경하게 바라볼 수 있었다.

옥향의 물음에 한명회가 역시 잠깐 생각에 잠겼다. 예전에 당시 상황을 서술한 일지가 머릿속에서 스쳐 지나갔다. 이미 십여 년도 더 전에 기록된 일지들…….

여태까지 단 한 번도 이상하게 생각해 본 적 없었는데, 옥향의 말을 듣고 보니 뭔가 께름칙하긴 했다. 특히,

"이제 보니 참 이상하긴 하군…… 엄연히 왕족 살인 미수사건인데, 윤서학의 일은 대체 왜 그리 황급히 마무리된 걸까?"

기록에 따르면 윤서학은 범행이 발각된 다음 날 환형에 처해졌다고 했다. 아무리 본인 스스로의 자백이 있었다고 해도 그렇

지, 사건 조사를 맡은 군부사는 무슨 까닭으로 윤서학의 사건을 그토록 빨리 종결한 것일까?

문서로만 당시의 상황을 확인하려니 답답했다. 아무래도 다시 한번 자세하게 알아볼 필요가 있을 것 같았다. 몇 년 전만해도 이상한 점을 알아차릴 수 없었지만 지금은 짐작 가는 것이 하나 있었다.

그것은 바로…….

'중전마마…….'

'우승지 영감이 아니십니까?'

명회는 엊그제 퇴궐할 때 우연히 중전 심씨를 만났다. 심씨는 산책을 마치고 중궁전으로 돌아가던 길이었다. 물론 그때 명회가 중전과 많은 얘기를 나눈 것은 아니었다. 지금 퇴궐하느냐, 식사는 하셨느냐, 아픈 곳은 없으시냐……. 둘은 시답잖은 이야기 몇 마디를 겨우 나누고 헤어졌을 뿐이었다. 하지만 명회는 그 짧은 순간의 만남에도 당황스러움을 숨기지 못했다.

'하면, 조심해서 돌아가시게.'

'예, 중전마마…….'

심씨가 돌아섰다. 명회가 깊이 고개 숙여 인사했다. 그러다 문득 나인들에게 둘러싸여 천천히 걷는 중전에게 시선이 닿았다. 심씨는 그 새 배가 부른 듯했다. 비록 치마폭에 감춰져 부푼 정도는 가늠할 수 없었지만 심씨는 등 뒤에 손을 받치고 걷는 중이었다. 나인들이 양쪽에서 부축을 해야 할 정도였다. 종종 배 속의 아기 무게 때문에 몸이 무거운 산모들이 저런 식으로 걷곤 했다.

'중전마마, 피로하십니까? 가마를 대령할까요?'

'괜찮다. 도제조가 그러지 않았느냐? 어느 정도 가벼운 산책은

아기에게도 도움이 된다고.'

멀어지던 그들이 나누는 대화를 듣는 순간, 명회는 저도 모르게 무례인 줄 알면서도 고개를 쳐들고 중전을 바라봤다.

'……'

어느 정도 가벼운 산책은 아기에게 도움이 된다고? 나 원 참, 기가 막혀서. 지나가던 소가 웃을 말이었다. 하지만 명회는 내색하지 않았다. 예의 그 무표정한 얼굴로 깊이 고개 숙일 뿐이었다. 명회의 머릿속이 빨라졌다.

아기에게 도움이 되는 산책, 부푼 배를 감싸 쥐고 걷는 걸음걸이…… 대체 그게 다 뭐야?

도무지 말도 안 되는 상황이었다.

왜냐하면 중전 심씨는…….

중전 심씨는…….

"왜요? 중전마마께옵서 회임하신 게 뭐 잘못됐나요?"

옥향이 물었다. 명회가 대수롭지 않게 고개를 끄덕였다. 옥향의 눈이 휘둥그레졌지만 명회는 개의치 않고 말했다.

"그럼, 잘못됐지. 잘못되고말고."

"그게 무슨 말씀이십니까?"

"중전 심씨는…… 아이를 가질 수 없는 불임의 몸이니까."

"예?"

옥향이 경악했다.

그렇다. 사실 중전 심씨는 무슨 수를 써도 회임할 수 없는 몸이더라.

그런 심씨가 대체 어떻게 아기를 밸 수 있단 말인지.

옥향의 말이 맞았다. 주상 전하께옵서 의빈마마께 노한 원인이 윤서학이라면 이 모든 일의 시작 또한 윤서학이 되리라.

윤서학, 그 고리를 풀어야만 얽히고설킨 실타래를 풀 수 있었다.

*

이유는 요즘 들어 깊은 잠을 자지 못했다.

아주 작은 소음, 이를테면 창밖 너머 풀잎을 스치는 바람, 꽃 지는 소리조차 예민하게 인지하고 잠에서 깨어났다. 저녁 수라를 들고 나면 숙면을 도와준다는 당귀와 대추를 함께 우린 차를 반드시 후식으로 마실 정도였다. 원래 깊은 잠을 못 자긴 했지만 불면증이 이토록 심각해질 줄이야. 동재와 내약방 의원들의 걱정이 이만저만 아니었다.

침번 서는 내관 중 한 명이 침전 마루를 걸었나 보다. 멀리서 마루를 어그러지는 소리가 들렸다. 보통 사람은 듣지도 못할 아주 작은 소음이었지만 이유는 기가 막힐 정도로 기민하게 알아차렸다.

숙면에 도움이 되는 차, 음식, 탕약, 수지침…… 온갖 노력이 무색했다.

이유가 눈을 떴다. 칠흑처럼 깜깜한 방 안이 보였다. 아무것도 보이지 않고, 아무것도 가늠할 수 없는 적막한 세상. 아무도 없는 섬에 홀로 고립된 것만 같은 아득한 기분이 들었다.

잠자고 일어난 어린아이들이 으레 낯선 광경 앞에 울음을 터뜨리듯이, 이유는 그만 저 또한 울고 싶은 심정이 되고 말았다. 정체를 알 수 없는 막막한 허무 앞에 속절없이 무너져 내릴 때, 문득 이유 옆자리에서 다정한 목소리가 들려왔다.

"전하, 꿈을 꾸셨습니까?"

"!"

따뜻한 손 하나가 이유의 가슴을 감쌌다. 이유가 고개를 돌렸다. 제 옆에 얌전히 잠든 약손이 보였다. 약손이 좋다 하여 초례 때 덮었던 이불이 한 개, 다정한 원앙 한 쌍씩 사이좋게 수놓아진 베개를 괴고 있는 채였다.

파란 원앙은 저구요, 빨간 원앙은 전하입니다. 우리 매일매일 이 원앙처럼 사이좋게 살아요……. 약손이 했던 말이기도 했다.

"약손아! 너……! 네가 어떻게……?"

약손이 네가 어떻게 내 옆에 있니? 까닭은 알 수 없지만 이유는 약손이 먼 곳에, 다시는 볼 수 없는 곳에 가 있는 줄만 알았다. 그래서 보고 싶은 마음도 꾹 참아야 하는 줄만 알았는데, 약손이 너는 이렇게 지척에 있었구나?

이유는 오랜만에 만나는 약손이 몹시 반가웠다.

"난 네가 먼 곳에 간 줄 알았어."

"제가 전하를 두고 어딜 가겠습니까?"

"글쎄…… 난 네가 금강산 유람을 간 줄 알았지 뭐니?"

"금강산은 나중에 우리 둘이 같이 가기로 했잖아요."

"아, 맞다! 그랬지?"

요즘 들어서 정신이 나갔나 보다. 자꾸 이렇게 깜빡깜빡한다. 제 옆에 찰싹 붙어 잠들어 있는 약손이 어디 먼 곳에 간 줄로 착각하지를 않나, 단둘이 유람가기로 한 금강산에 약손이 혼자 홀쩍 떠난 줄만 알지를 않나……. 아무튼 약손이 이렇게 제 곁에 있으니 참 다행이었다. 이유가 약손을 제 품 안으로 바짝 끌어당겼다. 약손의 온기가 뜨끈뜨끈했다. 이 따뜻한 체온, 숨결 하나만 있으면 잠이 솔솔 왔는데…….

"잠이 오질 않는구나."

"그러세요?"

이유가 답지 않게 응석을 부렸다. 약손이 토닥토닥 이유의 가슴을 두드려 주었다. 그래도 잠은 오지 않았다. 아니, 오히려 잠은 점점 가셨고 이유의 눈은 점점 말똥말똥해졌다.

문득 이유의 입안으로 차가운 액체가 흘러 들어왔다.

"이게 뭐야?"

혀끝에 쌉쌀한 탕약 냄새가 스쳤다. 어느새 약손은 이유의 입가에 탕약 사발을 물려 준 채였다.

"전하께옵서 잠이 안 온다 하시기에…… 이걸 드시면 푹 주무실 수 있을 거예요."

"으응, 그래?"

이유는 아무 의심조차 하지 않았다. 상약하는 생도도 없고, 대신 맛 볼 동재도 없었지만 개의치 않았다. 아무렴, 약손인걸. 약손이 주는 음식, 약, 물은 기미하지 않고도 먹을 수 있었다. 설마 약손이 제 목숨 위협할 일은 전혀 없을 테니까. 이유는 믿어 의심치 않았다.

"맛있다."

"그렇죠?"

이유는 어느새 탕약을 전부 마셨다. 약손이 싱긋 웃었다.

"탕약 다 마셨으니까 얼른 자야겠구나. 내일 아침 조회 때 내려야 할 비답이 한두 가지가 아니야."

이유가 이부자리에 도로 누우려 할 때였다. 문득 배 속이 뜨끔하다는 생각이 들었다. 그와 동시에, 이유는 그대로 우욱 구역질을 하고 말았다.

"약손아, 대체 이게 무엇이냐? 이게 무슨……?"

입안에서 핏덩이가 울컥울컥 쏟아졌다. 이유의 턱에, 야장의가 온통 핏물로 시뻘겋게 물이 들었다.

"약손아……."

이유가 믿기지 않는다는 얼굴로 약손을 바라봤다. 하지만 방금 전까지 이유를 바라보며 방긋 웃던 약손의 얼굴에 웃음기는 하나도 없었다. 약손의 표정이 싸늘했다.

"약손아……?"

이런 냉랭한 표정은 이유도 처음 보는 것이었다. 내 앞에 있는 사람이 참말 약손이가 맞는가? 내가 알던 바로 그 약손이가 맞는가? 대체 네가 왜…… 왜 내게 이래…….

몸 안의 오장 육부가 갈기갈기 찢기는 고통이 밀려왔다. 이유의 얼굴이 사정없이 일그러졌다. 이유가 본능적으로 약손의 손을 잡았다. 하지만 그 순간, 약손이 냉정하게 이유의 손을 밀쳐 버렸다.

"이제야 제가 그토록 바라던 오랜 숙원이 이루어졌습니다."

"……뭐?"

"전하의 목숨을 거둬가겠다는 바람…… 그것이 제 숙원임을 정녕 모르셨습니까?"

"뭐라고? 어떻게 네가…… 네가 어떻게 이럴 수 있어?"

"안녕히 가십시오, 주상 전하. 아니, 수양 대군마마."

"!"

약손이 머리 위로 손을 높이 쳐들었다. 약손은 어느새 손에 단검을 거머쥔 채였다. 머리 위로 치솟은 단검이 서늘한 빛을 뿜어냈다. 목숨이 경각에 달린 절체절명의 상황.

하지만 이유는 아무것도 할 수 없었다. 무력한 모습으로 약손을 바라볼 뿐이었다. 곧 약손이 겨눈 칼이 이유의 심장을 향해 떨어져 내렸다.

"흐읍!"

날카로운 검이 이유의 심장을 관통하는 순간이었다. 이유가 벌떡 자리에서 몸을 일으켰다. 밭은 숨을 내뱉는 이유는 먼 거리를 달려온 사람 같았다. 온몸은 온통 땀으로 젖어 있었고, 입술은 시퍼렇게 질려 있었다.

이유가 재빨리 가슴께를 살폈다. 붉은 피 뚝뚝 떨어지던 앞섶은 온데간데없었다. 잠들기 전, 동재가 입혀 준 새하얀 야장의 그대로의 모습이었다. 저가 마셨던 탕약도 보이지 않았다. 이유가 서둘러 제 옆을 돌아봤다.

"……."

이부자리는 이유의 것 하나뿐이었다. 초례에 덮었던 금침, 파란 원앙, 빨간 원앙, 나란히 수놓아진 베개 따위는 어디에도 없었다.

그 말인즉, 저를 달래 주고, 저를 칼로 찌르려던 약손 또한 전부 허상, 꿈이라는 말이었다.

"……."

사위가 고요했다. 바람에 흔들리는 풍경조차 떼어 버린 침전은 그야말로 침묵 그 자체였다. 제 옆자리를 지키던 숨소리, 따뜻한 온기는 어디서도 찾아볼 수 없었다.

이제 나는 정말 혼자야…….

가슴속에 폭풍이 몰아치는 듯했다. 이 공허함을 어떻게 설명할 수 있을까?

"대체 어쩌자고 이런 꿈을…… 이런 꿈을……."

모든 분노는 자신에게로 향했다. 이유가 머리맡에 놓여 있던 대접을 아무렇게나 집어 들었다. 그러고는 망설임 없이 벽 한쪽에 냅다 집어 던졌다.

와장창창!

엄청난 파열음에 문밖에 서 있던 동재와 신변을 지키던 내금위장이 뛰어들었다.

"전하!"

"주상 전하, 변고 없으시나이까?"

침전 안에는 황급히 숨을 몰아쉬는 이유뿐이었다. 엉망이 된 침전을 목도한 동재가 그대로 자리에 주저앉아 엉엉 울음을 터뜨렸다.

"전하…… 고정하시옵소서……."

이유가 이내 가슴을 움켜잡았다. 독이 든 탕약은 분명 꿈에서 마셨건만, 이상하게 가슴이 답답하고 숨이 찼다. 이유가 콜록콜록 기침을 터뜨렸다. 곧 정신이 혼미해지며 어지럼증이 몰려왔다.

"뭣들 하느냐? 당장 어의를 불러라! 민희교 영감님 불러와!"

목이 터져라 소리치는 동재의 목소리가 점점 멀어졌다.

어찌하여 이토록 나쁜 일은 내게만 일어나는 걸까? 마침내 이유는 까무룩 정신을 잃고 말았다.

온 세상이 서러웠다.

*

편전의 분위기가 심상치 않았다.

요 며칠간 지속된 홍수 때문이라. 곧 돌아올 흉년 걱정은 둘째였다. 목숨 잃고 죽어 나가는 백성들 때문에 당장 눈앞에 닥친 고난을 해결하기도 벅찼다.

"주상 전하, 경상도의 강물이 넘쳐 함안, 초계, 칠원의 인가

200호가 떠내려가 근방에서 통곡하는 소리가 끊이질 않는다고 합니다. 어떤 자는 지붕에 올라가고, 어떤 자는 산에 올라가 죽음을 면하였으나 물에 빠져 죽은 인명은 수백 명에 이른다고 하옵니다."

"뭐라? 주목사와 판관은 그 지경이 될 동안 무얼 하였느냐? 일찍이 낮은 지대에 사는 백성들을 미리 옮겨 두지 않아 민가를 떠내려가게 했으니 그 죄가 크다. 그들을 모두 파직하고 각각 장 30대를 치도록 하라!"

"그뿐만이 아니옵니다. 천녕(川寧: 경기도 여주시 일대의 옛 지명)에서는 넘친 물 때문에 산이 무너졌다고 하나이다. 침몰한 보리밭이 7백결이 넘었을 뿐만 아니라 산사태에 깔려 죽거나 부상당한 이들의 숫자는 파악조차 되지 않는 지경이라 하옵니다."

"천녕 도사에게 피해를 소상히 조사케 이르고 관원을 동원해 구호하고 혜민서의 의원들을 보내 약을 쓰게 하라. 죽은 사람의 부모와 처자에게는 베와 곡식의 부물을 내려 위로하라."

피해는 끊임없이 이어졌다. 그때마다 적절한 조취를 취하는 것은 이유의 몫이었다. 물론 이유가 즉위한 해에만 이런 이상 현상이 일어난 것은 아니었다. 홍수와 가뭄 같은 자연재해는 거의 매년 빠지지 않고 일어났다. 저수지에 물을 가둬도, 강둑을 튼튼히 쌓아도 언제나 피해는 반복됐다. 역대 모든 왕들이 매년 같은 곤란을 겪었다고 하지만 그래도 이유는 특히 더 힘들고 난처했다.

이미 태조 때부터, 아니 그 이전부터 대대로 내려온 가뭄도 이유에게 닥치면 그 의미는 확연이 달라졌다. 형제를 죽이고 왕위를 차지했는데 하늘이 노하지 않고 배기냐는 비난이 곧바로 날아왔다. 지금과 같은 홍수는 말할 것도 없었다. 숙부에게 왕위를 빼앗겨 죽을 날 받아 놓고 산송장과 같이 살아가는 어린 왕의 한 서린 눈물이라며 수군거리기 딱 좋은 이야깃거리였다. 마른 하늘에 치는 벼락은 이유를 아니꼽게 보는 하늘의 벌이었고, 맑은 날에 비라도 내리면 왕이 미쳐 돌아가니 날씨 또한 미쳐 돌아가는 것이었다.

잘해 봤자 본전, 못하면 그야말로 쪽박인 상황. 바로 이유를 두고 하는 말이었다. 이유에게는 홍수든 가뭄이든 무엇 하나 쉽지가 않은 치명적인 위협으로 다가왔다. 덕분에 이유는 비가 내리기 시작한 내내 잠 한숨을 편히 못 잤다.

눈 밑에 시커멓게 서린 그림자가 한편으로는 안쓰러웠지만 어쩌랴. 다 자신이 자초한 것을. 저를 향해 날아오는 날카로운 비난의 화살, 이유는 오롯이 감당해야만 했다. 그것이 바로 왕위를 차지한 대가였다.

*

누런 흙탕물이 빠르게 흘러갔다.

요 며칠간 내린 비 때문에 맑았던 계곡물이 흙과 섞인 탓이었다. 하지만 물에 흙이 들어갔다 한들 빨래를 언제까지 미룰 수만은 없었다. 날씨가 개자마자 아낙들은 저마다 빨랫감 한가득 쌓인 바구니를 머리에 지고 나타났다. 물론 약손도 그 무리에 한자리 차지하고 앉아 있었다.

아마도 약손은 먹을 것 없는 섬에 홀로 떨어뜨려 놔도 거뜬히 살아갈 것 같았다. 무리에 섞인 약손에게 외지인의 태는 전혀 찾아볼 수 없었다. 개성부에서 태어나고, 개성부에서 자라나, 개성부에서 한평생을 보낸 토박이처럼 보였다.

"무슨 놈의 비가 이렇게 징그럽게 와? 싸리문 밖 한 걸음도 못 나가고 꼼짝없이 갇혀 있느라 답답해 죽는 줄 알았네."

"꼼짝없이 갇혀서 뭐했는데? 내년에 장구 동생 보는 거 아녀?"

장구네가 해를 못 봐 답답했다고 푸념을 하는데 아낙들은 기회를 놓치지 않고 음담을 했다. 하지만 장구네는 덤덤한 얼굴로 일갈했다.

"장구 동생은 무슨! 애는 뭐 거저 생겨? 하늘을 봐야 별을 따고, 손뼉이 마주 쳐야 소리가 나도 날 것 아녀. 이건 뭐 남편인지 목석인지…… 내가 않느니 죽어! 않느니 죽어!"

땅땅땅땅!

장구네의 방망이질 소리가 거세졌다. 목석 장구네 때문에 아낙들이 한바탕 까르륵 웃음을 터뜨렸다. 바다에 사는 낙지랑 홍합이 그리 좋다는 둥, 그게 다 아랫배에 힘이 부족해 그런 것이니 산수유 차를 끓여 먹으면 좀 낫다는 둥, 누군가는 맷돌을 허리춤에 매고 백 번 끌면 아침이 달라진다며 진지하게 조언하기도 했다.

하지만 장구네는 그깟 음식 안 먹여 본 게 없고 별 요상한 짓거리 안 해 봤겠냐며 땅땅 쐐기를 박았다. 아니, 그랬어? 그런 거였어? 우리 모르게 대체 언제 그랬어? 아낙들이 다시 한번 웃음을 터뜨렸다.

정말이지 나이 지긋한 여인들의 입담이 세상에서 제일 재미있구나. 약손이 혼자 쿡쿡 웃고 있는데 갑순네가 놓치지 않고 장난을 걸었다.

"어이구, 항아님! 혼인도 안 하신 분이 뭘 안다고 웃고 계세요, 웃고 계시길."

"저도 세상의 만물 이치 정도는 다 알고 있습니다."

약손이 애써 근엄한 얼굴로 대답했지만 아낙들에게 비웃음만 당했다.

"배 안 맞춰 봤음 모른다니까요?"

"자꾸 놀리지 마세요! 알아요! 다 알아요! 저도…… 큽!"

하마터면 '저도 배 맞춰 봤어요!'라고 말할 뻔했다. 약손이 때 꾹 하며 딸꾹질을 터뜨렸다. 나이도 어린 항아님이 객기 부리는 것처럼 귀여워 보였다. 또 한 번 까르륵 아낙들이 웃음을 터뜨렸다.

"그러지 말구 노래나 한 곡조 뽑아 보세요."

"이놈의 비 때문에 항아님 목소리 들은 지도 오래됐습니다. 간 만에 귀 호강 좀 해 봅시다."

"그러면 딱 한 곡만……."

약손은 내숭 떨며 빼는 것도 없었다. 에헴에헴 헛기침을 하며 목을 풀었다.

어느 날 우연히 노래 한 번 했을 뿐인데, 그날 이후 여인들은 틈만 나면 약손에게 노래를 청했다. 여인들은 과연 궐에서 살다 온 분이어서 목소리마저 곱다며 침이 마르도록 칭찬을 했다.

약손이 아랫배에 힘을 줬다. 계곡물이 콸콸 흘러가니 오늘은 서경노래가 딱 제격이었다.

"구슬이 바위에 떨어진다고 끈이야 끊어지겠습니까? 천년을 나 혼자 산다고 해서 믿음이야 끊어지겠습니까……? 이놈, 팔푼이 사공아! 네 아내 간수나 잘 해라. 떠나는 배에 내 님 태우고 너는 잘 살 것 같으냐? 내 님은 강 건너에서 만난 새 꽃을 꺾겠구나……."

약손의 노래는 절절했다. 하기는 노래 하나로 딴 사람 주머니 열어 생계를 유지할 정도였으니, 그 실력이 보통이 아닌 것만은 분명했다.

"사공은 눈치 없게 왜 남 일에 끼어들고 지랄이래…… 결국 헤어졌잖아……."

"사공 때문이야…… 사공이 배만 안 띄웠어도……."

"떠난 놈이 잘못이지. 딴 계집한테 미쳤는데 제정신이겠어? 아마 배 없으면 헤엄쳐서라도 갔을 족속일세."

비록 아낙들은 장터의 구경꾼처럼 약손에게 돈을 주는 것은 아니었지만 대신 가감 없는 감상평을 들려줬다. 약손이 원래 가사에 좀 더 살을 붙여 이야기하는 노래 가사 한 줄에도 절절하게 제 일인 양 감정 이입을 했다.

돈 안 주면 뭐 어떠랴. 사실 약손은 아낙들의 솔직한 반응 보는 것이 재미있어 노래를 불렀다.

"당신과 헤어지는데 이깟 길쌈이 뭐가 중요하겠어요. 베를 버리고서라도 당신을 따라가겠습니다……."

한창 노래가 고조될 때였다.

약손이 고개를 돌리다가 문득 한실네에게 시선이 닿았다. 한실네는 약손의 노래를 가장 좋아하는 여인 중 한 명이었다. 기쁜 곡조에서는 세상 누구보다 크게 웃고, 슬픈 곡조에서는 서럽게 울고.

오늘은 뭔가 허전하다 했는데, 역시. 노래 듣는 한실네가 이상하게 조용했다. 약손이 노래를 멈췄다.

"한실 아주머니, 어디 아프세요?"

"으응……?"

이제 보니 한실네의 방망이질에는 힘이 하나도 없었다. 곁에 있던 장구네가 한실네의 얼굴을 살폈다.

"그러게? 자기 어디 아파? 피죽도 못 먹은 사람 같은데?"

"아니…… 별거 아니야. 자꾸 오한이 나고 하품만 계속 나오는 게…… 그냥 좀 몸살기가 있나 봐."

"개도 안 앓을 날씨에 웬 감기? 비 맞고 돌아다녔어?"

"아니야. 집 안에만 있는데도 이러네……."

"이따 갈 때 우리 집에 들러. 대추 재워 놓은 거 좀 남아 있으니까."

별것 아닌 이야기였다. 대수롭지 않게 넘길 수 있는 상황이었다. 약손 또한 별로 심각하게 여기지 않았지만, 그래도 사람이 아프다니까 어디가, 얼마나, 어떻게 아픈지 대략적으로나마 확인해 볼 생각이었다.

약손이 한실네에게 다가갔다.

"언제부터 아프셨는데요?"

"한 닷새 됐나……."

약손이 무심코 한실네의 이마를 짚었다. 그러다가 깜짝 놀라며 저도 모르게 손을 뗐다. 한실네의 몸이 불덩이처럼 뜨거웠다.

"닷새 동안 이렇게 열이 나셨다고요?"

"응…… 원래 이 정도는 아니었는데 점점 심해지네. 우리 바깥양반도 나한테 옮았는지 어제부터 비실거리고……."

약손이 놀라니까 다른 아낙들도 상황의 심각함을 인지한 모양이었다. 왜 그래? 어디가 아픈데? 많이 아픈 거야? 한실네 주변에서 한마디씩 거들었다.

그때, 약손의 눈에 한실네의 목 아래에 돋은 붉은 반점이 보였다.

"한실 아줌마!"

"응?"

"이거…… 이거 언제부터 이러신 거예요?"

"글쎄? 이게 뭐지?"

한실네는 자신의 몸에 반점이 난 줄도 몰랐다. 약손이 한실네의 소매를 걷었다. 반점은 팔뚝에까지 번져 있었다. 몇 개는 그저 평범한 반점이었지만 몇 개는 부풀어 올라 벌써 수포로 변한 채였다.

"이, 이건…… 이건……."

약손은 뒷골이 서늘해짐을 느꼈다.

"약손 항아님, 왜 그러는데? 응? 뭔데 그렇게 놀라? 심각한 거야?"

아낙들 또한 걱정스러운 표정으로 물었다. 한실네에게 가까이 다가와 살피려는 것을 약손이 황급히 막았다.

"안 됩니다! 이쪽으로 오지 마세요! 다들 저쪽으로 가세요! 멀리 떨어지세요!"

한실네를 바라보는 약손은 엄청난 충격에 휩싸였다.

"이것은…… 이것은……."

*

"너, 뭐라 하였느냐?"

이유의 표정이 서늘했다. 편전 아래에는 관찰사가 무릎을 꿇고 있었다.

"돌림병이 크게 발하여 한 집안의 가족이 여럿 죽기도 하고, 더러는 몰사沒死하였습니다. 소와 돼지, 닭 등의 가축 또한 병들어 죽기도 하였는데, 그 숫자는 남녀를 합쳐 700여 명 이상이라 하옵니다. 그뿐 아니라 앞으로는 사상자가 더욱 속출할 것이라 하여……."

"아니! 지금 네놈이 고하는 역병 창궐한 지역이 어디냔 말이다!"

이유가 날카롭게 말하자 관찰사가 다시 한번 말했다.

"아뢰옵기 송구하오나…… 서흥과 북안, 수창……."

"……."

"……개성부 일대이옵니다."

이유 앞에 놓인 찻잔이 엎어졌다.

"뭐라…… 개성부?"

그렇다. 홍수에 의해 첫 역병이 발발한 장소, 그곳은 바로 약손을 유배 보낸 지역이었다.

*

이러니저러니 해도 약손은 내약방 생도로 일했던 경험이 있었다.

역병 무서운 줄은 저도 익히 알고 있었지만 그래도 이렇게까지 무서운 속도로 전염병이 퍼질 줄은 미처 몰랐다. 게다가 서촌에서의 구휼을 생각했던 약손의 기대는 산산조각 났다. 그나마 서촌은 도성과 가깝기에 활인서니, 혜민원이니 따위에서 대응을 할 수 있었던 것이지 한양과 멀어지면 멀어질수록 역병을 다스리는 체계는 거의 무방비에 가까워졌다.

약손의 유배지가 봉명산 깊은 산골임을 다행으로 여겨야 할까? 불행으로 여겨야 할까?

한실네의 처음 병의 징조를 확인했을 때, 이미 사람들이 많이 모여 사는 송악 근처는 이미 한바탕 병이 휩쓸고 가 거의 전멸하는 수준에 이르렀을 때였다. 백성들뿐만 아니라 병을 잡아야 할 군관들조차 속수무책으로 죽어 나가는 형편이었다. 길거리에 미처 썩지 못한 송장이 나뒹구는 끔찍한 풍경.

약손이 살고 있는 마을에서도 꽤나 여럿이 목숨을 잃었다.

갑순네의 조모와 아들 둘과 남편이 죽었고, 장구네는 일가족이 모두 죽었다. 맨 처음 병이 발발했던 한실네는 용케 숨을 연명하고 있었지만 당장 오늘 내일 어떻게 될지 모를 정도로 위독했다.

구름이 낮게 깔린 하늘이 음울했다.

약손은 산 위에 걸린 잿빛 구름을 보던 중이었다. 등 뒤에서 낮은 목소리가 약손을 불렀다.

"의빈마마, 무얼 그리 바라보고 계십니까?"

"정운 스님!"

약손이 퍼뜩 정신을 차리며 돌아봤다. 여승 한 명이 약손의 곁으로 다가왔다. 약손은 얼른 합장을 했다.

"무얼 그리 보고 계셨어요?"

"그냥…… 아무것도 아닙니다."

"사찰에 계시는 줄 알았는데, 어찌 여기까지 내려오셨습니까?"

"오늘이 아니면 다시는 마을을 보지 못할 것 같아서……."

약손이 다시 한번 마을을 내려다봤다.

관군은 시가지를 관리하기도 바빴고, 깊은 산에 위치한 작은 시골 마을까지 신경 쓸 여력은 그 어디에도 없었다. 의원들 중에는 그 누구도 봉명 마을까지 올라오려 하지 않았으며, 그나마 대다수는 역병에 목숨을 잃었다.

마을 외곽에 홀로 떨어져 살던 무당의 굿이 유일한 역병 퇴치법이었다고 설명하면 이해가 될까? 그 어떤 구휼의 손길도 닿지 않는 가운데, 마을 사람들 전체가 몰살될지도 모르는 위기에 처했다. 하지만 천만다행으로 봉명산 깊은 곳에는 조그만 사찰 하나가 있었다. 봉명 사찰은 출가한 비구니들이 모여 살던 절로, 속세와 사사로이 내외하지 않는 것으로 유명했다.

모든 것을 자급자족, 사찰 안에서 해결했지만 그토록 굳건히 닫혀 있던 사찰의 문이 드디어 열렸다. 역병으로 인해 마을 사람들의 목숨이 경각에 달려 있다는 사실을 알았을 때였다.

승려들은 비록 전문 의술을 배우지는 않았지만 웬만한 의원 못지않은 박식한 의학 지식을 가지고 있었다. 봉명사 주지 정운은 마을 사람들이 사찰 안에 기거하는 것을 허락했다.

그리고 마을 사람들이 모두 사찰에 대피했을 때, 약손과 정운은 마을을 소개하기로 결정했다. 사람들이 정붙이고 살던 집을 태우는 것은 몹시 안타까웠지만 어쩔 수 없었다. 역병을 해결할 수 있는 가장 좋은 방법 중 하나가 바로 거주지와 병에 감염된 시체를 모두 불태우는 것이었기 때문이다.

무명천으로 얼굴을 가린 승려들이 횃불을 들고 마을 곳곳으로 퍼져 갔다. 곧 비가 올 기세이니 그 전에 불을 놓아야만 적당한 시점에 더 번지지 않고 꺼질 수 있었다.

"스님, 감사드립니다. 스님의 도움이 아니었더라면 지금쯤 더 많은 사람들이 목숨을 잃었을 거예요."

그 말은 진심이었다. 처음 한실네를 통해 역병의 존재를 발견했을 때, 약손은 얼마나 당황했던가. 최대한 한실네의 집에서 떨어지고 각 집마다 쑥을 태우라는 경고했지만 아무 소용없었다. 역병은 순식간에 퍼졌고, 곧 온 마을 사람들이 고열에 신음하며 드러눕기 시작했다. 서촌에서 역병으로 오해했던 교룡가 따위와는 비교도 할 수 없을 만큼 심각한 증세였다.

의원을 부르러 산 밑에 내려갔던 수남은 이미 창궐한 병 때문에 더는 내려가지도 못하고 돌아오는 수밖에 없었다.

그나마 동네에서 알팍한 의학 지식 가진 사람이라고는 약손과 복금, 수남이 전부였다. 하루 지나고 다음 날 아침 되면 늘어난 시체를 태우느라 온 동네가 매캐한 냄새로 가득했다.

이러다 정말 다 죽을 수도 있겠구나, 몰살을 당할 수도 있겠구나…… 약손은 실로 죽음 앞에 가장 근원적인 공포를 느껴야만 했다. 실로 봉명사 승려들의 도움이 아니었더라면 약손 또한 지금 어떻게 됐을지 목숨을 장담할 수 없었다.

저 멀리 마을 곳곳에서 연기가 피어오르는 것이 보였다.

비록 짧았지만 저가 살던 마을을 두 번 다시 볼 수 없다고 생각하니 마음이 심란했다. 약손은 착잡한 표정으로 불길이 피어오르는 마을을 오랫동안 내려다봤다. 문득 약손이 혼잣말처럼 중얼거렸다.

"도성은…… 도성은 안전할까요?"

*

천만다행으로 역병이 점점 사그라지고 있었다. 하마터면 목숨을 잃을 뻔한 한실네가 드디어 의식을 찾았다.

"항아님……."

"한실 아줌마!"

때마침 승려들과 함께 환자를 돌보던 약손이 반가운 얼굴로 한실네를 맞았다. 한실네가 주변을 둘러봤다. 저가 누워 있는 법당이 영 낯선 눈치였다.

"역병 때문에 마을은 모두 소개하고 사람들은 봉명사로 옮겼어요."

"우리 한실이는…… 한실이는……."

"걱정 마세요. 한실이는 병에 걸리지 않아서 병자들이 없는 곳에서 지내고 있어요."

"아이구, 부처님……."

한실네가 안도의 한숨을 푹 내쉬었다. 위험한 고비는 넘겼지만 아직도 병증이 가시지 않아 한실네의 얼굴 곳곳에는 아직도 수포 자국이 여럿이었다.

"부처님 계시는 곳에 이렇게 누워 있어도 될는지 모르겠습니다. 영 죄스러워서……."

"주지 스님께서 허락한 일이니까 그런 부분은 염려 놓으셔도 됩니다."

"고맙습니다, 항아님……."

한실네는 아직도 약손을 궁궐에서 내려온 궁녀라고 철석같이 믿고 있는 중이었다. 어차피 의빈마마든, 항아님이든 호칭 따위는 중요하지 않기에 약손은 별말 없이 한실네의 손을 잡아 주었다.

잠깐 정신을 차렸던 한실네는 곧 깊은 잠에 빠져들었다. 봉명사의 극락전에는 한실네를 비롯한 환자들로 발 디딜 틈이 없었다. 환자는 많은데, 그를 돌볼 간병인은 부족하니 약손 또한 일손을 도와야만 했다. 고름 잔뜩 묻은 이불은 걷어 주고, 빈 탕약 그릇을 전부 수거했다. 행여 누군가 병증이 심해지면 승려들을 부르러 가는 등 잡다한 모든 일들이 약손의 몫이었다.

약손이 피고름 범벅인 빨랫감을 들고 사찰 뒷마당으로 향했다. 모든 빨래는 뒷마당에 위치한 커다란 무쇠 솥에서 끓인 물로 삶아 빨았다. 복금은 그곳에서 땔감을 넣어 물을 끓이는 중이었다. 곧 저녁때가 다가오니 약손은 복금과 밥을 먹고 빨래를 할 생각이었다. 저 멀리 불 앞에 쪼그려 앉은 복금의 뒷모습이 보였다.

"복금아!"

"······의빈마마."

약손을 발견한 복금이 얼른 달려왔다.

"이런 궂은일 안 하셔도 된다니까, 어쩌려고 이러세요."

대뜸 잔소리부터 내뱉는 것이 평소와 다를 바 없는 복금의 모습이었다. 복금이 빨래를 가져가려 손을 뻗었지만 이미 간파한 약손이 휙 뒤로 물러났다.

"됐어. 난 그냥 심부름만 해서 힘 안 들어. 그 많은 땔감 구해 와야 하는 네가 더 힘들지. 내가 할게."

"아닙니다, 마마님. 저 주세요."

빨래 더미를 제가 들겠다, 아니 내가 들겠다····· 둘은 연신 투덕거리며 말다툼을 했다. 하지만 복금이 약손의 고집을 꺾을 수는 없었다. 약손은 기어코 저 혼자 힘으로 솥 안에 빨래를 집어넣었다.

"아직 밥 안 먹었지? 우리 저녁 먹은 다음에 같이 빨래····· 복금아!"

복금을 향해 뒤돌아보던 순간, 약손이 경악했다. 방금 전까지 멀쩡히 자리에 서 있던 복금이 마당 한복판에서 정신을 잃고 쓰러진 것이었다. 약손이 복금에게 달려갔다.

"복금아! 왜 그래? 복금아! 정신 차려 봐!"

"의빈마마······."

"그래, 나 여기 있어! 복금아! 복금아·····!"

그때, 약손의 눈에 복금의 이마와 목, 팔뚝에 붉게 돋아나기 시작한 작은 반점이 보였다.

"설마, 너…… 복금이 너……."

그렇다. 그 많은 역병 환자들을 돌보는 중이었으니 복금 또한 병마를 피해 갈 수는 없었다.

"복금아, 안 돼. 정신 좀 차려 봐. 응? 복금아! 복금아!"

약손의 다급한 목소리가 봉명사에 울려 퍼졌다.


아직 두창痘瘡을 낫게 하는 정식 치료법은 없었다. 누구는 한 번 걸리면 방법이 없다며 일찍이 단념을 했고, 누구는 백년 넘은 산삼 뿌리를 씹어 먹으면 낫는다고 했다. 누구는 보름 간 맑은 보리죽을 먹여야 한다고 했고, 누구는 으깬 살구나무와 꿀을 섞어 만든 환약이 특효약이라고 했다. 그야말로 재수 없으면 죽지만, 운 좋게 재수가 좋으면 겨우 목숨 건지는 병. 그것이 바로 호환마마였다.

온갖 근거 없는 치료 방법이 떠도는 것이 사실이지만, 봉명사의 승려들은 기본적으로 인삼과 황기, 감초, 생강 달인 물을 치료약으로 사용했다. 환자들 중에는 제법 이 약을 마시고 병증이 낫는 중이었으니 아예 엉터리 약이라고는 볼 수 없는 듯했다. 나름의 효과를 보이는 약이었다.

"복금아…… 이눔의 자식아……."

복금은 정신을 잃고 쓰러진 이후 아예 의식이 없었다. 하여 수남이 숟가락으로 약을 떠먹여 주는 중이었다. 수남 또한 복금이 병에 걸릴 줄 몰랐는지 안타까워 어쩔 줄을 모르는 표정이었다.

승려 벽신이 눈을 감고 복금의 맥을 짚었다. 곁에서 지켜보던 약손이 조바심을 이기지 못하고 물었다.

"스님, 복금이는 괜찮을까요? 아무 일 없을까요?"

"맥은 나쁘지 않으나 구슬이 발병한 지 얼마 안 되었으니 좀 더 지켜봐야 합니다. 앞으로 닷새 동안 구슬이 잘 부풀고 아물 수 있도록 보살펴야겠지요. 다만……."

"예?"

승려의 표정이 어두워졌다. 약손은 행여 큰 문제라도 생겼나 싶어 덜컥 겁이 났다.

"왜요? 뭐가 잘못됐습니까?"

수남이 묻자 승려가 가벼운 한숨을 내쉬었다.

"사찰에 남아 있던 약재 대부분을 사용한 상태입니다. 탕약에 들어가야 할 인삼과 황기가 부족하여서……."

대체 얼마나 큰일인가 싶었는데, 고작 인삼과 황기가 부족한 문제였다니. 그런 것은 절대 큰 문제가 될 수 없었다. 약손은 주저 없이 자리에서 일어났다.

"그건 걱정 마십시오. 제가 구해 오겠습니다!"


결국 약손과 수남이 탕약에 쓰일 약재를 구하기 위해 봉명산을 내려왔다. 해가 뜨기도 전인 새벽에 길을 나섰는데, 산 밑에 도달했을 때에는 늦은 오후가 되었다.

역병이 발병한 후로 산 밑에는 처음 와봤다. 평소라면 사람들 떠드는 소리로 왁자지껄해야 마땅한 마을이 조용했다. 곧 있으면 밥 때라 집집마다 굴뚝에서 연기가 피어올라야 하는데 그 또한 보이지 않았다. 아무것도 존재하지 않는 귀신 마을에 온 것만 같았다. 오싹 소름이 끼치는지 수남이 손바닥으로 팔을 북북 쓸었다.

"의빈마마…… 어째 좀 으스스하지 않습니까? 왜 사람이 아무도 없을까요?"

"그러게요……."

선뜻 마을 안으로 들어서기가 께름칙할 정도였다. 하지만 약방을 찾으려면 반드시 마을 안으로 들어가야만 했다.

"역병이 팔도를 휩쓸었다니 산 아래 마을이야 무사하겠습니까? 분명 피해가 이만저만이 아니었을 겁니다."

"아니 그래도 그렇지…… 어쩜 개미 새끼 한 마리 찾아볼 수가 없을 수 있는지……"

"약만 얼른 찾아서 다시 마을로 돌아가요."

약손이 턱 아래까지 흘러내린 무명천을 바짝 끌어올렸다. 인기척 없는 마을이 이렇게 소름 끼치는구나. 귀신 나올 것 같구나……. 수남은 마을에 가고 싶지 않았지만 이미 약손은 성큼 걸음을 옮겨 마을 안으로 들어선 후였다. 여기서 미적거리다가는 약손마저 잃어버릴 것 같았다. 수남이 후다닥 약손의 뒤를 쫓았다.

"의빈마마! 저도 같이 갑시다! 저도 데려가십시오!"

비록 마을은 당장 귀신 나올 것처럼 을씨년스러웠지만 수남이 지레 겁을 집어 먹은 것에 비하면 싱거울 정도로 아무 일도 일어나지 않았다. 시장 길에 위치한 약방을 용케 찾아갔을 때, 운이 좋았는지 때마침 약방을 나오던 의원과 딱 마주쳤다. 의원의 등에는 봇짐이 한가득했다. 이제야 역병을 피해 피난을 가는 듯했다. 의원 또한 아직 근방에 사람이 남아 있는 줄 몰랐다는 듯 눈을 휘둥그레 떴다.

"댁들은 누구슈?"

의원이 물었다.

"우리는 봉명 마을에서 왔습니다. 약재를 구하러 왔어요."

"봉명 마을이라면, 봉명산에 있는 윗마을 아니오? 거기라면 아직 병이 퍼지지 않았을 텐데, 어쩌자고 이 위험한 산 아래까지 내려왔습니까? 보다시피 여기도 약재란 약재는 전부 다 써서 없습니다. 나도 마지막 환자를 떠나보내고 이제야 피난을 가는 중이라오."

"봉명산에도 이미 병이 퍼진 지 오래입니다. 다른 것들은 필요 없습니다. 인삼이랑 황기면 됩니다. 어르신, 사례는 얼마든지 하겠습니다. 친구의 목숨이 걸려서 그렇습니다. 구할 방법이 정말 없겠습니까?"

약손이 간곡하게 부탁했다. 당장 생사를 오고 가는 위험에 빠진 복금에게 어떻게든 탕약을 만들어 줘야 했다. 이대로 죽으면 죽었지 절대로 빈손으로는 돌아갈 수 없었다. 하지만 의원이라고 해서 뾰족한 수가 있는 것은 아니었다.

"참말이지 내가 부러 댁들 골탕 먹이자고 거짓말하는 게 아닙니다. 쓸 만한 약재는 동나 버린 지 오래라서 약갑을 뒤져도 나올 게 없어요."

"어르신……."

개성부에 유배 온 지 얼마 안 되는 약손은 마을 근처에 대한 정보가 전무했다. 어디에 약재가 많은지, 약방이 밀집되어 있는 장소인지 전혀 알지 못했다. 믿을 사람이라고는 낯선 의원뿐이었다. 이러면 안 되는 줄 알면서도 떼쓰듯 붙잡고 놔주지 않았다.

잠깐 고민하던 의원이 문득 뭔가 생각난 듯 말을 이었다.

"고개 너머에 약초꾼이 한 명 사는데, 대대로 심마니를 해먹은 집이라서 없는 약초가 없다오. 우리도 웬만한 약재는 다 그 집에서 구했지. 혹시 그 집에 댁들이 구하는 약재가 아직 남아 있는지 모르겠는데……."

"그게 어딥니까?"

약손이 대뜸 물었지만 의원이 이내 설레설레 고개를 가로저었다.

"안됐지만 고개 너머는 이미 소개령이 내려진지라 사람들이 함부로 나다닐 수 없다오. 행여 운 좋게 고개를 넘어간다 해도 이 마을 쪽으로 다시는 걸음 할 수 없을 게야. 산 사람도 다 태우는 마당에 역병 도진 곳에서 온 사람을 멀쩡하게 들여보내 주겠소?"

약초꾼 집에 약재가 남아 있다 한들 가져올 수가 없으니 그림의 떡이라는 이야기였다. 하지만 약손은 굴하지 않았다. 소개령이든 지옥불이든 어떻게든 약초꾼의 집으로 찾아갈 생각이었다.

"약초꾼의 집이 어딘지만 알려 주십시오. 그 뒤는 제가 알아서 하겠습니다."

약손이 간곡하게 부탁했다. 의원도 더는 어쩔 도리가 없었다. 의원은 약손에게 약초꾼의 집을 알려 주고야 말았다.

"그 집이 어디에 있냐면 말이오……."

드디어 약손이 고개 너머 약초꾼의 집에 도착했다.

의원의 말대로 고개 너머는 소개령이 내려져서 함부로 드나들 수 없었다. 길목마다 관군들이 삼엄하게 지키고 서 있었지만 그래도 천만다행인 것은 마을에 들어오는 입구는 엄격하게 차단했지만, 상대적으로 마을에서 고개 너머로 들어가는 일은 허술하게 관리하고 있다는 점이었다. 세상에 어떤 정신 나간 사람이 역병 창궐하는 고개 너머로 간단 말인가. 덕분에 약손은 관군에게 들키지 않을 수 있었다.

사람이 떠난 지 오래인 약초꾼의 집에는 아직도 많은 약재들이 남아 있었다. 말린 당귀와 회회산, 산당화와 사철쭉은 물론이고 스님이 꼭 필요하다고 말한 황기와 인삼도 전부 챙겼다.

"이 정도면 충분하겠지?"

주머니가 두둑하니까 일단은 마음이 놓였다. 하지만 아직 안심하기는 일렀다. 그야말로 산 넘고 물 건너 약초꾼의 집에서 겨우 약재를 구하기는 했지만 돌아갈 길이 구만리였다. 그냥 고되기만 하다면 그깟 고생은 얼마든지 참아 낼 수 있었다. 하지만 마을로 다시 돌아가기 위해서는 관군들의 철통같은 감시를 피해야만 했다.

약손이 마을이 이어지는 길목 근처를 기웃거렸다. 만약을 대비해서 수남은 함께 오지 않았다. 아마도 수남은 마을 안에서 약손이 돌아오기만을 목이 빠져라 기다리고 있을 터였다.

'뻐꾹, 뻐꾹, 뻐꾹…….'

마을 쪽에서 뻐꾹새가 울기 시작했다. 저가 이쯤에 있으니 얼른 넘어오라는 수남의 신호였다. 하지만 약손은 쉬이 마을의 경계를 돌파하지 못했다. 설마하니 관군들이 그토록 꼼꼼하게 방비를 할까 싶었는데 웬걸. 쥐새끼 한 마리도 들어갈 틈이 없었다. 조그만 개구멍까지도 일일이 지키고 서 있는 관군들 때문에 약손은 약재를 가득 등에 지고도 돌아가지 못하는 신세가 되어 버렸다.

'뻐꾹, 뻐꾹, 뻐꾹…….'

뻐꾹새의 울음소리가 한층 더 구슬퍼졌다. 뻐꾹새가 울 때마다 약손의 가슴 또한 바짝바짝 말라 갔다. 산 위에서 역병에 신음하고 있을 복금의 얼굴이 아른거렸다.

역병이란 놈이 참으로 잔인한 게 누군가는 발병한 지 열흘 만에 목숨을 잃고, 또 누구는 단 하루 만에 목숨을 잃기도 했다. 한 달을 꼬박 앓다가도 용케 살아나는 사람이 있는 것을 감안하면 죽음은 아무 기준도 없이 무작위로 찾아오나 보다.

약손은 일각이 다급했다. 절대 그래서는 안 되지만 당장 내일이라도 복금의 숨이 멎을 수도 있는 일이었다.

어느덧 시간은 흘러 새벽녘이 되었다. 약손이 사찰을 떠난 지 딱 하루가 되어 가고 있었다. 약손이 어둠 속에서 시뻘겋게 빛을 내는 관군들의 횃불을 물끄러미 쳐다봤다. 저가 지엄한 관군의 경계를 뚫고 나갈 수는 없지만 더는 시간을 끌 수도 없으리라. 하면 비록 저는 마을에 들어가지 못한다 한들 이 약재만큼은 전해 줄 수도 있지 않을까?

어차피 본래 약손의 목적은 복금의 병을 낫게 해줄 '약재'였다. 약재만 전해진다면 약손은 다시 마을에 들어가지 않아도 괜찮았다. 생각이 거기까지 미치자 더는 망설일 시간이 없었다.

"수남 아저씨!"

약손이 크게 소리쳤다. 부러 손을 휘저으며 저가 있는 위치를 알렸다. 하지만 그 모습은 수남뿐 아니라 관군들의 이목을 끌기에도 충분했다.

"웬 놈이냐?"

관군이 소리쳤지만 약손은 개의치 않았다. 반대쪽에 서 있는 수남이 보였다. 약손은 저가 등에 매고 있던 봇짐을 수남 쪽으로 휙 던져 버렸다.

"네 이놈!"

곧 관군들이 달려왔다. 역병이 제일 먼저 발병한 고개 너머 사람들이 마을로 들어가겠다고 한두 번 난리 일으킨 게 아니었다. 관군들은 약손 역시 마을에 진입하려는 전염병 환자들 중 한 명이라고 여겼다.

"고개 너머에서 온 사람들은 절대로 마을 쪽으로 갈 수 없다!"

관군의 칼이 약손을 겨눴지만 이 순간 약손은 아무것도 보이지 않고, 아무것도 들리지 않았다.

"수남 아저씨, 얼른 복금이한테 가세요. 복금이한테 약을 가져다주세요."

"하지만 의빈마마, 마마께옵서는……."

"어서 가세요!"

더 지체하다가는 약재까지 빼앗길지도 몰랐다. 갈팡질팡 어쩔 줄을 몰라 하던 수남이 이내 약손이 던져 준 봇짐을 메고 뒤돌아섰다.

이윽고 약손이 일으킨 소란에 다른 관군들이 몰려왔다.

"무슨 일이냐?"

"고개 너머에 사는 자가 마을 안으로 들어가려는 것을 붙잡았습니다."

관군의 횃불이 약손의 얼굴을 비췄다. 관군이 약손의 얼굴을 이리저리 살폈다. 비록 붉은 반점이나 고름 따위의 징조는 보이지 않았지만 역병으로 인해 대부분 사람들이 몰살당하다시피 한 고개 너머의 사람이라면 뻔했다.

소개령으로 웬만한 환자들은 거의 다 격리시켰다고 생각했는데 아직도 살아남은 사람이 있다니. 마침 오늘 아침 즈음에 새로 들어온 시체들을 소각하라는 명이 떨어졌다.

관군이 말했다.

"이자를 소각터로 데려가라!"

*

이유가 월당에 들었다. 약손의 처소였던 월당이 아니라 뜨거운 온천수가 들끓는 월당이었다. 월당에 들어앉은 이유의 주변으로 허연 김이 펄펄 솟아올랐다. 이유는 제 몸을 숨기기라도 할 듯 턱 끝까지 물에 담근 채였다. 동재는 물론이고 주변을 경계하는 내금위조차 숨소리 하나 내지 않는 고요가 이어졌다.

개경에 역병이 터진 이후, 이유의 신경은 극도로 날카로워졌다. 의복을 제대로 정제하지 못했다는 연유로 상의원 내관이 뺨을 맞았고, 궁녀 한 명이 종아리가 터지도록 회초리를 맞았다. 이런 식의 분별없는 체벌은 정난 이후 거의 처음 있는 일이었다. 그때는 눈빛만 수상하여도 김종서의 측근이라 하여 목이 잘렸다. 지금처럼 고작 뺨 때리거나 회초리 치는 것은 애들 장난에 불과했지만, 동재가 그간의 눈치로 짐작해 봤을 때 곧 궐에 피바람이 불어 닥칠 터였다.

그때, 고요한 월당에 웬 사내가 황급히 걸어 들어왔다. 개경부 관찰사에게 개경에 발병한 역병에 관한 상황과 피해를 이유에게 시시각각 알려 주는 도총관이었다. 그는 하루 중 그 어느 때라도 상관없이 저가 보고받은 상황을 이유에게 고해야만 했다. 하면 이유는 새벽에라도 잠에서 깨어나 군말 없이 도총관의 보고를 받았다. 아니, 사실 제대로 수면한 적 없으니 잠에서 깨어났다는 말은 아마도 틀린 설명이리라.

"개경부에서 토적 떼가 일어나 빈집의 재물을 훔치고 빼앗으며 인명을 살상하는 인면수심의 범죄가 끊이질 않는다고 합니다. 뿐만 아니라 발병한 시체가 날로 늘어나서 개경부 거리에는 쓰러져 있는 시체들이 즐비하며, 그 참혹한 풍경은 차마 입에 담을 수 없을 정도라 합니다. 곡식 또한 심히 부족해 경기도에서 관곡을 급히 수송하는 중이나 홍수 때 길이 끊겨 그마저도 쉽지 않은 줄로 아뢰옵니다……."

눈을 감은 이유는 아무 대답이 없었다. 미동조차 하지 않으니 무슨 생각을 하는지, 고민을 하는지 그 누구도 짐작하지 못했다.

"하면, 그곳…… 그곳은 어찌 되었느냐?"

"……."

이유가 말하는 그곳이 대체 어디냐고 되물을 필요도 없었다. 이유가 가리키는 그곳, 약손이 머무는 봉명 마을이었다.

"봉명 마을은 역병이 처음 발병한 북산과 가까운 위치에 있는 지역이라……."

도총관이 망설였다. 보고는 가감 없이 사실만을 전해야 마땅했지만 전달받은 소식이란 게 참으로 참혹하여 말이 제대로 나오질 않았다.

"군관의 소식에 따르면 봉명 마을은…… 살아남은 자가 극히 드물어……."

"……."

"고을 사람 대부분이 병에 의해 몰살……되었다 하옵니다."

도총관이 어렵게 보고를 마쳤다.

"……."

"……."

이윽고 첨병 물보라가 튀었다. 벌떡 자리에서 일어난 이유의 나신에서 하얀 김이 모락모락 솟아올랐다. 동재가 얼른 야장의를 걸쳐 주었다. 이유가 거추장스럽다는 듯 떨치고 제 손으로 직접 고름을 묶었다.

"전하, 침소에 드시겠나이까?"

이유의 기색이 심상치 않았다. 고분고분 처소에 들겠다 동의할 것 같지 않았지만 동재가 내색하지 않고 질문했다. 그리고 역시나, 이유가 고개를 저었다.

"아니, 처소에는 가지 않는다."

"하오면……."

이유가 나직한 한숨을 내쉬었다.

"풍운우를 들라 해."

사람의 직감이라는 게 참 무서웠다.

원래는 수남도 약손과 함께 고개 너머 약초꾼의 집에 가려고 했지만 약손이 막아섰다. 혹시라도 무슨 일이 있을지도 모르니 수남은 마을에 남아 기다리라는 말이었다. 고개로 사라지는 약손의 뒷모습을 볼 때부터 불안하다 싶었는데 역시나였다. 약손은 관군들에게 들켜서 마을로는 영영 돌아올 수 없게 되어 버렸다. 그나마 관군에게 잡히기 전에 마을 안에 있던 수남에게 봇짐을 던져 줬기에 약재만은 가져올 수 있었다.

약손이 제 앞가림은 자신이 알아서 할 테니 어서 복금에게 가 보라고 했지만 사람 마음이 어디 그렇게 뜻대로 되던가? 관군에게 잡힌 약손이 자꾸만 눈에 밟혔다. 그냥 어디 관청에 갇혀서 옥살이나 하면 다행이었지만 수남은 지금 저가 발 딛고 있는 장소가 역병 발병 지역임을 떠올렸다.

역병이 돌아 소개령이 내려진 지역의 최후는 어떻게 되더라?

의학 생도로 있었던 수남이니 그 결말은 짐작하고도 남았다. 병으로 죽은 시체는 물론이고, 그 환자들까지 함께 소각할 것.

지난번 서촌에서 괜히 살아 있는 아이들을 전부 태우라고 한 것이 아니었다. 역병이 괜히 죽음의 병이 아니었다. 단순히 병 때문에 죽는 경우도 있었지만 소개되어 죽는 경우도 다반사였다. 그런 상황을 빤히 알고 있는데 수남이 어찌 마음 편하게 봉명에 갈 수 있으랴. 다시 돌아올 수밖에 없었다.

산에 내려오기 위해 신분을 감췄지만 약손을 살릴 수만 있다면 수남은 약손이 의빈의 첩지를 받고 유배된 주상 전하의 후궁임을 밝힐 생각이었다.

"글쎄, 제 말 좀 들어 보시라니까요. 저 안에 계신 분이 보통 분이 아니라, 의빈마마. 의빈 아시죠? 궁궐 웃전 중에서 중전마마 다음으로 높은 품계입니다. 그 높디높은 의빈 첩지 받은 마마님께서 잡혀 계신다고요. 그분은 역병에 안 걸렸습니다. 제발 좀 풀어 주십시오. 네?"

수남이 부탁했지만 관군들은 수남의 말을 귓등으로도 듣지 않았다. 제 가족 살려 달라 부탁하는 사람들이 어디 한둘이던가. 그들의 편의를 다 봐주다가는 소개의 의미가 없었다.

"나리, 어르신, 아이고 사또…… 주상 전하께옵서 의빈마마를 얼마나 총애하시는데요. 손에 쥐면 사그라질까, 바람 불면 날아갈까…… 얼마나 유난이고 극성인 줄 아십니까? 의빈마마를 살려만 주신다면 이 은혜 결코 잊지 않을 것이옵니다. 후하게 사례할 것입니다."

주상 전하가 총애하는 의빈마마를 죽였다가 그 뒷일을 어떻게 감당할 것이냐, 목숨만 살려 주면 평생을 떵떵거리고 살 만큼의 재물로 보답하겠다…….

협박도 해보고, 회유도 해봤지만 아무 소용이 없었다.

"의빈마마는커녕 의빈마마 할아버지가 와도 절대 고개 너머 사람을 마을 안으로 들일 수는 없네. 썩 꺼지지 못해?"

"나리, 제발 부탁드립니다……."

"거참 자꾸 거치적거리게 할 텐가? 주상마마가 진정 총애하는 후궁이라면 왜 이런 외진 곳에 유배를 왔겠어? 곁에 두고 살아도 부족할 판에, 별 말도 안 되는 소리를 지껄이네. 자꾸 이러면 자네도 같이 소개하는 수가 있어. 정녕 그리되고 싶어?"

"그것은 아니지만……."

관군은 정말로 마을 안에 있던 수남에게까지 해코지를 할 기세였다. 수남이 겁에 질린 얼굴로 주춤주춤 뒤로 물러났다.

그리고 푸른 새벽이 지나고 해가 떠오를 무렵, 관군들은 정말로 소개터에 불을 놓기 시작했다.

저 안에 약손이가 있을 텐데, 약손이가 잡혀 있을 텐데…… 우리 의빈마마를 제발 살려 달라고 소리쳐 봐도 지금 이 순간, 수남을 도와줄 사람은 아무 데도 없었다.

시커멓게 타오르기 시작하는 연기를 보던 수남은 마침내 바닥에 주저앉아 꺼이꺼이 울음을 터뜨렸다.

"아이고, 우리 의빈마마 죽네…… 아이고, 우리 의빈마마 이대로 돌아가시면 억울하고 불쌍해서 어떡하나…… 의빈마마……."

수남의 얼굴이 눈물 콧물 범벅이 될 정도로 엉망이 되었다. 곡을 하며 한참을 울 때였다. 문득 수남 앞에 웬 말 한 필이 멈춰섰다.

"아이고, 의빈마마……."

수남이 무심코 고개를 들었다가 이내 그대로 얼음처럼 굳어졌다. 아니, 내가 지금 헛것을 보나? 의빈마마의 죽음이 너무 슬퍼서 정신 나갔나? 팔푼이가 되었나? 수남이 손등으로 제 눈을 마구 문질렀다.

하지만 수남 앞에 나타난 사람은 환영도 아니고, 환시도 아니고, 꾸며 낸 거짓도 아니었다. 곧 말 위에 올라탄 사내의 나지막한 목소리가 들렸다. 수남도 몇 번인가 들어 본 바로 그 목소리였다.

"다시 한번 말해 보아라. 의빈이…… 약손이 대체 어디에 있기에 그토록 살려 달라 우는 것이야?"

히끅! 수남이 저도 모르게 딸꾹질을 터뜨렸다. 수남이 뭔가에 홀린 것처럼 손끝으로 고개 너머의 소개터를 가리켰다.

"의빈마마는 저쪽에, 바로 저곳에 계십니다……."

수남의 말이 끝남과 동시에 사내가 바람처럼 사라졌다. 저가 본 광경이 통 믿기지 않아 망부석처럼 굳어 있던 수남은 한참 후에야 퍼뜩 정신을 차렸다.

수남은 그 자리에 엎드려 제 이마를 찧으며 마구 빌기 시작했다.

"아이고, 주상 전하…… 우리 의빈마마 좀 살려 주십시오. 주상 전하……!"

그렇다. 수남 앞에 나타난 사내.

그는 바로 이윤이었다.


"이보시오, 문 좀 열어 보시오! 이보시오!"

약손이 문을 두드렸지만 한번 닫힌 문은 통 다시 열릴 줄 몰랐다. 본래는 쌀이나 보리 따위를 저장해 두는 용도로 사용되던 곳간에는 약손을 제외하고도 숨이 붙어 있는 사람이 여럿이었다. 개중에는 이미 붉은 반점이 온몸을 뒤덮은 이도 있었고, 약손처럼 멀쩡해 보이는 이도 있었다. 그들이 각자 어떤 까닭으로 이곳에 끌려왔는지는 모르겠지만 모두들 고개 너머에 살던 사람들이라는 공통점만은 확실했다. 거적에 둘둘 싸여 있는 몇 구의 시체가 섬뜩했다.

곳간을 둘러보던 약손은 더욱 필사적으로 문을 두드리기 시작했다.

"난 병에 걸리지 않았단 말이오! 난 이렇게나 멀쩡하오! 그러니 날 보내 주시오! 날 내보내 달란 말이야!"

하지만 쇠귀에 경 읽기였다. 바깥에 있는 관군들은 약손의 외침을 들은 척도 하지 않았다. 지친 약손이 마침내 바닥에 철퍼덕 주저앉았다. 계속 문을 두드려 댄 손이 시뻘겋게 부어 있는 것이 보였다. 역병 환자들과 한 공간에 있으니 이제는 병도 걸릴 것이 분명했다.

수남이 산을 내려오기 전에 호주머니마다 넣어 준 쑥과 마늘 뭉치가 보였다.

'호신부가 따로 있겠습니까? 역병 돌면 쑥이랑 마늘이 으뜸 호신부입니다. 필시 이것들이 의빈마마를 지켜 줄 거라니까요!'

수남은 호언장담했지만 정말 그럴까?

약손이 부질없다는 듯 쑥을 손에 문질렀다. 진한 쑥 향기가 금방 코끝에 퍼졌다. 소개령이란, 더 이상 역병이 번지는 것을 방지하기 위해 병자가 쓰던 물건이나 집, 병에 걸린 시체 따위를 한데 모아 태우는 것을 뜻했다. 하물며 소개터에 끌려온 자의 결말이란 뻔하지 않겠는가? 약손도 잘 알고 있었다.

지난번 서촌에서의 일은 아이들만 병에 걸린 것이 하도 이상하여 저가 말렸을 뿐이지, 역병을 진압하는데 소개보다 더 좋은 방법은 없었다.

예전의 약손이었다면 저는 아직 병에 걸리지 않았으니 벽을 부숴서라도 어떻게든 곳간을 빠져나가겠지만 지금의 약손은 그러한 의지를 전부 잃었다.

……차라리 이렇게 죽어 버리는 게 낫지는 않을까?

이승에서 어떻게든 잘 살아가려고 아등바등 노력했지만 결국 이 모양 이 꼴이 되고 말았다. 품계를 1품을 받았든, 2품을 받았든 그따위 감투는 사실 중요하지 않았다. 그냥 약손은 주상 전하와 함께 오순도순 살게 된 것이 좋았을 뿐이었다.

하지만 권력이란 참으로 무서운 존재라서 높이 올라가면 갈수록 잃을 것도 많아진다는 사실을 미처 몰랐다. 약손은 제 주변 사람 지키는 방법을 몰랐고, 결국 제게 남은 단 하나뿐인 가족 칠봉을 잃고, 사랑도 잃었다.

죽으면 아부지 만날 수 있을 텐데…….

그곳에는 칠봉도 있고, 이제는 흐릿하게 기억만 남은 제 친아버지, 약손이 얼굴도 모르는 어머니가 있으리라.

약손이 힘없이 벽에 머리를 기댔다. 어느샌가 매캐한 연기가 곳간에 퍼지기 시작했다. 하지만 약손이 꾹 감은 눈은 떠질 줄 몰랐다. 작은 불꽃은 점점 더 크게 번지기 시작했고, 마침내 곳간 전체가 시뻘건 불길에 휩싸였다.

'아부지…….'

칠봉을 비롯한 복금과 수남, 목 상궁의 얼굴이 스쳐 지나갔다. 뜨거운 열기에 서서히 숨이 막혀 갈 때쯤, 약손은 자신도 모르는 사이에 중얼거리고 말았다. 다시는 생각하지 말자고, 떠올리지도 말자고, 수백 번 수천 번을 다짐한 그 이름을 말이다.

"주상 전하……."

저를 삼킬 뜨거운 화마 때문일까? 그 순간, 약손은 환청을 들었다. 환영을 보았다.

"약손아!"

시뻘건 불길을 헤치고 다가온 이유가 보였다. 물론 약손은 그것이 저가 꿈에서 보는 광경이라고, 죽기 전에 잠깐 보는 환시라 여겼다.

"전하……."

"정신 차리거라! 정신 차려, 약손아!"

하지만 환상이라기엔 이유의 모습이 너무 현실적이었다. 곧 이유가 약손을 끌어안아 밖으로 나왔다. 숨을 막히게 했던 연기가 걷히고, 맑은 공기가 폐부로 들어왔지만 의식은 점점 멀어졌다.

"전하……."

미워하자고 다짐했던 이였지만 정작 죽음이 코앞까지 다가오니까 참말 사무치게 보고 싶었더랬다.

"그래, 나다. 약손아…… 나야…… 내가 다 미안해……."

이유가 쓰러진 약손 위에 고개를 묻고 울었다.

어느새 환하게 떠오른 해가 이유를 비췄다.


'약손아…… 약손아, 그만 일어나야지. 해가 중천인데 언제까지 그렇게 잠만 잘 테냐. 응?'

오늘도 어김없이 칠봉의 잔소리가 이어졌다. 더 늦잠 잤다가는 아침밥도 못 먹고 먼 길 가게 될까 봐 약손이 온갖 인상을 쓰며 일어났다. 간밤에 베개 밑에 숨겨 둔 전대를 제일 먼저 챙겨 허리춤에 둘러맸다.

이건 보통 전대가 아니다. 올겨울 약손과 칠봉 부자를 나게 해 줄 전대, 내년 즈음에 방 한 칸 모으게 해줄 소중한 전대라. 약손에게는 제 목숨만큼이나 귀중했다.

칠봉은 언제 일어났는지 벌써 길 떠날 차비를 모두 마친 후였다. 약손은 대충 눈곱만 떼고 마루에 걸터앉았다. 아무래도 칠봉이 서두르니 세수쯤이야 길 가다가 냇가 있으면 하고, 없으면 말고.

약손이 댓돌 위에 올려 둔 짚신을 찾는데 어째 분명 밤에 벗어 둔 짚신 두 짝이 보이지 않았다.

'아부지, 내 짚신 못 봤어? 여기에 벗어 놨는데, 어디로 갔지? 또 언놈이 훔쳐 간 거야?'

짚신 없이 어떻게 먼 길을 떠난단 말인가? 약손이 왈칵 신경질을 냈다. 주막 전체를 뒤져서라도 제 짚신을 찾아낼 기세였다. 약손이 마루 밑을 이리저리 뒤졌다. 한데 어쩐 일인지 칠봉은 함께 짚신을 찾아 주기는커녕 약손을 가만 보고만 있을 뿐이었다.

'아부지 뭐해? 내 신발 좀 찾아보라니까?'

'⋯⋯.'

약손이 칠봉을 채근했지만 칠봉은 여전히 알 듯 모를 듯 미소만 지은 채였다. 칠봉이 말했다.

'아니야, 약손아. 너는 안 가. 너는⋯⋯ 여기 있어.'

'⋯⋯응?'

그게 무슨 뚱딴지같은 소리야? 이번 장은 엄청 크니까 단단히 한몫 벌어 가자고 할 때는 언제고 나보고 여기 있으래? 약손이 그제야 칠봉을 똑바로 바라봤다.

칠봉이 어깨에 멘 봇짐은 반듯했다. 까닭은 잘 모르겠지만 엄청 멀리 떠나는 기분이 들었다.

'아부지, 어디 가?'

약손이 의아한 얼굴로 묻자 칠봉이 고개를 끄덕였다.

'응. 가.'

'어디?'

'멀리.'

'멀리 어디?'

'⋯⋯몸 건강히 잘 지내. 아프지 말고, 밥 잘 챙겨 먹고.'

칠봉이 돌아섰다. 대체 저 많은 짐을 지고 혼자서만 어디를 가겠다는 말이야? 약손이 칠봉을 따라가려 했다. 하지만 참 이상하게도 발이 자리에 붙어 버린 듯 뜻대로 떨어지지가 않았다. 어? 내가 왜 이러지? 왜 몸이 안 움직이지? 약손이 당황하여 어쩔 줄을 몰라 했다.

그러는 사이에 칠봉은 점점 더 멀어지고, 또 멀어지고…… 종내에는 아주 점처럼 작아졌다.

대체 아버지가 저를 버리고 어디를 간단 말인가? 약손은 엄청나게 서러워졌다. 그래서 그 자리에 서서 장터에 구경 나왔다가 엄마 손을 놓친 아이처럼 엉엉 울음을 터뜨렸다.

'아부지, 가지 마. 나 두고 가지 마. 나도 같이 가. 나도 데려가…….'

하지만 약손이 가지 못하도록 붙잡은 손길은 참으로 완강하기만 했다. 약손이 도무지 이길 수 없는 힘이었다. 안 돼, 너는 못가. 가면 안 돼.

약손이 휙 고개를 돌려 저를 붙잡은 이를 바라봤다. 그리고 그 얼굴을 보는 순간, 우르릉 쾅! 약손 머리에 벼락이 떨어져 내렸다. 동시에 약손이 비명을 지르며 일어났다.

"아부지!"

약손이 숨을 몰아쉬었다.

깜빡깜빡 감았다 뜨는 눈이 주변을 살폈다. 초승달처럼 얇은 눈, 자상한 미소, 귀가 어깨까지 축 늘어진 불상이 보였다. 중생을 고난에서 구제하고, 중생이 앓고 있는 질병을 없애 준다는 약사여래불. 엄지와 인지, 장지 사이로 들고 있는 보주가 보였다. 여래불께서 보주 한 알을 돌릴 때마다 중생 한 명이 되살아난다는데…….

약손은 언제 들었는지도 기억나지 않는 여래보살 이야기를 떠올렸다.

곧 문밖이 시끄러워졌다.

벌컥 문이 열리더니 목 상궁, 그 뒤를 이어 수남이 들어왔다.

"아이고, 마마! 의빈마마, 정신이 좀 드시옵니까?"

"의빈마마……."

목 상궁이 약손의 이마에 손을 올려 떨어진 체온을 확인했다. 수남은 감격에 겨운 나머지 엉엉 울기까지 했다.

"의빈마마께옵서 돌아가시는 줄 알았습니다. 이번엔 까딱없이 이승 하직하시는구나 믿어 의심치를 않았는데…… 아악!"

수남이 입방정을 떨다가 목 상궁에게 옆구리를 찔렸다. 목 상궁이 이만하길 진정 다행이라는 듯 안도의 한숨을 내쉬었다. 입 안이 까끌까끌한 듯 약손이 인상을 썼다. 목 상궁이 그 뜻을 짐작하고는 얼른 약손에게 물이 담긴 대접을 내밀었다.

"천천히 드십시오, 마마."

행여 물이라도 마시고 체할까 목 상궁이 단속했다. 분명 소개 터에 끌려가 그대로 까딱없이 죽는 줄 알았는데, 저가 어찌 이렇게 멀쩡히 살아 있지? 약손은 입술을 축이면서도 내내 그것이 궁금했다.

수남이 긴장이 풀린 듯 털썩 바닥에 주저앉았다.

"정말 다행입니다. 의빈마마께옵서 이리 살아나신 것은 전부 주상 전하의 덕분이지요. 주상 전하께옵서 의빈마마를 살리려고 그 뜨거운 화마 속에 몸을 던지시는데……."

"뭐…… 뭐라고?"

약손이 그대로 굳어졌다. 생각해 보니 저가 정신을 잃기 전에 주상 전하를 본 것도 같긴 한데…… 당연히 환영이라 여겼다. 하지만 내가 잘못 본 게 아니었단 말이야?

곧 문밖에서 조용한 발자국 소리가 들렸다. 발자국 소리만으로도 오싹 소름이 돋았다. 너무도 익숙한 걸음 소리…… 보지 않아도 발걸음의 주인이 누구인지 알 것 같았다.

목 상궁과 수남이 한쪽으로 물러났다. 이내 반쯤 열린 문틈 사이로 익숙한 얼굴이 보였다.

그는 바로…….

"약손아……."

주상 이유였다. 약손을 내친 이유. 약손을 유배시킨 이유. 언제나 알콩달콩 살자며 맺은 맹세를 모두 깨뜨린 이유…….

이유를 바라보는 약손의 어깨가 부들부들 떨렸다. 약손이 화를 참으려는 듯 입술을 깨물었다. 무슨 말을 할지 몰라 한참을 망설이던 이유가 방 안쪽으로 겨우 한 걸음을 디뎠다. 하지만 그모든 것을 지켜보던 약손이 그를 용납할 리 없었다.

"오지 마십시오! 가십시오!"

와장창!

약손이 방금 전까지 손에 꼭 쥐고 있던 대접을 던져 버리며 악썼다.

第二十一章. 귀환

[1]

약손이 주상 전하와 함께 돌아왔다는 소식이 궐에 파다했다.

애초부터 사랑싸움이었다는 둥, 의빈이 개경 유명한 무당과 술수를 부려 주상 전하를 다시 홀렸다는 둥 여러 가지 흉흉한 소문이 떠돌았다. 하지만 그게 무엇이 되었든 역병이 창궐하는 지역에서 저가 쫓아 보낸 여인을 다시 제 손으로 구해 낸 이유의 일화는 더욱 돋보일 수밖에 없었다.

세상에 어떤 남자가 죽음을 무릅쓰고 사랑하는 여인을 구한단 말인가. 의빈은 대체 무슨 복을 타고났기에 다른 사람도 아닌 지존에게 그런 절절한 사랑을 받고 있을까? 그것이 무당의 술수라면 비법을 물어보고 싶을 정도였다.

어떤 이는 설레어하고 어떤 이는 마냥 부러워만 할 때, 또 어떤 이는 지독한 불안감에 사로잡혔다.

그녀는 바로 중전 심소영이었다.

심소영은 얼굴에 살이 전부 내려 흡사 산송장이 떠오를 정도로 피폐한 모습이었다. 지난날, 두 볼에 옅게 떠올라 있던 홍조나 생기 따위는 전혀 찾아볼 수 없을 정도였다. 모가지는 가늘어졌고 언뜻언뜻 보이는 손목은 작대기만큼 얇아 언제라도 부러질 듯 위태로웠다. 그럼에도 불구하고 심소영의 배만은 한껏 부풀어 오른 채였다. 점점 달수가 차기 시작했는지 심소영은 앉아 있는 것도 버거워 베개를 뒤에 놓고 기대앉아야만 했다.

심소영이 초조한 듯 손톱을 물어뜯었다.

"중전마마!"

김 상궁이 심소영을 진정시켰다. 그러나 그 누구도 심소영의 불안을 잠식시킬 수는 없으리라. 심소영이 필사적인 얼굴로 제 아비를 바라봤다.

"아버님, 의빈이…… 의빈이 돌아왔다고 합니다."

"예, 마마. 소신 또한 그 소식 들었나이다."

심소영의 부러진 손톱에서 툭 피가 솟구쳤지만 심소영은 그깟 상처의 아픔 따위에 구애받을 겨를이 없었다. 심소영의 얼굴에 짙은 그늘이 졌다.

"의빈이 배 속에 아기를 또 해하려 한다면…… 그땐 어떡합니까?"

그렇다. 심소영의 불안은 오직 하나뿐이었다.

의빈이 저번처럼 배 속의 아기에게 해코지를 할지도 모른다는 사실. 실제로 그날 이후로 중전은 식사는 물론이고 그 흔한 물 한 모금 자유롭게 마시지 못했다. 상궁이 기미를 해도 불안해서 끼니때마다 밥 한술을 겨우 뜨는 수준이었다. 그러다 보니 몇 달째 식사를 걸러 이토록 피골이 상접한 꼴이 되고 말았던 것이다.

심소영의 불안에 심재호가 그 무엇도 걱정할 것 없다는 듯 고개를 저었다.

"걱정 마십시오, 마마. 의빈은 결단코 중전마마도, 배 속의 아이도 해할 수 없을 것이옵니다."

"그걸 어떻게 단정하십니까? 의빈은 무당에게 주술을 배워온 자라 하지 않습니까? 주술로 주상 전하를 불러들였는데, 아기를 못 죽일까요?"

심소영이 생각만으로도 끔찍하다는 듯 몸을 웅크렸다. 심재학이 그런 중전을 다독였다.

"하오니 중전마마…… 이제부터는 무슨 일이 있어도 소신의 말을 따라 주셔야 합니다. 그것이 중전마마를, 배 속의 아기를 지키는 유일한 방법임을 잊지 마시옵소서. 아시겠습니까?"

과거, 친정을 멀리하던 심소영의 모습은 온데간데없었다. 이 깊은 구중궁궐에서 심소영 본인과 아기의 목숨을 지켜 줄 이는 제 친정 식구밖에 없었기에.

"제가 무엇을 하면 되겠습니까?"

심소영이 목소리를 낮추고 물었다. 그와 함께 중궁전의 문이 모두 닫혔다. 아무도 들을 수 없는 비밀이 쏟아지기 시작했다.

"아뢰옵기 황공하오나, 이제부터 중전마마께옵서는……."

기어코 제 딸을 한편으로 끌어들인 심재호가 비방을 풀어냈다. 심소영이 진중한 얼굴로 그 이야기를 경청했다. 중전은 지난날의 유약하고 온화한 중전이 아니었다. 아이를 지키기 위해서라면 무엇이라도 할 준비가 되어 있는 자였다.

그것이 그 무엇이라 해도 말이다.

*

목 상궁은 도대체 어떠한 운명을 타고났기에 팔자가 이토록 사나울까?

결국 약손은 이유와 함께 궐로 돌아왔지만 환궁한 이후 단 한 번도 이유를 월당에 들인 적이 없었다. 물론 이유는 단 한 번도 거르지 않고 매일 밤 월당을 찾아왔다.

그 말인즉, 이 세상에 감히 그 누구도 하대할 수 없는 주상 전하의 걸음을 목 상궁이 돌려세웠다는 뜻이었다. 물론 일전에도 이런 적은 있었지만 지금처럼 곤혹스럽지는 않았다.

그때만 해도 약손은 저가 아프다는 둥, 몸이 좋지 않다는 둥 나름의 허울 좋은 변명을 늘어놓기라도 했지, 대놓고 주상 전하를 무시하지는 않았다.

"의빈은 뭐라 하는가?"

어김없이 일과를 끝낸 이유가 월당 앞에서 물었다. 그 나직한 목소리에 더욱 소름이 돋았다. 의빈마마께서 무어라 하셨냐고?

'꼴도 보기 싫으니 돌아가시라 일러라. 행여 무엄하다 노하시면 지존을 능멸한 죄로 내 목을 치라 해!'

봉명사에서 결단코 환궁하지 않겠다는 것을 이유가 떼를 쓰고 어거지를 부려 궐로 데려왔다. 내가 잘못했다, 다 내 잘못이다, 너를 내치는 게 아니었어…… 아무리 어르고 달래도 소용이 없었다. 약손이 네가 환궁하지 않으면 그나마 월당에 남아 있는 나인들은 물론이고 목 상궁과 복금, 수남까지 살려 두지 않겠다는 끔찍한 협박을 하고서야 함께 돌아올 수 있었다.

일단 한번 하겠다 하면 반드시 하고 마는 성미인 이유는 참말 약손의 식솔의 목을 치고도 남을 자였다. 약손 또한 그를 잘 알기에 어쩔 수 없이 환궁했지만 그렇다고 해서 궐에 돌아온 것이 이유를 용서한다는 의미는 아니었다.

주상 전하께옵서는 아마도 저만 성깔 있는 줄 아나 본데, 약손도 만만치가 않은 성깔이었다. 약손은 한 번도 이유를 제 처소에 들이지 않았다. 얼굴 또한 쉬이 보여 주지 않았다. 어차피 무엇이든 제 마음대로 할 수 있는 주상 전하지만 저는 일단 거절하겠다, 전하가 또 억지를 부리든 말든 마음대로 해라, 내 목이 떨어지든 말든 신경 안 쓸 테니…….

이런 식으로 나오니까 이유는 함부로 약손의 뜻을 거스르지도 못했다. 이유도 낯짝이 있고, 양심이란 게 있는 사람이었다. 약손을 실망시킨 것은 한번으로 족했다. 약손이 싫다는 일은 절대 해서는 안 되었다.

"주상 전하…… 그, 그것이……."

목 상궁이 저도 모르게 말을 더듬었다. 말 안 해도 알겠다는 듯 이유가 고개를 끄덕였다.

"내가 꼴 보기 싫으니 당장 돌아가라 하더냐?"

"예…… 예? 아, 아니옵니다……."

이미 안의 상황을 훤히 보고 온 듯 정곡을 찌르는 말에 목 상궁이 당황했지만, 재빨리 고개를 저으며 저의 웃전을 비호했다.

"그것이 아니옵고, 의빈마마께서 개경부에 있는 동안 건강이 많이 상하시어 아직 회복을 해야 하기 때문에…… 행여 주상 전하께 누만 끼칠까 염려하여 어쩔 수 없이…… 마음속으로는 벌써 백 번도 천 번도 더 뵈었으나 참으로 어쩔 수 없이, 정말 어쩔 수 없이 오늘 밤은 뵐 수 없다 하시나이다……."

이토록 구구절절한 변명이라니. 이토록 충직한 신하에게는 응당 상을 줘야 마땅한데, 약손이 목 상궁의 이런 눈물겨운 노고를 아는가 모르겠다.

"그러하냐……."

이유가 쓰게 대답했다. 매일 반복되는 문전박대지만 약손에게 거절당할 때마다 심히 마음이 좋지 않았다. 하지만 이제 그만 마음 풀라고, 이제 제 속 좀 그만 상하게 하라고 투정 부릴 수도 없었다. 약손의 마음을 먼저 저버린 것은 그 누구도 아닌 이유였으니…….

"송구하옵니다. 주상 전하……."

목 상궁이 고개를 조아렸다.

"아니야. 됐어. 목 상궁이 과인 때문에 고생이 많다."

"전하……."

"의빈에게 전하라. 아픈 몸을 어서 추슬러 하루 속히 쾌차하길 바라고……."

"……."

바라고…… 그다음에는 무슨 말을 하려던 걸까?

'보고 싶다고…… 내가 의빈을 많이 보고 싶어 한다고 전해 줘.'

하지만 그 말은 미처 내뱉지 못했다.

목 상궁이 마지못해 월당 안으로 들어갔다.

'주상 전하 좀 잘 챙겨 주십시오.'

'의빈마마께 우리 주상 전하 말 좀 잘 해주게…….'

그 짧은 순간에 목 상궁과 동재가 수많은 뜻이 담긴 눈빛을 주고받았다. 목 상궁이 월당으로 사라진 후, 언제나 그렇듯 이유는 곧바로 처소에 돌아가지 않고 월당 밖을 서성였다. 혹시라도 약손의 얼굴을 볼 수 있을까 하는 기대 때문은 아니었다. 그저 약손과 가장 가까운 곳에 있고 싶은 마음이랄까.

곧 월당에 어둠이 찾아들고, 하나둘 촛불이 켜졌다. 안에서 나인들이 떠드는 목소리가 잠깐 들렸다가 이내 깊은 밤이 되자 켜졌던 촛불 또한 다시 하나둘 꺼졌다. 이유는 그런 일련의 과정이

지나는 동안 그저 아무 말도 없이 우두커니 서 있을 뿐이었다.

"전하…… 밤바람이 차웁니다."

동재가 벌써 몇 번째인지 모를 권유를 다시 했다. 이유는 월당 처소의 마지막 촛불이 꺼지고 나서야 돌아섰다.

"그래. 가자……."

이유가 떨어지지 않는 걸음을 마지못해 옮기던 순간이었다. 문득 이유가 어지럼증이 일었는지 저도 모르게 휘청거렸다. 곁에 서 있던 동재가 본능적으로 이유를 붙잡았으니 망정이지, 하마터면 그대로 바닥에 주저앉아 험한 꼴을 볼 뻔했다.

"전하! 주상 전하! 괜찮으시옵니까?"

"……됐다. 소란 떨지 마."

한순간, 깜짝 놀란 동재의 목소리가 어둠 속에서 크게 울려 퍼지는 것을 이유가 손짓해서 막았다. 하지만 이유는 괜찮다는 말과 다르게 동재에게 몸을 기댄 채 한참이나 머무르고 나서야 다시금 몸을 일으킬 수 있었다.

동재가 걱정스레 물었다.

"전하, 또 어지럼증이 이셨나이까?"

"별것 아니라니까."

이유가 아무렇지 않게 답했다. 하지만 동재는 근래에 들어 눈에 띄게 수척해지는 이유의 용안과 눈 아래에 거뭇하게 지는 그림자, 어지럼증과 두통을 호소하는 날들이 점점 더 자주 이어졌던 것을 똑똑히 기억했다. 분명 별것 아닌 것이 아니었다. 대단히 중한 문제임이 틀림없었다.

"당장 민회교 영감을 들라 하겠나이다."

"지금 들어 봐야 무슨 소용이 있어. 어차피 아무 변고가 없다 하는 것을."

"하지만……."

"됐다. 자고 일어나면 괜찮아질 것이야. 가자……."

이유가 도리어 동재를 다독였다. 덕분에 동재의 눈가에 눈물이 아롱졌다. 주상 전하 옥체에 변고가 생긴 게 틀림없었다. 그러지 않고서야 사람이 어떻게 이리 눈에 보일 정도로 수척해질 수 있단 말이야? 하지만 몇 번이나 진맥을 해봐도 민희교는 주상 전하 건강에 아무 이상이 없고, 그저 잠을 못 자 그렇다고 할 뿐이니…… 동재는 저가 더 답답해질 정도였다.

하지만 이유가 괜찮다 일축하니 동재라고 해서 별 뾰족한 수가 있는 것은 아니었다. 동재가 이유의 뒤를 따랐다. 언제나 드넓고 굳세 보였던 이유의 어깨가 오늘따라 유독 축 쳐져 보였다.

이런 날, 의빈마마께서 주상 전하의 힘이 되어 주면 좋겠건만…….

동재가 서운한 얼굴로 월당을 돌아봤지만 굳게 닫힌 월당의 문은 꼭 이유에게 닫아 버린 약손의 마음처럼 야속하기만 했다.

*

오늘은 이유의 탄신일이었다. 덕분에 며칠 전부터 온 궁궐이 분주했다.

원래대로라면 풍악을 잡아 몇 날 동안 성대한 잔치를 줄줄이 여는 것이 옳겠지만 이유는 올해 일어난 가뭄과 홍수, 역병을 빙자하여 의정부와 육조에 잔치를 생략한다는 교지를 내렸다. 대신 종친부와 신료들, 내명부 등 가까운 사람들과 함께 식사하는 정도의 소연회만을 허락했다.

하지만 제아무리 소연회라도 지존의 탄신을 기념하는 날이었다. 본래는 따로 구분되었을 외진찬(外進饌: 문무백관, 왕실 친척들이 참여하는 남성 위주의 잔치)과 내진찬(內進饌: 왕비와 후궁, 왕실 친척 집안의 부인들이 참석하는 잔치)이 합쳐진 덕분에 경회루가 들썩거렸다.

이런 중요한 행사에 내명부에 소속된 약손이 참여해야 하는 것은 당연한 일.

암만 이유가 꼴 보기 싫더라도 진연에 불참하는 것은 어불성설이었다. 처소에 찾아온 이유를 돌려보내는 일과는 천지 차이였다. 약손 또한 경회루에 나가 마땅히 자리를 지키고 앉아 내명부 여인으로서 제 몫을 해내야만 했다.

"세상에, 의빈마마! 이것 좀 보십시오. 주상 전하께옵서 마마께 당의를 보내셨습니다. 옷감 고운 것 좀 봐……."

약손의 시중을 들던 나인 한 명이 금박이 화려하게 박힌 당의를 보고는 탄성을 내질렀다. 오늘 진연에 참여할 약손을 위해 이유가 친히 상의원에 부탁하여 만든 옷이 아침나절에 도착했다.

그뿐일까? 자수연꽃향낭 노리개, 금지환, 첩지와 함께 꽃을 비녀 또한 함께였다. 금판을 투각하여 대나무 잎과 매화 한 송이를 올린 죽잠 솜씨가 이루 말할 수 없이 정교했다. 이것들은 모두 약손에게 보이는 이유의 작은 성의였다.

하지만 어여머리를 올리고 있던 약손은 이유의 선물함을 본체만체했다. 당연히 주상 전하가 보낸 당의를 입을 거라 생각한 목상궁이 선물함의 옷깃을 매만졌다. 하지만 약손은 단호하게 고개를 저었다.

"됐네. 그 옷은 입지 않을 거야."

"하지만 의빈마마……."

"원래 입으려던 당의를 입도록 하지. 전하께서 보내신 옷은 너무 화려해. 내 맘에 들지 않아."

"마마!"

목 상궁이 얼른 주변을 둘러봤다. 지존께서 내리신 하사품을 마음에 안 든다 노골적으로 말했으니 암만 이곳이 월당이라도 누가 듣기라도 할까 두려웠던 것이다. 비록 처소나인뿐이었지만 목 상궁이 엄한 표정을 지어 보였다. 누구라도 약손의 말을 밖으로 전하는 자는 가차 없이 목을 칠 거라는 무언의 경고였다.

마침내 옥판과 화잠을 꽂은 약손의 단장이 모두 끝났다. 화려하면 화려한 대로, 소박하면 소박한 대로 그저 꾸며 주는 대로 어여쁜 약손은 진주낭자와 궁낭, 옥지환 한 가지씩만을 꽂았다.

내명부 여인으로서 손색없는 모습이었다. 하지만 목 상궁은 이유가 보내 준 선물함에 담긴 물품을 단 한 개도 사용하지 않은 것이 못내 마음에 걸렸다. 하지만 제 주인이 단호히 싫다 거절하는데 어찌 고집을 부릴 수 있으랴.

목 상궁이 마지막으로 약손의 저고리를 다시 한번 세심하게 매만져 주었다. 약손이 자리에서 일어났다.

"이제 그만 가도록 하지."

"……예, 마마."

주상 전하의 탄신을 축하하거나 기뻐하는 기색이라고는 전혀 찾아볼 수 없는 냉랭한 얼굴이었다. 암만 주상 전하께옵서 야속하게 구셨다 한들 정말 이대로 냉정하게 대해도 괜찮은 걸까?

옛말에 부부싸움은 칼로 물 베기라는데. 과연 두 분이 화해하는 날이 오긴 할까? 예전처럼 다시 화목하게 지낼 수 있을까? 답을 알 수 없는 질문이 끝도 없이 이어졌다. 목 상궁이 남모르게 한숨을 내쉬었다.

약손이 경회루에 도착했을 때는 이미 내진찬이 시작된 후였다.

과거, 친부가 저지른 천인공노할 죄 때문에 개경부로 유배를 떠났던 후궁. 주상 전하의 진노를 샀으니 목숨조차 부지하기 어려울 거라고 했지만 이내 당당하게 궐로 돌아온 여인.

듣자 하니 개경의 무당에게 큰굿을 부탁하여 주상 전하의 성총을 되찾은 요물이라는데, 이래서 편견이 무섭나 보다. 이유가 내린 화려한 당의가 싫어서 그와는 정반대인 분홍색 당의를 입었을 뿐인데도 사람들은 약손을 심상치 않게 봤다. 도리어 수수한 척을 해서 주상 전하의 환심을 사려는 술수라고 여겼다.

약손에게 닿는 사람들의 시선이 영 곱지만은 않았다. 물론 그러거나 말거나 약손은 전혀 신경 쓰지 않았지만 말이다.

경회루에 들어서는 약손을 보자마자 이유의 표정이 밝아졌다.

"약손아!"

월당을 찾아가도 만나 주지 않고 문전박대만 당하였으니 저도 모르게 큰 소리가 나갔다. 이유도 아차 싶었는지 재빨리 호칭을 정정했다.

"의빈…… 오셨습니까?"

내내 죽상을 하고 계시다가 의빈이 들어오니까 그제야 용안에 웃음이 떠오르는 주상 전하라니. 참말 저 계집이 대단하긴 대단한가 보구나, 요망한 술수를 쓰긴 하는구나 싶은 순간이었다. 다들 똑같은 생각을 했지만 차마 아무도 내색하지 못했다.

약손이 이유 앞에 섰다. 약손은 참말 마주하고 싶지 않았지만 보는 눈이 한둘이 아닌 자리이니 예를 지켜야만 했다.

"주상 전하, 의빈 여약손…… 전하께 인사 올리옵니다."

"참 잘 오셨습니다. 나는 의빈의 건강이 편치 않으니 오지 않는 줄만 알았는데…… 정말 잘 오셨어요."

그냥 허울 좋은 겉치레가 아니었다. 진심으로 감격한 목소리였다. 실제로 이유는 연회가 시작된 이후 약손이 오기만을 눈이 빠져라 기다렸다. 말할 때마다 감동이 뚝뚝 묻어 떨어져 내렸다. 그 누구라도 약손을 향한 이유의 애정을 확인할 수 있을 정도였다. 그러나 약손은 시선을 바닥에만 둘 뿐 이유와는 단 한 번도 눈 마주치지 않았다.

"내 오늘 의빈을 위해 맛있는 음식 많이 준비하라 수라간에 특별히 일렀습니다. 무희들의 춤 또한 재미있을 거예요. 의빈은 춤과 노래를 무척이나 사랑하는 분이 아닙니까?"

"……."

"부디 오래오래, 재미있게 놀다 가세요."

"……황공하옵니다."

약손이 마지못해 대답했다. 이유는 단 몇 마디라도 더 나누고 싶은 눈치였지만 약손은 전혀 그럴 마음 없는 듯 매정하게 돌아섰다. 약손의 자리는 내명부 여인들이 앉은 쪽의 두 번째였다. 중전보다는 아래에 위치했지만 단언컨대 종친을 포함한 모든 여성들 중에서는 가장 높은 자리였다.

이유가 잔을 들었다.

"과인의 탄신을 축하해 주기 위해 이토록 많은 분들이 참석해 주니 심히 몸 둘 바를 모르겠소. 지난번에 가뭄과 역병이 들었으나 하늘이 돌보시어 이 나라가 한시름 걱정을 놓게 되었으니 이 모든 것은 경들의 덕이 크오. 이 술은 과인이 그대들에게 내리는 복주福酒이니 다들 즐기도록 하시오."

한명회를 필두로 수많은 문무백관이 이유에게 예를 올렸다. 개중에는 명회의 단짝 권람과 그를 따르는 정난공신들, 성삼문을 비롯한 성균관 학자들까지 모두 섞여 있었다.

다들 술잔을 들고 있긴 하나 각자 마음속에 품은 생각만은 다를 터. 그를 아는지 모르는지 이유가 가장 먼저 잔을 비웠다.

"주상 전하, 천세를 누리시옵소서!"

백관들의 덕담이 이어지는 가운데 이유의 시선이 약손에게 닿았다. 아주 잠깐, 약손 또한 이유를 본 듯도 했다. 하지만 그 순간은 너무도 짧아서 과연 약손이 정말 이유를 본 것인지, 아니면 이유 혼자만의 오해인지 확신할 수 없었다.

내가 보낸 당의는 결국 입지 않았구나……. 이유는 잠시 찌르르 마음이 아팠지만 그래도 약손이 연회에 참석을 해줬으니 그것만으로도 다행이라 여기기로 했다.

곧이어 대탁찬안, 찬안, 별행, 염수, 탕 등 예법에 따라 차례대로 음식이 나왔다. 이유는 약손이 무엇을 잘 먹는지, 탕을 몇 번 떠먹고, 젓가락이 가장 많이 닿은 반찬은 무엇인지까지 살폈다.

약손아, 나 좀 한번만 봐주렴. 나 있는 쪽으로 고개 한번만 돌려 보렴……. 이유의 애타는 눈길이 계속 이어졌지만 약손은 예의상 탕 몇 번만 떠먹고는 이내 흥미를 잃고 자리에서 일어났다.

약손이 중전에게 인사를 올렸다.

"중전마마, 외람되오나 심히 건강이 좋지 않아 먼저 일어나도록 하겠나이다. 부디 윤허하여 주시옵소서."

약손이 고개를 숙이며 양해를 구했다.

"……."

중전 심씨가 그런 약손을 물끄러미 쳐다봤다. 아니 제까짓 게 건강이 불편하면 얼마나 불편하다고 먼저 자리를 떠? 회임하신 중전마마보다 더 힘이 들까? 종친부에 자리하고 있던 난희는 도리어 저가 다 호통치고 싶은 심정이었다. 심씨가 이런 버르장머리 없는 예법은 어디서 배웠냐고 따끔하게 혼내 주길 바랐다. 하지만 심씨는 모진 심성이 아니라 그런지 순순히 허락을 해줬다.

"의빈의 몸이 좋지 않다는 말은 익히 들었네. 곤하겠구먼. 그만 돌아가 봐도 좋아."

"성은이 망극하옵니다, 중전마마."

약손이 뒤로 물러섰다. 벌써 가느냐? 이유가 끼어들고 싶은 마음을 간신히 참아 냈다. 이제 보니 약손 얼굴이 좀 야윈 것 같기도 하고, 해쓱한 것 같기도 했다. 저가 미워서 그런 것도 같고, 정말 몸이 좋지 않은 것도 같았다. 전자라면 그나마 다행이지만 후자라면 심히 걱정이었다.

"하면, 물러가겠나이다."

"저기, 의빈……."

이유가 붙잡을 새도 없었다. 약손은 목 상궁과 함께 이미 경회루를 빠져나가 버린 후였다.

"의빈……."

약손이 연회에 와 줬다고 기뻐했는데 기쁨의 순간은 너무나도 짧았다. 이유는 고만 세상 다 잃은 표정이 되고 말았다. 하지만 연회의 주인공인 이유의 심기가 급격히 어두워져도 한번 울린 풍악은 그칠 줄을 모르더라.

특히 명회는 향피리와 대금, 거문고, 소금 따위로 이루어진 여민락(與民樂: 세종대왕이 백성과 함께 즐기자는 뜻으로 만든 음악)의 곡조에 흠뻑 빠진 채였다. 술에, 음식에, 무희에, 음악에 정신이 빠진 사이, 이유와 멀찍이 떨어져 앉았던 심재호가 중전에게 눈짓했다.

배 속의 아이 때문에 방석에 등을 기대고 있던 심씨가 무거운 몸을 일으켰다.

"주상 전하, 신첩이 전하의 탄신을 축하하는 의미로 한 잔 올리겠나이다."

"……."

술 따위 단 한 잔도 마시고 싶지 않기도 하고, 차라리 술에 진창 취해 버리고 싶기도 했다. 일찌감치 훌쩍 떠나 버린 약손 때문에 이유의 마음이 어지러웠다. 명색이 내 생일인데 조금만 더 있어 주는 게 뭐 그리 어려워? 그렇게 사람 꼴 보기 싫은 티를 내야 직성이 풀려? 원망이 밀려왔지만 이내 저가 한 잘못이 떠올라 화도 제대로 내지 못했다.

그저 내 탓이오, 내 탓이오, 내 탓이로다……

이유가 울적한 얼굴로 술잔을 받았다. 중전 심씨가 기회를 놓치지 않고 이유의 술잔에 조르륵 술을 따랐다. 그러곤 말간 얼굴로 말했다.

"주상 전하……."

"…….

"천세를 누리시옵소서."

월당으로 돌아가는 약손의 걸음이 빨랐다. 누가 따라오기라도 하는 듯 초조함이 잔뜩 묻어 있는 채였다. 뒤를 따르는 나인들은 헉헉 숨을 몰아쉬어야만 했다. 말없이 곁을 지키던 목 상궁이 이내 약손의 팔을 붙잡았다.

"의빈마마, 천천히…… 천천히 가시옵소서. 행여 넘어지기라도 할까 염려되옵니다."

"목 상궁!"

약손이 입술을 깨물었다. 약손의 이마에도 송골송골 땀방울이 맺힌 채였다. 화드득, 약손의 손 아래에서 치마저고리가 구겨졌다. 약손은 방금 전, 연회 때 본 이유의 얼굴을 떠올렸다.

'이 술은 과인이 그대들에게 내리는 복주福酒이니 다들 즐기도록 하시오.'

내내 시선을 맞추지 않던 약손은 이유가 술을 내릴 때가 되어서야 처음으로 이유의 얼굴을 봤다. 그런데 이유의 얼굴을 보는 순간, 약손은 저도 모르게 헉 숨을 들이마시고야 말았다.

"전하가…… 주상 전하가……."

"예? 마마?"

대체 저가 없는 사이에 무슨 일이 있었던 걸까? 건강하고 혈색 좋던 이유의 모습은 온데간데없이 사라져 있었다. 눈 밑에 그늘은 시커멓게 내려앉았고, 몰라볼 정도로 살이 빠져 한껏 야위어 있었다. 피골이 상접하다는 표현은 이때 써야 할 듯싶었다. 과장이나 생략 따위 하나 없이, 이유는 말 그대로 피골이 상접해 보였다. 이유가 아닌 다른 사람을 보는 듯했다. 하마터면 대체 전하께 무슨 일이 있었냐고, 어의는 무얼 하기에 이 정도로 야위게 두셨냐고 그 자리에서 따질 뻔했다.

이래서 미운 정이 더 무섭다는 건가? 분명 이유와 눈도 마주하고 싶지 않고, 말도 섞고 싶지 않을 정도로 밉고 싫었는데 그토록 야윈 모습을 보니 저도 모르게 마음이 동하고 말았다. 하여 약손은 일찌감치 자리를 뜬 것이었다.

'저기, 의빈…….'

저를 붙잡는 목소리 또한 들었지만 아예 듣지 못한 척 끝까지 무시했다. 하지만 저가 경회루를 빠져나오는 동안 따라붙는 이유의 시선까지 모른 척할 수는 없었다. 약손이 색색 가쁜 숨을 몰아쉬었다.

"목 상궁."

“예, 마마.”

“전하께옵서…… 주상 전하께옵서…….”

“…….”

왜 그렇게 안된 모습을 하고 계신 거야? 왜 그렇게 금방 울음을 터뜨릴 듯한 눈으로 나를 보고 계신 거야? 다른 사람은 몰라도 약손은 알 수 있었다. 이유는 위태로웠고 어딘가 모르게 불안해 보였다. 정확한 설명은 할 수 없었지만 느낌이 그러했다.

다시 돌아가야 할까? 약손은 저가 걸어온 길을 바라봤다. 저 멀리 연회가 한창인 경회루가 보였다.

“…….”

하지만 그럴 수 없었다. 분명 예전에는 한 이불 나눠 덮으며 네가 나이고 내가 너인 듯 한없이 가까운 사이였지만 어느 순간 순식간에 멀어지는 게 사람의 관계였다. 약손과 이유에게 생긴 골은 너무나도 깊었고, 그 간극의 넓이는 두 번 다시 좁힐 수 없을 것만 같았다.

“의빈마마, 다시 돌아갈까요?”

목 상궁이 조심스럽게 물었다. 약손의 고민을 눈치챈 것이었다. 부디 주상 전하와 화해하여 예전처럼 화목해지는 것이 목 상궁의 소원이니 목 상궁은 언제라도 돌아갈 준비가 되어 있었다.

하지만 정작 약손은 그럴 준비가 안 되었나 보다.

“……아니야. 그만 가지.”

약손이 애써 불안한 마음을 떨치고 경회루를 등졌다. 약손이 월당에 가까워지면 가까워질수록 경회루와는 점점 더 멀어졌다. 과연 이 둘은 계속 멀어지기만 해야 할지. 어떻게 해야 지난 일을 모두 잊고 예전으로 돌아갈 수 있을지.

아무도 그 방법을 알지 못했다.

하지만 지금 이 순간, 약손이 다시 이유에게 돌아갔으면 모든 것은 바뀔 수 있었을까? 약손은 이 날의 선택이 훗날 어떤 결과를 가져올지 알지 못했다.

약손이 매정하게 떠난 그날 밤.

이유가 정신을 잃고 쓰러졌다.

\*

이유가 정신을 잃은 뒤 궐에서 가장 먼저 뿌려진 피는 상서원을 지키던 도승지 윤필성의 것이었다. 승정원에 소속된 여섯 명의 승지 중 수석 승지에 해당하는 도승지는 왕명을 지척에서 받드는 막중한 임무를 가지고 있었지만 뭐니 뭐니 해도 승지 직의 꽃은 왕의 도장인 옥새를 관리하고 보관한다는 점이었다.

도승지의 허락이 떨어지지 않으면 그 누구라도 옥새를 볼 수도, 사용할 수도 없었다. 그리고 이유가 쓰러진 그날 밤, 아직 변고를 알지 못한 도승지는 상서원 밖에 몰려온 성균관 학자들을 보고는 의아한 표정을 지을 수밖에 없었다.

"아니, 하 교수께서 여기에는 어쩐 일이십니까?"

상서원에 들른 자는 하위지였다. 그래도 안면을 익힌 사이라 윤필성이 하위지를 반갑게 맞았다. 만약 윤필성이 하위지의 표정이 굳어 있음을 진즉 눈치챘다면 그의 명은 좀 더 길었을까?

"……옥새를 가지러 왔네. 문을 여시게나."

"옥새요? 지금 말입니까?"

"그러네."

옥새를 가져오라는 주상 전하의 교지는 들은 적도 없었다. 아니, 설사 교지가 내려졌다 한들 이토록 야심한 시각에 굳이 옥새를 출납할 까닭이 있단 말인가?

윤필상은 그제야 하위지에게서 풍겨져 나오는 살기를 깨달았다.

윤필상과 상서원을 지키던 군사들이 일제히 앞을 막아섰지만 그때는 이미 늦어 버린 후라. 하위지가 뒤로 한 걸음 물러섰다. 그리고 깜깜한 어둠 속에서 휘익! 활이 날아왔다.

"이보시오, 하 교수! 대체 이게 무슨 일…… 크윽……."

가슴에 활 수십 대가 꽂힌 윤필상이 그 자리에서 절명했다. 하위지가 윤필상의 피가 흐른 댓돌을 밟고 그대로 상서원 안으로 들어섰다. 그가 가져온 옥새는 곧장 중전 심소영이 있는 교태전으로 전해졌으니…….

횃불이 곳곳에 켜져 있는 교태전은 훤한 대낮처럼 밝았다.

"중전마마, 드디어 옥새를 사수하였나이다!"

심재호가 옥새를 중전에게 넘겼다. 왕실의 권위와 정통성을 상징하는 옥새. 다른 것들은 모두 제쳐 두는 한이 있더라도 거사를 치르기 전에 반드시 손에 넣어야 했다.

심소영이 전해 받은 옥새를 곧바로 치마폭 안에 감췄다. 감히 국모의 치마를 들칠 수 있는 자는 이 조선 땅에 아무도 없을지어니. 곧이어 교태전 안으로 박팽년과 이개, 유성원, 유응부, 성삼문이 속속 모습을 드러냈다.

그들은 모두 마포 독서당에서 공부를 하기 위해 모였던 사가독서단의 한림들이라. 아른거리는 횃불 때문에 모두들 술이라도 마신 것처럼 불콰한 얼굴이었다.

중전이 자꾸만 땀 때문에 미끄러지는 손을 치마폭에 문질러 닦았다. 암만 굳은 마음을 먹고 저지른 일이라고는 하나 오늘로 인해 세상이 뒤집힐지도 몰랐다. 엄청난 긴장감 때문에 심소영은 금방이라도 다리에 힘이 풀려 주저앉고만 싶었다.

"중전마마, 침전에 드시겠습니까?"

심재호가 물었다. 제 딸의 여린 성품을 잘 알기 때문이었다. 하지만 이제 와서 뒤로 물러나 있을 수만은 없었다. 심소영이 고개를 저었다.

"아닙니다. 괜찮습니다."

"하오나, 마마……"

"내게는 꼭 들러야 할 곳이 있어요."

"……"

어쩌면 지금이 아니면 다시는 볼 수 없을지도 몰랐다. 심소영은 교태전에 틀어박혀 옥새를 지키는 대신, 직접 걸음 하기로 했다.

"월당에는 내가 직접 가겠습니다."

"……예, 중전마마. 명 받들겠나이다."

밤새 꼭꼭 걸어 잠갔던 동서남북의 사대문이 모두 열렸다. 그와 함께 미리 궐 밖을 지키고 있던 군사들이 물밀듯이 밀려들기 시작했다. 이미 장악당한 오위가 미처 무엇을 손쓸 새도 없이 순식간에 벌어진 일이었다.

지난 정난 때 새겨진 핏자국이 이제야 겨우 옅어지나 싶었는데, 영제교 금천은 또다시 피로 물들고 말았다. 칠흑 같은 어둠 속에서 베고, 베어지고…… 궐은 그야말로 지옥도와 다름없이 변했다.


"대감! 피하십시오!"

오늘따라 업무가 밀려서 퇴궐도 마다한 채 각사에서 밤을 지새우던 명회의 앞으로 군관이 풀썩 고꾸라졌다.

"아니, 대체 이게 무슨…… 이게 무슨 일이냐?"

명회가 황급히 물으며 각사를 나섰다. 그러나 미처 몇 걸음 옮기기도 전에 명회의 목 언저리로 서늘한 칼날이 들이밀어졌다. 명회가 그대로 자리에 멈춰 섰다.

명회가 제게 칼을 겨눈 군관을 살폈다. 궐 안에서 늘상 보던 군관들의 복식이 아니었다. 아마도 북방 토호군들이 이런 잿빛의 군복을 입는 것 같던데…… 어찌 북방에 있어야 할 토호군들이 한양의 한복판, 궐까지 쳐들어왔을까? 대체 누구의 사주를 받아서? 끝도 없는 질문이 꼬리에 꼬리를 물고 이어졌다.

그때, 각사 안으로 웬 사내 한 명이 들어섰다. 빛이라고는 서책을 밝히던 희미한 촛불이 전부였지만 명회는 멀리서도 사내를 알아볼 수 있었다.

명회가 쯧, 저도 모르게 혀를 찼다. 곧이어 사내가 명회의 앞에 섰다.

"허…… 자네였나?"

허망하여 화도 나지 않았다. 명회가 맥이 탁 풀린다는 듯 나지막한 한숨을 내쉬었다.

그렇다. 명회의 앞에 서 있는 사내. 그는 다름 아닌 명회가 그토록 눈엣가시로 여기던 성삼문이었다.

"굼벵이도 구르는 재주가 있다더니만…… 매죽헌, 그대에게 이런 재주가 있는 줄은 꿈에도 몰랐구만. 어찌 토호군을 불러올 생각을 하였는가?"

글자 읽기만 바쁜 서생 따위가 그 거친 북방의 토호들을 어떤 방법으로 구워삶았는지 명회는 그것이 신기할 뿐이었다. 하지만 빈정대는 명회를 바라보는 매죽헌의 표정에는 웃음기라고는 전혀 찾아볼 수 없었다.

"그대가 했던 방식을 나도 좀 차용해 봤지."

"뭐라고? 내가 했던 방식? 내가 이토록 무례하고 예의라고는 눈곱만큼도 찾아볼 수 없는 무뢰배 같았다는 말이야? 세상에, 믿을 수가 없구만. 정말 내가 그랬어? 그 누구도 아닌 나, 한명회가?"

"……."

대답할 가치도 없었다. 한명회는 눈도 마주치지 말고, 말도 섞지 말아야 할 세상에서 가장 저급한 부류의 인간이었다. 성삼문이 군관에게 눈짓했다.

"이자를 데려가게. 명석한 자이니 절대 눈을 떼어서는 안 될 것이야."

군관이 한명회를 포박했다. 물론 저 잡아가라 손 놓고 있을 명회가 아니었다. 명회와 군관 사이에 약간의 실랑이가 벌어졌고, 때마침 명회가 마시던 찻잔이 엎어지며 그가 읽고 있던 책이 몽땅 젖어 버렸다. 명회는 저가 포박당한 것보다 책이 젖은 사실에 더 분노했다.

"매죽헌! 이 피도 눈물도 없는 인간아! 그대가 이러고도 목숨 부지할 줄 알아? 내 주상 전하께 오늘 그대가 벌인 일을 하나도 빠짐없이 고할 거야! 두고 봐!"

명회의 목소리가 점점 멀어졌다.

옥새를 사수한 성삼문이 그다음으로 선택한 일은 바로 이유의 수족을 모두 잘라 버리는 것. 첫 번째 숙청 대상은 두말할 것도 없이 한명회였다. 그가 지은 살생부 때문에 죄 없이 죽어 나간 신료들을 생각하면 당연한 이치였다.

명회는 군관에게 끌려가는 와중에도 끝까지 오매불망 주상 전하를 찾으며 목청이 터져라 외쳐 댔다. 하지만 지금 이 순간, 궐에서 명회의 목소리에 귀 기울일 사람은 그 어디에도 없었다.

그 많았던 정난공신들은 물론이고 제자리가 아닌 왕위를 기어코 꿰찬 이유까지도 말이다.

궐이 시끄럽다 싶었다.

일찍이 잠자리에 들었던 약손이 때 아닌 소란에 잠에서 깨어났다.

"이러시면 아니 되옵니다! 들어가시면 아니 되옵니다! 이곳은 의빈마마의 처소입니다!"

나인들이 지르는 비명과 함께 와장창창! 뭔가 부서지고 깨지는 소리가 이어졌다. 잠이 순식간에 달아났다. 깜짝 놀라서 목 상궁을 바라보니 목 상궁 또한 영문을 모르기는 매한가지였다.

"목 상궁, 무슨 일이야?"

약손이 무심코 밖으로 나가려 했지만 목 상궁이 재빨리 그 앞을 막아섰다.

"아니 되옵니다, 의빈마마. 함부로 문밖을 나서지 마시옵소서."

들려오는 소리만으로도 바깥 분위기가 심상치 않음을 충분히 알아챌 수 있었다. 이 밤중에 나섰다가 무슨 변고를 당할지 모르니 차라리 처소에 머무는 것이 나을 수도 있었다.

하지만 그때, 나인들의 비명을 제치고 벌컥 약손의 처소 문이 열리고야 말았다. 손에 칼을 잡은 관군들의 표정이 엄했다. 평소에 월당을 호위하던 군관들은 아니었다. 약손은 한 번도 본 적 없는 낯선 얼굴들.

목 상궁이 재빨리 약손을 제 뒤로 끌어당겼다.

"무엄하다! 감히 의빈마마의 처소에 함부로 걸음 하는 자가 누구냐? 본래 후궁전에는 주상 전하를 제외한 모든 사내의 출입이 금지되었거늘! 이놈들, 목숨이 아깝지도 않더냐?"

목 상궁의 추상같은 호통에 관군들은 날 선 칼을 쥐고도 멈칫했다. 아무 무기도 소지하지 않은 여인네들에게 느닷없이 칼을 겨누고 있다는 자신들의 부끄러움을 깨닫기라도 한 것일까? 하지만 그 순간 짜악! 날카로운 파열음과 함께 목 상궁이 휘청거렸다.

"목 상궁!"

깜짝 놀란 약손이 목 상궁을 부축했다. 바라본 곳에는 목 상궁의 뺨을 내려친 김 상궁이 서릿발 내려앉은 듯 매서운 얼굴로 서 있었다. 중전마마의 지밀인 김 상궁이 왜 이곳에 있지? 약손이 의아할 때, 곧 김 상궁의 뒤에서 중전 심씨가 걸어 나왔다.

"중전마마!"

한밤중에 갑작스럽게 찾아온 중전이라니. 대체 이 군관들은 또 뭐란 말인가? 영문을 전혀 모르는 약손은 이 상황을 어떻게 받아들여야 하는지 알지 못했다. 머릿속이 온통 뒤죽박죽이었다.

그럼에도 가장 낯선 것은 저를 바라보는 중전 심씨의 적대적인 눈빛이었다. 눈빛만으로 사람을 죽일 수 있다는 말은 지금 중전 심씨를 두고 하는 말이리라. 심씨의 눈에는 약손을 향한 증오와 미움, 형언할 수 없는 혐오가 가득했다.

단언컨대 약손은 그런 눈의 중전을 처음 봤다. 늘 온화하고 너그러웠던 중전마마께서 왜…… 왜…….

모든 소란이 그친 월당은 고요했다. 약손을 죽일 듯 노려보던 심씨가 마침내 입을 열었다.

"왜 돌아왔는가?"

"……예? 중전마마, 그게 무슨 말씀이시옵니까?"

"왜 돌아왔냐고 물었네. 내 아기를 죽이려고 왔는가? 나와 배 속 아기의 목숨을 끝장내려고?"

"마마!"

약손이 기함했다. 이제 보니 심씨는 아직도 약손이 차에 독을 넣어서 심씨와 배 속 아이에게 해코지했다고 믿고 있는 듯했다.

약손이 고개를 저었다.

"아니옵니다, 중전마마. 대체 무슨 까닭으로 그런 의심을 하는지는 알 수 없으나 소인은 무고합니다. 천부당만부당합니다. 어찌 만백성의 어미이신 중전마마께 감히 제가 해코지할 마음을 품을 수 있단 말이옵니까? 결단코 아니옵니다. 있을 수 없는 일이옵니다."

약손이 필사적으로 해명했지만 이미 독살의 전적이 있는 약손의 말이 곧이곧대로 들릴 리 없었다. 심씨는 제 앞에서 차를 마시고 숨이 끊어지던 나인의 얼굴을 결코 잊지 못했다.

여약손, 저 순진한 얼굴로 주상 전하에 이어 나와 아기까지 죽이려 하였느냐? 다른 사람은 전부 속여도 나는 속일 수 없으리라!

중전이 제 앞에 머리를 조아린 약손을 보며 같잖지도 않다는 듯 코웃음을 쳤다.

"그래…… 자네가 이렇게 나올 줄은 익히 짐작했던 일이네. 절대로 이실직고 사실을 말하지는 않겠지."

"중전마마!"

"간교한 세 치 혀로 이루어진 거짓말이 언제까지 이어질 수 있는지 한번 두고 보세나."

중전이 냉정한 얼굴로 돌아섰다. 비록 누명이긴 했지만 오해 때문에 저를 미워하는 것은 백 번 천 번 이해할 수 있었다. 하지만 어찌하여 중전이 월당에 군관까지 끌어들이는가? 이는 주상 전하 뜻에 반하는 역모에 버금가는 일인데…….

　마침내 생각이 거기까지 미친 약손이 소스라치게 놀랐다. 약손이 멀어지는 중전에게 소리쳤다.

　"중전마마! 마마! 주상 전하를 뵙게 해주십시오. 주상 전하께옵서는, 전하께서는 어디 계시옵니까?"

　"……주상 전하 말인가?"

　심씨가 힐끗 고개만 돌려 약손을 바라봤다. 군관에게 가로막힌 약손은 한 발자국도 앞으로 나아갈 수 없었다.

　심씨가 말했다.

　"주상 전하께옵서는 말이야……."

　"……."

　"글쎄…… 아직도 목숨 부지하고 계신지는 나도 잘 모르겠네."

　"!"

　"하지만 소식 알게 되면 알려 주지. 자네도 곧 전하와 같은 길을 가게 될 테니까 말이야."

　심씨의 냉담한 반응에 온몸의 힘이 풀리는 듯했다. 약손이 그대로 자리에 주저앉았다.

　"아이고, 마마! 의빈마마! 정신 차리시옵소서!"

　목 상궁의 목소리도 들리지 않았다. 월당에 이어 온 궁궐에 비명과 피가 낭자하는 이때, 약손은 완전히 넋이 나가고야 말았다.

　'글쎄…… 아직도 목숨 부지하고 계신지는 나도 잘 모르겠네.'

　생사를 모르겠다는 중전의 말은 무엇을 뜻하는가?

　"전하…… 주상 전하……."

　세상이 뒤집히는 순간을 처음으로 목도하는 약손으로서는 도저히 감당할 수 없는 충격이었다.

한명회에 이어서 성삼문이 숙청하기로 선택한 두 번째 대상은 내금위였다. 그들은 정난 때 주상 전하를 저버리고 수양 대군 이유에게 가장 먼저 협조한 자들로서 성삼문에게는 찢어 죽여도 모자랄 대역죄인들이었다. 내금위장 서영화와 장미춘, 지육선이 모두 생포되어 옥에 갇혔다. 장수들이 갇히고 나니 그 휘하의 관군들이 이렇다 할 힘도 못 쓰고 무너지는 것은 당연한 이치였다.

왕위를 빼앗기고 대군의 신분으로 강등되어 도성에 머물고 있는 노산군을 데려오겠다는 성삼문의 계획은 차근차근 이루어졌다. 내금위가 무너지고 없는 이유의 침전은 북벌 토호군들에게 장악당한 지 오래라.

그 조용한 침전으로 손에 탕약을 든 민희교가 조용히 들어섰다. 이유는 천지가 개벽하고 있는 바깥의 상황을 아는지 모르는지 고통에 겨운 신음을 흘리는 중이었다. 동재가 곁에 있었으면 땀범벅이 된 이마라도 닦아 줄 수 있으련만. 하지만 동재는 상선이라는 제 지위고 뭐고 이미 도망쳐 버렸는지 코빼기조차 보이지 않았다.

"전하…… 주상 전하……."

대신 민희교가 상선 노릇하며 이유를 깨웠다. 의식을 잃고 신음하던 이유가 간신히 눈을 떴다. 약손이 봤던 그대로 피골은 상접했고, 눈 밑의 그늘은 짙었다. 영락없이 오늘 내일, 촌각을 다투는 환자 같은 모습이었다.

이유가 바싹 말라 버린 입술을 달싹이며 겨우 말문을 열었다.

"도제조……."

"예, 전하. 소신, 주상 전하의 어의 도제조 민희교입니다."

민희교가 조르륵 탕약을 대접에 따랐다. 대체 무슨 약재를 썼는지 쓰다 못해 역겨운 약냄새가 방 안에 확 퍼졌다.

"탕약을 드셔야 할 시각이옵니다. 주상 전하, 몸을 일으켜드리겠나이다."

민희교가 이유의 등을 받쳤지만 이유는 제 몸을 가눌 기력조차 없어 보였다. 수침에 겨우 몸을 기댔지만 그마저도 힘겨웠다. 나비 등잔대에 걸어 놓은 촛불이 흔들리며 빛이 번졌다.

이유가 간신히 물었다.

"동재는…… 상선은 어디에 있는가?"

"예, 주상 전하. 상선께서는 잠시 출타 중인 줄 아옵니다."

"이 밤에 말이야? 내게는 그런 말 전혀 없었는데……."

"……."

민희교는 딱히 대답하지 않고 조용히 미소만 지었다. 물론 이유는 민희교의 입에 걸린 미소의 의미를 미처 알아채지 못했다. 이유가 민희교가 건넨 대접을 받아 들기 위해 손을 뻗었다. 온몸에 힘이 없어 손끝이 부들부들 떨렸다.

이유의 곁에는 상선도 없고, 상약도 없었다. 민희교를 제외하고는 수발들 사람이 따로 없으니, 그 누구도 이유 대신 약을 맛볼 수도 없었다.

이유가 힐끗 바깥을 바라봤다.

"밖에 무슨 일이 있는가?"

내금위는 모두 옥에 갇히고 궐을 장악한 자들은 북쪽 토벌군뿐이더라. 이유는 이도 저도 못 하고 고립된 상태였다. 이유의 목숨은 그야말로 바람 앞에 촛불 신세였다. 하지만 딱히 군관의 칼을 빌려 이유를 처단할 필요는 없어 보였다. 이유는 손 하나 까딱할 수 없을 만큼 쇠약해진 상태였으니……. 내세울 것이라고는 오로지 체력과 건강뿐이던 이유가 어찌하여 이토록 급속도로 병환이 깊어졌는지는 알 수 없었다.

"전하, 어서 드시지요."

민희교는 이번에도 별다른 대답을 하지 않고 이유에게 탕약을 권했다.

이유가 드디어 대접에 입을 갖다 댔다. 자꾸만 손이 떨리는 바람에 몇 방울 흘리기는 했지만 이유는 약의 첫 모금을 마시고, 또 두 모금을 마시고…… 약의 절반 가까이를 비워 냈다. 그저 약을 먹는 것도 힘이 들었는지 이유가 잠시 입을 떼고 재차 숨을 골랐다.

하지만 어째 이유의 숨소리가 이상했다. 처음에는 그저 약 먹는 게 힘들어서 그런 줄만 알았는데, 숨이 평온해지기는커녕 점점 더 가빠져 왔다. 이유가 색색 숨을 내쉴 때마다 가슴팍이 높게 들썩거렸다.

"도제조……."

이유가 저도 모르게 제 가슴을 쥐었다. 고통이 밀려오는지 이유의 미간이 사정없이 일그러졌다. 새하얀 야장의가 화드득 구겨졌지만 어째 민희교는 아무 미동도 없이 그런 이유를 물끄러미 바라보기만 했다.

"이보게, 내가 왜 이리 고통스러운 것인가?"

"주상 전하, 약을 더 드십시오. 전부 드셔야 하옵니다."

민희교가 억지로 약을 밀어 넣었지만 이제는 한계였다. 몇 모금 남은 대접이 와장창 거친 소리를 내며 바닥에 떨어지고 말았다.

"크읍……."

문득 이유가 기침을 터뜨리는가 싶었다. 세찬 기침을 연이어 하던 이유가 고꾸라지듯 바닥에 엎드렸다.

"도제조…… 이게 무슨…… 무슨 일인가……."

이유가 울컥 핏덩이를 쏟았다. 제가 토한 피를 보고 나서야 이유는 그제야 제가 먹은 탕약이 뭔가 잘못되었음을 깨달았다.

"자네가 왜…… 대체 왜……."

응당 도제조라면 지존의 몸에 생기는 미세한 변화 하나도 놓치지 않고 살피는 것이 마땅할 터. 하지만 민희교는 이유의 숨이 가빠 오고 종내에는 피까지 토해 내는 광경을 보고도 눈 하나 깜짝하지 않았다. 오히려 그럴 줄 알았다는 듯 당연한 진리를 대하듯 태연하기만 했다.

민희교가 그제야 조용히 입을 열었다.

"주상 전하, 지금 드신 약이 무엇인 줄 알고 계시옵니까?"

"도제조……."

기침과 함께 이어 눈, 코, 입에서 피가 줄줄 흐르는 것은 물론이고 온몸이 찢기는 것처럼 어마어마한 고통이 엄습했다. 지난날, 독약을 마시고 죽다 살아난 이유가 겪은 증상과 똑같았다.

이제 이유도 뭔가 짚이는 게 있는 듯했다. 민희교가 고개를 끄덕였다.

"예, 주상 전하. 맞습니다. 전하께서 생각하는 그것이 맞사옵니다."

"뭐?"

이유가 경악했다. 그 누구도 아닌 이유의 충직한 도제조 민희교였다. 그가 대체 무슨 까닭으로 이런 악독한 짓을 벌이는 걸까? 항상 이유의 건강을 제일로 걱정하고 보살폈던 민희교가!

이유가 느끼는 혼란스러움과 충격이 얼굴에 고스란히 드러났다.

"그대는 나의 어의가 아닌가? 과인에게 충성을 맹세한 도제조가 아니었어?"

아직도 저가 처한 상황을 깨닫지 못하는 어리석은 사내라니. 실소가 절로 터져 나왔다. 제 형제를, 조카의 피를 밟고 차지한 권좌가 오래갈 줄 알았더냐?

민희교의 눈빛이 매섭게 빛났다.

"나는 주상 전하께 충정을 맹세한 어의일 뿐. 수양, 간악하기 짝이 없는 네놈에게 바친 충정이 진심일 줄 알았더냐? 어리석은 놈."

"뭐, 뭐라⋯⋯?"

민희교는 저가 만든 탕약을 모두 마신 이유의 목숨이 얼마 남지 않았다는 사실을 누구보다 잘 알았다. 그러니 더 이상 거리낄 것이 없었다. 이유에게 거짓말을 할 필요도, 충직한 신하인 척 위선을 떨 필요도 없었다.

이제 연극은 끝났다.

"대체 네가 왜⋯⋯ 왜?"

"왜라니? 세상에 두 개의 태양이 없듯 지존 또한 한 분뿐이다. 지조 따위 버리고 권세에 빌붙어 살기 위해 네놈을 따르는 신료들이 미친놈들이라는 것을 정녕 몰랐단 말이더냐?"

"네 이놈! 민희교!"

"자업자득이다. 누구를 원망할 필요도 없어. 네가 베어 낸 피의 업을 네놈의 피로써 되갚을 뿐!"

"크읍⋯⋯."

이유가 다시 한번 울컥 핏물을 토해 냈다. 이대로 두면 이유는 반 시진도 못 가 저절로 숨이 끊어질 터였다. 민희교가 그대로 등을 돌렸다. 하지만 이유가 마지막 힘을 쥐어짜 내듯 물었다.

"하면⋯⋯ 일전에 독으로써 나를 죽이려 한 것도⋯⋯ 네놈 짓이었더냐?"

"……."

민희교가 멈칫 자리에 섰다. 아무 대답이 없었지만 침묵은 곧 긍정과 마찬가지였다. 이제야 진실이 밝혀지는구나.

"윤서학이 아니라 네놈이 나를…… 네놈이 나를 죽이려 했던 것이었어!"

줄곧 냉정을 유지하던 민희교의 눈동자가 흔들렸다. 제아무리 민희교라 할지라도 '윤서학' 그 이름 세 글자에 사무친 억울함을 잊지는 못할 터.

아주 잠깐, 민희교의 머릿속에 지난날이 스쳐 지나갔다.

때는 민희교가 지금보다 훨씬 젊었던 시절.

윤서학, 한길동과 함께 돈독한 우정을 유지하던 때로 거슬러 올라갔다. 세 사람은 모두 왕실의 안녕을 위해 일하기로 결심했지만, 어디 궐이 그저 결심만으로 살아갈 수 있는 곳이던가. 온갖 술수와 음모, 비기가 판치는 궐에서 특히나 내약방의 어의들은 결코 정치에서 자유로울 수 없는 존재들이었다.

그 당시, 아직 한창일 나이에 툭하면 병에 시름하며 앓아눕는 이향 덕분에 민희교의 근심은 극에 달했다. 아직 세자께서는 어리디어리신데 강건하셔야 할 지존께서 어찌하여 이리 나약하실까? 지존의 병환은 왕실의 불안을 뜻했다.

세자께서 제아무리 총명하고 명석하다 한들, 위세 높은 종친을 이길 방법은 없었다. 왕실에는 후궁 소생을 제외하고도 십여 명에 이르는 장성한 종친이 존재했다. 민희교에게는 그들 모두가 어린 세자를 위협하는 방해물, 그 이상도 이하도 아니었다. 어린 왕을 지키기 위해 얼마나 많은 사람들이 신경을 곤두세우고 있는지 몰랐다. 그 중에서 민희교가 가장 경계하는 이는 다름 아닌 수양 대군 이유였다.

그는 태생이 호걸인지라 여러 사람들과 어울리기를 즐겨했고, 관심받기를 무척 좋아했다. 능력만 있다면 신분을 가리지 않고 인재를 두루 쓰는 넉넉한 인품이 회자되는 점도 특히 불안했다.

이미 수많은 신료들이 젊고 강건한 수양을 따르는 추세였다. 이향은 병약했고, 왕좌를 잇기에 세자는 너무 어렸으니까. 떡잎부터 남다른 수양을 그대로 둔다면 훗날 피바람의 근원이 되고 말 터였다.

그런 수양을 어릴 때부터 돌본 이가 저와 가장 친한 친구 윤서학이라는 사실을 다행이라고 여겨야 할지, 불행이라고 여겨야 할지. 윤서학을 이용하면 수양 대군이 마시는 탕약에 독을 타는 것은 아주 쉬웠다.

일 년에 한번 명나라에서 큰 배가 오면 윤서학과 민희교, 한길 동은 온갖 신기한 비방이 적힌 서책과 약초를 구하기 위해 나루터에 가곤 했다. 민희교는 바로 그날을 거사일로 정했다. 민희교는 윤서학이 거의 살다시피 하는 수양 대군의 잠저를 아무 의심도 받지 않고 방문했다. 잠저의 별채는 윤서학의 집무실과 다름없었다.

그곳에는 윤서학이 키우는 약초와 서책, 약재 따위가 가득했다. 물론 수양 대군의 탕약도 그곳에서 만들어졌다.

'이보게 번이! 번이 있는가?'

민희교가 아무렇지 않은 척 별채에 들어섰다. 윤서학은 아직 도착하지 않은 상태였다. 민희교는 몇 번이나 윤서학의 이름을 부르며 주변을 확인했다. 역시 사람의 인기척은 전혀 없었다. 민희교가 품속에 몰래 숨겨온 깃 횃대 하나를 꺼냈다.

그것은 다름 아닌 맹독을 가진 짐새의 깃털이었다.

'은수저를 넣어도 변색이 없는 무향, 무취의 독이라네. 물론 그런 독은 얼마든지 있지만 짐새 독이 정말 무서운 까닭은 해독제가 없기 때문 아니겠나?'

'세상에, 해독제 없는 독이 어디 있단 말이야?'

'맞는 말일세! 해독제 없는 독은 없어. 우리가 짐새의 해독제를 한번 만들어 보자고!'

예전에 짐새의 해독제를 찾겠다고 민희교와 윤서학, 한길동이 연구에 열을 올린 적이 있었다. 하지만 명나라에서도 찾아내지 못한 짐새의 해독제였다. 태운 보릿가루, 쥐즙, 연잎 등 해독에 좋다는 온갖 비방을 다 써봤지만 무슨 수를 써도 짐새의 맹독을 중화시킬 수는 없었다. 민희교는 이유의 암살을 위해 무색무취라 아무도 그 정체를 밝혀 낼 수 없고, 해독할 수도 없는 짐독을 사용하기로 했다.

'번이, 대체 어디엘 간 게야?'

결국 민희교는 이유가 마실 탕약에 독을 푸는데 성공했다. 그러고는 이내 아무 일도 없다는 듯이 윤서학의 별채를 빠져나왔다. 윤서학은 민희교가 모든 일을 마쳤을 때야 돌아왔다.

'잠시 행랑아범 만나고 온다고 했잖아. 여긴 왜 왔어?'

'그건 내가 할 말일세. 자네를 얼마나 찾아다녔는지 알아? 이러다 배 떠나면 끝이야. 귀한 약재 다 놓치겠어. 어서 가자고!'

윤서학을 잡아끄는 민희교의 손이 덜덜 떨렸다. 제 친구를 향한 의심 따위 전혀 없는 윤서학의 티 없는 얼굴을 차마 마주할 수 없었다. 하지만 이것은 어쩔 수 없는 일이었다. 어렸을 때부터 이유를 돌봐온 윤서학은 제 목에 칼이 들어오는 한이 있더라도 절대로 수양 대군을 배신하지 않을 터였다. 하나 민희교는 우정보다 저가 충성을 맹세한 지존의 순탄한 앞날이 더 중요했다.

그 뒤의 일은 뻔했다.

윤서학은 왕족을 헤치려 했다는 죄로 즉시 참수되었다. 일이 길어지면 생각지도 않은 뒤탈이 있을 수도 있기 때문에 민희교와 뜻을 같이한 신료들이 손쓴 탓이었다. 결국 윤서학은 왕족을 독살했다는 누명을 쓰고 죽었고, 그의 가문은 멸족했다.

하지만 애석하게도 이유는 살아났다. 몇 날 며칠, 한 해를 꼬박 앓더니 기어코 살아나고야 말았다.

짐새의 맹독을 마시고도 살아난 참으로 질기고도 질긴 운명이라.

하지만 수양 대군은 그때 죽었어야 했다. 만약 그때 숨이 끊어졌다면 계유년의 정난 따위는 일어나지 않았을 텐데. 명명백백 그 누구도 부정할 수 없는 지존의 핏줄로 태어난 어린 왕이 숙부에게 왕위를 빼앗기고 궐에서 쫓겨나는 치욕은 겪지 않았을 텐데.

하지만 한 번 뒤집힌 세상, 두 번 뒤집힐 수도 있지 않겠는가?

천만다행으로 한명회의 살생부는 내약방까지 미치지는 않았다. 평소에 속내를 잘 드러내지 않았던 민희교는 자연스럽게 숙청에서 벗어났고, 결국 이유의 어의가 되어 도제조의 자리까지 꿰찼다. 그는 이유의 지극한 충신인 양, 이유의 건강을 지극정성으로 돌봤다. 왜냐하면 민희교에게는 아주 중요한 임무가 남아 있었기 때문이었다.

그것은 바로…….


"예. 적당한 때가 되면 주상 전하의 건강을 서서히 악화시키는 것."

"너……."

"수양 대군, 네놈이 손쓸 수도 없을 만큼 무력하게 만드는 것."

"!"

이유는 얼마 전부터 저가 시달렸던 까닭 모를 두통과 현기증 등을 떠올렸다. 밤에 잠 한숨을 편히 이룰 수 없어 날마다 뒤척여야 했고, 입맛이 없으니 밥 한술을 제대로 떠넘기지 못했다. 신경이 극도로 날카로워져 조회 때에는 작은 일에도 화를 참지 못하고 분노를 표출해야만 했었다.

한데 그게 다 민희교 네놈의 짓이었다고?

이유의 눈에 핏발이 섰지만 이유는 이미 독에 취해 버린 가련한 목숨이었다. 내금위 군사들은 모두 옥에 갇히거나 죽어 이빨 빠진 호랑이였다. 민희교는 이유를 전혀 두려워하지 않았다.

"첫 번째는 운이 좋아 살았겠지만 두 번의 실수는 없을 것이다, 수양."

"네놈이 정녕……!"

"저승에 가서도 네가 저지른 죄를 잊지 말거라."

"크읍……!"

이유가 피를 토하는 것이 마지막이었다. 민희교가 마지막 빛을 뿜어내던 침전 촛불을 그대로 눌러 껐다. 곧 침전은 암흑에 잠겼다. 수양, 네놈의 죽음은 세상에서 가장 비참하리라. 네놈이 차지하기 위해 애썼던 권세도, 명예도 없이 홀로 칠흑 같은 어둠 속에서 가장 고독한 마지막을 맞이하리라…….

민희교가 침전을 나설 때였다. 하지만 몇 발자국 나서기도 전에 군관들에 의해 앞이 막혔다.

"이 무슨 짓이냐?"

민희교가 날카롭게 물었다.

"민희교 영감, 주상 전하의 어명이 있기 전까지는 침전을 나가실 수 없사옵니다."

"……뭐라고?"

다 죽어 가는 이유가 어찌 어명을 내려? 그 말을 듣는 순간 뒷골이 서늘했다. 민희교가 황급히 뒤를 돌아봤다.

민희교가 촛불을 꺼버린 탓에 침전은 지독하게 어둡기만 했다. 한데 참 이상했다. 방금 전까지 고통에 신음하던 이유의 비명이 언제부턴가 들리지 않았다.

"……수양!"

민희교가 어둠 속에서 소리쳤다. 이 와중에 침전 밖에서는 서로가 서로를 죽고 죽이는 비명이 끊이질 않았다. 계유년, 그날의 상황과 빼다 박은 듯이 똑같았다. 다만 한 가지 다른 점이 있다면 민희교는 그날 대부분의 신료들이 무참히 살해되는 끔찍한 살육에서 벗어났지만 과연 오늘도 그때처럼 살아남을 수 있을는지…….

이유가 조용한 것을 보니 숨이 끊어진 걸까? 아무래도 이유의 죽음을 제 눈으로 똑똑히 확인해야 할 것 같았다.

민희교가 재빨리 침전 가까이 걸어갔다. 한데 이게 무슨 일까?

이유가 방금 전까지 누워 있던 자리에 손을 뻗는 순간, 민희교의 온몸에 소름이 돋았다. 마땅히 이유가 있어야 할 자리가 텅비어 있었다.

그 순간 침전에 촛불이 켜졌다. 맑은 불빛이 침전을 밝혔다.

"……."

민희교가 서서히 돌아섰다.

돌아본 자리에는,

"평생을 함께 나고 자란 친우에게 누명을 씌우고, 종내에는 그를 죽음에 이르게 하고……."

"!"

그렇다. 민희교의 뒤에 서 있는 사내, 그는 바로 이유였다.

이유가 피에 물든 제 입가를 수건으로 닦아 내고 있었다. 그 뒤를 지키고 서 있는 사내들……. 민희교는 처음 보는 얼굴이었지만 그 중에서 단 한 사람만은 알아볼 수 있었다.

한길동.

한길동이 당장 눈물을 터뜨릴 듯 참담한 얼굴로 민희교를 바라봤다.

"자네가…… 번이를…… 어떻게 다른 사람도 아닌 자네가 번이를…… 번이를 죽일 수 있단 말이야?"

말 그대로 죽마고우였다. 철이 없을 때도, 철이 있을 때도 늘 함께 어울리며 형제처럼 가족처럼 한마음 한뜻으로 어울렸던 막역한 친구. 모시는 웃전이 달라 걸어가는 길이 갈라졌다 해도 한길동과 윤서학, 민희교가 친구라는 사실은 변함이 없었다. 그런 민희교가 윤서학을 죽음에 이르게 했을 줄이야…….

한길동은 가히 세상이 무너지는 듯한 기분이었다.

"어떻게 이럴 수가…… 한길동 자네가 어떻게 여기에……."

민희교는 분명 제 앞에서 이유가 탕약을 마시는 것을 똑똑히 지켜봤다. 짐새는 앉은 자리의 풀도 시들게 만드는 맹독을 가진 새였다. 그 누구도 짐새의 독을 마시고 살 수는 없었다. 한데 이유는 짐새의 독을 마시고도 멀쩡했다. 수양이 불사신이라도 된단 말이던가? 민희교는 도저히 이 사실을 받아들일 수 없었다.

"궁금한가? 내가 어찌 짐새의 독을 마시고도 살아났는지 알고 싶어?"

"!"

이유는 짐독의 존재마저 알고 있는 듯했다. 대체 어디서부터, 어디까지, 언제부터 알고 있었던 걸까?

이유가 그런 민희교를 보며 낮게 웃음을 터뜨렸다.

"나 또한 자네처럼 궁금했네. 은으로도, 유황으로도, 그 무엇으로도 감별되지 않는 독의 정체. 하지만 그게 무엇이든 간에 탕약을 종지에 부어 마신 삼돌이는 그 자리에서 즉사를 면치 못했는데, 외려 대접에 담긴 약을 전부 들이켠 나만은 살아난 까닭이…… 나 또한 몹시 궁금했지."

이유는 자신에게 행해진 그 끔찍한 독살 사건을 결코 잊지 못했다. 어떻게 잊을 수 있으랴?

기력을 찾고 나서 제일 먼저 했던 일도 자신에게 쓰인 독약이 무엇인지 알아내는 것이었다. 하지만 이유를 치료한 어의들은 끝끝내 독의 이름을 밝혀내지 못했다. 냄새도 없고, 맛도 없는 정체불명의 독약.

이유를 치료한 의원들은 모두들 조선에서 내로라하는 실력을 가진 자들이었다. 한데 약에 관해서라면 방대한 지식을 가진 의원들도 알지 못하는 독약이라니. 과연 이유가 살아난 것은 기적일 뿐인가? 삼돌이는 명이 짧아서 죽었을 뿐이고, 저는 명이 길어서 살아났을 뿐일까? 이 모든 게 그저 우연일까?

이유는 명회와 마찬가지로 뛰어난 능력을 가진 인재라면 귀천을 가리지 않고 제 곁에 두곤 했다. 문학, 그림, 글씨, 풍류, 무예……. 이유는 분야를 가리지 않았는데, 특히 관심 갖는 부분이 의학이었다. 이유 본인이 어렸을 때부터 고질적으로 피부염을 앓았기 때문에 웬만한 의원들에게 견주어도 손색없는 지식을 가지고 있을 정도였다. 실제로 이유는 웬만한 질병에 사용되는 처방전을 줄줄 꿰고 있을 뿐 아니라 진맥도 짚을 줄 알았다.

그런 와중에 만난 이가 바로 다름 아닌 풍운우 중의 우휘였다. 이유가 거둔 세 형제 중에서 풍휘와 운휘는 무예에 남다른 소질을 가지고 있는 반면, 우휘는 의학에 일가견이 있었다.

명나라와 인접한 만포를 고향으로 둔 덕분에 그는 명나라와 조선의 의학서를 두루 섭렵했고, 뿐만 아니라 진랍국과 방갈자에서 쓰이는 향료나 희귀한 약재의 쓰임도 알고 있었다.

이유가 혼자서만 살아난 원인은 우휘에게도 무척 흥미로운 소재였다.

똑같이 약을 마신 두 사람. 심지어 약을 적게 마신 이는 뭔가 처치를 할 새도 없이 즉사를 했지만, 정작 그보다 훨씬 더 많은 약을 마신 이는 멀쩡하게 살아났다. 우휘는 그 까닭을 알아보던 중 중요한 사실 한 가지를 알아냈다.

그것은 바로 이유가 정체를 알 수 없는 독약뿐만이 아니라 여타의 다른 독에도 중독되지 않는다는 사실이었다.

그를 알게 된 계기는 아주 사소했다.

사냥을 나갔던 이유와 일행들이 냇가 근처에 돋아난 아편 깍지를 산열매인 줄 알고 복용했을 때였다. 깍지를 먹은 이들 모두가 거품을 물고 쓰러지는 둥 한바탕 난리가 났다. 우휘가 만들어 낸 해독약이 아니었더라면 필시 큰일이 벌어지고도 남을 사건이었다.

한데 참 이상한 일이었다. 모두들 거품을 물고 경련하며 정신 잃고 픽픽 쓰러지는 와중에 유독 이유만 멀쩡한 것이었다. 이유가 그때 함께 쓰러졌던 서영화를 둘러업고 산을 내려왔을 정도였으니 무슨 설명이 필요할까.

이유는 그날 이후 조선에 존재하는 독약이란 독약은 전부 먹어 치웠다. 물론 우휘가 해독제를 만들어 놓긴 했지만 위험하다

못해 정신 나간 짓거리임이 틀림없었다. 하지만 이유는 그 어떤 독약을 마셔도, 심지어 죄인에게 내리는 부자탕을 마셔 놓고도 딱 하루 열병을 앓고는 이내 훌훌 털고 일어났다. 세상에 이런 괴물 같은 체질이 존재할 수가 있나?

이내 우휘는 그 답을 찾아냈다.

'그 어떤 독약을 섭취하여도 대군께서 무사한 까닭을 찾아냈습니다. 그것은 바로 내성입니다.'

'내성?'

'그렇습니다. 예로부터 안남에서는 양이나 소에게 어릴 때부터 독이 있는 풀잎을 소량씩 먹이면서 스스로 면역력을 길러 나가게 한다고 합니다. 훗날 독초를 먹어도 탈이 일어나지 않게끔 말입니다.'

'그것이 가능한 일인가?'

'예. 어릴 때 유독한 식물을 많이 먹은 염소일수록 다 자랐을 때 먹이를 가리지 않아 건강한 염소가 되는 법이니까요.'

'하면, 그대는 내가 염소라 이 말이지?'

내성? 대체 그게 무엇인가? 하도 황당한 이야기라 이유는 우휘의 말을 농담으로 치부하려 했다. 하지만 우휘가 한 말은 틀리지 않았다.

'대군을 어릴 때부터 돌본 의원이 누구입니까? 그자에게 직접 물어야겠습니다. 필히, 그자는 대군에게 독약을 소량씩 먹여 내성을 키웠을 것입니다. 내성이 없는 몸종은 소량의 독을 마시고도 즉사하였지만, 대군께서는 독에 내성이 있기 때문에 결국 살아나신 겁니다!'

"이런…… 말도 안 되는 소리!"

민희교가 일갈했다. 하지만 이유조차 반신반의하며 믿지 못한 일을 사실로 만들어 준 사람이 다름 아닌 민희교 본인이었다. 윤서학은 이유의 탕약에 독을 넣지 않았음을 제 입으로 실토하지 않았는가?

"그럴 리가 없다! 분명 네놈이 이토록 멀쩡할 리가 없다. 네놈이 여태 마셔 온 탕약에는…… 탕약에는……!"

"그대가 여태까지 내게 먹인 탕약을 말하는가?"

민희교는 짐새의 독 말고도 이유의 탕약에 조금씩 건강에 치명적인 화를 미치는 약재를 섞어 왔다. 아편이나, 수은, 부자 따위만이 독은 아니었다. 절대 배합해서는 안 되는 상극 성질의 약재를 함께 써도 독약에 버금가는 피해를 일으킬 수 있었다.

이를테면 이유가 백급이 들어간 탕약을 아침에 마셨다면 그날 점심에는 백급과 상극인 오두가 들어간 탕약을 올렸다. 수라간에서 식사에 인삼을 올렸다면 오령지 삶은 물을 차에 섞는 식이었다. 상극인 약재가 배합된 탕약을 주야장천 마신 이유의 몸이 멀쩡할 리 없었다. 하지만 이유는 그 또한 예상하고 있었나 보다.

"이를 어떡하지……. 그대가 도제조가 된 이후, 과인은 단 한 번도 그대가 올린 탕약을 마셔 본 적이 없다."

"뭐라고?"

그렇다. 이유에게 파설재가 존재하는 까닭.

이유의 허락 없이는 그 누구도 함부로 드나들지 못하며, 그곳에서 일어난 일을 밖에서 고하는 자는 가차 없이 혀를 잘라 버린다는 끔찍한 이름의 장소. 하지만 우휘에게는 그 누구의 방해도 받지 않고 약초를 키우며 의학서를 읽을 수 있는 세상에서 가장 안락한 장소였다.

왕위에 오른 뒤, 이유는 파설재가 아닌 외부에서 만들어진 약은 결코 마셔 본 적이 없었다.

탕약을 바꾸는 방법은 아주 간단했다. 동재는 민희교의 등 뒤에서 상약을 준비하는 척하며 파설재에서 가져온 탕약기와 민희교가 가져온 약을 바꿨다.

지난날, 상약하던 약손이 마신 약도 사실은 모두 파설재에서 만들어진 탕약이었다. 그러나 바로 곁에 있던 약손조차 그 사실을 눈치채지 못했으니, 민희교를 비롯한 의원들이 알아채는 것은 거의 불가능했다.

"이런…… 이런……!"

간악하고 간악하고나! 대체 언제부터 일을 꾸미고 있었을까? 민희교는 그제야 저희들이 세운 계획이 모두 틀어졌음을 깨달았다. 민희교가 무어라 더 말하려 했지만 이유는 듣기도 싫으니 그만 치우라는 표정이었다. 민희교가 그대로 끌려 나갔다.

"전하, 소인이 모시겠습니다."

동재가 보기만 해도 부정한 피 묻은 야장의를 벗겨 냈다. 그다음으로 환복한 이유의 옷은 진한 홍색의 구군복이라. 병부를 늘이고 손에는 등채를 들었다. 좁은 소매가 달린 옷은 직접 검을 휘두르거나 활을 쏘기에 더할 나위 없이 적합했다.

민희교와 그와 한통속인 무리를 속이기 위해 눈에 띌 정도로 살이 내린 이유의 얼굴이 해쓱했다. 단순히 거짓을 말하기 위함이 아닌 듯 몹시 마음고생이 심한 표정이었다.

이유는 이제야 지난날, 윤서학이 제게 해준 말의 뜻을 이해했다.

'감히 간언 드리옵건대, 소신 윤서학이 있는 한 결단코 그런 불미스러운 일은 일어나지 않을 것이옵니다. 마마를 무탈하게

지켜드리는 것이야말로 소신에게 가장 중요한 일이 아니겠사옵니까?'

윤서학은 이유가 탕약을 마실 때마다 유독 걱정을 숨기지 못했다. 고작해야 저가 만들어 준 약 마시는데 뭐 저렇게 안절부절못하는 걱정을 해? 그뿐만이 아니었다. 윤서학은 항상 이유가 마시는 탕약 외에도 뜻 모를 탕약 한 가지를 더 준비했었다.

이유가 잘 모르고 나머지 약까지 마시려 하면 그것은 아니 마셔도 된다 만류했다. 지금 생각해 보니까 이유가 마시지 않은 다른 한 가지의 탕약은 분명 해독제였을 것이다. 내성을 위해 미량의 독을 마시게 했으니 미리 해독제를 준비하여 행여 모를 불상사를 막으려는 것이었겠지.

예나 지금이나 숙적을 손쉽게 제거할 수 있는 가장 손쉬운 방법은 독살이었으니, 윤서학은 훗날 이유에게 다가올지도 모를 위험을 미리미리 방지한 것이었다.

"주상 전하! 노산군의 거처에서 성삼문을 비롯한 박팽년, 이개, 하위지, 유응부, 유성원 등 성균관 일파를 잡아들였다 하옵니다."

"그래?"

마치 모든 것을 예상이라도 한 듯 이유가 무심하게 대답했다.

이유의 가슴과 등에 붙은 용보가 빛났다. 피 냄새가 끊이지 않는 밤은 단 하룻밤으로 그치길 바랐는데, 비극은 좀처럼 끝날 기미가 없었다.

이유가 마지막으로 환도를 손에 거머쥐었다.

"죄인들을 모두 압송하라!"

긴긴밤의 시작이었다.

*

이제 궐은 더 이상 예전의 평화로웠던 궐이 아니었다. 피 비린 내 진동하는 추국장으로 변해 버렸다.

감히 궁궐에서 반역을 꾀하려던 토벌군은 물론이고 성삼문을 비롯한 성균관 일파들이 모두 잡혔다. 그들은 이번에야말로 노산군의 복위를 믿어 의심치 않았겠지만, 이미 노산군의 거처에 는 이유의 군대 유령사가 은밀히 대기하던 중이었다.

복위는커녕, 호랑이 굴에 스스로 걸음 하던 것임을 진정 몰랐다니. 증거가 명확했으니 그 어떤 거짓말이나 변명도 통하지 않았다. 선왕 시절, 제아무리 혁혁한 공을 세운 자라도 역모 앞에 서는 자유로울 수 없었다.

그리고 그것은 이유가 가장 바라던 바이기도 했다.

성균관을 폐쇄하여도, 그 일파의 목숨을 한 번에 거둬도 그 누구도 이의를 제기할 수 없는 가장 강력한 명분을 앞세우는 일. 역모를 꾀한 반역자들에게는 그 어떤 벌을 내려도 지당했다.

"아아아악!"

의금부에 차려진 추국장에 비명이 난무했다. 끌려온 이들을 살펴보니 참으로 많기도 많았다. 노산군을 따르던 집현전 관료들은 물론이고 이유에게는 형수 되는 현덕 왕후의 친정인 권씨 일파, 노산군의 아내인 송씨의 외척, 그리고 중전 심소영의 부친인 심재호까지…….

다른 이들은 그렇다 쳐도 심재호는 이유의 국구임에도 불구하고 노산군에 대한 절개 때문에 지존과 등졌다는 사실이 기가 막힐 뿐이었다.

그래, 이토록 많은 이들이 겉으로는 내가 주는 녹을 받으며 속으로는 나를 죽일 계획을 꾸미고 있었단 말이야?

괘씸하기 이를 데 없었다. 비명을 지르다가 종내에는 까무러치는 이들이 줄줄 이어져도 누구 하나 그만 멈추라는 명을 내리는 사람이 없었다. 이유는 아무 감흥 없는 표정으로 그들을 바라보기만 했다.

참 버러지만도 못한 놈들일지어니…….

시간이 지나자 추국장에 가득하던 비명 소리도 어느 정도 멈췄다. 몇몇은 기절했고, 또 다른 몇몇은 유례없이 악독한 고문을 이기지 못하고 그 자리에서 숨이 끊겨졌기 때문이었다. 죽은 자들은 역적의 죄를 물어 그 흔한 묘조차 쓰지 못한 채 시구문 밖에 버려지리라. 까마귀나 이리 떼에게 살이 쪼아지거나 먹히리라. 영원히 고통에 신음하며 편히 잠들지 못하리라…….

형벌을 가하는 나장들도 지치고, 형벌을 당하는 죄인들도 똑같이 지쳤다. 피 비린내와 지린내, 인두에 지져진 고약한 살타는 냄새가 추국장에 가득했다. 추국이 어느 정도 소강상태에 접어드는가 싶었을 때, 내내 자리를 지키고 앉아 있던 이유가 드디어 자리에서 일어났다.

사실 감금되어 있는 척을 했을 뿐, 진즉 각사에서 빠져나온 명회가 재빨리 이유의 뒤를 따랐다.

이유가 오늘 일어난 역모의 주동자라고 할 수 있는 성삼문 앞에 섰다. 성삼문은 형틀에 묶여 온몸이 축 늘어진 채였다. 나장이 아직 그가 죽지 않았음을 확인하려는 듯 성삼문의 얼굴에 촤아악 찬물을 부었다. 그 바람에 성삼문이 다시금 제정신을 차렸다.

"으으윽……."

고문 받는 동안 이를 깨물었는지 입술에 붉은 피가 여실했다.

내내 지켜보았는데, 넓적다리와 장딴지에 신장을 맞아 살이 터지고 피가 튀는 와중에도 그 흔한 비명 한 번을 지르지 않더라.

매죽헌, 이 독한 것. 이유가 이를 갈았다.

"나는 그동안 너를 대접함에 있어서 조금도 부족함 없이 극진하게 대했거늘, 너는 어찌 임금인 나를 배신하였느냐? 네 죄의 경중이 나에게 달려 있으니 소상히 말해 보아라."

참말이지 이해할 수가 없었다. 이유는 성삼문이 원하는 것, 말만 하면 그 무엇이든 해줄 준비가 되어 있었다. 사실 그동안은 성균관을 폐쇄하네 마네 길길이 날뛰긴 했지만 그것은 성균관 학자들이 제게 반기를 들어 그리하였을 뿐. 저만 따라 준다면, 저의 신하가 되어 주기만 한다면 성균관이 아니라 더한 것도 마련해 줄 수 있었다.

신숙주를 보라지? 그 또한 영릉 때 등용되었으나 이유 따르기를 맹세하여 지금은 류큐국과 큐슈, 명나라를 자유로이 넘나들며 재능을 펼치고 있었다. 뭐니 뭐니 해도 자신이 등용한 인재가 능력을 발휘할 수 있도록 확실히 보좌하는 일. 이유만 한 군주는 세상 어디에도 없었다.

이유가 알기로 신숙주와 성삼문은 세상 둘도 없이 막연한 친우지간이라는데, 대체 왜 이렇게 전혀 다른 정반대의 길을 걸어가는지 이해하지 못했다. 성삼문, 그대는 어찌하여 스스로 고난을 자처하는가?

역모를 꾸민 성삼문에게 화도 났지만 한편으로는 애도 탔다. 실망스럽기 그지없었다. 하지만 성삼문은 그의 호인 매죽헌답게 조금도 뜻을 굽힐 마음이 없어 보였다.

성삼문이 카아악, 피 섞인 침을 뱉었다. 그러곤 고개를 들어 이유를 똑바로 쳐다봤다.

"참으로 기가 찰 노릇이구나. 한낱 대군 따위가 스스로를 임금이라 칭하며 위선을 떠는 꼴이라니…… 이 세상이 어찌 돌아가려고 이러는가?"

"뭐, 뭐라? 너 지금 뭐라 하였어?"

이유의 눈썹이 꿈틀 움직였지만 성삼문은 더 이상 거리낄 것이 없었다. 이미 계획은 틀어졌고, 뜻을 함께하던 동료들 또한 간악한 이유에게 잡힌 후였다. 예전에는 훗날을 도모하기 위해 이유 앞에서 고개 숙이는 일도 능히 견딜 수 있었지만, 이제 성삼문은 참을 까닭이 전혀 없었다.

성삼문이 픽 웃음을 터뜨렸다.

"이보시오, 나리! 불사이군不事二君이라는 말을 모르시오? 세상에 두 개의 태양이 없듯이 신하에게도 두 명의 군주는 없소이다. 나는 본래 섬기던 임금을 복위하려 했을 뿐이오. 따지고 보면 나리가 내게 씌운 역모 죄도 말이 되지 않지. 애초에 그대는 내가 섬기던 임금이 아닌데 그 목을 친다 한들 살인이면 살인이지 어찌 역모가 될 수 있단 말이오?"

"네가 정신이 나갔느냐? 감히 뚫린 입이라고 함부로 지껄여? 내가 준 녹을 받고, 내가 내린 쌀을 씹어 연명한 주제에…… 어찌 내가 너의 임금이 아니란 말이더냐?"

"나는 나리의 녹을 받은 적이 없소! 나리가 내린 쌀을 먹은 적도 없소! 정 믿지 못하겠거늘 내 가산을 몰수해 보시오. 내 어찌 내 임금의 원수가 내린 양식을 쓸까! 내가 나리 같은 소인배, 악귀인 줄 아시오?"

"네, 이놈! 성삼문!"

이유의 얼굴이 홧홧하게 붉어졌다. 내가 왕위에 오를 적에는 노산군에게 받아 온 옥새까지 바쳤던 놈이 이제 와서 나를 모욕

하고 능멸하다니. 참을 수가 없는 분노가 밀려왔다.

"나장은 뭘 하느냐? 당장 이놈의 입을 틀어막지 못할까?"

나장이 시뻘겋게 달군 쇠를 가져왔다. 본래 낙형은 신장을 치고, 압슬을 가한 뒤에도 죄인이 자백을 하지 않을 때나 쓰는 최후의 수단이었다. 달군 쇠로 발바닥을 지지면 끔찍한 고통도 고통이지만 발뒤꿈치 힘줄이 끊어져 평생 걸을 수 없는 불구자가 된다고 했다.

인두가 성삼문의 허벅지에 닿았다. 그와 함께 치이이익, 소름 끼치는 소리와 함께 살이 타들어 갔다. 그러나 성삼문은 이를 악무는 한이 있더라도 결코 비명을 지르지 않았다. 성삼문의 몸은 온통 피와 땀으로 뒤범벅이었다.

"겨우 이 정도로…… 이 정도로 될 성싶으냐? 수양, 참으로 보잘것없구나! 인두가 다 식었으니 다시 달구어 오라!"

"너…… 너……."

성삼문이 이유를 노려봤다. 핏발 선 눈에서는 금방이라도 핏물이 뚝뚝 떨어져 내릴 것만 같았다.

"너를 따르는 놈들의 충정이 정녕 진심이라 믿느냐? 어리석은 것…… 두 명의 군주를 섬긴 이가 세 명의 군주는 못 섬기고, 네 명의 군주는 못 섬길까? 내 장담하건데 네놈의 팔자에서 평온과 휴식이란 결코 돌아오지 않을 것이다. 행여나 나를 배신하지는 않을까, 내게 등을 돌리지는 않을까 매일매일 불안 속에서 눈을 뜰 것이고, 의심 속에서 눈 감게 될 것이다."

"성삼문!"

고통을 이기지 못한 성삼문이 기어코 혀를 깨물었나 보다. 성삼문의 입가에서 붉은 피가 후두둑 떨어져 내렸다. 하지만 성삼문은 제 살이 인두에 짓이겨지고, 녹아내리고, 팔다리가 잘리는 한이 있더라도 불사이군이라는 저의 신조를 굽히지 않았다.

참으로 곧디곧은 대나무, 매죽헌이라.

그리고 이유는 그토록 기개 높은 매죽헌의 참담한 저주에 무슨 대답을 했던가.

이유는…… 그는…….

"주상 전하!"

명회가 이유를 돌아봤다. 이유의 얼굴에 허무가 가득했다. 분명 추국당하는 것은 성삼문과 그의 일파인데 어째서 이유가 더 힘겨워하는가. 이유는 당장 쓰러져도 이상하지 않을 만큼 위태로워 보였다. 명회가 이유를 부축하기 위해 손을 뻗었으나 이유는 명회의 손이 제 몸에 닿는 것을 허락하지 않았다. 이유가 명회의 도움을 냉정하게 떨쳐 냈다.

"저, 전하!"

"승지는…… 뒷일을 처리하라."

역모를 꾀한 불괴한 무리의 말은 새겨듣지 마소서, 죽음을 목전에 둔 이가 세 치 혀를 방자하게 놀린 것뿐이니 부디 잊으소서…….

명회가 뭐라 말하려 했지만 이유가 뒤돌아선 것이 더 빨랐다. 너의 말은 단 한마디도 듣고 싶지 않다는 뜻이 다분했다.

"주상 전하……."

명회가 멀어지는 이유의 등을 바라봤다.

"……"

깊은 한숨이 절로 나왔다.

오늘의 일은 아주 오래 전부터 정해져 있던 결말. 이유가 대군이던 시절, 형체도 흔적도 없는 유령사의 군대를 키우던 시절부터 계획된 이야기.

이유는 승리를 예감했었고, 또 실제로도 그 승리를 쟁취해 냈지만 글쎄……

이유는 대체 무엇을 가진 걸까?

또 성삼문은 무엇을 잃은 걸까?

명회는 아무것도 장담하지 못했다. 이유가 미리 써놓은 교지를 명회가 읽었다.

"모반에 연루된 자들에 대한 처벌을 명한다. 대명률의 모반 대역조와 모반조를 살펴 주동자인 성삼문을 비롯한 박팽년, 유응부, 이개, 하위지, 유성원에게는 작형(灼刑: 달군 쇠로 다리를 뚫고 팔을 자르는 형벌)을 내리고, 군기감 앞에서 능지처사한 뒤 그 시신을 3일 간 효수한다. 그뿐 아니라 역모에 연루된 공모자들의 식솔 또한 연좌하여 죄를 묻는다. 16세 이상의 사내는 모두 교형에 처하고, 15세 이하 여인과 아들은 공신 집에 나누어 종으로 삼으며 그들 재산은 모두 관가에 몰수한다……"

이유의 결정에 자비라고는 결코 찾아볼 수 없었다. 그야말로 한 집안의 젖먹이까지 다 죽임을 당하거나 팔려 가는 멸문지화, 그 자체였다.

"……"

명회가 하늘을 올려다봤다. 해가 떠오르는 동녘 하늘에 푸르스름한 빛이 번지고 있었다.

피의 밤. 이유와 명회가 첫 번째 피의 밤을 겪었을 때는 새로운 해는 언제든 떠오른다고 믿어 의심치 않았다. 저희들의 앞날을 오롯이 비춰 줄 찬란한 햇빛.

그 빛 앞에서 가슴 벅찬 때가 있었고, 설레던 순간이 있었음을 이제 와서 부인하지는 않겠다.

하지만 그 빛은 과연 정말로 나를 비췄던 걸까? 내 앞날을 밝혔던 걸까?

어쩐지 선뜻 그렇다고 답할 수가 없었다. 명회가 탄식했다. 아까 이유가 그러했듯 한없이 참담한 숨이었다.

명회가 다시 한번 하늘을 올려다봤다.

"……."

푸른 하늘은 그 어디에도 없었다.

앞으로 그들이 이고 사는 하늘에 아침은 두 번 다시없을 거라는 것을, 그들에게 남은 것은 참혹한 피의 밤뿐이라는 것을.

이제야 깨달았다.

*

약손을 비롯한 월당 나인들은 숨소리도 제대로 내지 못했다.

그도 그럴 것이, 월당을 지키고 있는 군관이 오죽 무서워야지. 발이라도 헛딛었다가는 그대로 사람을 베고도 남을 듯했다. 게다가 나인들 대부분은 불과 몇 해 전에 일어난 정난을 직접 겪은 자들이었다. 언제, 어떻게 목이 떨어질지 모른다는 사실을 눈으로 보고, 체험했다.

게다가 중전 심씨는 뭐라 했던가. 주상 전하의 생사를 장담할 수 없다고 했다.

설마 나라님이 또 한 번 바뀌는 건가? 만약 그렇다면 어떻게 되는 거지? 주상 전하께서 변고라도 당하시면 의빈마마는 물론이고 그를 따르는 저희들의 목숨 또한 장담할 수 없을 텐데.

나이 어린 나인 중 한 명이 기어코 울음을 터뜨리고 말았다. 안 그래도 흉흉한 월당의 분위기가 더욱 참담해졌다.

약손이 자리에서 일어났다. 언제까지 이렇게 꼼짝없이 갇혀 있어야 한다는 말인가? 마냥 손 놓고 있을 수만은 없었다.

"안 되겠네. 내가 나가 보아야겠어."

"안 됩니다, 의빈마마!"

하지만 목 상궁이 혈혈단신의 약손을 처소 밖으로 순순히 내보내 줄 리 없었다. 결국 약손과 목 상궁 사이에 실랑이가 벌어졌다. 다른 것은 다 차치하더라도 대체 바깥에 무슨 일이 일어났나만 알아보겠다, 아니다. 전후 사정이고 뭐고 지금은 죽은 듯이 기다리며 목숨 보전하는 것이 제일이다…….

행여나 군관의 심기를 거슬러 흉한 일이라도 당하면 큰일이었다. 목 상궁은 하늘이 두 쪽 나는 한이 있더라도 약손을 지킬 의무가 있었다.

목 상궁이 약손의 팔을 붙잡고 놔주지 않았다. 하지만 약손 또한 고집이 만만치가 않아 목 상궁을 밀치고라도 밖에 나갈 각오를 했다. 하지만 그 순간, 조용하던 문밖에서 우레와 같은 함성 소리가 들려왔다.

"웬 놈이냐?"

월당을 철통같이 지키던 군관의 그림자가 이리저리 아른거렸다. 정말 무슨 일이 나기라도 한 걸까? 처소 안의 궁인들은 차마 밖에 나가지도 못하고 발만 동동 구를 수밖에 없었다.

약손도 바깥의 소란에 귀를 기울였다. 중전의 말마따나 주상 전하께옵서 목숨을 잃기라도 한다면 약손 또한 멀쩡히 목숨 부지하지는 못할 터. 대체 이 상황을 어떻게 대처해야 할지 조금도 짐작할 수 없었다.

월당에 사내들의 발자국 소리가 들렸다. 성큼성큼 걷는 걸음이 마침내 약손이 있는 처소 앞에 멈춰 섰다.

목 상궁은 품에 지니고 다니던 장도를 빼들었고, 나인들은 비녀를 손에 쥐었다. 비록 무기 하나 없는 여인의 몸이긴 하지만 여차하면 방 안으로 들어오는 사내를 베어 버리고도 남을 기세였다.

곧 문밖에 선 사내가 처소 문을 열었다. 그들은 반란을 일으킨 폭도의 무리가 분명하리라.

"의빈마마! 조심하시옵소서!"

목 상궁이 소리쳤다. 하지만 다행인지 불행인지 문밖에 선 사람은 폭도와는 거리가 멀었다. 그는 내금위 소속의 지육선이었다. 대체 무슨 일을 겪은 건지 지육선의 얼굴이 땀범벅이었다.

지육선이 무릎을 꿇고 약손에게 예를 취했다.

"의빈마마, 소인의 무례를 용서해 주십시오."

"무례라니? 그 무슨 말입니까?"

드디어 바깥 사정을 물어볼 사람이 생겼다. 하지만 육선은 약손의 궁금증에 답할 겨를이 없었다. 지육선이 황급히 뒤를 돌아봤다. 밖에서는 또다시 한바탕 싸움이 벌어진 것 같았다. 사내들의 고함 소리와 비명이 난무했다.

"설명할 시간이 없사옵니다. 의빈마마, 당장 몸을 피하셔야만 하옵니다."

"몸을 피하다니?"

"의빈마마!"

육선은 거의 필사적인 표정이었다. 천만다행으로 목 상궁이 가장 먼저 정신 줄을 다잡았다.

"예, 알겠습니다. 어디로 가면 됩니까?"

"저를 따라오시옵소서."

그렇게 약손은 지육선을 따라 목 상궁과 함께 깜깜한 궐을 헤쳐 나가야만 했다. 지육선이 이토록 앞뒤 가리지 않은 채 약손을 피신시키려 하다니.

설마설마했었는데 중전의 말이 사실이 되기라도 한 걸까?

그렇다면 주상 전하께옵서는······ 전하께옵서는 어찌 된 걸까?

생각이 거기까지 미치자 약손이 자리에 딱 멈춰 섰다. 목 상궁이 끌어당기는 손까지 마다했다.

"주상 전하는 어찌 되셨습니까?"

제일 앞장서 가던 지육선이 그제야 뒤를 돌아봤다. 소수의 사람들만 안다는 궁궐의 북문 근처까지 왔을 때였다. 조금만 더 가면 안전하게 궐을 빠져나갈 수 있건만, 마마께서는 갑자기 왜 이러시는가?

"의빈마마, 소, 송구하오나 자세한 설명은 궐을 빠져나간 뒤에······."

"아니? 난 지금 들어야겠네. 주상 전하는 지금 어디에 계시고, 무얼 하고 계시는가?"

사실은 멀쩡히 무사한 게 맞는지 생사부터 묻고 싶었지만 차마 입 밖에 내지 못했다. 흉을 입에 담는 것만으로도 불운이 올까 걱정되었기 때문이었다.

"왜 내가 궐의 뒷문으로 도망쳐야 하는지, 그 까닭을 알기 전까지 나는 가지 않겠네."

약손이 딱 잘라 말했다.

"의빈마마······."

지육선의 얼굴에 난감함이 스쳤다. 약손이 이리 나올 줄은 미처 생각지도 못했던 일이었다. 약손이 던지는 물음에 답하는 일, 전후 상황을 설명하는 일, 모두 지육선의 몫이 아니었다. 지육선의 임무에는 그런 것이 해당되지 않았다.

지육선이 명받은 소임은 오직 하나. 약손을 무사히 궐 밖에 데려다주는 것뿐이었다. 지육선이 턱을 타고 흐르는 땀을 닦아 냈다.

"……."

지육선을 쏘아보는 약손의 눈빛이 강경했다. 저가 묻는 말에 답을 하지 않으면 단 한 발자국도 움직이지 않을 기세였다. 하여 지육선은 잠시 고민하다가 이내 할 수 없이 모든 사실을 털어놓기로 했다.

"의빈마마, 아뢰옵기 황공하오나 지금 주상 전하께옵서는……."

"……."

"주상 전하께옵서는 사경을 헤매고 계십니다. 뿐만 아니라 노산군을 따르던 무리가 반란을 일으켜 궐 안팎이 흉흉하니, 앞으로의 일을 장담할 수 없을 줄 아옵니다. 그렇기 때문에 의빈마마를 우선 안전한 장소에 피신시킨 다음에……."

"다음에 뭐? 내가 안전한 곳에 가면 주상 전하는 어떻게 되는데? 주상 전하는, 전하께옵서는 어찌 된단 말이야?"

"마마, 맹세컨대 무슨 일이 있더라도 소신이 마마의 안전을 끝까지 책임질 것이옵니다. 부디 아무 걱정 마시옵고 소신과 함께……."

"됐어! 난 자네를 따라가지 않을 것이야!"

약손이 그대로 돌아섰다.

"마마! 의빈마마!"

목 상궁이 애타게 불렀지만 뒤도 돌아보지 않았다.

경회루에서 만난 이유의 해쓱한 얼굴이 떠올랐다. 몇 날 며칠 병마에 시달린 것처럼 병색이 완연한 모습. 그러든가 말든가 저와는 상관없다, 건강 챙겨 줄 사람이 이 궐에만 수십, 수백 명이 될 텐데 저는 참견하지 말자 애써 무시했었다.

어차피 약손과의 맹세를 저버린 사람이었다. 평생을 함께하자던 사랑을 내팽개친 사람이었다.

그런 사내는 아파도 싸. 천벌 받아 마땅해.

하지만 다른 사람을 해코지하는 나쁜 생각을 했기 때문일까? 약손은 저의 바람이 실제로 이루어질 줄은 꿈에도 몰랐다. 이제야 상황 정리가 됐다.

'글쎄…… 아직도 목숨 부지하고 계신지는 나도 잘 모르겠네. 하지만 소식 알게 되면 알려 주지. 자네도 곧 전하와 같은 길을 가게 될 테니까 말이야.'

그래서 중전마마께서 그런 말을 했구나. 그토록 자신감 있던 태도로 미루어 짐작하건데 아마도 중전 심씨는 이유를 택하는 대신 역도들과 뜻을 함께한 것 같았다.

하지만 지금 주상 전하는 사경을 헤매고 있다는데, 하면 그 곁은 누가 지키고 있을까?

약손이 마침내 침전 근처까지 다다랐다. 하지만 그 앞을 지키고 있는 관군들을 보는 순간, 저도 모르게 헉 숨을 멈추고 말았다. 주상 전하 계시는 곳이야 언제든지 내금위든 금군이든 온갖 호위가 넘쳤지만 오늘만은 어째 분위기가 남달랐다. 침전에 발 들이는 자는 남녀노소, 신분을 가리지 않고 그 자리에서 숨을 끊어 놓을 듯 살기등등했다.

저들이 바로 지육선이 말한 폭도겠지?

주상 전하를 뵈어야 하는데, 안전을 확인해야 하는데 폭도들이 지키고 있는 철통같은 경비를 뚫을 방법은 없었다. 초조해진 약손이 저도 모르게 입술을 물어뜯었다. 어디 다른 문은 없을까, 좋은 방법이 없을까, 허망한 고민을 할 때 순간 약손의 머리를 스치는 생각 하나가 있었다.

"맞아! 내가 왜 그 생각을 못 했지?"

이래서 사람이 영 죽으라는 법은 없나 보다. 약손이 황급히 돌아섰다. 제아무리 폭도라 할지라도 설마 '그곳'까지 지키고 있지는 않을 터였다. 왜냐하면 '그곳'은 이유를 비롯한 극소수의 사람만 알고 있는 비밀 통로였기 때문에.

약손은 일전에 벼랑에서 떨어졌을 때 몇 날 며칠 의식을 잃은 적이 있었다. 그때만 해도 사내 행세를 하던 터라 내약방 의원에게 함부로 진맥을 맡길 수도 없었다. 이유는 약손을 궐에서 가장 은밀한 장소에서 치료를 받게 했다.

그렇다. 그곳은 바로 이유의 침전과 이어지는 비밀 통로, 파설재였다.

'여긴 너한테만 알려 주는 곳이니까 절대 소문내면 안 돼. 원래는 내 허락 없이는 아무도 드나들 수 없지만…… 혹 내가 보고 싶어지면 몰래 오렴. 약손이 너는 언제든지 환영이니까.'

물론 약손은 병이 나은 이후, 단 한 번도 파설재에 가지 않았다.

약손이 군이 파설재에 가지 않아도 될 만큼 이유가 수시로 약손을 찾아왔기 때문이기도 했지만, 일단 약손은 파설재의 의미를 아주 잘 깨닫고 있었다. 궐에는 벽에도 귀가 있고 땅에도 눈이 있다는데 괜히 파설재에 자주 드나들었다가 다른 사람에게 그 위치가 알려지면 곤란했다. 심지어 약손은 목 상궁에게조차 파설재에 대해 말하지 않았다.

약손이 파설재로 향하는 문 앞에 섰다. 수풀이 잔뜩 우거진 문은 얼핏 봐서는 도저히 문이라는 것을 짐작하지 못할 정도였다. 제아무리 폭도라 해도 파설재의 존재까지는 알아내지 못했구나.

약손은 불빛 하나 없는 길고 긴 회랑을 걷고 또 걸었다. 그리고 마침내 이유의 침전과 이어지는 장방에 도착했을 때, 약손이 조심스레 안쪽 문을 열어젖혔다.

이유의 침전은 조용했다.

나비 등잔대에 걸린 촛불 하나만이 흐릿한 빛을 뿜어내고 있을 뿐이었다. 약손이 침전 안으로 들어섰다. 사경을 헤맨다는 말은 이미 들었지만 설마하니 곁에 아무도 없이 혼자 있을 줄은 참말 몰랐다. 항상 이유의 뒤를 따르던 그 많은 상궁들은 어디에 있나? 비가 오나 눈이 오나 그림자처럼 쫓아다니던 상선은?

이유는 그 누구의 돌봄도 받지 못한 채 그저 금침 위에 홀로 누워 있을 뿐이었다.

"전하……."

저도 모르게 목소리가 떨렸다. 설마하니 벌써 유명을 달리하신 건 아닐까? 덜컥 걱정이 밀려왔다. 약손이 이유의 코앞에 손가락을 갖다 댔다. 천만다행으로 미약한 숨이 느껴지긴 했다.

대체 언제부터, 얼마나 오랫동안 홀로 누워 계신 걸까? 비록 이유가 제게 저지른 잘못은 평생을 두고도 용서할 수 없었지만, 그래도 이런 식으로 벌을 받으라는 뜻은 아니었는데…….

약손이 이유의 팔을 흔들어 깨웠다.

"전하, 일어나 보세요. 저예요. 약손이가 전하를 뵈러 이리 왔습니다."

"……."

하지만 이유는 아무 대답도 하지 않았다. 약손이 이유 이마 위에 손을 짚어 봤다. 뜨끈한 체온이 손끝에 금방 전해졌다. 이제 보니 이유의 이마에는 식은땀도 맺혀 있었다. 약손이 소매로 땀을 닦아 주었다.

"전하…… 어찌 이러고 계세요? 밖에 큰일이 벌어졌는데……

난리가 일어났는데…… 대체 왜 이러고 계세요……."

"……."

이유 얼굴에 병색이 완연했다. 이토록 안쓰러운 얼굴을 하고 있을 줄이야. 후드득, 눈물이 떨어져 내렸다.

하지만 이유는 참으로 야속하게도 약손이 우는 것도 몰랐다. 형편없는 사내 같으니. 저가 그토록 아끼고 사랑한다는 여인을 울리기나 하고. 그럼에도 눈물을 닦아 주지도 못하고.

"전하, 눈을 떠보세요. 예전에 저한테 그러셨잖아요. 언제든 전하가 보고 싶으면 몰래 오라고…… 파설재는 전하의 허락 없이는 그 누구도 드나들 수 없지만 저만큼은 언제든 환영이라고……."

"……."

"제가 전하를 보러 왔는데 왜 맞아 주지를 않으세요. 왜요, 왜……."

처음에는 그저 한 방울 두 방울 흐르던 눈물이 이제는 펑펑 솟아났다. 약손은 엉엉 울음을 터뜨렸다. 죽었는지 살았는지, 미동도 없는 이유가 마냥 섭섭하게만 느껴졌다.

"이대로 죽으면 안 돼요……. 전하가 없이 저는 어찌 살아요. 제가 전하 없이 앞으로 어떻게 살 수 있겠어요. 전하……."

약손이 이유의 가슴팍에 얼굴을 묻었다. 이유의 품은 이렇게나 따뜻한데, 귓가에 들리는 심장 소리는 이렇게나 생생한데. 어떻게, 어떻게 이럴 수가 있단 말인가……

약손은 참말 세상이 무너져 내리는 듯 참담한 심정이었다.

"주상 전하……."

그렇게 한참을 울 때였다. 문득 약손의 어깨를 감싸는 손 하나가 느껴졌다. 하지만 약손은 우느냐고 정신이 없었고, 미처 손의 존재까지 신경 쓸 여유가 없었다. 약손의 관심은 당장 숨이 넘어갈지도 모르는 이유에게만 집중되어 있었다.

"약손아······."

"네, 주상 전하······."

"울지 말렴. 나는 널 두고 죽지 않아."

"전하아······."

으어어엉! 따뜻한 목소리로 달래 주고 얼러 주니까 더욱 서러움이 복받쳤다. 약손이 다시금 이유의 가슴에 얼굴을 부비며 통곡을 하다가····· 엉엉 울다가····· 어느 순간 우뚝 그대로 굳어졌다. 약손은 울음도 그쳤다.

"아이고, 우리 약손이는 말도 잘 들어. 울지 말라니까 곧바로 뚝 그치네."

"······전하?"

약손이 퍼뜩 고개를 들었다.

저를 보며 배시시 웃고 있는 이유의 얼굴이 보였다. 이게 꿈이야, 생시야? 방금 전까지만 해도 사경을 헤매시던 분이 어쩐 일로 정신을 차리셨지? 혹 죽기 전에 마지막으로 힘을 내는 것인가?

"전하······."

"그래."

약손은 돌처럼 굳어 움직이지도 못했다. 이유가 그런 약손의 얼굴을 살살 쓸며 눈물을 닦아 주었다. 눈물범벅된 볼을 친히 닦아 주고, 콧물 잔뜩 묻은 동글동글한 콧구멍도 소매로 또 닦아 주고.

"약손아, 흥."

"흥······."

약손은 넋이 나간 와중에도 착실하게 코를 풀었다.

이유가 약손의 어깨를 감싸 안았다.

"너를 울리려던 건 아니었는데…… 정말 미안하다. 한평생 웃음만 줘도 부족할 판에…… 난 참 사내 자격 없어. 그렇지?"

"전하……."

밖에서는 폭도들이 세상을 뒤집네 마네, 주상 전하는 사경을 헤매네 마네, 떠들더니만 이토록 멀쩡한 얼굴로 저를 바라보는 이유라니. 대체 이게 무슨 일일까? 무슨 상황인 걸까?

약손은 아무것도 이해할 수 없었다. 다만, 그런 약손의 마음은 이미 다 알고 있다는 듯 이유가 약손을 다독였다.

"미안하다. 약손아…… 내가 미안해……."

이유가 드디어 사건의 전말을 말하기 시작했다.

단언컨대 약손은 감히 상상도 하지 못한, 생각도 할 수 없는 엄청난 이야기뿐이었다.


[2]

'의빈 여씨가 중전마마의 회임을 질투하여 차에 독을 탔다고 하옵니다. 왕족을 해하는 것은 역모와 다름없는 큰 죄. 의빈에게 그에 마땅한 죄를 물어야 할 것이옵니다!'

처음 소식을 들었을 때 이유는 하도 기가 차서 말문이 막혔다. 어이가 없으니 픽픽 헛웃음만 났다. 있을 수 없는 일이다, 말도 안 된다, 단칼에 일축하려는 순간 민희교가 말했다.

'주상 전하, 의빈마마께옵서 중전마마를 해할 까닭은 충분하옵니다. 의빈마마의 실제 존함은 윤아영. 역적, 윤번의 친딸이기 때문이옵니다.'

이유조차 알지 못한 속사정이었다. 중전을 독살하려 했다는 둥, 배 속의 핏덩이까지 죽이려 한 요물이라는 둥, 약손을 향한 수많은 비방이 떠돌아도 꿈쩍도 않던 이유였다. 하지만 이번만큼은 도저히 가만히 있을 수가 없었다.

이유가 내금위장의 환도를 그대로 빼들었다. 서슬 퍼런 칼날이 민희교의 턱에 와 닿았다.

'도제조는 다시 한번 말해 보라. 네놈이 지금 무슨 말을 하는 줄 알고는 있느냐?'

여차하면 민희교의 말 한마디에 편전에서 칼부림이 날 수도 있었다. 하지만 민희교의 눈빛은 흔들리지 않았다.

'전하, 소신의 말을 믿어 주시옵소서. 지난날, 의빈마마의 친부를 진맥하다가 우연히 알게 된 사실이옵니다. 부디 통촉하여 주시옵소서.'

그 후에 상황은 그야말로 일사천리였다. 약손이 그동안 벌인 파렴치한 짓거리가 줄줄 쏟아져 나오기 시작했다. 약손은 저의 신분을 숨기기 위해 그동안 저를 먹여 주고 거둬 준 양부 칠봉까지 죽였으며, 때마침 칠봉 집에서 일하던 몸종 하나가 의빈이 보낸 사람이 칠봉을 죽이는 것을 똑똑히 봤다고 증언까지 했다. 궁지에 몰린 약손은 도저히 이 위기를 벗어날 방법이 없었다.

'너 또한 의빈이 중전과 제 의붓아비를 죽였다고 믿느냐?'

깊은 밤, 명회의 각사를 찾은 이유가 물었다. 명회는 어떻게 대답해야 할지 고민했다. 그동안 봐온 의빈의 성품으로 봤을 때 그럴 분은 아닐 것 같다는 듣기 좋은 말을 해줄 수도 있었다. 하지만 애석하게도 명회는 제 자신 말고는 그 누구도 신용하지 않는 부류였다. 세상에 악인 따로 있고, 선인 따로 있나? 성선이든 성악이든 다 개소리였다.

그 사람이 처한 상황이, 배경이 선과 악을 만드는 것이었다. 제아무리 의빈의 성품이 온화한들 후궁의 핏빛 암투가 어디 하루 이틀의 역사이던가. 자고로 후궁이란 총애를 지키기 위해서라면 못 할 게 없는 족속이었다. 의빈이 중전을 독살할 가능성은 충분했다.

'제 생각은 중요치 않사옵니다. 모든 정황이 의빈마마를 가리키고 있사옵니다. 더군다나 의빈마마께옵서 본인이 윤번의 딸임을 인정하셨으니……'

'하면 약손을 죽이란 말이냐? 윤번이 나를 죽이려 했으니 그 죄를 약손에게까지 연좌하란 말이야?'

명회 역시 당시 윤번과 관련된 모든 자료를 읽었다. 하지만 어디 하나 흠잡을 데 없이 깨끗하고 적확한 내용뿐이었다. 이의를 제기할 수도, 잘못된 내용을 수정할 수도 없을 만큼 완벽했다.

그래…… 문제가 있다면 딱 하나. 너무나도 완벽하게 꾸며진 조서라는 점이었다.

상황이 이쯤 되니 명회도 질문하지 않을 수 없었다.

'하오면 주상 전하, 소신 한 가지만 묻겠사옵니다.'

'고하라.'

'주상 전하가 봐온 윤번이라는 자는…… 정녕 전하를 해할 인물이 맞사옵니까?'

'그건……'

이유는 확실하게 대답하지 못했다. 저가 봐온 윤번이라…… 듣기로는 저가 태어났을 때 산실청에 있던 어의 중 한 명이 바로 윤번이라 했다. 그는 이유가 처음 세상을 보던 순간에도 함께 있었고, 이유가 궐을 나와 잠저에 살 때도 그의 전담의가 되어 곁을 지켰다. 이유는 그런 윤번을 먼 곳에 살고 계시는 아버지보다 더 믿고 따랐다.

'그는 내가 마실 탕약에 독을 넣은 자다.'

'확신하시옵니까?'

'그 당시 사건을 조사한 의금부에서…….'

'주상 전하와 제 사람도 아닌 과거의 의금부가 낸 결과는 중요치 않사옵니다. 전하께옵서 직접 확인하신 일이옵니까?'

'!'

직접 확인하고 말고 할 겨를도 없었다. 독에 중독된 이유는 꼬박 일 년을 앓다 일어났으니까. 따지고 보면 이유가 알고 있는 사건의 전말은 타인의 힘을 빌려 조사한 결과들뿐이었다. 하지만 이제 와서 십 년도 더 지난 사건의 진실을 파헤치는 것 역시 쉽지는 않았다.

'그건…… 그것은…….'

이유의 표정이 혼란스러웠다. 명회가 그런 이유를 보며 나직하게 한숨을 내쉬었다.

자고로 진정한 충신이란 제 주인이 곤란할 때 그 곤란을 벗어날 수 있는 방안을 내놓는 자렷다. 하여 명회는 이유에게 한 가지 방책을 알려 주기로 했다.

'주상 전하, 윤번에 대한 진실을 알아내고 의빈마마의 억울함을 풀어 줄 방도가 소신에게 있사옵니다.'

'그게 무엇이냐?'

'하오나 행하기가 몹시 어렵고, 위험하기 짝이 없어 차마 말씀드리기 저어되옵니다.'

'괜찮다. 어서 말하라.'

'그것은 바로…….'

명회가 낸 비방이란 참으로 신묘했다. 세상에 그런 방법이 있냐고 무릎을 탁 칠 만큼 놀라웠지만 명회가 말한 대로 행하기 어렵고, 위험했다. 명회가 입 밖에 내기 망설일 만했다.

이유가 고개를 저었다.

'하지만 그 방법은 너무 위험해. 자칫하면 약손이 다칠 수 있어.'

'예, 그렇사옵니다. 그렇기 때문에 소신 역시 고집 부리지 않고 오로지 주상 전하의 뜻을 따를 것이옵니다.'

'……'

만약 명회의 비방이 성공하기만 한다면 약손은 누명을 풀 수 있을 뿐만 아니라 조정에서 이유에게 반하는 자들 전부를 일거에 쓸어버릴 수도 있었다. 하지만 실패한다면, 그때는……

이유가 깊은 시름에 잠겼다. 물론 고민할 시간이 얼마 없다는 것을 이유 역시 잘 알고 있었다. 최대한 빨리 용단을 내려야 했다. 결국 밤새워 고민하던 이유가 마침내 결정했다.

이유는 곧바로 약손이 갇혀 있는 옥사를 찾아갔다. 고작 며칠 못 본 새에 약손의 얼굴이 몰라보게 수척해져 있었다. 당장 손잡고, 안아 주며 얼러 주고 싶은 마음이 굴뚝같았지만 꾹 참았다. 이유가 부러 얼굴에서 표정을 지워 냈다.

'윤아영, 네 친아비가 알려 주더냐? 네 뜻 거스르고 앞길 방해하는 자는 그 누구도 상관없이 죽이라고? 일 년을 알고 지냈든, 십 년을 알고 지냈든, 그 사람이 하물며 너를 키워 준 양아버지라 할지라도 죽이라 했어?'

'……예?'

'나를 죽이려고…… 내 목숨을 거두려고…… 혹여 월당에서 나를 만난 것조차 전부 계획이었느냐?'

'전하…… 저를 믿어 주셔야죠. 실로 약손을…… 저 여약손을

믿지 못하시는 겁니까?'

약손은 어쩔 줄 모르고 눈물만 흘렸지만 이유는 마지막까지 냉정을 유지했다.

'그래…… 믿지 못한다. 나를 죽이려 한 윤서학의 딸…… 윤아영을 믿지 못해.'


그렇게 약손은 개성부로 떠났다.

본래대로라면 목숨을 거둬 마땅했지만 약손이 소명 공주와 맺어 놓은 인연이 힘을 발휘했다. 약손은 흑각 수입권을 가진 유일한 인물이니 제아무리 조정 신료들이라 해도 약손의 숨까지 끊어 놓을 수는 없었다.

약손은 저가 떠난 뒤, 깊은 시름에 잠겨 있던 이유를 알까?

저를 보며 뚝뚝 눈물만 흘리던 얼굴, 제게 실망하여 뒤도 돌아보지 않고 떠나던 뒷모습이 자꾸만 눈에 밟혔다. 곧 약손을 볼 날이 머지않았음을 알았지만 이유의 마음은 매일매일 까맣게 타들어 갔다. 이유는 약손을 다시 만날 때만 손꼽아 기다렸다. 하지만 본래 사람의 일이란 마음대로 되지 않는 법. 이유는 물론이고 한명회 또한 생각지도 못한 일이 터져 버렸다.

서흥과 북안, 수창을 비롯한 개성부 일대에 역병이 발발한 것이었다. 전부 약손이 유배가 있는 마을과 지척인 지역이었다. 이유는 개성부 일대의 역병을 잡기 위해 저가 할 수 있는 모든 지원을 아끼지 않았다. 도총관에게 일러 때를 가리지 않고 개성부의 상황을 낱낱이 고하게 했다. 하지만 도총관이 전해 오는 소식은 날이 가면 갈수록 악화될 뿐이었다.

'개경부에서 토적 떼가 일어나 빈집의 재물을 훔치고 빼앗으며 인명을 살상하는 인면수심의 범죄가 끊이질 않는다고 합니다. 뿐만 아니라 발병한 시체가 날로 늘어나서 개경부 거리에는 쓰러져 있는 시체들이 즐비하며, 그 참혹한 풍경은 차마 입에 담을 수 없을 정도라 합니다. 곡식 또한 심히 부족해 경기도에서 관곡을 급히 수송하는 중이나 홍수 때 길이 끊겨 그마저도 쉽지 않은 줄로 아뢰옵니다⋯⋯.'

'하면, 그곳⋯⋯ 그곳은 어찌 되었느냐?'

'군관의 소식에 따르면 봉명 마을은⋯⋯ 살아남은 자가 극히 드물어⋯⋯ 고을 사람 대부분이 병에 의해 몰살⋯⋯되었다 하옵니다.'

그 말을 들었을 때, 이유는 세상이 무너지는 것이 무엇인지 깨달았다. 이 넓은 조선 땅에 오직 저 혼자만 덩그러니 남은 기분이었다. 제 손에 거머쥔 부귀영화가 하등 부질없었다.

대체 어디서부터, 어떻게 잘못된 것일까? 겉으로는 약손의 억울함을 풀어 준다는 명목이었지만 실은 제게 반하는 세력을 없애기 위함이었다. 그래서 약손을 속였고, 머나먼 개성부로 쫓아 버렸다. 만약 벌을 받아야 할 사람이 있다면 약손이 아닌 이유, 본인이 받아야 했다. 이번 일로 인해 누군가 고통받아야 한다면 역시나 두말할 필요도 없이 이유여야 했다.

하지만 지금 이 순간 이유는 멀쩡하고, 약손은 역병이 창궐하는 마을에 갇힌 채 생사조차 확인되지 않는 지경에 이르렀다. 아니, 어쩌면 약손 또한 병에 걸려 신음하고 있을지도 모르지. 더는 두고 볼 수 없었다. 저는 안전한 곳에 있는데 약손만 위험한 곳에 둘 수 없었다. 이유는 그날로 풍운우와 함께 개성부로 향했다.

차라리 지난날 서촌에서처럼 다른 병을 역병으로 오진한 것이면 좋으련만. 하지만 개성부에 가까워지면 가까워질수록 처참한 피해가 속속 드러났다. 골목 곳곳에 미처 태우지 못한 시신이 나뒹구는 끔찍한 광경도 점점 더 자주 목격됐다.

마침내 이유가 약손이 있는 봉명산의 마을 어귀에 도착했을 때였다. 이유는 인기척 하나 찾아볼 수 없는 텅 빈 마을을 보며 절망했다. 만에 하나 약손이 잘못되기라도 한다면 저 역시 제대로 살아갈 수는 없을 것만 같았다.

'약손아, 제발 무사해야 돼⋯⋯.'

그때였다. 마을 어귀에서 웬 사내의 울음소리가 들렸다. 한데 그 목소리가 심히 익숙했다.

'아이고, 우리 의빈마마 죽네⋯⋯ 아이고, 우리 의빈마마 이대로 돌아가시면 억울하고 불쌍해서 어떡하나⋯⋯ 의빈마마⋯⋯.'

'의빈'이라는 말을 듣는 순간 이유의 귀가 번쩍 뜨였다. 소리의 근원지를 찾아갔을 때 이유는 목소리의 주인공이 다름 아닌 수남이라는 것을 알아차렸다. 한데 수남이 어찌 의빈을 찾으며 홀로 울고 있을까?

'약손이 대체 어디에 있기에 그토록 살려 달라 우는 것이야?'

이유가 다급하게 물었다. 수남이 히끅히끅 눈물을 삼키며 고개 너머를 가리켰다.

'의빈마마는 저쪽에, 바로 저곳에 계십니다⋯⋯.'

수남의 손이 향하는 방향에서 시커먼 연기가 치솟아 오르는 것이 보였다. 그 광경을 보는 순간 머릿속이 하얘졌다.

그러고는 무슨 일이 있었을까⋯⋯.

앞뒤 가리지 않고 소개터의 문을 부쉈던 일, 이유가 주상 전하일 줄은 꿈에도 짐작하지 못한 관군들과 풍운우가 대치했던 일, 시뻘건 화마가 피어오르는 가운데 한쪽에 정신을 잃고 쓰러진 약손을 발견한 일⋯⋯.

'약손아, 정신 차리거라! 정신 좀 차려 봐! 이대로 죽어서는 안 돼!'

하마터면 다른 병자들과 함께 그대로 소개될 뻔한 약손을 살려 낸 것은 가히 하늘이 도왔다고 할 만한 기적이었다. 복금의 탕약에 쓰일 약재를 구하기 위해 역병 창궐하는 마을에 스스로 내려왔다니. 어쩜 이렇게 바보 같고, 무모한지……. 참으로 약손답다고밖에 설명할 수 없었다.

이유는 약손이 정신을 차린 후에 곧바로 약손을 궐로 데려왔다. 궐에는 두 번 다시 가지 않겠다고 악쓰는 것을 달래느라 꽤 애를 먹었다. 목 상궁과 복금, 수남, 월당 나인들까지 들먹이고 나서야 약손을 제 곁에 둘 수 있었다. 하지만 한번 닫힌 약손의 마음의 문은 통 열릴 줄 몰랐다. 약손은 단 한 번도 이유를 월당 안에 들인 적이 없었다. 매일 밤 찾아가도 문전박대당하는 날이 이어졌다.

하루에도 수백 번씩 약손에게 사실을 말하고 싶었다.

그리고 이유의 생일날, 이유가 그토록 바라고 바랐던 일이 드디어 터졌다. 그들은 민희교의 탕약을 마신 이유의 건강이 극도로 약해졌다고 믿었다. 뿐만 아니라 북쪽 토호군의 힘을 빌려 노산군의 복위가 성공할 것이라 생각했다. 사실 이유는 단 한 번도 민희교의 약을 먹은 적이 없다는 것을, 이유가 은밀하게 키우던 군대 유령사가 존재한다는 것은 까맣게 몰랐다.

그것이, 이유가 약손에게 숨긴 상황의 전말이었다.


"하오면 전하께옵서는 무사하신 거예요? 아픈 데는 없으신 거예요?"

"그래."

"밖에 처음 보는 관군들이 있어요. 저는 그들이 역모를 일으킨 폭도인 줄 알았는데……."

실제로 약손은 이유가 폭도에 의해 침전에 감금되어 있다고 생각했다. 그렇기 때문에 파설재로 몰래 들어온 것이었다. 하지만 그 모든 게 저의 착각이었다니. 이유가 벌인 연극에 깜빡 속아 넘어갔던 것이라니…….

문득 약손의 머릿속을 스치는 궁금증이 하나 있었다.

"내금위 군사가 저를 궐 밖으로 데려가려고 했습니다. 주상 전하께옵서는 생사를 넘나들고 계시니 저 또한 안전을 장담할 수 없으니까 안전한 곳으로 피신해야 한다고 했습니다. 대체 왜 그러셨어요?"

따지고 보면 이유는 단 한 번도 위험에 처한 적이 없는데, 왜 군이 약손을 궐 밖으로 데려가려고 한 것일까?

이유가 답하기를 망설였다.

"그건……."

"……"

"네가 날 용서하지 않을 거라 생각했기 때문이다. 네가 이 갑갑한 궐을 떠나 자유롭게 살기를 바랐기 때문에……."

"……뭐라고요?"

"어차피 이제 넌 나를 사랑하지 않으니까…… 뒤도 돌아보지 않고 궐을 떠날 거라 생각했다."

"……"

"생사를 헤매는 나 따위는 버려두고…… 그 어떤 제약도 없는 곳에서 행복하게 살 줄 알았는데……. 악!"

말을 잇던 이유가 헉 숨을 들이쉬었다.

이유에게 안겨 있던 약손이 그대로 이마로 이유의 가슴팍을 내려친 것이었다. 쿵! 웬 돌이 내려앉는 줄만 알았다. 이대로 납작하게 눌려 다시는 일어나지 못하는 줄만 알았다. 진실로 엄청난 충격에 이유가 컥컥 기침을 터뜨렸다. 하지만 약손은 멈추지 않았다. 주먹으로 이유를 내려치고, 꼬집고, 할퀴고, 깨물다가 종내에는 퍽퍽 발길질까지 동원했다.

"하면 처음부터 저를 속였단 말입니까? 내게 거짓말을 한 거예요?"

"나도 어쩔 수 없었다. 너도 알지? 궐이 피도 눈물도 없는 무지막지한 곳이라는 것을…… 저들을 속이려면 너 또한 속여야 했기 때문에……"

"듣기 싫습니다! 암만 그래도 그렇지, 속일 사람이 있고 속이지 말아야 할 사람이 있습니다. 저 개경 가서 죽을 뻔한 거 모르세요? 저는 그렇다 쳐요! 복금이는 역병 걸려 가지고 하마터면 세상 하직할 뻔했어요. 만약 복금이가 잘못된다면 전 영영 주상 전하를 용서하지 않았을 거라고요!"

"하지만 복금인 살아났잖아! 내가 약재 구해다 줬잖아!"

"지금 그걸 말이라고 하세요? 뭘 잘했다고! 뭘 잘했다고!"

"약손아! 진정해. 나는 원래 다 말하려고 했는데, 명회가…… 이건 다 명회 때문에……"

납작 엎드려 잘못을 빌어도 모자랄 판에 제 잘못을 남에게 떠넘기기까지 하는 못난 꼴이라니!

그 비겁한 모습이 약손의 화를 더욱 부채질했다.

"저 다시 궐 밖에 나갈래요. 이럴 줄 알았으면 아까 금위 따라 그냥 갈걸! 돌아오지 말걸! 지금이라도 궐 나가서 한평생 자유롭게 살래요."

약손이 휙 돌아섰다. 당장 문을 열고 방 안을 나설 기세였다.

때리면 때리는 대로, 욕하면 욕하는 대로, 전부 참아 줄 수 있었지만 그것만은 두고 볼 수 없었다.

"약손아, 미안해! 내가 잘못했다고 하잖아. 다시는 안 그럴게. 앞으로 무슨 일을 하든 네게는 다 말할게. 이번 한번만! 딱 한번만 용서해라."

"안 비킵니까?"

약손이 이유의 팔뚝을 왕 깨물었다. 아아악! 비명이 절로 나올 만큼 아팠다. 그래도 제 살점 전부 떨어지는 한이 있더라도 약손을 보낼 수는 없었다.

"내가 못살아! 정말 못살아!"

"약손아, 미안해. 부디 못난 나를 용서해 줘."

이유는 그 후로도 한참을 더 잘못을 빌어야만 했다.

*

깊은 밤이었다.

쉼 없이 이어진 고문 탓에 미처 핏물조차 굳지 않은 의금부 추국장에 웬 여인이 들어섰다. 누구의 것인지 알 수 없이 까맣게 타버린 살 조각이며 피 냄새가 역할 법도 한데, 그는 단 한 번도 인상을 찌푸리거나 고개를 돌리는 법이 없었다.

죄인으로 빼곡하던 형틀 곳곳이 비어 있었다. 심문 도중에 목숨 끊어진 사람들의 시신은 진즉 시구문 밖으로 옮겨진 탓이었다. 여인이 형틀 앞에 섰다. 입고 있는 행색으로 보아서는 대단히 신분 높은 여인일진데 어찌하여 이토록 끔찍한 장소에 걸음한 것일까?

달빛을 가렸던 구름이 바람에 밀려 물러났다.

달빛 한 자락이 닿아 마침내 어둠에 가려졌던 여인의 얼굴이 드러났다.

그는 바로 약손이었다.

형틀에 묶인 사내는 고문에 지쳐 사지가 축 늘어진 채였다. 약손이 사내의 얼굴을 물끄러미 바라봤다.

"의빈마마, 죄인을 깨울까요?"

곁에 선 군관이 물었으나 약손은 아무 대답도 하지 않았다. 군관이 찬물을 뿌려 사내를 깨웠다. 사내가 콜록콜록 피 섞인 기침을 터뜨렸다.

"흐윽······."

흡사 짐승 소리 같은 신음이었다. 사내가 물방울이 뚝뚝 떨어지는 고개를 털다가 이내 제 앞에 선 약손을 보고는 기겁하며 놀랐다.

"너······! 너는······!"

사내의 이름은 민희교. 설마하니 약손이 예까지 걸음 할 줄은 미처 몰랐나 보다. 어차피 저가 죽을 것은 명확해졌으니 사지가 찢겨 죽든, 갈려 죽든 신경 쓰지 않을 것이라고 여겼는데······.

하지만 약손이 누구던가. 약손은 이유의 반대도 무릅쓰고 기어코 추국장에 들어오고야 말았다. 민희교를 만나기 위함이었다.

민희교가 흐릿해지는 시선을 애써 다잡았다.

"내가 죽어 가는 꼴을······ 직접 네 눈으로 확인하러 왔느냐?"

입안의 여린 살이 터지고, 이 몇 개가 부러진 탓에 민희교의 발음은 웅얼거리는 것처럼 들렸지만 약손이 알아듣기에는 충분했다.

"그럴 리가 있겠습니까? 민희교 영감 눈에는 내가 그리 한가해 보이시오?"

약손이 일갈했다. 민희교를 쏘아보는 약손의 어깨가 부들부들 떨렸다. 민희교가 그런 약손의 얼굴을 뚫어지듯 바라봤다. 그러다가 이내 무슨 생각이 들었는지 픽 웃음을 지었다.

"이렇게 보니…… 참으로 번이와 닮았구나. 누가 봐도 부녀임을 알 수 있을 정도로 닮았는데……."

"내 아비의 이름을 네놈의 더러운 입에 올리지 마!"

짜악! 약손이 그대로 민희교의 뺨을 내려쳤다. 악명 높은 의금부의 추국을 견뎠는데, 하물며 이 정도의 아픔은 아픔 축에도 끼지 못하리라.

민희교가 콜록콜록 기침을 터뜨렸다.

"너는 내 아비를 죽였다. 내 친아비를 죽인 것도 모자라서 이날 이때껏 나를 키워 주고, 먹여 주고, 아낌없이 사랑해 준 내 아버지까지 죽였단 말이야!"

"……."

"대체 왜…… 왜 그랬어? 네놈이 그러고도 사람이라 할 수 있느냐? 목적을 위해서라면 친구든 누구든 거리낌 없이 죽이는 것이 대체 악귀가 아니면 무엇이란 말이야!"

약손이 악썼다. 여약손과 민희교, 민희교와 여약손. 세상에 이런 지독한 악연이 또 있을까?

민희교 때문에 약손이 감내해야 했던 수많은 불행과 위험. 그것들은 한마디의 말로는 감히 설명할 수조차 없었다. 약손이 겪어야 했던 상실은 그 무엇으로도 대체할 수가 없었다.

"네놈이 벌인 짓거리 때문에 나는 내 삶에서 가장 소중한 사람을 잃었다. 너 때문에…… 네놈 하나 때문에!"

"……."

할 수만 있다면 시간을 돌리고 싶었다. 제 친아버지가 죽기 직전의 때로, 칠봉이 죽기 직전의 때로. 할 수만 있다면 어떻게든 지난날을 보상받아 가슴에 맺힌 응어리를 풀고 싶었다.

너를 죽이면 이 한이 없어질까? 네가 내 아버지에게 했듯 감히 입에 담을 수도 없는 그 끔찍한 짓거리로 복수를 해주면 마음이 풀릴까?

약손이 흐르는 눈물을 닦아 냈다. 하지만 민희교 같은 자 때문에 흘리는 눈물도 아까웠다.

"다른 사람은 몰라도, 결단코 네놈만큼은 용서치 않을 것이다."

"······."

"네 아들 민경예는 연좌의 죄를 물어 사지를 찢을 것이다. 네놈 집안의 사돈의 팔촌, 아니? 네놈과 조금이라도 연을 맺은 이들은 모조리 죽음을 면치 못할 것이야. 네놈의 집터를 부숴 연못을 만들 것이다. 네놈 이름 석 자를 금어로 지정하여 그 누구도 네놈의 이름을 입에 올리지 못하게 할 것이다. 네놈의 이름은 역사에 남지 못할 것이며, 너의 존재 또한 영원히 잊힐 것이야!"

정말이지 약손은 '민희교'라는 인물이 이 세상에 있었음을 전부 지워 버릴 작정이었다. 약손이 민희교에게 할 수 있는 최대의 복수는 그것뿐이었다.

가슴에 맺힌 할 말을 모두 퍼부은 약손이 돌아섰다.

하지만 그때, 민희교가 말했다.

"······집안의 멸문쯤이야 이미 각오했으니 두렵지는 않다. 주상 전하를 향한 충정이야 변치 않으니 저승에 가서라도 나의 군주를 섬기면 될 일. 죽음이 두려울 성싶으냐?"

문득 민희교가 호탕한 웃음을 터뜨렸다. 붉은 피 때문에 일그러진 얼굴은 흡사 야차인 듯 기괴해 보이기까지 했다.

"내가 너의 아비를 죽였으니 그 미움과 증오를 말해 무엇 하리…… 하지만 의빈! 이것만은 기억해라."

"……"

"네가 지금 내게 퍼부은 미움과 증오는 지난 정난 때 억울하게 목숨을 잃은 신료들이 이유에게 내린 저주와 한 치도 다르지 않음을!"

"……뭐라고?"

"내 이름 석 자 따위는 잊혀도 상관없지. 아무도 기억하지 못한다 해도 개의치 않지. 하지만 후세의 역사는 반드시 심판할 것이다."

"……"

"이유가 저지른 피의 대가를!"

민희교의 눈빛이 형형하게 빛났다.

그 순간, 약손은 깨달았다. 오늘이 지나고, 수십 년, 수백 년, 아니 그보다 더 많은 날이 지난다 해도 저는 죽는 순간까지 민희교의 말을 결코 잊지 못할 것임을. 그리고 그의 예언은 사실이 될 것이라는 것을.

"……"

현기증이 밀려왔다. 세상이 빙빙 정신없이 도는 것만 같았다. 약손이 하늘을 올려다봤다.

온통 핏빛이었다.

*

중궁전이 고요했다.

국모의 안위를 지키는 숙위도 없었고, 그 많았던 나인들 또한 어디를 갔는지 보이지를 않았다. 사람 인기척이라고는 조금도 찾아볼 수 없었다. 때 아닌 홍수로 깊은 물속에 수몰되어 버린 불운한 마을 같았다.

달빛조차 구름 속에 몸을 숨긴 밤.

어둠 속에서 오도카니 앉아 있는 그림자 하나가 있었다.

중궁전의 주인 심소영이었다.

―딸랑, 딸랑, 딸랑······.

처마에 매달린 풍경 비슷한 소리가 중전에게서 들려왔다. 중전이 손에 쥐고 있는 옥구슬에서 나는 소리였다. 본래는 이제 막 귀가 튄 아기들에게나 들려주는 딸랑으로, 곧 태어날 아기를 위해 미리 구비해 놓은 장난감 중 하나였다. 아기 물품은 비단 구슬뿐만이 아니었다. 어른 손바닥보다도 작은 신발과 덧버선, 싸개, 손수건······ 배냇저고리에는 건강을 뜻하는 모란꽃과 덩굴까지 수놓아져 있었다. 심소영이 틈날 때마다 배 속의 아기를 생각하며 직접 놓은 수였다. 자꾸만 무거워지는 배 때문에 미처 완성하지 못한 덩굴을 내내 염려하였는데 이제 보니 전부 부질없는 걱정이었다. 그깟 덩굴 따위야 있든 없든 무슨 상관이 있으랴.

······애초에 배 속의 아기는 존재하지도 않았던 것을.

'중전마마께옵서 자꾸만 마르고 수척해지는 것 같아 주상 전하께옵서 친히 보내시는 보약이라 하옵니다.'

'······보약?'

심씨는 혼인한 지 얼마 안 되었을 때 이유가 직접 보냈다는 보약을 처음 받았다. 두 분 사이가 영 어색하고 서먹한 줄만 알았는데 주상 전하께서 직접 보약을 지어 보내시다니. 겉으로는 무심해 보여도 사실 전하께옵서도 중전마마를 꽤나 신경 쓰고 계셨구나, 속이 깊으신 분이구나. 중궁전의 나인들이 중전보다 더 기뻐하던 날이었다. 하지만 정작 심소영은 의아하기만 했다.

주상 전하께옵서 직접 약을 보내셨다고? 그 누구도 아닌 나의 건강이 염려되어서?

심씨는 하얀 백자 그릇에 담긴 탕약을 오랫동안 바라보기만 했다. 다른 이들은 보약을 주상 전하의 지극한 성총이라 여겼지만 심소영에게는 전혀 그렇게 느껴지지 않았다.

이 마음을 어떻게 설명해야 할까?

처음부터 애정 따위는 조금도 없이 맺어진 인연이었다. 물론 사가에 살 적에 함께 자랐던 동무들 또한 부모님이 미리 정해 놓은 집안의 사내와 혼인을 했으니 특별한 불만은 없었다. 하지만 제아무리 흔한 정략이라 해도 심씨의 경우는 특별했다.

상대는 그 유명한 이유였다.

왕위에 오르기 위해 형제를 죽이고, 신료를 숙청하고, 조카 되는 어린 왕을 서슴없이 쫓아내 버린 사내. 항간에서는 새로운 주상 전하를 지옥의 야차라고도 했고, 피에 굶주린 살귀라고도 불렀다.

한 나라의 국모가 되는 자리. 여성으로서는 한평생 최고의 위치가 보장되는 삶.

결국 간택에 뽑혀 중전이 되었지만 심소영은 그다지 기쁘지 않았다. 왕실의 화합을 위해 성균관 교수를 아비로 둔 저가 중전 되었음을 결코 모르지 않았기에. 겉으로는 상생하는 것 같지만 속으로는 무슨 생각을 하는지 짐작할 수도 없는 이유와 아버지 심재호 사이에서 심소영은 살얼음판 걷는 듯한 위태로운 나날을 보내야만 했다. 제 아비가 마포 독서당에 공부하러 갔다는 소식을 들을 때면 불안하여 물 한 모금조차 제대로 넘기지 못했다.

'아버님, 독서당에는 이제 그만 나가시면 안 되겠습니까?'

수많은 뜻이 담겨 있는 물음이었다. 정략이라 해도 부부는 부부. 심소영은 이유에게 반하는 모임을 갖는 제 아버지를 어떻게든 말리고 싶었다. 붙잡고 싶었다.

하지만 결국 오늘의 일은 벌어지고야 말았고, 심소영은 아무것도 막지 못했다.

의금부의 고문을 이기지 못한 심재호가 시구문 밖에 버려졌다는 소식이 들렸다. 어떻게든 시신이라도 수습하려 했지만 주상전하의 엄명으로 인해 그 누구도 그 근처에 다가갈 수 없다고 했다. 까마귀에게 쪼아지고 들짐승의 먹이가 되는 것. 묘비 하나 세우지 못한 채 영원히 고통받는 것. 그것이 이유가 역모를 꾀한 죄인들에게 내리는 벌이었다.

이제 심소영은 가족을 잃고, 가문을 잃고, 배 속의 아이까지 잃었다. 아니, 아이는 애초에 존재하지도 않았으니 잃었다는 표현은 잘못됐으리라.

'중전마마, 감축 드리옵니다. 마마께옵서는 회임을 하셨사옵니다.'

민희교의 말을 철석같이 믿었다. 달거리가 멈췄고, 다른 여타의 회임한 부인들처럼 똑같이 입덧했으며, 심지어 배까지 불러 왔으니까. 어느 때는 배 속에서 미약한 태동을 느낀 적도 있었다.

쿵쿵, 울리는 소리는 배 속의 아기가 제게 살그머니 건네는 대화라고 여겼다.

이 깊고 깊은 구중궁궐에서 가족에게도, 남편에게도, 그 누구에게도 터놓을 수 없는 이야기를 나눌 수 있는 유일한 사람. 중전의 마음을 이해해 줄 수 있는 친구.

일전에 난희에게도 말한 적 있었지만 심씨는 그저 저를 닮은 딸 한 명 낳고 싶었을 뿐이었다. 후계자 따위 상관없이 단 한 명의 자식만 가질 수 있다면 두말할 것도 없이 딸이었다.

만약 내게 딸이 생긴다면 유모가 아닌 내 곁에서 재우리라. 잘 자는지, 먹는지, 아프지는 않는지 지척에 두고 돌보리라. 걸음마 떼는 것을 지켜보고, 말이 트이면 세상에서 가장 아름다운 단어만 알려 주리라. 권세는 높지 않더라도 인품 훌륭하고 마음씨 좋은 도령과 혼약을 맺어 주리라.

내 배 아파 낳은 딸 하나만 있다면 이 적적한 궐 생활도 어느 정도 견딜 수 있을 것만 같았다.

하지만…… 참으로 부질없는 소망이었다.

'중전이 평안해야 이 나라 종묘와 사직이 평안한 것은 당연한 이치. 내 어찌 중전을 돌보지 않을 수 있겠소?'

이유는 주로 상선에게 일러 탕약을 보냈지만 시시때때로 직접 가져올 때도 있었다. 이유는 심소영에게 사사로이 정 주지는 않았지만 그래도 관상감에서 정한 합방 날짜를 어긴 적은 단 한 번도 없었다. 약을 가져오는 날은 대부분 이유가 중궁전에서 침소 드는 날이었다.

'……늘 이토록 신경 써 주시니 소첩이 감사할 뿐이옵니다.'

목구멍을 타고 넘어가던 쓴 물이 불임의 약인 줄 알았더라면 결단코 단 한 모금도 마시지 않았을 텐데.

아니? 진정 몰랐는가? 다 알면서 모른 척한 것은 아니고?

어쩌면 심씨 또한 제 자신을 속이며 살아왔는지도 모르겠다. 주상 전하께옵서 무뚝뚝하시지만 속내만큼은 중전마마를 깊이 위하는 것이 분명하다 말하는 나인들처럼 거짓 허상을 믿었는지 모르겠다.

한번 마주치면 심장까지 얼어붙을 듯한 서늘한 눈빛도, 얼핏 보면 존중하는 것 같지만 감정 따위는 전혀 찾아볼 수 없는 말투도, 관상감 교수가 정해 준 합방 일을 제외하고는 단 한 번도 사적으로 심씨를 찾지 않는 것도……

그래, 사실은 다 알고 있었지만 모른 척했다.

형제를 죽인 분이니 제 목숨 따위는 쉽게 거둘 수도 있다는 것, 순전히 필요에 의해 저를 중전 자리에 앉혀 놓았다는 것, 언제든지 저를 내칠 수 있다는 것. 전부 깨닫고 있었지만 부러 어리석고 아둔한 척을 하며 외면했다.

하지만 알고 있었다고 한들 달라지는 것은 없었다.

제 아비는 사위되는 주상에게 칼을 꽂으려 했고, 주상은 국구되는 장인의 목을 베려 호시탐탐 기회를 엿봤으니까. 그 사이에서 중전이 할 수 있는 아무것도 없었다. 시간을 돌려 과거로 간다고 해도 아마 심씨는 또다시 이유가 내주는 탕약을 마시게 될 터였다.


"전부 나의 잘못이겠지……"

천정 기둥에 흰 천이 툭 걸렸다. 단단히 맺은 매듭 사이에 중전이 목을 집어넣었다. 누구를 원망하거나 증오하는 표정은 아니었다. 그저 몹시 지치고 피곤해 보일 뿐이었다.

심씨가 밟고 올라섰던 책 무더기가 와르르 무너졌다. 순식간에 딛을 곳을 잃어버린 심소영의 두 발이 허공에 나부꼈다. 숨이 잠기는 고통이 밀려오며 발끝이 절로 오므라들었다. 몇 번인가 제 뜻과 다르게 본능적으로 발버둥 쳤지만 곧 그조차 잠잠해졌다.

"흐윽……"

심소영의 정신이 점점 흐릿해졌다. 어느 순간 몸에 힘이 쭉 빠지며 몸이 물에 젖은 솜처럼 축 늘어졌다. 사람은 죽음을 목전에 두면 지난 과거가 주마등처럼 스친다는데 심소영의 머릿속에는 딱히 떠오르는 생각도 없었다. 몸서리쳐지도록 슬펐던 기억도, 간직하고 싶은 추억도, 즐거움도 없었다. 심소영의 죽음은 그저 순탄하게만 흘러온 날들의 또 다른 하루일뿐이었다.

심소영이 눈을 감았다. 이제는 정말 죽음에 이르게 될 거라고 생각하는 바로 그때였다.

"중전마마!"

외마디 비명 소리가 들렸다. 이미 중궁전을 비우라 명한 후라 제 침소에 남아 있는 사람은 아무도 없을 터. 심씨는 당연히 잘 못 들은 거라 생각했다. 하지만 어느 순간 목을 죄던 고통이 거짓말처럼 사라졌다. 올가미가 느슨해지며 저도 모르게 들이마신 숨이 폐부까지 들어찼다.

"목 상궁, 뭐하는가? 어서 줄을 풀게! 중전마마의 몸을 지탱해!"

처음에는 죽기 전 듣는 환청일지 모른다고, 환영이 분명하다고 생각했다. 그러나 이내 천정에 묶었던 줄이 툭 풀렸다. 힘을 이기지 못한 중전 심씨가 바닥에 거의 쓰러지듯 주저앉았다.

"중전마마, 괜찮으시옵니까? 마마!"

무척 다급한 목소리였다. 심씨가 콜록콜록 연달아 기침을 터뜨렸다. 등을 두드리고 쓸어 주는 손이 느껴졌다. 곧 찬물이 담긴 대접이 입에 와 닿았다. 마실 수는 없으나 목을 축인 덕분에 겨우겨우 정신이 돌아왔다.

"중전마마! 괜찮으시옵니까?"

그제야 저를 걱정스럽게 내려다보는 얼굴 하나를 알아챘다.

"자네는…… 자네는……."

"중전마마!"

목매단 중전을 기어코 끌어내린 사람. 그는 다름 아닌 약손이었다. 저를 살린 사람이 그 누구도 아닌 약손이라는 것을 깨달은 심씨의 표정이 굳어졌다.

"자네가 왜 여기에…… 어찌하여 이곳에……?"

생각하다가 이내 저가 처한 상황이 떠올랐다. 역모 죄로 죽임당한 제 아비와 이번 일로 멸문이 확실해진 가문. 중전이 폐위되어 죽음에 이르는 것 또한 시간문제였다.

그렇다면 약손이 중궁전에 온 까닭 또한 한 가지뿐.

곧 저가 차지하게 될 교태전을 미리 둘러보거나 나락에 떨어진 중전의 불행을 구경하기 위해서겠지. 약손이 이곳을 찾은 데에 다른 연유는 없을 터였다. 생각이 거기에 이르자 심씨가 저를 붙잡은 약손의 손을 냉정하게 떨쳐 냈다.

"이 손 놓으시게."

"중전마마!"

"여긴 왜 왔는가?"

"……예?"

"대역죄인이 된 내 모습을 구경하려고 왔는가? 더할 나위 없이 비참하고 끔찍한 내 꼴을 보러 왔어?"

"그게 무슨 말씀……."

"주상 전하에게 버려지고, 가족에게도 버려지고, 모든 것을 다 잃은 나를 보니 속이 시원한가? 어의의 말 한마디에 속아 철석같이 회임이라 믿었던 어리석은 나를 보니 마음이 풀려?"

약손의 얼굴에 당혹감이 스쳤다. 언제나 온화하던 중전이 이렇게까지 나올 줄은 몰랐던 목 상궁도 당황하기는 마찬가지였다. 약손은 그 어떤 말도 잇지 못한 채로 심소영을 바라봤다.

"중전마마……."

심소영이 울고 있었지만 눈물 닦아 줄 입장이 아니었으니 차마 달래 줄 수도 없었다.

한참 흐느껴 울던 심소영이 불현듯 고개를 쳐들고 자리에서 벌떡 일어나더니 아까 저가 목을 매달았던 끈을 다시금 손에 쥐었다.

"차라리 죽게 돼. 내 일에 상관하지 말고 돌아가란 말이야!"

"중전마마, 안 됩니다! 이 손 놓으세요! 줄을 놓으십시오!"

심소영이 다시금 줄을 목에 걸었지만 그를 저지하는 약손이 더 빨랐다. 게다가 아까 목 상궁이 장도로 한쪽 줄을 끊어 버린 후라 심소영의 무게를 지탱할 수도 없었다.

"중전마마, 이러지 마세요! 고정하세요!"

"이거 놔! 놓으란 말이야!"

심씨의 반항이 거셌다. 약손과 목 상궁이 함께 힘을 합쳤지만 대체 그 작은 체구에서 어떻게 이런 힘이 나오는지 모를 일이었다. 결국 약손은 심소영의 뺨을 내려치고야 말았다.

—짜아악!

살 맞부딪치는 파열음이 대단했다. 온 힘을 다한 약손의 따귀는 심소영의 뺨 한쪽에 시뻘건 자국으로 남았다.

"흐읏……."

하지만 그 효과는 대단했다. 발버둥 치던 심소영이 그대로 굳어졌다.

"아이고, 중전마마…… 의빈마마……."

목 상궁만이 어쩔 줄 모르고 고개를 조아렸다. 비록 죄인이기는 하나 아직은 국모이고, 중전마마이신데 그 뺨을 내려쳤으니 과연 이 일의 뒷감당을 어찌해야 할지 몰랐다.

"……."

"……."

약손이 색색 숨을 내쉬었다. 심소영 또한 힘겹기는 마찬가지
인 듯 약손을 바라봤다. 약손이 먼저 입을 뗐다.

"어찌하여 이런 짓을 벌이십니까? 스스로 목숨을 끊다니요?
상황이 힘들면 마음 더 굳게 먹고 어떻게든 다시 살아갈 생각을
해야지…… 중전마마의 목숨은 이리 쉽습니까? 중전마마의 목숨
은 이토록 가벼워요?"

"말 함부로 하지 말게. 자네가 뭘 안다고 감히 내 앞에서 지껄
이는가?"

"제가 뭘 모르죠? 저는 중전마마와 배 속의 아기를 독살하려
했다는 누명을 쓰고 개경부까지 유배 다녀왔습니다. 개경이 얼
마나 먼 곳인지 알긴 아세요? 물론 모르시겠죠! 천하의 요물, 악
귀, 살인귀라는 끔찍한 오명을 썼지만 그래도 스스로 죽으려 한
적은 단 한 번도 없었습니다. 독으로 주상 전하를 죽이려 한 그
아비의 그 딸이라는 욕을 들어도, 제 목적을 이루기 위해서라면
키워 주고 먹여 준 의붓아비까지 스스럼없이 죽인다는 치욕을
겪었어도, 저는 제 손으로 제 목숨 끊으려 한 적은 결단코 없단
말입니다!"

"그대와 나는 다르니까! 그대가 내가 아니듯 나 또한 의빈 자
네가 아니네. 자네는 그 모든 것들을 이겨 낼 만큼 강하지만, 그
렇다고 해서 약한 나를 비난할 수는 없어. 그대가 살기를 선택했
듯, 나는 죽음을 선택할 뿐이야!"

심소영이 약손을 쏘아봤다.

약손과 심소영, 심소영과 약손. 두 여자가 한 치의 양보도 없
이 대치했다. 스스로 목숨을 끊는 방법으로 최소한 자존감을 지

키려 했던 심소영은 제 상황을 이해하지도 못하면서 훈계하는 약손에게 화가 났고, 약손은 죽음을 방패로 삼으려는 비겁한 심소영이 괘씸했다.

약손이 고개를 끄덕였다.

"예, 중전마마의 뜻 잘 알겠습니다. 그렇게 죽는 것이 소원이라면, 소원대로 해드리지요."

"……뭐?"

"중궁전에는 왜 왔냐고 물으셨죠? 죄인 된 중전마마를 구경하러 온 것도 아니고, 꼴좋다며 놀리러 온 것도 아닙니다. 제가 그렇게 한가한 줄 아세요?"

약손이 이를 악물었다. 그러고는 제 뒤에 서 있는 목 상궁에게 일렀다.

"목 상궁은 무얼 하는가? 어서 사약을 들이지 않고!"

"예, 의빈마마."

곧 중궁전 밖에 있던 의금부사와 내금위 군사가 들어왔다. 의금부사의 손에 들려 있는 대접 안의 탕약…… 보지 않아도 알 수 있었다. 사약이 틀림없었다.

"중전 심씨는 대역죄를 저지른 심재호를 부친으로 둔 바, 식솔을 단속하지 못한 죄가 깊고 종묘와 사직의 대제를 돌보지 않았다. 이에 안과 밖의 신료들이 통분하니 훗날 악한 계획을 품지 못하도록 중전 심씨를 폐위시키고 사약을 내린다……."

역모에 연루된 부모를 둔 자가 감히 중전의 자리를 계속 지킬 수는 없을 터. 뿐만 아니라 회임이라 속여 죄 없는 의빈을 모함한 증거가 다분하니 이미 죄가 명명백백했다.

약손이 모든 것을 잃은 표정의 심소영을 싸늘한 눈빛으로 바라봤다.

"억울하십니까? 물론 억울할 수도 있습니다. 이 모든 일이 벌어진 것은 비단 중전마마의 탓은 아니니까요. 하지만 중전마마의 탓이기도 합니다."

"……."

"저는 분명 아니라고 말씀드렸습니다. 차에 독을 타서 중전마마를 해하려한 적도 없었고, 행여 배 속에 진짜 아이가 있다 한들 빛도 보지 못한 아기를 죽일 생각은 맹세컨대 품어 본 적도 없습니다. 하지만 중전마마께옵서는…… 제 말을 믿지 않으셨지요? 제 말을 들으려고도 하지 않으셨지요?"

"……."

"명확한 앞뒤 상황은 확인해 보지도 않은 채 민희교와 아버님의 말만 듣고 저를 배척하셨습니다. 무고한 사람에게 살인자의 누명을 씌우셨습니다."

"……."

"본인의 의지를 잘못된 방법으로, 비뚤어진 방법으로 쓰셨으니까…… 이 모든 것은 중전마마의 탓이 맞습니다."

심소영 앞에 탕약이 내밀어졌다. 신성하기 그지없는 중전의 침전에 부자를 넣어 끓인 사약의 역한 냄새가 가득 찼다.

"잘못을 저지른 대가를 치르기 위해 죽음을 맞는다면 모를까…… 죽음 뒤에 숨을 생각은 꿈에도 마세요. 저는 죄인에게 죽음을 선택할 수 있는 자유를 베풀 만큼 넉넉한 인품이 못 되는 사람이니까요."

저 할 말 모두 마친 약손이 그대로 돌아섰다.

심소영의 볼을 타고 한 줄기 눈물이 주르륵 흘러내렸다.

"……."

그래, 맞다. 약손의 말이 전부 맞았다. 이 모든 것은 심소영이 자초한 일. 심소영의 잘못으로 인해 일어난 일.

만약 심소영이 단호한 수를 쓰는 한이 있더라도 제 아비를 막았다면 제 가문이 이렇게 허망하게 멸문하는 일이 벌어졌을까? 약손이 그토록 저의 무고를 주장할 때 단 한번이라도 일의 내막을 직접 조사했다면 결말은 조금이라도 달라지지 않았을까?

제 아버지와 이유가 서로 칼을 맞댄 사이라는 것을 알았을 때 그저 체념하는 대신 뭔가 돌파구를 찾기 위해 노력했다면, 이유와 혼담이 오갈 때 적어도 가문의 도구로 이용되기는 싫다고 죽기를 각오하고 혼담을 거부했다면, 만약 심소영이 그러했다면, 적어도 오늘의 비극은 막을 수 있지 않았을까?

그저 모든 것을 참고, 모든 것을 속으로 삭이며 감내하려한 저의 잘못이…… 맞았다.

"죄인 심씨는 속히 사약을 받드시오."

"……."

주상과 혼인하여 중전으로 살아온 날들. 저를 해하는 것임을 알면서도 이유의 탕약을 마셨듯, 심소영은 결국 저가 망가질 것을 알면서도 종내에는 아무것도 하지 않았다.

그것이, 심소영의 죄였다.

"……."

심소영이 대접을 입에 가져갔다. 죽음을 목전에 둔 손끝이 떨리기는 했지만 거부나 반항은 찾아볼 수 없었다.

이것은 심소영이 저가 저지른 선택에 책임을 지는 최초의 행동. 그리고 첫 번째 의지.

마침내 사약을 모두 마신 심소영이 풀썩 바닥에 쓰러졌다. 시커먼 탕약 얼룩이 묻은 하얀 대접이 데구루루 바닥을 굴렀다. 심소영의 마지막 시야에 옥구슬이 보였다.

─딸랑, 딸랑, 딸랑······.

마침내 심소영의 목이 툭 뒤로 넘어갔다. 의금부사가 심소영의 코앞에 손가락을 갖다 댔다. 숨결이 전혀 느껴지지 않음을 확인한 의금부사가 고개를 끄덕였다.

비록 한때는 가장 고귀한 중전이었지만 지금은 묘도 쓰지 말라는 명이 내려진 죄인 중의 죄인.

심소영의 시신은 제 아비와 마찬가지로 거적에 둘둘 싸여 시구문 밖에 버려졌다. 쓸쓸한 최후였다.

*

"마마······ 중전마마······."

심소영이 깨어난 것은 시구문에 버려지고도 한참이나 지났을 무렵이었다. 곧 동이 터오면 사람들의 눈에 띌 수 있었다. 심소영을 부르는 목소리가 점점 더 다급해졌다.

"으음······."

마침내 심소영이 눈 떴을 때, 김 상궁은 맥이 탁 풀리는 듯 안도의 한숨을 내쉬었다.

"중전마마! 괜찮으시옵니까? 옥체 강건하시옵니까?"

"김 상궁······."

머리가 깨지는 듯한 두통이 밀려왔다. 타는 듯한 갈증이 그제야 느껴졌다. 혀가 굳어져 말도 잘 안 나오는 찰나, 김 상궁이 심소영의 입안에 손수 물을 흘려보내 주었다. 그리고 정체를 알 수 없는 환약까지 먹게 했다. 이토록 지독한 갈증은 처음이었다.

심소영은 오랫동안 물을 마신 후에야 겨우 제정신을 차릴 수 있었다.

심소영이 주변을 둘러봤다. 죽은 시신이 한데 버려지는 북천의 을씨년스러운 풍경이 눈에 들어왔다.

"내가 어떻게…… 왜……?"

사약을 마신 기억이 선명했다. 죽음을 의심치 않았고 모든 것이 끝이라 생각했었다.

그런데 저가 어찌 이곳에서 멀쩡하게 눈을 떴을까?

심소영이 의아한 얼굴로 김 상궁을 바라보자 김 상궁이 훌쩍 훌쩍 울음을 터뜨렸다.

"의빈마마께옵서…… 의빈마마께옵서……."

김 상궁이 품에 지니고 있던 수건 하나를 내밀었다. 심소영이 평소 즐겨 쓰던 무명 손수건이었다. 이게 무엇이지? 손수건을 펼쳐 보던 심소영의 얼굴이 굳어졌다.

손수건에 정갈하게 수놓아진 갯버들 문양. 이 손수건은…….

불현듯 심소영의 머릿속을 스치는 기억이 하나 있었다.

그때는 아마 의빈으로 책봉된 약손을 두 번째로 만난 때로 기억한다.


종친 모임에서 의빈을 망신 주려 부러 모임 시간을 늦게 일러 준 난희 때문에 심소영은 약손에게 꽤나 미안했었다. 맹세컨대 난희가 그런 짓을 할 줄 알았다면 절대 하지 못하도록 말렸을 터였다. 안 그래도 드센 종친 여인들인데, 약손의 실수를 가만히 두고 볼 리 없었다. 역시 신분은 속일 수 없다며, 이래서 천것과는 가까이 지내서는 안 된다며 면전에서 대놓고 약손을 욕보였다.

이 일을 어떻게 해결해야 하나 고민하는 찰나, 약손이 보여 준 행동은 놀라웠다.

'목 상궁은 당장 회초리를 가져오라! 모임의 시각조차 제대로 알지 못해 중전마마와 어른들께 돌이킬 수 없는 실수를 저질러? 지밀씩이나 되어서 미시와 신시를 구별 못 한다는 게 말이나 돼? 웃전을 능멸한 버릇을 단단히 고쳐 주마!'

지밀의 종아리를 회초리로 무지막지하게 내려치는 약손의 어마무시한 기세에 종친 여인들은 모두들 할 말을 잃고 말았다. 저가 보통 성격이 아니니 앞으로 나를 모욕 주면 가만히 잊지 않으리라! 누구든지 그 대가를 치르게 하고 말리라! 대대적으로 선포하는 약손이의 당찬 모습이란……. 솔직히 멋있었다.

난희를 비롯한 여타의 다른 여인들은 의빈 고것이 참으로 독종이라며, 절대 상종 말아야 할 인간 망종이라며 혀를 내둘렀지만 심소영은 전혀 그렇게 느끼지 않았다. 인간 망종은커녕 내심 가까이 두고 지내며 어떤 사람인지 알고 싶을 정도였다.

하여 몇 번이나 청한 문안 인사를 약손이 미뤘을 때는 좀 섭섭하기도 했었다.

마침내 약손이 처음 교태전에 든 날, 어찌나 반갑던지. 제게 해코지를 했던 난희가 있는 줄 알고 일부러 두 눈에 힘 잔뜩 주고 주변을 살피는 모습이 몹시 귀여웠다. 만약 난희를 만나기만 하면 이마에 꿀밤이라도 한 대 놔줄 기세였다.

'난희는 없네. 나와 자매처럼 지내는 것은 맞지만 궐에 자주 들르지는 않아.'

'컥!'

듣자 하니 의빈이 주전부리를 좋아한다 하여 수라간 최고 상궁에게 일러 떡이며 다식이며 식혜 따위를 잔뜩 내주었다. 그랬더니 또 금방 긴장을 풀었다. 냠냠 꿀 다식 베어 먹는 모습이 참 여동생 같고, 잘 알고 지내던 동무 같고 그랬다.

대체 어떤 사람이기에 주상 전하께서 그토록 푹 빠져 온 마음 다 내주셨나 내심 궁금했는데 얼추 납득이 갈 정도였다.

'출가외인이 친정과 가까이 지내면 흉이라지만 어디 궐의 여인들에게도 그렇다던가? 이 적적한 생활 견디려면 친정 사람이라도 자주 만나야 할 걸세. 행여 친정 식구들 보고 싶거든 어려워하지 말고 언제든 만나도록 하시게.'

'참말 그래도 될는지요?'

종친 모임에서야 그저 스쳐 지나가듯 만난 게 전부였으니 따지고 보면 심소영은 약손을 그날 처음 만난 것과 마찬가지였다. 그럼에도 괜히 이것저것 해주고 싶고, 뭐라도 하나 더 챙겨 주고 싶은 마음이 들었다.

제 경험으로 미루어 짐작해 봤을 때, 궐에 처음 시집왔을 때는 모든 게 낯설고 어색했다. 가장 그리운 것은 가족이었다. 하여 심소영은 약손이 언제든지 친정 식구 만나는 것을 흔쾌히 허락해 줬다. 내명부의 수장이 저였으니 그 정도의 권한은 얼마든지 있었다.

그랬더니 중궁전에 들었을 때부터 내내 심소영을 어려워하던 약손이 완전히 경계를 풀었다.

'중전마마도 꿀 다식 좋아하세요? 아, 저돈데! 근데 저는 단자 떡을 제일 좋아해 가지고……. 주상 전하께서는 맛있는 음식이 차고 넘치는데 왜 그런 밋밋한 떡을 먹냐고 구박하시지만, 그건 단자 떡의 맛을 잘 몰라서 그런 거예요. 떡 중 떡이라면 단언컨대 단자가 으뜸 아니겠어요?'

'그런가? 의빈은 무슨 단자를 제일 좋아하는데?'

'저는 팥단자랑, 밤단자랑, 깨단자랑, 수수단자랑…… 아, 다 좋아하는데. 못 고르겠어요…….'

대체 단자 떡 고르는 게 뭐 대수라고 저렇게 심각하게 고민한단 말인가? 약손은 딱 한 가지 단자만 고르는 것은 단자에 대한 배신이라며 결국 고르기를 거부했다.

심소영은 약손이 다시 놀러 올 때는 다식 말고 단자를 내놔야겠다고 조용히 다짐했다.

약손의 끝없는 수다가 이어졌다. 저가 상약 생도 생활할 때 여인이라는 사실을 숨기기 위해 했던 노력, 월당에 가져온 금침의 부드러운 정도, 매일 식사 때마다 올라오는 고기반찬…… . 약손은 미주알고주알 여러 가지 이야기를 잘도 늘어놨다.

말재주가 좋다고 칭찬했더니 말재주뿐만 아니라 노래도 잘한다며 갑자기 노래를 불러서 심소영을 깜짝 놀라게 했다.

그러다가 약손이 마시던 차를 살짝 흘렸다. 많이 흘리지는 않았지만 옷고름이 젖어 심소영이 얼른 제 손수건을 건네줬다.

'닦으시게.'

'저, 저, 저를 주시는 겁니까?'

별것도 아닌데 깜짝 놀라는 모습이 토끼 같았다. 감히 중전마마의 손수건을 저가 사용해도 될는지…… . 약손은 찻물도 조심조심 닦았다. 그러다가 손수건에 놓아진 수를 보고는 아는 척을 했다.

'중전마마, 이것은 갯버들이지요?'

'갯버들을 아는가?'

'왜 모르겠습니까? 제가 또 갯버들에 관해서라면 전문가입니다.'

'전문가?'

'혹시 갯버들탕이라고 아세요?'

'글쎄. 나는 처음 들어 보네만…… .'

심소영이 고개를 내저었다. 약손은 그럴 줄 알았다며 파하핫! 호탕한 웃음을 터뜨렸다.

'모를 수밖에요! 갯버들탕은 아부지랑 제가 둘이서만 만들어 낸 건데 중전마마께서 어찌 아시겠습니까?'

그 뒤에 약손이 알려 준 '갯버들탕'의 존재와 쓰임은 정말이지 놀랍기 짝이 없었다.

'시집에 잡혀 평생 동안 수절해야 하는 과부들, 개차반 같은 남편을 만난 덕분에 규방에 평생 틀어박혀 살아야 하는 규수들…… 그 외의 수많은 사정을 가진 여인들을 죽은 것처럼 꾸며 야반도주할 수 있게 도와줍니다.'

'야반도주? 어떻게 그럴 수 있단 말인가? 분명 뒤를 쫓을 텐데?'

'산 사람의 뒤는 쫓을지언정 죽은 사람의 뒤는 쫓지 않는 법이니까요.'

약손 말에 의하면 갯버들탕을 먹은 여인들은 숨이 끊어진 것처럼 보인다고 했다. 하지만 그것은 사실 마비되었을 뿐이라서 여인의 장례가 치러지면 그 묘를 판 다음에 해독제를 먹여 다시 살려 낸다고 했다.

세상에, 입궐 전에 장돌뱅이인 줄은 알았지만 이토록 대단한 일을 하며 살았을 줄이야!

이제 심소영은 약손을 우러러보는 수준에 이르렀다.

'겁나지는 않던가? 발각된다면 죽음을 면치 못할 텐데? 어쩌자고 그런 위험한 일을 했어?'

심소영이 생각만으로도 불안한 듯 걱정스럽게 물었지만 약손은 별것 아니라는 듯 대답했다.

'돈만 주면 이 세상에 못 할 게 없……는 게 아니라…….'

'……응?'

약손이 흠흠 기침을 하며 말을 정정했다.

'규방에 갇힌 여인들을 자유롭게 하는 일입니다. 중전마마께옵서는 단지 여인이라는 이유 때문에 규방에 갇혀 살아야 하는 삶이 옳다고 생각하십니까? 까짓 열부 칭호 얻기 위해서 인간으로서 누릴 수 있는 모든 의지와 가능성이 꺾인 채로 평생을 수절하는 게 맞다고 생각하세요?'

'……'

'사명감 하나로 해냈습니다. 여인들을 위한 희생이었지요!'

'……'

약손의 얼굴에 특유의 허세와 자만이 가득 떠올랐다. 에헴에헴, 제가 이런 사람이랍니다. 약손이 한껏 거들먹거리며 차를 마셨다.

그 얼굴 물끄러미 바라보던 심소영이 말했다.

'하면, 의빈……'

'예.'

'나도…… 나도 좀 자유롭게 만들어 줄 수 있겠나?'

'……예?'

추웠던 겨울이 지나고 봄이 찾아와 꽁꽁 얼었던 얼음이 녹는 계절. 졸졸 흐르는 냇가에 가면 조그맣게 군락을 이뤄 피어난 갯버들을 쉬이 볼 수 있었다. 산수유나 매화에 비해 딱히 예쁘지도, 화려하지도 않은 꽃망울 때문에 사람들은 흔히 그들이 꽃이라는 것을 알지 못했다. 하지만 갯버들은 분명 꽃이었다.

게다가 다른 꽃들보다 꿀이 풍부해서 벌과 나비는 주변에 아무리 아름다운 꽃이 펴도 갯버들에 제일 많이 몰렸다. 사람은 몰라도 촌충은 갯버들의 진면목을 아는 것이었다.

화려하지는 않아도 소박한 꽃망울로 피어나 오랫동안 기억 속에 머무는 갯버들. 심소영도 그래서 갯버들을 좋아했다. 심소영이 늘 손수건에 수놓았던 갯버들, 오래전에 약손에게 빌려 줬던 갯버들이 오늘에서야 되돌아왔다.

'본인의 의지를 잘못된 방법으로, 비뚤어진 방법으로 쓰셨으니까…… 이 모든 것은 중전마마의 탓이 맞습니다.'

'잘못을 저지른 대가를 치르기 위해 죽음을 맞는다면 모를까…… 죽음 뒤에 숨을 생각은 꿈에도 마세요. 저는 죄인에게 죽음을 선택할 수 있는 자유를 베풀 만큼 넉넉한 인품이 못 되는 사람이니까요.'

이제야 약손의 말이 이해되었다.

"중전마마, 동이 트옵니다. 날이 밝기 전에 도성을 빠져나가셔야 하옵니다."

김 상궁이 심소영을 부축했다. 심소영이 조심스레 걸음을 내딛었다. 아직도 머리가 아프기는 했지만 해독제를 먹은 탓에 어느 정도 몸을 추스를 수는 있었다.

"김 상궁."

"예, 중전마마."

"나를 중전이라 부르지 말게."

"마마!"

김 상궁이 가슴이 미어지는 듯 고개를 숙였다. 하지만 심소영은 아무렇지 않았다. 진심으로, 김 상궁이 저를 그렇게 부르지 않기를 바랐다.

"이제부터는 내 이름을 불러 주게나."

"……예?"

"앞으로는 누구의 딸이나, 누구의 부인으로는 결단코 살지 않을 터이니."

"……."

"심소영. 내 이름으로 살 거야."

수많은 시체들이 버려진 시구문 밖의 북천.

그 사이에서 웬 여인의 시체 한 구가 감쪽같이 사라졌지만 그 사실을 알아채는 사람은 아무도 없었다.

그 시신이 어디로 갔는지, 처음 홀로 디딘 발걸음이 향한 목적지가 어디인지조차 알지 못했다.

여인을 버렸던 자리에 피어난 갯버들만이 조용히 바람에 흔들릴 뿐이었다.

*

조회가 폐지됐다.

사정전의 문이 열리지 않아 입궐했던 신료들은 월대 앞에 모여 이 일을 어찌해야 할지 난감해할 뿐이었다.

오늘로써 닷새째였다. 오직 동재만이 밥상을 들고 살그머니 들어갈 수 있었지만 밥과 찬은 대부분 손도 대지 않은 채 되돌아 나왔다. 이 나라의 지존 주상 전하께서 식음 전폐하셨으니 그야말로 큰일이 아닐 수 없으리라.

차라리 병색이 완연하면 어의라도 불러 따로 조치라도 취할 수 있으련만. 이유는 침전에 드러누워 앓지도 않았다. 그저 사정전에 틀어박혀 일생일대의 고민을 하는 중이었다.

사정전 밖에서는 도승지가 영월에 유폐된 노산군에게 사약을 내리라는 교지를 작성한 후였다. 임금의 어보御寶 찍을 일만 남았는데 정작 이유가 사정전의 문을 꽁꽁 걸어 잠갔으니 낭패도 이런 낭패가 없었다.

"전하께옵서는 어찌 계시더냐?"

저녁상을 들고 편전에 들어갔던 동재가 마침 나오는 것이 보였다. 명회가 득달같이 달려가 안의 상황을 물었다. 동재가 거의 울먹이는 표정으로 고개를 저었다.

"수라에는 손도 대지 않으셨습니다. 영감, 어쩝니까? 오늘로서 닷새째인데, 물 한 모금 넘기지 않으시니…… 이러다 행여 옥체 상하기라도 할까 봐 심히 저어됩니다."

평소 즐겨 드시는 반찬 전부를 갖다 바쳐도 내치라 하고, 먹기 간편한 죽과 탕을 드려도 별다른 반응이 없었다. 아예 등을 딱 돌리고 앉아 동재 얼굴은 쳐다보지도 않았다. 안 그래도 민회교 약에 취한 척을 하느라 끼니를 잘 드시지 않아 살이 엄청 내렸다. 조금의 거짓말도 없이 용안이 딱 반쪽이 됐다.

이러다 진짜 무슨 일 나는 거 아니야? 동재가 발 동동 구를 수밖에 없었다.

"수라를 또 거르셨단 말이냐?"

명회가 깊은 한숨을 내쉬었다. 대체 어쩌시려고 이러느냐고, 건강부터 챙기라고 권하고 싶었지만 이유는 제 허락 없이 편전에 걸음 하는 자는 결코 목숨 부지하지 못할 거라는 명을 내렸다. 하지만 이대로 손 놓고 두고 볼 수만은 없었다.

"너, 어서 가서 수라간 최고 상궁에게 일러 미음이라도 가져오라 해라. 닷새를 굶으셨는데 이러다 쓰러지시기라도 하면 정말 큰일이다."

"예, 영감. 그리하겠습니다."

동재가 수라간을 향해 뛰었다. 그러다 저 멀리에서 걸어오는 사람을 보고는 재빨리 고개를 숙여 공손하게 인사를 했다.

"의빈마마! 어찌 이곳까지 걸음 하셨나이까?"

"······의빈?"

명회가 돌아섰다. 동재의 말대로 참말 의빈이 분명했다. 주상 전하를 밖에 나오게 하기 위해 의빈을 부를 생각을 안 했던 것은 아니었다. 하지만 주상 전하와 의빈은 냉전 중이었다. 개경부의 유배 사건 때문에 둘의 사이는 틀어질 대로 틀어져 있었다.

의빈이 문을 열어 주지 않아 주상 전하가 매일 밤 월당에서 문전박대 당한다는 소문이 궐에 파다했다. 벼룩도 낯짝이 있다는데, 그런 의빈에게 감히 주상 전하의 마음 좀 달래 보라는 부탁을 할 수는 없었다.

그런데 놀랍게도 의빈이 먼저 사정전까지 걸음 한 것이었다.

"의빈마마!"

동재는 호랑이 득실대는 산에서 유일하게 저를 구해 줄 수 있는 동아줄이라도 만난 듯했다. 감격과 기쁨을 숨기지 못했다. 평소라면 동재와 마찬가지로 반갑게 인사했을 의빈이 냉한 얼굴로 물었다.

"소식 들었네. 주상 전하는?"

"식사도 거르시고, 잠도 주무시지 않습니다. 어디 아픈 것도 아니라면서 그저 홀로 시름에 잠겨 계실 뿐입니다. 의빈마마, 마마께옵서 주상 전하 마음 좀 달래 주십시오. 식사도 하시고, 잠도 주무시라고 권해 주십시오. 이러다가 정말 큰일 나겠습니다······."

동재가 더 이상 참지 못하고 훌쩍 울음을 터뜨렸다. 체면이고 뭐고 다 상관없었다. 주상 전하의 마음만 풀린다면 무슨 짓이라도 할 수 있었다. 맨날 주상 전하 문전박대하는 의빈에게 내심 섭섭했었지만 그래도 동재가 믿을 사람은 의빈밖에 없었다.

"의빈마마…… 제발 소인의 얼굴을 봐서라도 제 부탁을 들어주십시오."

동재는 약손의 치맛자락이라도 붙들고 늘어질 기세였다. 의빈이 또 거절하면 어쩌나 싶었는데, 웬일인지 의빈이 잠자코 고개를 끄덕였다.

"알겠네. 내가 한번 들어가 볼 테니까 상선은 눈물을 거둬."

침전은 자주 가봤지만 임금이 업무를 보는 편전에 들어서는 것은 난생처음이었다.

왕의 공간이라 그러한가? 겹처마 팔작지붕에 배열된 취두와 용두, 잡상에서조차 상서로운 기운이 흐르는 것만 같았다. 높지 않은 단층 구조이고 공포의 짜임 또한 간결했지만 정면의 5칸, 측면 3칸의 규모는 방문자에게 위압감을 주기 충분했다.

저도 모르게 긴장되어 꼴깍 침이 넘어갔다.

약손이 전돌 바닥에 발을 내딛었다. 약손은 지금 본인 행동의 의미에 대해 알고 있을까? 여성의 정치 참여가 엄격하게 금지된 조선 왕실의 편전에 첫발을 내디딘 최초의 걸음이었다.

'천하의 이치는 생각하면 얻을 수 있지만 생각하지 않으면 잃게 된다. 그러니 왕은 언제나 깊이 생각하여 정치政治해야 한다.'

정도전이 작명했다는 '사정思政'의 뜻이 참 마음에 들었다.

사분합문을 열자 그 안의 광경이 한눈에 보였다. 제일 먼저 시야에 들어온 것은 정전에 비해 낮은 당가와 그 위에 자리한 선명한 색의 일월오봉도였다. 두 줄기의 폭포와 소나무, 다섯 개의 봉우리, 달과 해가 나란히 떠 있었다.

좌우 대칭을 지향한 그림이 매우 장엄했다. 일월오봉도는 왕이 죽을 때 또한 같이 묻힌다지? 병풍 그 자체만으로는 그림이라 할 수 없고, 왕이 함께 있어야만 비로소 완성작이라 칭한다는 지존의 그림. 천만다행으로 약손이 목격한 일월오봉도는 미완성 未完成이 아닌 완성完成이었다.

어좌에는 이유가 앉아 있었다.

무언가 깊은 생각에 빠져 있는 듯했다. 약손이 왔는데도 인기척을 알아채지 못했으며 허공의 어느 지점만 뚫어져라 바라봤다.

"……."

대체 그 어떤 번민을 품고 있기에 저토록 상심하셨을까?

과연 동재가 울며불며 걱정할 만했다. 약손이 지난번에 봤을 때보다 훨씬 더 수척해진 모습이었다. 감히 저가 지존의 상심을 달래 드릴 수 있을지. 걱정을 덜어 드릴 수 있을지…… 비교적 자신감 있게 걸음 한 것치고는 꽤 오랫동안 망설였다.

하지만 언제까지 마냥 서 있을 수만은 없었다. 약손이 걸음을 옮겼다. 부러 이유의 시선이 머문 자리에 섰더니 이유가 그제야 깜짝 놀라며 고개를 들었다.

"약손아!"

"주상 전하."

"어떻게, 여기에…… 어찌 왔어?"

깊은 번뇌에 잠겼던 눈빛에 생기가 돌았다. 언제나 그렇듯 이유는 제아무리 힘들고 속상해도 약손만 보면 모든 근심이 사라졌다. 반면에 그 찰나의 변화를 목격한 약손은 오늘에서야 이유가 제 앞에서만 제일 씩씩하고 당찬 모습 보이려 했다는 사실을 깨달았다.

이유가 한달음에 달려왔다. 저도 모르게 습관처럼 두 손을 맞잡다가 이내 제 풀에 퍼뜩 놀라며 다시 손을 놓았다. 약손이 허락하지도 않았는데 마냥 저 좋다고 무작정 손잡았기 때문이다.

"미안하다. 너무 반가워서 그만……."

"얼굴이 그게 뭡니까? 왜 이렇게 살이 내리셨어요?"

"으응?"

"주상 전하께옵서 수라를 거르셔서 온 궁궐 사람들이 전부 굶고 있는 것 모르십니까? 덕분에 저도 쫄쫄 굶었다고요."

"뭐? 너 밥 안 먹었어? 수라간에서 상 올리지 않던? 최고 상궁, 진짜 안 되겠고만?"

아무 죄 없는 수라간 상궁에게 불똥 튀게 생겼다. 이유가 당장 수라간에 가서 따지려는 것을 약손이 얼른 붙잡았다.

"아닙니다! 수라간은 아무 잘못이 없어요!"

"내가 월당 끼니는 반드시 신경 써서 올리라 하였는데……! 이 참에 버릇 단단히 고쳐 주겠어. 이거 놓아라!"

"아이참, 전하!"

성큼성큼 걸어 나가는 이유의 작정한 힘을 막을 수는 없었다. 이유가 워낙 막무가내로 나오는 터라 붙잡았던 옷깃마저 놓치고 말았다. 이대로 두면 무고한 상궁만 곤란하게 될지어니.

약손이 얼른 이유의 뒤를 따랐다. 이대로 이유를 놓치게 될까 봐 마음이 급해졌다. 아휴, 걸음이 왜 이렇게 빨라? 전하, 주상 전하! 연거푸 부르다가 이내 안 되겠는지 그대로 이유를 끌어안았다.

"전하!"

"!"

등 뒤에서 와닿는 온기 하나. 생각지도 못한 상황에 이유가 그대로 자리에서 굳어졌다. 물론 약손은 모로 가도 한양만 가면 된다며 어쨌든 이유를 멈추는데 성공하였다고 안도의 숨을 내쉬었다. 혹시라도 또 가버릴까 봐 약손은 이유를 끌어안은 손을 놓지 않았다.

"왜 이렇게 빨리 걸으세요? 후궁의 당의는 생도복과 다릅니다. 옷 갈아입고 달리기하면 언제든 전하를 따라잡을 수야 있지만…… 이런 치마를 입고는 절대 빨리 걸을 수 없단 말이에요."

속바지에, 속치마에, 또 몇 폭이나 되는 치맛단에…… 사내들 따위가 겹겹이 옷 껴입어야 하는 여인들의 고충을 알겠냐 이 말이었다. 약손의 퉁명스러운 말투에 이유가 진땀을 흘렸다.

"아니, 나는 그게 아니라…… 그게 아니고……."

맹추처럼 웅얼웅얼 같은 말만 반복하는 수밖에 없었다. 사실 약손을 두고 빨리 걸어간 까닭은 따로 있었다. 수라간 상궁을 혼내 주겠다는 말은 솔직히 변명에 불과했다. 이유는 약손 눈에 완전히 눈 밖에 나버린 저의 처지를 매우 잘 알았다. 하긴 모르면 등신이지. 오직 저가 세운 계획 하나 성공시키자고 그 고생을 시켰는데 약손이 화내지 않는 것이 더 이상한 일이었다.

한번 저버린 신뢰를 다시 회복하는 데는 엄청난 노력과 정성이 필요할 터였다. 문전박대당할 것을 알면서도 매일 밤 월당에 찾아가는 것도 같은 맥락이었다.

이유는 약손의 화가 풀릴 때까지 그런 식으로 용서를 비는 것이었다. 십 년이 되든, 백 년이 되든 상관없어. 나는 언제고 이 자리에서 기다리고 있을 테니, 너는 그저 마음 내킬 때 다시 돌아오면 돼.

하지만 최근의 이유는 몸도, 마음도 전부 약해진 상태였다. 민회교를 속이기 위해 스스로를 혹사시켜야 했는데, 그뿐만이 아니라 역란을 진압하는 큰일을 겪었다. 건강에 좋다는 온갖 보약 먹어도 부족할 판이었는데도 편전에 틀어박혀 곡기를 끊어 버리기까지 했다.

강건한 육신에 강건한 정신이 깃드는 법인데, 몸이 약해지니 마음이 무너져 내리는 것은 순식간이었다. 다른 사람에게 제 약한 모습 보이기는 죽기보다 더 싫었다. 그러느니 차라리 혀 깨물고 죽는 것이 나았다.

이유는 생각을 정리할 시간이 필요하다고 판단했다. 하여 선택한 장소가 사정전이었다. 생각하기에 사정전만큼 적합한 공간은 없었기 때문이었다. 동재를 비롯한 궐내의 여러 사람들이 제걱정을 하는 것은 알았지만 모두 무시했다. 하지만 이 세상 전부를 무시한다 해도 이유가 약손까지 무시할 수는 없었다.

맹세컨대 약손이 먼저 저를 찾아올 줄은 조금도 예상하지 못했다.

갑자기 제 앞에 불쑥 나타난 약손을 보는 순간 꿈인 줄 알았다. 환영인 줄 알았다. 내가 드디어 이렇게 미쳐가는구나…….

하지만 약손은 실제였다.

약손이 진짜 약손임을 안 순간 덜컥 겁이 났다. 약손을 기다리는 일, 제게는 아주 쉬운 일이었지만 그래도 지금은 아니었다. 지금 같은 최악의 상황에서 또다시 약손의 거절을 맞닥뜨린다면 정말 버텨 낼 자신이 없을 것만 같았다.

하여 이유는 저가 먼저 만남을 피하기로 선택한 것이었다. 그래서 부러 수라간을 빌미 삼아 도망쳤던 것뿐인데…… 약손이 저를 끌어안을 줄 누가 알았겠는가?

"야, 약손아…….”

이유의 목소리가 떨렸다. 차마 돌아보지는 못하고, 제 가슴팍에 둘러진 약손의 손을 살짝 잡아 봤다. 꿈인지 아닌지 확인하려는 의도였다. 하지만 약손은 이유가 또 제 손을 뿌리칠 거라고 여겼다. 팔에 힘을 줘서 더 꽉 끌어안았다.

"싫어요! 가지 마세요."

"!"

"안 놔줄래요. 또 뿌리치기만 해봐!"

그땐 정말 가만두지 않겠다는 듯 으름장 잔뜩 섞인 목소리였다. 그 어떤 순간에도 형님인 척, 웃전인 척, 센 척하기 좋아하는 약손 특유의 말투.

픽 웃음이 나왔다. 하도 오랜만에 들어서 절로 웃음이 나왔는데, 나온 줄 알았는데…… 정말 웃고 있는 줄만 알았는데…… 갑자기 후두둑 눈물이 쏟아졌다.

이유의 눈물이 약손의 손등에 떨어졌다. 그 뜨거운 물기에 약손은 깜짝 놀랐다. 약손이 재빨리 이유의 앞에 섰다. 그 바람에 이유를 껴안았던 손이 풀렸다. 이유는 그게 또 섭섭했다.

그냥 계속 안고 있어 주면 안 돼? 왜 손을 풀어? 하지만 약손은 이유의 얼굴을 마주 봐야만 했다.

"전하! 왜 우세요? 어찌 우세요?"

누가 우리 주상 전하 울렸습니까? 누가 그랬어? 누가 해코지했어? 다 나와!

전부 다 처치해 줄 듯 든든한 목소리였다. 이유의 설움이 복받쳤다.

"약손아! 으어엉!"

"전하!"

이유가 와락 약손의 품에 안겼다. 물론 마음은 폭 안기고도 남았지만 이유 덩치가 워낙 크니 사실은 약손이 안긴 상태였다. 하지만 그까짓 덩치는 상관없지 않은가? 이유는 최선을 다해 안겼고 약손은 최선을 다해 안았다. 갑자기 울음 터뜨리는 이유 때문에 약손이 크게 당황했다.

"예, 전하. 저 여기 있습니다. 저 여기 있어요……."

약손이 팔을 뻗어 이유를 안아 주었다. 등을 토닥토닥 두드려 주기도 하고, 어깨를 쓸어 주기도 하고, 친히 지존의 옥루를 닦아 주기도 했다.

전하, 무엇이 그리 고단하셨습니까? 무엇이 그리 힘이 드세요?

대답을 들어도 알지 못할 것 같았고, 대답을 듣지 않아도 알 수 있을 것 같았다.

아마 지난 닷새 동안 이유에게 진짜 필요했던 것은 마음 놓고 기대 울 수 있는 따뜻한 품이었나 보다.

"내가…… 내가…… 이 손에…… 여기에…… 이쪽에……."

무슨 말을 해도 울음소리 때문에 뚝뚝 끊어지고 말았다. 약손은 이유가 내뱉는 단어를 조합하여 최대한 뜻을 유추해 내는 수밖에 없었다. 그래도 인내를 가지고 끈기 있게 기다리니까 결국 뜻이 통했다.

"내 손에 또다시…… 피가 묻을 것 같아."

"!"

이유가 다시금 으어엉 울며 약손 품에 얼굴을 묻었다. 이제 약손은 이유에게 그 어떤 말도 하지 않았다. 그저 잠자코 이유가 스스로 눈물을 그치길 기다릴 뿐이었다.

약손이 찬찬히 사정전을 둘러봤다. 우물반자의 천장과 청판에 그려진 화려한 오연화문, 그를 가로지르는 충량과 툇보, 전각을 떠받치는 내진고주 기둥까지…….

조선이 건국된 이래 역대 왕들의 숨결과 손길, 그리고 의지가 새겨진 세상에 단 하나뿐인 지존의 공간이 한눈에 들어왔다. 과거에 그래 왔듯이 앞으로도 수많은 왕들이 바로 여기, 사정전에서 뜻을 펼쳐 나갈 터였다.

"……."

갑자기 약손의 마음이 고요해졌다. 머릿속이 깨끗해지며 눈과 귀까지 밝아지는 기분이 들었다. 가슴속에 한 줄기 시원한 바람이 불어왔다. 지금 이 순간의 감정을 대체 어떤 말로 표현할 수 있을까?

세상의 중심에 서 있는 기분이었다. 그 한복판에 홀로 서 있는 약손에게서 아주 작은 뿌리 하나가 돋아났다. 여린 뿌리는 중심을 맴돌다가 이내 본능적으로 제자리를 찾아가더니 단단히 입지를 굳혔다. 아직 미약하고 또 미약하여 아무도 뿌리의 존재를 알아차리지는 못했지만…….

어느 순간 눈 떠 보면 뿌리는 줄기가 되고, 꽃을 틔우고, 열매를 맺어 종내에는 한 그루의 거대한 고목古木이 되어 있으리라. 감히 고목을 꺾을 사람은 아무도 없으리라.

약손은 저가 피워 낸 한 그루의 아름드리 고목을 똑똑히 마주했다.

이유의 흐느낌이 잦아들었다.

"전하."

약손이 이유 앞에 교지를 내밀었다. 노산군을 사사賜死한다는 도승지의 교지였다.

순간 이유의 얼굴에 일말의 죄책감이 스쳐 지나갔다. 하지만 약손은 결코 속지 않았다.

지금 이유는 어린 왕의 목숨을 거두는 천인공노할 죄악을 두려워하는 것이 아니었다.

이유가 바라는 것은 딱 하나.

"전하, 결코 노산군을 살려 둬서는 안 될 것이옵니다. 제2의, 제3의 성삼문이 나오는 것은 시간문제입니다."

"하지만……."

이유가 뭔가 말하려 했지만 약손에게 다른 말은 필요 없었다. 이유의 손을 꽉 맞잡았다.

"부디 노산군의 목숨을 끊어 왕실의 평안을 도모하시어 종묘와 사직을 지켜 내시옵소서."

"!"

그렇다. 이유가 바라는 것은 저가 저지르는 피의 죄악을 희석시켜 줄 명쾌한 명분. 사실 이유에게 필요한 것은 오직 그뿐이었다.

제 앞을 방해하는 김종서를 처단하기 위해 황표정사黃票政事가 필요했듯이, 결코 꺾이지 않는 대나무 매죽헌을 꺾어 버리기 위해 그들이 주도하는 역모가 필요했듯이.

약손은 다른 이들이 짐작하는 이유의 죄책감, 약해진 마음 따위에 속아 넘어가지 않았다.

다른 사람은 몰라도 약손은 이유가 그런 인물이 아니라는 것을 간파했다.

나의 주상은 그런 나약한 사내가 아닐지어니…….

하여 약손은 이유에게 기꺼이 면죄부 주기를 주저하지 않았다.

약손이 마지막 쐐기를 박았다.

"아무 걱정 마시옵소서."

"……."

"전하께 묻은 핏물은…… 제가 씻겨 드리겠나이다."

역대 조선 역사상 손에 꼽힐 만큼 가장 비극적이라 할 수 있는 교지에 이유의 어보가 찍히던 순간이었다.

어린 왕의 목숨이 끊어지던 바로 그날.

조선 땅에는 어린 왕의 죽음을 슬퍼하는 곡이 끊이지를 않았
다고 한다. 누구는 이 말도 안 되는 행태에 욕을 했고, 또 누구는
차마 입에 담을 수도 없는 온갖 저주를 퍼부었다고 했다.

하지만 백성의 원망과 미움이 극에 달하여도 이유는 아무 문
제도 없었다. 곁에 선 약손이 친히 두 귀를 막아 주고, 눈을 가려
주었기에.

핏물은 전부 지워졌다.

第二十二章. 연

중전의 산실청이 분주했다.

내약방 의원과 의녀들이 전부 산실청에 모였으며, 관상감에서는 중전의 순산을 돕는 제사가 한창이었다.

"중전마마, 정신 차리시옵소서. 이제 거의 다 됐습니다. 힘을 내십시오!"

"……목 상궁! 흐윽!"

비명 소리가 절로 나왔다. 산실청 24방위에 붙은 당일도當日圖와 차지부借地符가 선명했다. 몇 번 까무러쳤다가, 또 몇 번 정신을 차렸는지 알 수 없었다.

약손이 애써 비명을 삼켰다. 비명을 지르면 쓸데없이 힘만 빠지니까 절대 소리를 지르면 안 된다는 사실은 밤새 진통했던 약손 스스로 깨달은 진리였다.

회임 기간 내내 만났던 모든 사람들이 출산의 기쁨에 대해 이야기하기만 바빴지, 그 누구도 끔직한 아픔에 대해서는 말해 준적 없었다.

출산 그까짓 거 대충 몇 번 힘주다 보면 아기가 쑥 빠져나오는 거 아니었어? 약손은 무지하기 짝이 없었던 과거의 자신에게 분노했다.

누군가 그런 말을 한다면 당장 입을 찢어 마땅하리라!

그래도 천만다행인 점은 노을 질 때 시작된 산통이 이제 절정에 이르렀다는 사실이었다. 잘하면 점심 수라 들기 전에는 아기가 나올 수도 있었다.

"중전마마! 아기가 보입니다. 머리가 나오셨습니다!"

의녀가 기쁜 얼굴로 소리쳤다. 와, 정말 대단한 희소식인 걸? 밤새 그 고생을 했는데 겨우 머리가 나온다고? 그걸 지금 말이라고 하느냐……! 욕지거리 내뱉고 싶은 걸 간신히 참았다. 정말이지 욕할 힘도 없었다.

"목 상궁……."

그저 목 상궁만 찾으며 울었다. 아프고, 억울하고, 서러웠다. 대체 내가 왜 이 고생을 하고 있단 말이냐? 나는 아이 낳고 싶지 않다. 이런 고통은 두 번 다시 겪고 싶지 않다. 앞으로 출산은 주상 전하보고 하라 해…….

온갖 달콤한 말로 너 반 닮고, 나 반 닮은 아이 낳자고 꾀어내던 이유의 얼굴은 생각만 해도 열이 뻗쳤다. 손톱으로 얼굴 짝짝 긁어 버리고, 팔뚝 꼬집고, 머리털 다 뽑아 버려도 부족할 만큼 미웠다.

아이 갖자는 말을 어쩜 그렇게 쉽게 할 수 있어? 대체 주상 전하가 한 게 뭐야? 열 달 품은 것도 나요, 이 지옥 같은 아픔을 겪는 것도 나였다. 나 다섯 달, 주상 전하 다섯 달 공평하게 아기 품고 있을 거 아니면 뚫린 입이라고 함부로 놀리지 말지어다.

산통 반반씩 나눠서 느낄 거 아니면 그 가벼운 세 치 혀는 다물지어다…….

곧 아기를 만나게 된다는 설렘, 기쁨, 고통, 분노, 체념, 희망, 절망……. 약손은 인간이 경험할 수 있는 모든 감정을 지난밤에 전부 느꼈다. 분명 방금 전에는 기뻐서 어쩔 줄 몰랐는데, 다시 찾아온 분노의 굴레를 벗어나지 못하고 욕하기 바빴다.

하지만 분노도 금방 지나갔다. 이제는 서러움이었다.

약손이 우니까 목 상궁 또한 안쓰러워서 어쩔 줄을 몰랐다.

"중전마마, 힘내세요. 예? 진짜 다 됐습니다."

"거짓말…… 아까 전에도 다 됐다 그랬잖아…… 대체 아기는 언제 나온단 말이야……."

"마마……."

약손도 울고 목 상궁도 울었다.


물론 같은 시각, 약손에게 하도 욕을 먹어 귀가 가려울 것만 같은 이유도 안절부절못하며 산실청 밖을 서성이는 중이었다. 마음 같아서는 약손 곁에 있어 주고 싶었는데 사내가 산실청 안에 걸음 하면 부정 탄단다.

세상에 뭐 그딴 개 같은 경우가 있어? 말도 안 되는 이야기라 무시하고 싶었지만 그래도 조금이라도 께름칙한 일은 하지 않기로 했다.

대신 이유는 밤새 산실청 앞을 지켰다. 중전마마께옵서 출산하면 제일 먼저 소식을 전해 주겠다고 부디 침전에 드시라 권하는 말도 듣지 않았다.

약손이 저리 산통에 힘겨워하는데 저가 어찌 따뜻한 침전에 들어 잠을 이룰 수 있으랴. 이유는 약손이 출산할 때까지는 자지도, 먹지도 않겠다 굳게 다짐했다.

세간에는 부인이 아이를 낳든 말든 제 일 아니라며 내팽개치는 금수만도 못한 사내들도 있다는데, 뭐 그에 비하면 마음가짐 하나는 그나마 봐줄 만했다.

"아직이더냐?"

"그러하옵니다. 주상 전하."

"약손이 저리 고통스러워하는데 어찌 아직이야? 행여 무슨 일이 있는 것은 아니더냐?"

"안의 상황을 소상히 알아보라 하겠나이다."

덕분에 대전 상궁들은 발에 불이 난 것처럼 산실청 안을 들락거리며 상황을 보고해야만 했다. 하룻밤 사이에 이유 얼굴은 반쪽이 됐다. 얼굴만 보면 아이는 약손이 아니라 이유가 낳은 것 같았다.

사실 이유도 그저 마냥 손 놓고 있던 것은 아니었다. 이미 자식 본 신료들은 전부 불러서 부인의 해산에 대해 소상히 물어봤다. 개중에 아무개 부인은 꼬박 이틀을 진통했다 했고, 또 아무개의 누구는 별다른 아픔 없이 고작 한 시진 만에 아이를 낳았다고도 했다.

누구는 이틀이고, 누구는 한 시진이야?

진통은 그 누구도 가늠할 수가 없나 보다. 이유는 그저 약손이 한 시진 만에 아이 낳는 쪽이기를 바랄 뿐이었다.

하지만 이미 깜깜한 밤이 지나고, 아침이 와 버렸다. 약손이 비명 지르면 이유는 거의 기절 직전까지 갔다. 동재가 바늘로 이유 손발을 따고, 주무르고 별 난리를 다 쳤다.

이유는 더는 참을 수가 없었다.

"안 되겠다. 내가 약손을 봐야겠다. 무슨 일이 있는지, 없는지 곁에서 지켜봐야겠어."

"전하! 아니 되옵니다! 천부당만부당하시옵니다!"

산실청에 들어가겠다, 결단코 아니 된다…… 밤새 수십 번도 더 일어난 일이었다. 동재가 차라리 저를 밟고 가시라며 이유 앞에 드러누운 채로 매달렸다. 밟으라면 못 밟을 줄 아느냐? 이유가 눈 하나 깜짝하지 않고 동재의 등을 밟으려 했다.

그때였다.

"으아앙!"

우렁차게 터지는 아기 울음소리더라!

일단 아기 낳기만 하면 이유도 산실청에 들어갈 수 있었다. 곧 산실청에서 대전 상궁이 뛰쳐나왔다.

"전하! 주상 전하! 중전마마께옵서…… 마마께옵서 아기씨를 낳으셨습니다! 어엿한 사내 아기이옵니다! 감축 드리옵니다!"

"중전은? 중전은 무사하냐? 괜찮더냐? 아무 탈 없어?"

"예, 마마께옵서도 무탈하시옵니다."

이제 더는 이유를 가로막을 까닭이 없었다. 이유가 그대로 산실청 안으로 뛰어 들어갔다.


"약손아! 내가 왔다! 내가 왔노라! 얼굴 좀 보자꾸나!"

방 안이 후끈했다. 공기 중에 떠도는 땀과 진한 피 냄새가 느껴졌다. 약손의 고생이 그대로 느껴지는 것만 같았다. 이유가 아랫목에 누워 있는 약손을 바라봤다. 냅다 달려가 옆에 찰싹 붙어 앉았다. 얼마나 울었는지 통통 부은 눈이며, 하얗게 질린 얼굴이 안쓰러웠다.

"전하……."

밤새 밉고, 원망스럽고, 꼴도 보기 싫었는데 참 이상한 일이었다. 대체 남편이 뭐라고 이렇게 마음이 복받치는 것일까? 미움은 눈 녹듯 사라졌다.

"약손아!"

"주상 전하!"

이유 또한 울컥 서러움이 복받쳤다. 약손이 내내 힘들어해서 정말 무슨 일 나는 줄만 알았다. 해산하다가 잘못되는 산모도 심심치 않게 있다는데 온갖 불길한 생각이 다 들었다.

멀쩡한 약손을 보니까 밤새 참고 참았던 눈물이 이제야 터졌다.

"약손아, 괜찮아? 많이 아파? 밤새 걱정했다. 산실청에는 들어가면 안 된다고 해서 어쩔 수 없이 문 앞에서 너를 기다렸어. 아기 낳으면 제일 먼저 보러 오려고. 곁에 있어 주려고……."

"전하, 울지 마세요. 기쁜 날에 어찌 옥루를 보이십니까?"

"모르겠다. 난 네가 너무 걱정되어서…… 다시는 못 볼까 봐……."

"그럴 리가 있겠습니까?"

"너 잘못되면 나도 따라 죽으려 했어."

"전하!"

입에 담는 것만으로도 불경한 이야기였다. 약손이 이유의 입술을 꾹 눌러 막았다.

목 상궁이 강보에 쌓인 아기를 데려왔다.

"주상 전하, 아기씨를 보시겠사옵니까?"

"아기……?"

이유 대신 약손이 손짓했다.

목 상궁이 약손 품에 아기를 안겨 주었다. 아기는 빨갛고 쪼글쪼글했다. 설마 이 정도로 작을 줄은 몰라서 이유가 깜짝 놀랐다.

"참 작다."

"더 컸으면 저 정말 죽었습니다."

"약손아!"

이번에는 이유가 약손의 입을 꾹 눌러 막았다. 애가 진짜 입이 방정이네? 이유가 약손을 흘겼다.

이유가 아기를 요리조리 살펴봤다. 음, 이 아기가 바로 약손과 나의 아기란 말이지? 약손이가 열 달을 품고 있던? 눈매가 약손을 닮은 듯하기도 하고, 코는 저를 닮은 듯하기도 했다.

"말똥아! 아부지다. 아부지가 왔는데 왜 눈을 뜨지를 못하느냐?"

말똥은 아기의 태명이었다. 자고로 태명은 험하게 지어야 병치레 없이 오래 산대서 고민고민 끝에 지은 게 말똥이었다. 말똥은 그 작은 몸으로 세상 밖에 나오느라 용쓰느라고 엄청 피곤한 것 같았다. 감은 눈을 통 뜰 줄 몰랐다.

"말똥아 자냐? 어무니 아부지는 밤새 한숨도 못 자고 너를 기다렸는데. 너는 그냥 자냐?"

"아기는 자야 큽니다."

"불효자."

말은 그렇게 해도 이유는 내내 싱글벙글 웃음을 숨기지 못했다. 아주 입이 귀에 걸리다 못해 찢어질 것만 같았다.

어느새 말똥은 새근새근 잠이 들었다. 약손 또한 잠이 밀려오는지 긴 하품을 했다. 덩달아 밤새 산실청 밖을 서성인 이유도 이제야 긴장이 풀렸다.

아기는 약손의 왼쪽 품에, 이유는 오른쪽 품에 누웠다.

등 밑 온돌에서는 뜨끈뜨끈 열기가 뿜어져 나왔고, 세 사람은 온몸이 노곤해졌다.

이유가 꼼꼼하게 약손 이불을 덮어 줬다.

"약손아."

"……예."

"배는 안 고파? 수라간에 일러 곰국 끓이라 했다."

"한숨 자고 일어나서 먹을래요."

"그래. 내가 깨워 줄게."

"예……."

약손의 말끝이 점점 늘어지기 시작했다. 피곤하기는 이유도 매한가지였다. 함께 잠들고 싶었는데, 어쩐지 잠들고 싶지 않기도 했다. 너무 안락하고 평안하여 지금 이 순간을 놓치고 싶지 않았다.

하여 약손이 졸려 하는 것을 알면서도 자꾸만 말을 걸었다.

"한데, 약손아…… 솔직히 난 좀 무섭다."

"뭐가요?"

"너무 행복하지 않느냐? 이 행복이 연기처럼 사라질까 봐…… 무서워."

"별걱정을 다 하십니다. 행복은 없어지지 않아요."

"정말이야. 네가 없으면…… 난 정말 못살 것 같아."

이유가 아주 작은 목소리로 속삭였다. 이 세상에서 오직 약손만이 들을 수 있는 이유의 비밀.

약손이 잠결에 픽 웃어 보였다. 한쪽 팔을 슥 들어 주니까 이유가 그 위에 얼른 얼굴을 기댔다. 약손이 토닥토닥 이유의 어깨를 두드렸다.

"염려 마시옵소서. 주상 전하에게는 이 약손이 있지 않습니까?"

"그렇긴 하지."

"주상 전하와 말똥이…… 전부 제가 지킬 것이옵니다."

"너 무르기 없다. 평생 나를 지켜 줘야 해?"

"저, 여약손입니다. 자고로 여인은 한 입으로 두말하지 않아 요."

그래 맞다. 약손이 곁에 있는데 무엇이 두려울까?

나의 늠름한 부인, 씩씩한 부인, 이 세상에서 제일 용감하고 굳세어 영원히 나를 지켜 줄 동반자. 내 편.

이유는 그제야 마음 놓고 편히 잠들 수 있었다.

약손이 이유를 감싸 안았다.


<完結>

終章

정희 왕후 윤씨는 조선의 왕비이다.

흔히 세조의 정비, 예종의 어머니로 알려져 있지만 조선 왕조 최초로 국정에 참여한 정희 왕후를 누군가의 '아내' 혹은 누군가의 '어머니'로만 한정하기엔 그녀를 가둔 틀이 너무나도 비좁다.

윤씨는 3남 7녀의 막내딸로 태어났다.

그의 아버지 윤번은 고려 때 여진을 몰아내고 9성을 개척한 윤관 장군의 후손으로 가문 덕분에 음서로 벼슬길에 나아갈 수 있었다. 하지만 음서가 대게 그러하듯 과거에는 급제하지 못했기 때문에 주류 관직에서는 배제되었다.

왕실과 혼사 맺기에 명분은 충분하지만 권력과는 거리가 먼 집안. 윤씨 집안이 여타의 쟁쟁한 가문을 제치고 왕족과 사돈 맺을 수 있었던 가장 큰 까닭이었다.

선조 때 문신인 이기가 저술한 『송와잡설』에 따르면 본래 수양 대군의 배필은 윤씨 본인이 아니라 그녀의 언니였다고 한다. 감찰각시가 윤씨의 집에 갔을 때, 어린 정희 왕후가 감찰각시를 직접 마주했다. 어머니가 어찌 감히 나왔느냐고 혼을 내도 자리에서 물러나지 않으니 감찰각시가 아기의 기상에 감탄하여 대궐에 돌아와 정혼을 주선했다고 한다.

미루어 짐작하건데 정희 왕후는 어렸을 때부터 한번 마음먹은 일은 반드시 해내는 똑 부러진 성격의 소유자였을 것으로 생각된다.

훗날, 수양 대군이 계유정난을 일으킬 때 그녀가 직접 갑옷을 입혀 주며 용기를 북돋아 주었다는 일화는 그녀의 성향을 대표적으로 드러낸다.

이러한 윤씨의 기질은 수양 대군과 매우 궁합이 잘 맞았다.

실제로 수양 대군은 윤씨를 몹시 아꼈다. 대군 시절, 세종의 강권에 못 이겨 박팽년의 딸을 소실로 들였으나 왕위에 오른 후에는 단 한 명의 후궁도 들이지 않았다.

소문난 애주가였지만 술자리에 기생 대동하기를 꺼렸고, 신하들과 토론하는 자리에서도 윤씨의 말을 자주 인용하여 애처가임을 과시했다. 뿐만 아니라 궁중의 연회나 온천, 활쏘기 등에 항상 윤씨를 대동했는데 이는 실록에서도 찾아볼 수 있다.

*임금이 중궁中宮과 더불어 동교東郊에 거둥하여 사냥하는 것을 구경하였다.*

—세조실록 27권, 1462년 2월 27일

윤씨는 문종의 세자빈들이 추문에 휩싸여 쫓겨나는 동안 왕실에 첫 손자(의경 세자)를 안기는 등 시부모를 극진하게 섬겨 세종 내외의 신임을 받았다. 수양 대군 이유가 첫째로 태어나지 못해 한이 많았듯이, 윤씨 또한 왕실의 둘째 며느리로만 남기에는 아쉬운 인재였다.

제왕의 기질이 다분함에도 적장자가 아니라는 까닭으로 왕이 되지 못한 수양 대군.

맏며느리의 역할을 능히 해내나 '둘째'의 굴레를 벗어날 수 없었던 윤씨.

일련의 배경들로 인해 윤씨와 수양 대군은 부부인 동시에 이해관계가 가장 잘 맞았던 사업적, 정치적 동반자일 수밖에 없었다. 위에 언급했듯이 세조가 크고 작은 행사에 윤씨를 대동한 것은 단순히 금슬이 좋아서일 수도 있지만, 정치적으로 윤씨에게 많이 의지하고 있다는 설이 더 유력하다.


형제를 죽이고, 어린 조카를 죽여 말 그대로 피의 군주였던 세조의 치세는 불과 14년 만에 막을 내렸다.

그 뒤를 이어 예종이 왕위에 올랐지만 재위 1년 만에 갑작스럽게 승하하면서 조선 왕실은 혼돈에 빠졌다. 당시 예종의 아들이었던 원자 이현의 나이가 고작 4살이었기 때문이다. 단종의 비극적인 최후를 가감 없이 목격한 윤씨에게 '어린 왕'이 갖는 의미는 남달랐을 것이다.

바로 이 순간, 정희 왕후의 뛰어난 정치 감각이 빛을 발했다.

윤씨는 아들의 죽음을 슬퍼하는 대신 조정 대신들과 함께 곧바로 후계자를 논의했다. 명분과 전통을 따르자면 원자 이현이 왕위에 올라 마땅했다. 하지만 윤씨는 어린 이현 대신 일찍이 요절한 의경 세자의 둘째 아들 자을산군(훗날 성종)을 후계자로 지목했다. 어린 왕을 통해 일어날 수 있는 위험을 원천 봉쇄하며, 한명회를 장인으로 두고 있는 자을산군의 입지를 굳히는 동시에 무엇보다 본인 스스로가 왕실 최고 어른으로서 수렴청정할 수 있는 기회를 놓치지 않은 것이었다.

조선 최초로 수렴청정하며 정치에 참여한 여인.

윤씨는 민생 전반에 관심이 많았다. 특히 수령의 폐단을 막기 위해 노력했다. 군수와 현감 등 지방 수령에게 사목(事目: 공사를 따르는 규칙)을 만들어 배포했으며, 때로는 수령들을 직접 만나 자질을 검증하기도 했다. 대궐의 살림살이를 두루 살펴 궐내에 일하는 사람들의 숫자나 급료도 직접 관리했다.

뿐만 아니라 대왕대비라는 허울을 둘러쓴 꼭두각시로 전락하는 대신, 자신의 정치적 이익을 위해서라면 한명회를 비롯한 훈구 공신과 대립하기를 주저하지 않았다. 그녀는 명실공히 조선 왕실 국정을 주도하는 계략가이며 전술가, 정치가였다.

그래서일까?

세조 시대 때는 유독 남녀의 사랑을 그린 상열지사 소설이 흥했다. 세종의 훈민정음 반포로 인해 그동안 입에서 입으로만 구전되던 이야기를 백성들이 처음 기록하기 시작했다는 시대적 상황이 맞물린 까닭이다.

당시 크게 유행했던 상열지사 소설을 한 가지 꼽자면 왕 이유와 사랑에 빠지는 '약손 여인 이야기'를 빼놓을 수가 없다.

저잣거리에서 장돌뱅이로 평범하게 살아가던 약손 여인과 신분을 감춘 왕 이유. 둘은 이런저런 사건을 통해 가슴 아픈 시련을 겪게 되지만 결국에는 신분과 배경을 초월하여 사랑의 결실을 맺게 된다.

학계에는 '약손 여인 이야기'가 조선을 건국한 태조 이성계와 그의 부인 신의 왕후의 만남을 각색했다는 설, 신라 명장으로 알려진 김유신의 어머니 만명 부인과 그의 남편 김서현의 일화라는 등 다양한 추측을 내놓고 있지만 그 중에서도 가장 유력한 설은 세조와 정희 왕후를 주인공으로 재창작했다는 이론이다.

당시 조선을 지배하던 유교 사회가 요구하던 정숙한 여인상과 다르게 언제나 당당하고 건강하며 사내 못지않은 두둑한 배짱을 가진 약손 여인의 호방한 성격은 정희 왕후를, 평소에는 냉혹한 군주이나 사랑하는 약손 여인 앞에서는 쩔쩔매며 여지없이 무너지고 마는 왕 이유는 세조를 빗댄 것으로 추측한다.

백성들은 '약손 여인 이야기'를 읽으며 피의 군주 세조의 치세를 받아들이기 위한 방편으로 삼았던 것이다.

약손 여인 이야기는 <약손애사>, <약손일기>, <약손기>, <약손전>, <약손잡설> 등 여러 이름으로 불리는데, 이들 중 무엇이 진짜 원서인지는 구분할 수 없다. 다만, 당시 시대상을 기록한 잡기에 따르면 남녀노소가 두루 읽고 들어 '약손 여인 이야기'를 모르는 사람이 없을 정도의 인기를 구사했다고 전한다.

지은이는 언문을 익힌 궁녀, 필명으로 활동한 왕실 관료, 명나라 사신 행렬에 함께 방문했던 기록관, 강원도에 살던 기술관 홍가의 딸 등 수많은 가설이 있지만 확실치는 않다.

'약손 여인 이야기'는 세조 이후에도 큰 인기를 누렸으나 연산조 시절, 내방 문화와 풍기를 문란하게 한다는 이유로 금서로 지정돼 모두 불태워져 현재 남아 있는 원전은 없다.

## ＊ 참고문헌 ＊

01. 《한 권으로 읽는 조선 왕비 열전》 유승환, 글로북스
02. 《왕비로 보는 조선왕조》 윤정란, 이가 출판사
03. 《조선왕비열전》 임중웅, 선영사
04. 《대비, 왕위의 여자》 김수지, 인문서원
05. 《우리 역사 속 못 말리는 여자들 조선편》 임해리, 꼬마이실
06. 《대장금》 김영현, 커뮤니케이션북스
07. 《궁녀》 신명호, 시공사
08. 《조선왕비 독살사건》 윤정란, 다산초당
09. 《정희 왕후》 함영이, 말글빛냄
10. 《14세 소년, 조선 왕릉에서 역사를 보다》 이우상, 다할미디어
11. 《조선의 재발견》 한주서가, 유아이북스
12. 《조선왕비실록》 신명호, 역사의아침
13. 《수양대군》 이정근, 청년정신출판
14. 《조선의 2인자들》 조민기, 책비
15. 《책사 한명회》 이수광, 작은씨앗
16. 《제왕들의 책사》 신연우 신영란, 생각하는백성
17. 《위대한 2인자들》 송은명, 시아
18. 《조선의 킹메이커》 박기현, 역사의아침
19. 《제왕과 책사 : 천하를 얻는 용인과 지략의 인간학》 렁청진, 다산 초당
20. 《치명적인 내부의 적, 간신》 김영수, 추수밭
21. 《조선반역실록》 박영규, 김영사
22. 《박시백의 조선왕조실록》 박시백, 휴머니스트
23. 《설민석의 조선왕조실록》 설민석, 세계사
24. 《박시백의 조선왕조실록 인물 사전》 박시백, 휴머니스트
25. 《한국사전》 KBS 한국사전 제작팀, 한겨레 출판사
26. 《조선왕조실록》 박영규, 들녘
27. 《역사저널 그날》 KBS 역사저널 그날 제작팀, 민음사

28. 《조선 국왕의 일생》 규장각한국학연구원, 글항아리

29. 《국역 통문관지(國譯通文館志)》 세종대왕기념사업회

30. 《경국대전의 신분제도》 조우영, 한국학술정보

31. 《한 권으로 읽는 조선왕조실록》 박영규, 웅진지식하우스

32. 《정민 선생님이 들려주는 한시 이야기》 정민, 보림

33. 《한시미학산책》 정민, 휴머니스트

34. 《우리 한시 삼백수》 정민, 김영사

35. 《논어》 공자, 홍익 출판사

36. 《노래로 읽는 당시(唐詩)》 손종섭, 김영사

37. 《처음 읽는 논어》 공자, 행성B잎새

38. 《어린이와 청소년을 위한 논어》 공자, 보물창고

39. 《손자병법》 김원중, 휴머니스트

40. 《열하일기》 박지원, 돌베개

41. 《사기열전》 사마천, 민음사

42. 《삼국지》 나관중, 황석영 역, 창비

43. 《삼국지》 나관중, 이문열 역, 민음사

44. 《정관정요》 오긍, 글항아리

45. 《제왕 중의 제왕 당태종 이세민》 황충호, 아이필드

46. 《당시삼백수 : 새롭게 읽는 동양 최고의 시집》 신동준, 인간사랑

47. 《수양제(전쟁과 대운하에 미친 중국 최악의 폭군)》 미야자키 이치사다, 역사비평사

48. 《요 임금, 그리고 성군과 폭군들》 정재서, 21세기북스

49. 《황제들의 당제국사》 임사영, 푸른역사

50. 《폭군의 몰락》 이한. 청아출판사

51. 《한 권으로 보는 본초강목》 이시진, 행복을 만드는 사람들

52. 《이야기 본초강목》 이풍원, 유한 문화사

53. 《한국의 독초》 임경수, 군자출판사

54. 《산나물 들나물 대백과사전》 장호일, 21세기사

55. 《산나물 들나물 대백과》 이영득, 황소걸음

56. 《한국의 산나물 도감》 산과사람, 글로북스

57. 《먹어서 약이 되는 산나물 50가지》 이형설, 아카데미북

58. 《산나물 들나물 281가지 대백과》 김오곤, 한국미래출판

59. 《왕의 건강을 지켜라》 윤영수, 한솔수북

60. 《조선, 종기와 사투를 벌이다》 방성혜, 시대의 창

61. 《호열자 조선을 습격하다》 신동원, 역사비평사

62. 《자연의 힘으로 병을 고치는 전통 의학》 주영하, 주니어RHK

63. 《용포 속의 비밀, 미치도록 가렵도다》 방성혜, 시대의 창

64. 《쑹내관의 재미있는 궁궐기행》 송용진, 지식프레임

65. 《조선시대에는 어떤 관청이 있었을까?》 박영규, 주니어 김영사

66. 《한양의 탄생》 서울시립대 서울학연수고, 글항아리

67. 《신의 정원 조선왕릉》 이창환, 한숲

68. 《신들의 정원, 조선왕릉》 이정근, 책보세

69. 《나의문화유산답사기》 유홍준, 창비출판

70. 《옛 그림 속 술의 맛과 멋》 정혜경, 세창출판사

71. 《조선시대 살아보기》 반주원, 제3의공간

72. 《조선의 뒷골목 풍경》 강명관, 푸른역사

73. 《조선노비열전》 이상각, 유리창

74. 《조선주조사》 배상면, 우곡출판사

75. 《요리책 쓰는 선비 술 빚는 사대부》 김봉규, 담앤북스

76. 《놀이로 본 조선》 규장각한국학연구원, 글항아리

77. 《전통주 가양주 집에서 쉽게 만들기》 이석준, 미래문화사

78. 《전통주(빛깔 있는 책들 254)》 박록담, 대원사

79. 《전통주 수첩》 류인수, 우듬지

80. 《과실주 전통주 40가지》 공태인, 살림LIFE

81. 《한국의 전통주》 정동효, 유한문화사

82. 《떡, 흰쌀로 소망을 빚다》 한국의 맛 연구회, 다홍치마

83. 《조선왕조 궁중음식》 한복려, 궁중음식연구원

84. 《조선시대 궁중의 식생활문화》 한복진, 서울대학교출판부